사색으로의 초대 1

사색으로의 초대 1

김창신 지음

세상은 우리가 보고 생각하는 것보다 훨씬 더 복잡한 구조를 지닌다.
보이는 것이 전부가 아니라는 것이다.
모든 형상과 개념은 세상에서 저마다의 색을 띠고 난무한다.
우리는 그것들을 동일한 수평선상의 원리로 이해하고자 덤벼들어서는 결코 안 된다.

좋은땅

목차

서문

작업실을 방문한 지인이 삼십 대 시절 기록해 둔 나의 일기와 메모들을 보고 출판을 권유했다. 사실 일기와 메모를 출판한다는 것은 정치인이나 일부 예능인이 아닌 이상 이치에 맞지 않다고 생각해 그의 말을 대수롭지 않게 여겼다. 더구나 대필작가로 일하는 나에게는 밀린 원고 작업도 많은 터라 일기에서 내용을 간추리고, 메모들을 다시 교정한다는 것이 여간 탐탁지 않았다. 그가 떠난 후, 책상에 앉아 일기와 메모를 살폈다. 지난 삼십 대 시절의 시간들 속에서 내가 생각하고 사고했던 모든 것들이, 잊혔던 의식에 대한 기억들이 소록소록 떠올랐다. 다소 방대했다. 어떠한 결과도, 목적도 없는 것이었다. 하지만 마흔두 살에 이르러 결국 삼십 대 중반에 기록해 놓은 원고를 교정하고 출판한다는 점에 대해 긍정적인 생각을 갖게 되었다. 이 작업을 계기로 나는 '사색으로의 초대'라고 지은 제목의 책을 부족하지만 지속적으로 기록해나갈 원대한 계획도 마음에 새겨보았다.

이 책을 작업해나가는 가운데 어려웠던 점은 많은 일기와 메모들을 한 권의 책으로 통일해야 한다는 점이었다. 난해했다. 하지만 삼십 대 시절에는 유독 개인 신앙에 관련한 내용이 많았기에 신앙적 내용의 글과 일반 생각을 기록한 두 부류의 주제로 책을 구성할 수 있었다.

　나는 스무 살 초반 잡지사 기자를 시작으로 서른 살 후반까지 신문기자로 일했다. 신문기자로 일할 당시에도 대필작가로 일하며 지금까지 수많은 사람들과 소통해왔다. 삼십 대 시절 나는 유쾌한 생활을 영위하지는 못했다. 정신없이 바쁘고, 매일같이 원고 마감에 고심했다. 생활면에 있어 환경적으로도 충족된 삶을 살지 못했다. 이러한 생활의 부재가 결국 나의 이성과 행동, 나아가 하나님께로 향할 수 있는 의식의 틀에 적잖은 영향을 끼친 것은 아니었는가, 원고를 작업하면서 새롭게 느끼는 바였다.

　나는 '이념'이라는 단어를 말하고 싶다. 지금은 그 이념이라는 것이 많은 부분에서 변화의 과정을 겪었다고 본다. 전에 내가 지녔던 이념과 불혹의 나이에 접어들어 정립한 이념은 다소 다르다. 그것은 신앙에 관련된 것, 일상에서 느끼고 생각하는 모든 것에서도 분명하게 드러난다. 사람은 그만큼 세월 따라 변화하고 발전한다. 지금의 나는 유대교의 전승 사상에 대해, 일반 심리학과 사람들의 발달장애, 행동장애에 대해 관심(심리치료사 1급 자격증을 지니고 있음)을 지니고 있다.

　삼십 대 시절 내가 인식하고자 노력했던 삶의 주제는 언제나 동일했다. 그것은 바로 인간의 마음이다. 나는 인간의 마음을 하나님에게로 나아가는 진실한 성품이 수반된 마음과 거짓의 마음으로 구분해 사고했다. 나아가 이러한 인간의 마음을 성경적 가치관에 준하여 증명하기 위해 노력했다. 그것에 대한 결과로 만족스러운 답은 얻지 못했다. 실력의 부재였다.

하지만 인간의 마음은 과거나 현재, 나아가 미래까지 하나님의 창조 섭리 아래 그대로 유전된다는 것을 깨달았다. 이 책은 정답을 도출할 수 없는 '사색으로의 초대'이다. 다시 말해 독자들에게 읽힐 것을 전제로 쓰인 원고가 아니었다는 점을 역으로 밝히고 싶다. 나는 이 책을 통해 나의 삼십 대 시절의 많은 고민들을 마감한다.

지인과 함께 내 차를 타고 고속도로를 달릴 때였다. 그가 나에게 이러한 말을 했다.

"이 도로에 모닝은 김창신 씨 차가 유일하군요."

나는 대답했다. "저는 제 차가 어떠한 차인지, 이 도로에 어떠한 차가 다니는지 생각할 겨를이 없습니다. 언제나 저는 이 세상을 생각합니다. 지금 이 순간에도 인간의 이성에 대해 생각합니다. 생각할 것이 많아 제가 키우는 강아지 이름도 단순하게 '바둑이'라고 지었습니다. 강아지 이름조차 무엇으로 할까 신경 쓸 여지가 없었기 때문입니다."

그렇다. 삼십 대 시절에는 잃는 것도 많았지만, 결국 두드리고 발견한 것이 더 많았다는 점에 나는 만족한다.

개인심리학의 창시자인 알프레드 아들러(Alfred Adler, 1870~1937)는 "우리는 모두 인간에 대해 잘 모르고, 그것은 우리 대부분이 고립된 생활을 하는 것과 밀접한 연관이 있다. 오늘날만큼 인간이 소외된 채 살아가는 시기도 없었다."라고 정의했다. 이 시대를 살아가는 우리는 무엇을 바라보고, 무엇을 자신의 생활에 있어 가장 원대한 가치관으로 두는가. 많은 사람들은 인간을 소중히 여기는 것이 이상적인 사고라고 알면서도 물질적인 부분을 삶의 지표로 삼는다. 아니면 저마다 특정 관심사가 삶의 지표가 될지도 모른다. 만약 물질적 가치만을 세상에서 가장 우위에 있는 진리라고 여긴다면, 수학자 겸 논리학자인 버트런드 러셀(Bertrand Russell, 1872~1970)의 인간이 추구해야만 할 진정한 생활과 이성의 방향에 대한 이론은 틀린 것이 되었을 것이다. 그러나 세상은 그의 논리를 아름답고도 타당한 개념으로 인정했다.

나는 이 책을 통해 이 시대를 살아가는 사람들이 조금이나마 하나님께로 가까이 나아가기를 소망한다. 또한 우리의 내면에서 파생되는 모든 시기, 악한 마음, 질투, 미움, 거짓, 만용이라는 마음의 굴레가 하나님 앞에 온전한 진실로 변화할 수 있기를 기도한다. 이것은 나에게도 크나큰 숙제이다. 내가 기록한 글이 사람들에게 어떠한 마음을 주게 될지는 나 자신도 알 수 없다. 하지만 저마다 이해하고 느끼는 바가 다를 것이라고 생각하면 나도 사색으로의 초대를 기록한 것에 대해 나름의 기쁨을 지닐 수 있게 될 것이다. 이 책이 나오기까지 나의 지난 삼십 대 시절 사고에 있어 큰 개념의 방향성을 제시해준 생존 인물이 아닌 '사도 바울, 에리히 프롬과 알프레드 아들러, 린위탕, 장 자크 루소'에게 깊은 감사함을 전한다. 이들의 영혼은 천국에서 안식할 것이다. 또한 나의 삶에 있어 충실한 조언자가 되어준 친동생 작곡가 슈퍼창따이(김창대)에게 이 책을 헌정한다.

신앙에서의 사색

◆ 세상에 존재하는 모든 개념은 저마다의 도출 근거를 통해 결과물을 제시한다. 예를 들어 우리가 쓰는 개인 컴퓨터 프로그램이 고장 났다고 가정하자. 이 회사 저 회사 A/S 기사를 불러 수리를 의뢰한다. 수리 기사들은 컴퓨터 어디가 고장 났는지 정확하게 진단한다. 그러나 얼마 후, 이들이 문제의 원인을 찾아가는 데 있어 제각기 다른 경로를 제시한다는 사실 또한 알게 될 것이다. 기사들은 저마다 자신들의 방식이 알고리즘 체계에 정확히 부합하는 것으로, 그 모든 명령의 집합을 유효적절하게 처리해나간다고 판단한다. 하지만 이들은 동일한 한 가지 결과를 제각기 다른 방식으로 추론함으로써 진실을 왜곡하고 있는 것인지도 모른다. 이 중에서 가장 완벽한, 올바른 교과서적 방식으로 수리를 실현한 사람은 단 한 사람일 수도, 아니면 아무도 없을 수도 있다.

세상은 우리가 보고 생각하는 것보다 훨씬 더 복잡한 구조를 지닌다. 보이는 것이 전부가 아니라는 말이다. 모든 형상과 개념은 세상에서 저마다의 색을 띠고 난무한다. 우리는 그것들을 동일한 수평선상의 원리로 이해하고자 덤벼들어서는 결코 안 된다.

세상 모든 과정의 결과는 하나로 매듭지어진다. 우리는 오로지 드러나는, 완성되는 결과만을 우선에 두지만, 진짜의 진실과 가짜의 유용함을 결코 혼돈해서는 안 될 것이다.

나는 인간 생활에 있어 알고리즘 개념을 '성경 말씀'이라고 단정한다. 사실 단정이라는 표현은 정의함을 아우르는 것이니 위험한 발언이다. 그러나 우리는 모든 관념과 의지를 성경 속에 수반시켜야만 한다. 또한 성경을 초석으로 모든 길을 바르게, 철저한 성경적 세계관 원칙에 근거해 모든 논리를 올곧게 제시해야만 한다. 왜냐하면, 하나님께서는 세상의 모든 개념, 가치관, 인간의 사고와 의식을 성경의 원리 하나에 가두어 두셨기 때문이다. 이것은 우리의 숙명이다. 숙명의 울타리를 벗어나는 순간 인간은 죄의 본질에 참예하고 만다.

마지막으로 나는 위의 글을 빗대어 어려운 개념 하나를 던진다. 예수 그리스도는 "나를 사랑하는 자는 세상과 원수가 되어야 할 것"이라고 말씀했다. 이 말씀은 명령어가 아니다. 우리는 이 말씀, 예수 그리스도의 말씀을 어떻게 이해해야만 하는가? 단지 그리스도는 신실하고, 정의로우며, 사랑이 많은 분이고, 이와는 반대로 세상은 악하고, 속이고, 기만하기에 서로 대립 구조의 원리에 있다고 말씀한 것일까? 예수 그리스도는 알고리즘 개념을 말씀했다고 본다. 당연히 당시 제자들이 예수 그리스도의 의중을 이해했을 리 없다.

초심자는 교회를 출석하며 받는 은혜와 기쁨에 동화된다. 신앙심이 깊어질수록 그는 괴로움을 신앙심의 의지로 견디어내는 힘도 체험(삶은 괴로움이 수반되는 것이기에)한다. 대부분 신자들이 여기까지를 경험한다. 그럼, 진정으로 세상과 원수가 되는 신자의 개념은 무엇일까? 그것은 바로 세상의 거짓과 진실을 바로 분별할 줄 아는 영의 안목을 지녀(은혜의 선물로 받아) 그것이 한 개인의 이성에 알고리즘으로 정립되는 것을 의미한다. 거짓으로 점철된 세상 관념을 있는 그대로 바라보게 되는 것이다. 이러한 안목을 지닐 때 그는 세상 모든 형평성과 대립의 노선을 걷게 되며 심지어 사람들과의 대화에서도 어려움을 겪게 될 것이다. 예수 그리스도를 외치는 것으로 사용하는 입술 외에는 그 아무것도 세상과 논할 수가 없는 것, 즉 타협이 존재할 수 없게 된다(외로운 사람)는 말이다. 그는 마치 커피 가루를 거르는 종이 망과도 같은 사람이 되어 모든 것을 있는 그대로 판단한다. 사실 이것은 사람이 할 수 있는 일이 아니다. 오로지 육신이 아닌 영의 능력으로만 가능하다. 인간은 썩어질 육신을 입었기에 영의 세계에서의 능력 중, 극히 일부만을 하나님의 은총으로 행사할 수 있다.

많은 말로 설파한들 누가 이것을 깨달아 알겠는가. 나는 성경에 빗대어 오직 알 만한 사람, 받을 만한 사람이 세상과 원수가 되어 걸어 나갈 수 있다고 생각한다. 단, 이깃은 세상을 축복하는 우리 그리스도인들에게 소명을 역행하라고 이르는 말이 아니다. 깊고도 어려운 것이다. 세상을 축복하며 나아가는 우리가 세상의 개념 속에서는 원수가 되어버리는 원리가 말이다.

창밖에는 참새가 지저귄다. 오늘은 날씨가 맑다. 저들은 영을 지닌 미물이 아니지만, 부여받은 본능으로 하나님과 있는 그대로 교통한다. 그래서 짐승들에게는 거짓도, 양심의 비뚤어짐도, 세상과 원수 됨도 없다. 어찌 보면 모든 믿는 자는 세상을 축복하면서도 세상과 원수 됨을 받아들이고 나아가야만 한다. 그러나 이처럼 많은 논리를 가지고 원수 될 필요는 없다. 우리는 이미 세상이 부인하는 것을 '있다'라고 말하는 것만으로도 세상과 원수 된 것이다. 관념을 논하며 원수가 되는 길, 양심과 도덕을 내세워 원수가 되는 길 등 믿는 자들에게는 많은 원수가 되는 길이 놓이지만, 결과적으로는 받을 법한 사람만이 받는다고 본다.

◆ 세상 만물이 빠르게 지나고, 인간이 고안한 물질이 발전을 거듭할수록 우리는 하나님의 성품에 깊게 참예하는 의식의 성숙함, 숭고한 도덕적 관습을 지녀야만 한다. 그것이야말로 우리에게 부여된 모든 만물을 이상적으로 운용할 수 있는 우리의 기본적 갖춤이 되는 것이다.

◆ 하나님께서 사도들을 세상에 보내신 목적은 복음 전함에 최종의 뜻이 있다. 단, 복음 전함에 있어 하나님은 사사로운 인간의 말로 그분의 복음이 전해지는 것을 막으셨다. 십자가의 도가 인간의 말재간으로 헛된 취급을 받아서는 안 되기 때문이었다.

십자가의 도란, 멸망할 자들에게는 한없이 어리석은 것이다. 그러나 믿는 자들에게는 소망과 능력이다. 그만큼 십자가의 도는 모든 사람에게 지상에서의 심각한 사명을 제시한다.

세상 지혜는 하나님 앞에 어리석음을 드러낸다. 성경 말씀대로 이 시대의 모든 철학과 학자의 변론은 하나님의 말씀과 견줄 때 아무것도 아니라는 것을 스스로 자랑한다.

세상이 하나님을 알지 못함은 곧 하나님의 지혜이다. 우리는 기억해야만 한다. 사도 대부분, 많은 성도가 왜 순교했어야만 했는지 말이다. 이 세상이 이들을 감당치 못했기 때문이다.

◆ 하나님께서는 세상의 지혜로운 자들을 부끄럽게 하시려고 어리석어 보이는 자들을 선택해 승화시켰다. 특별히 비천한 자들과 업신여김을 받는 자들, 보잘것없는 자들을 그분의 도구로 사용했다. 그리고 이들을 통해 원대한 역사를 이루셨다. 이것은 하나님 앞에서 인간 그 누구도 스스로 자랑치 못하도록 원하셨던 하나님의 섭리였다. 세상에서 힘 있다고 자랑하며, 마음 높이는 자들을 낮추시며, 교만한 이들을 무력하게 하시려고 비천한 자들을 운용해 주인공을 만들었던 그분의 극적인 작품 구성이었다.

예전에 본 영화가 있다. 한 학교에 멋진 여학생을 좋아하는 두 남학생이 있었다. 한 남학생은 두꺼운 안경을 쓴 바보스러운 청년이었고, 다른 한 남학생은 스포츠를 잘하는 상남자였다. 결국 두꺼운 안경을 쓴 남학생은 그 여학생의 마음을 사지 못하고 비참하게 차이고 말았다. 훗날 상남자와 결혼한 멋진 여학생은 상남자인 남편과 알코올, 마약 중독으로 불행한 나날들을 겪으며 인생 파국을 맞았다. 이에 반해 두꺼운 안경을 쓴 바보스러운 남학생은 자신이 좋아했던 여학생보다 인물 면에서는 다소 부족하나, 훌륭한 내조의 여왕을 만나 훗날 주지사가 되어 많은 사람에게 환영

받는 삶을 사는 해피엔딩을 맞았다. 고전적인 드라마 구성 방식의 영화였다. 성경 속 인물들의 성공 구성과 유사한 부분이 많은 영화라고 생각했다. 바보가 미인의 마음을 얻고, 천한 자가 가장 큰 부자가 되는 뻔한 감동과 여운을 주는 그러한 영화였다. 하지만 내 가슴에 들어왔던 잔잔한 감동의 시작은, 하나님께서는 지금까지도 여전히 감동을 즐기시는 분이라는 사실을 확신하는 순간부터였다.

◆ 전도 여행을 하던 바울은 교회에 들어가 설교할 때 유식한 말이나 사사로운 인간의 지혜로 예수 그리스도를 전하지 않았다. 그러한 태도로 성도를 대하지도 않았다. 오히려 바울 자신은 예수 그리스도를 전하는 부분에 있어 글보다 말에 부재가 많아 설득력과 지혜가 부족한 자라고 스스로 표현하고 있다. 바울은 십자가에 못 박힌 예수 그리스도만을 생각하기로 작정한 이상, 자신의 모든 설교와 증언이 사람의 지혜 속에 심어지는 것이 아닌, 하나님의 능력으로 뿌리내려지기를 간절히 원했다. 바울의 이러한 의지는 시대적 정황으로만 치부할 수도 없는 부분이다. 결국 이 능력은, 하나님의 신비롭고 비밀스러운 지혜, 신령스러운 지혜, 사람들이 알았더라면 예수 그리스도를 십자가에 못 박지 않았을 그 지혜라고 바울은 언급한다.

나는 사람이기에 '신령'이라는 단어의 의미가 하나님 즉, 신의 세계에서의 기준으로 무엇을 뜻하는가에 대한 개념을 모른다. 어찌 보면 모순이다. 하늘 세계의 신령함을 인간사에서 실현하기에는 논리적이거나, 체계적이거나, 이론적이거나, 구체적이지 못할 것이기 때문이다. 그러나 나는 신령의 개념을 얼추 인식하고 사모한다. 감사한 일이다. 신령함을 사모하는 '근성'을 지녔다는 것이 말이다. 악한 이 시대를 살아가는 한 사람으로서는 다행인 것이다. 하나님의 은혜이다. 바울과 같은 이 마음은 성도가 지향해야만 하는, 나 또한 닮아가려고 노력해야 하는 고결한 정신이다.

육신에 속한 사람은 성령으로 비롯된 모든 것을 받아들이지 않는다. 이러한 자들에게 있어 하나님의 원리는 어리석어 보이기 때문이다. 영적인 것은 오로지 영적인 것으로만 풀어지는 것이 맞다. 이것이 바로 신령한 것의 푯대이다.

바울처럼 예수 그리스도 아는 것에만 관심을 두고 살아갈 수 있다면, 사람에게 있어 이것보다 행복한 것은 없다고 본다.

◆ 사도들, 이 시대로 비유하자면 목회자의 직분을 지닌 자들이다. 사도들은 그리스도의 일꾼인 동시에 하나님 복음의 비밀을 맡은 자들로서, 성도들 즉, 교회 내 양 무리인 성도들에게 있어서는 마땅히 목자, 몽학 선생과도 같은 역할을 감당해야만 한다.

세월이 빠르게 지나고, 물질문명이 달음질하듯 변화를 거듭해 가는 가운데 교회 내 목자들의 형태도 개성적인 개인의 역량을 중요시하는 시대가 되었다. 커다란 변화이다. 그러나 한 가지 분명한 것은, 하나님 사업은 하나님께서 친히 관여해 주관하신다는 점이다.

세대가 바뀌어도 목회자의 고전적인 사명의 틀 즉, 전도나 설교와 같은 범위는 성경을 역행하지 않았다. 더러 세상에는 이단이나, 부를 축적하고 비리를 일삼는 목회자들도 존재한다. 나는 이러한 이들의 생성을 세상 마지막 때의 증거로 치부하지는 않는다. 물론 원리상으로는 부정할 수 없는 이 시대의 증거가 분명히 제시되고 있다. 그러나 예수 그리스도 시대 이후부터 이러한 부류의 목자들은 수없이 생성되고 스스로 자멸해왔다.

중세시대에 들어서는 교권적인 복음주의적 이단이라는 명분으로 가톨릭 내에서도 예정설을 주장하는 칼뱅과는 또 다른 부류의 이단들이 무수히 생성되고 사라졌다. 간단한 예로, 마니교와 유사한 영지주의를 표방했던 이단들의 경우 금욕주의를 부르짖었으나, 철학적 견해와 신앙을 접목해 자신들만의 하나님을 따로 만들어 섬기는 죄를 범했다. 이들은 무아경 체험과 예언주의를 높게 고찰함에 따라 범신론적 교리를 표방하던 무리였다. 물론 마르틴 루터나 츠빙글리, 칼뱅의 경우도 가톨릭교회 내에서는 사악한 이단으로 정죄된 이들이다. 더구나 츠빙글리와 루터는 성찬론에 있어서는 서로의 입장 또한 달랐다. 그러나 오늘날 위대한 종교개혁의 불씨를 제공한 것은 하나님으로부터 이들의 쓰임이 있었기 때문이라는 사실이다.

나는 신학을 공부한 사람이 아니다. 작가로서 나름의 소신을 지닌 청년에 불과하다. 하지만 양 무리의 목자를 생각할 때마다 나에게 큰 위로를 주고, 현재 나에게 놓인 현실적인 고통에 힘을 주는 사도들의 모습을 성경 속에서 발견할 때 그것을 은혜로 붙잡고 살아가는 기쁜 하루살이가 된다.

바울은 자신의 처지를 미말(微末)에 놓인 비천한 자로 표현했다. 처절한 자기 비하이다. 아울러 "하나님께서 원형경기장으로 사도들을 들여 넣어 천사들에게까지 구경거리가 되게 하시기로 작성하신 것과 같다."라고 말하며 사도직의 현실을 실토한다. 이들은 굶주리고, 목마르고, 헐벗고, 얻어맞고, 정처 없이 떠돌아다니고, 생계를 잇기 위해 고된 일을 해야만 했다. 또한 자신들을 비방하는 자들을 오히려 축복하고, 박해받으면 온전히 참고 견디며, 세상에서는 쓰레기, 만물의 찌꺼기 취급, 각양 후욕을 당하나 비천함 속에서 강함이라는 것이 무엇인지 보여준 인물들이었다.

오늘날도 많은 복회자들이 어려운 가운데 하나님을 전하고 있다. 물론, 당시 사도들처럼 얻어맞고, 정처 없이 떠돌아다니지는 않지만, 복음 사역을 감당함에 있어 하나님 일하는 일꾼들의 노고의 범위는 그 시대와 크게 달라진 것이 없다고 본다.

◆ 그리스도인은 할 수만 있다면, 될 수만 있다면, 온전함에 이를 수 있는 은혜를 입는다면, 마땅히 영에 속한, 신령한 영적 사람으로 거듭나야만 한다. 이것은 부족한 내 생각이지만 이론적인 개념이기도 하다. 물론 하나님의 충만한 은혜가 사람에게 선물로 내려져야만 가능할 것이다. 사람이 시기와 다툼의 마음을 지니고 그리스도를 믿는다면, 그것이야말로 아직껏 육에 속한 사람이라는 것을 스스로 증거하는 꼴이 되고 만다.

나는 지금껏 살아오면서 누군가를 시기해본 경험은 없는 것 같다. 특별히 사람을 시기하며 살아가야 할 이유가 없었다. 나의 인생 모습이었다. 물론 나보다 월등한 이들은 많았다. 하지만 세상을 향한 관심과 관조의 방향이 달랐다. 그러니 남과 비교선상에 놓일 하등의 그 어떠한 이유도 없었다.

사람의 인생살이에서 다툼과 논쟁이 없는 곳은 없다. 그러나 온전함에 이르는 길은 자신과의 수많은 싸움뿐이다. 나는 그러한 것과 매일 전쟁하며 살고 있다. 그 이유는 아직까지 내가 온전함에 이르지 못했기 때문이다. 어디까지나 그 방향에 대해 제시하는 것뿐이다.

◆ 바름을 제시하는 자에게 있어 타인의 의심은 제시자의 마음 깊숙한 심연에 적잖은 상처를 남긴다. 한 사람에게 제시되는 문제는 외부로부터 오는 것이지만, 의심은 객자의 마음에서부터 오기 때문이다. 하나님과 인간의 관계는 바로 이러한 유(有)가 성립된다.

하나님이라는 절대적인 존재는 인간과의 관계 형성을 끊임 없는 자기 계시를 통해 이루어 간다. 그렇기에 신자의 범죄는 하나님 앞에 회개 즉, 용서의 여지가 주어지지만, 의심은 그에게 어떠한 선처도 베풀 수 없는 최악의 상황을 만들어버린다. 그 때문에 성도에게 있어 의심만큼 중한 죄 또한 없는 것이다. 의심의 대가는 철저한 관계 단절이다. 인간인 우리에게는 무서운 저주이다.

◆ 이십 대 청년 시절 나는 심리·철학자들의 저서를 두루 탐독했다. 즐거운 유희였다. 그들이 펼치는 이론은 어린 나에게는 갈증을 해소하는 탄산수와도 같은 새로운 개념을 제시했다. 그들은 성경을 이성적이고, 논

리적이며, 합리적으로 분석했다. 마치 누가 구약성경을 인본주의적 개념으로 더욱 잘 풀어내는지 경쟁이라도 하듯, 그들의 사고는 나에게 끝없는 탐구성을 실현시켜주었다. 하지만 이들의 저서를 공부하면서 내가 다짐했던 것은, 내 나이 서른 살이 되기 전까지 이들이 바라보는 사회구조와 신앙에 대해 취할 것은 취하되 역행할 것은 냉정하게 버릴 수 있는 분명한 주관적 개념을 지니겠다는 나름의 의지와 소명 의식이었다. 철학자들의 저서를 통해 내가 얻은 결론은, 훌륭한 철학자는 성경을 존중하고, 하류 학자들은 자신의 지혜를 세상 관념에 접목하려 애쓴다는 점이었다.

나의 판단에 있어 이들에게 결여된 것이 있다면 그것은 바로 믿음이었다. 믿음은 구조상으로는 복잡하면서도 그 행위에 있어서는 단순성을 지닌다. 아니, 단순하게 접근하는 것이 언제나 믿음을 가늠하는 선상에서는 최고의 평가로 결론 난다.

부모와 자식 간의 일상을 면밀히 살펴보면 믿음이 무엇인지, 우리가 지니고 있는, 우리가 지녀야만 하는 믿음이 어떠한 방향을 제시하고 있는지 금방 알 수 있다. 사실 이 부분에 대해 깊게 논한다면, 나는 더 많은 실존주의를 설명할 수밖에 없기에 말을 아끼고자 한다. 그렇다면 최대한 간결하게 예시를 제시하고자 한다.

간식을 원하는 아이에게 엄마가 간식을 준다. 받은 아이는 그 간식을 들고 간식이 자신에게 오기까지의 과정을 곰곰이 생각지는 않는다. 간식을 받으면서 아이는 엄마가 나에게 느끼는 감정은 어떠한가? 엄마가 나에게 이것을 주면서 무엇을 제안할 것인가에 대해 논하지도 않는다. 엄마는 단순하게 사랑하는 아이가 원하니까 주는 것이다. 아이가 필요로 하는 시간

대이니 아이에게 간식을 내어주는 것이다. 아이는 굳이 간식을 달라고 말하지 않아도 엄마 스스로 아이가 배고플 것으로 알아 간식을 건네주는 것이다.

모든 실존주의 학문은 세상과 견줄 때 허무함을 논하는 것처럼 보인다. 그러나 세상에서 승한 학문인 실존주의의 최종 목적은 세상을 단순한 인간 이성으로 바라보며, 하나님을 거부하고, 나아가 미학이 적용되는 모든 범주를 황금으로 만들고자 함에 있다. 달리 말하자면 인간 승리, 인간 주권의 절대적 계승이다. 깊고 어려운 범주이다. 아울러 실존주의 학문은 일상과 단순함에 대해 고뇌하고 의미를 부여하는 연금술과도 같다. 그러나 하나님 앞에서 실존주의의 발목을 잡는 것은 곧 의심이다. 많은 번민과 고뇌는 결과적으로는 죄이다. 그래서 철학적 미학의 파생은 신과 가장 가까이 있으면서 그분의 존재를 탐구하는 듯하나, 실질적으로는 아무런 상관이 없는 것이다.

실존주의자들(넓게는 자유주의 신학자들)도 근원을 탐구하는 인간이기에 엄마가 주는 간식처럼 언제나 하나님께서 제시하는 모든 공간 안에 거하면서도, 번민과 고뇌로 그들 스스로를 하나님과 멀어지게(고전적으로는 스토아학파) 만들고 있다.

나는 니체보다 똑똑한 사람일지도 모른다. 물론 남들은 인정할 수 없을 것이다. 그러나 더 나아가 니체보다 축복받은 사람이라고는 확신한다. 그것은 내가 '실존'을 인정하고 시인하기 때문이다. 그 실존은 하나님이자 인간을 위해 대신 피 흘리신 예수 그리스도이다.

◆ 바울은 로마서에서 온갖 불의를 비롯한 악행, 탐욕, 가득 찬 악의, 질투, 살인, 분쟁, 사기, 악독, 험담, 중상모략, 하나님을 싫어하는 것, 건방짐, 교만, 자랑, 악을 도모하는 것, 신의의 부족, 분별력의 결여, 몰인정, 자만심의 부재가 있는 자는 죽어 마땅하다고 언급한다. 마지막으로 그는 부모에게 순종하지 못하는 행위에 대해 이 모든 모습 중, 가장 근원적으로 바르지 못한 행위로 치부하며 성도들에게 부모 순종함을 권면한다.

부모에게 순종함은 성경이 제시하는 제1의 덕목임에는 틀림없다. 가장 더럽고 추잡한 것들과 부모에게로 향한 마음의 순종은 언제나 동일선상에 등장하기 때문이다.

◆ 남을 판단하고 정죄하는 것에 대해 성경은, 그 판단으로 공의로운 하나님의 심판을 면할 수 없다고 말씀한다. 남을 판단하는 것은 결국 스스로를 정죄하는 것이라고도 바울은 전한다. 그러나 하나님께서는 우리 인간에게 회개의 기회를 주신다.

사람에게 있어 마음의 완고함을 버리고 회개의 때를 초연하지 않는 것도 지혜이다. 결국 그것은 하나님이 주시는 가장 값진 선물이다.

◆ 사람은 망각의 동물이다. 일부 기독교인들은 신앙생활을 함에 있어 몇몇 규율을 준수하는 것만으로도 스스로를 의롭다 여긴다. 결국 이러한 행위를 자랑하며 내세운다.

믿음은 율법의 범주를 더욱 굳건히 세운다. 그러나 하나님 앞에 성결하고 믿음 좋은 자들에게 있어 많은 율법은 스스로를 옭아매는 법이 될 수 없다. 나아가 그 믿음을 거스르는 걸림돌이 되지도 않는다. 결국 믿음은 본질적으로는 모든 법을 폐한다.

믿음은 법에 메이지 않는 것이기에 이방인도 수용하는 당위성을 지닌다. 살아계신 하나님은 인간이 의에 이르러 하나님 앞에 설 수 없는 상황임에도 당신의 아들인 예수 그리스도를 십자가에 못 박으면서까지 우리에게 의에 다다를 수 있는 길을 열어주셨다. 그러하기에 우리의 의는 사실상 하나님께 진 빚이다. 우리 스스로 의롭다 여기며 자랑할 것이 없는 것이다.

사람의 의는 예수의 피의 값, 빚으로 얻은 선물이다. 하나님께서 사람을 의롭다 칭하실 때 사람이 할 수 있는 것이라고는, 오직 무릎 꿇고 눈물로 그 의를 겸손히 받는 것 외에는 달리 행할 수 있는 아무런 행위가 없다.

믿음에 의해 단번에 칭함을 받은 의라지만, 결과적으로는 대속의 과정이 수반되었다는 점에 있어 이것은 심각하게 묵상되어야만 할 부분이다. 이러한 점을 생각할 때 자신들을 스스로 의인이라 칭하며, 심지어 그 날짜까지 계수하고, 무지하고 연약한 심령을 현혹하는 자들은 실로 예수 그리스도의 대속의 은혜를 경이 여기는 자들임에는 분명하다.

◆ 사랑, 용서, 죄, 형벌, 성경에는 이러한 단어들이 내용 전체에 있어 큰 축으로 아우러진다. 이 중에서 가장 심각하면서도 큰 비중을 지닌 단

어를 선택하라고 한다면, 나는 죄를 선택하겠다.

성경은 사랑이 드러내고자 하는 근본을 담고 있다. 용서 또한 성경 속에서 사랑의 이행을 분명하게 제시한다. 그러나 인간의 죄에 대해 성경은 형벌이라는 총체적인 비중으로 내용 전체에서 다루고 있다.

죄의 삯은 사망이다. 그것은 인간이 받을 수 있는 형벌과도 상통한다. 우리가 사망한다는 것은 구원받지 못하는 처지로 전락해버리는 영혼의 파멸을 의미한다. 물론 사람에 따라서는 육신의 파멸도 결부될 수 있다. 엄밀히 말해 사람이 하나님 앞에서 할 수 있는 행위는 아무것도 없다. 그저 죄를 인식하고 회개에 이르러 성경이 전달하고자 하는 사랑을 부여받는 것 외에는 없는 것이다. 우리는 하나님 앞에 있어 모든 것에 빚진 자라는 사실을 결코 잊어서는 안 된다.

◆ 성경은 권별로 저자가 명시된 책이다. 신약성경을 제외한 구약성경 중 몇 권은 책의 저자가 분명치 못한 부분도 있지만, 성경 각 권의 저자들은 학자들에 의해 이미 공포되어 있다. 구약에 있어 추론에 의한 저자도 그 이름만큼은 명확하게 기술되어 있는 것이다. 나는 이들의 연구에 올곧은 역사성을 부여한다. 나아가 하나님의 사람 사용하심에 대해 신뢰한다.

성경에서 우리가 주목해야 할 부분은, 책을 기록한 저자가 타인의 마음을 아우르는 기록이다. 예를 들어 이스라엘군과 블레셋군이 전쟁할 때 이스라엘 측에서 기록하고 있는 성경 저자가 블레셋 왕이 침실 속에서 생각하는 죄 된 마음을 알아 기록하는 대목이다. 이것은 신기한 일이다. 하나님께서 모든 인간의 마음을 관철(觀徹)하신다는 것의 증거이다. 물론 기록 행위자는 위대한 영감을 받았을 것이라 믿는다.

나는 죄를 통해 파생되는 인간 형벌에 대해 고민한다. 이 부분에 대해 나름의 예시를 제시하고자 한다.

어떠한 이의 사업이 망하거나 사고가 났다고 가정하자. 믿음의 초심자들은 하나님께서 벌을 내리신 것이라고 단정할 수도 있다. 다행히도 스스로 벌을 받았다고 생각하는 사람은 회개의 사유를 찾아 기억의 저편을 더듬는다. 그리고 회개의 분명한 이유가 성립되면, 그 잘못으로 인해 벌이 나에게 내려졌다며 심령의 변화에 다다른다. 이것은 이상적이면서도 성도들에게 있어서는 아름다운 모습이다. 스스로 자신의 죄를 찾아 회개에 이르렀으니 말이다. 하나님께서는 용서해주시리라 믿는다. 하지만 성경은 죄에 대해 그냥 지나침이 없다는 것을 분명히 명시한다.

예수 그리스도는 사랑의 대명사이다. 많은 이들에게, 결국 지금까지도 끊임없는 용서의 마음을 전하고 있다. 사실 교회는 예수 그리스도의 이러한 가르침에 준해 죄에 대해 어느 정도 관대하다. 이 말은 잘 이해되어야만 한다. 관대하다는 표현이 방임한다는 뜻은 결코 아니다. 모든 용서가 이뤄진다는 말은 더욱 아니다. 회개의 선행과 구원의 방편을 놓고 본다면 죄라는 것이 사람이 단정할 수 없는 범주라는 말이기도 하다. 신자에게 있어 용서는 어디까지나 영혼 구원으로 결과가 난다. 죄를 지은 사람이 그 죄로 말미암아 육신의 벌을 받는 것과 그냥 안일하게 살아가는 것은 하나님께서만 판단하실 문제이다.

어떠한 신자가 교통사고를 당해 스스로 잘못한 것이 있어 벌을 받았다고 목회자에게 자백한다. 대한민국 목회자 중에 "네 맞습니다. 집사님은 남을 시기했기에 그 죄의 대가로 교통사고가 난 것입니다."라고 말하는 목회자는 아무도 없을 것이다. 하지만 자신이 벌을 받았다고 스스로 말하는 집사도 굳이 맞는 소리를 하는 자는 못 된다. 이유는, 인간이 하나님을 시험할 수 없기 때문이다. 오늘 잘못하면 내일 벌이 내리고, 회개하면 내릴 벌이 감해지는 원리로 하나님을 논한다면 그것은 지존하신 하나님을 두고 장난치는 것과 다를 바가 없는 것이다.

교회에서는 거창하게 오늘의 안 됨도, 오늘의 사고가 형벌이 아니라면, 하나님께서 다른 뜻을 지니고 계실 것이라며 막연한 성경 논리를 앞세운다. 물론 이것도 성경적이지만 무슨 잘못을 저질러 성도가 벌을 받는 것도 성경적 원리는 맞다. 하지만 모든 해석은 최상의 융통성을 가지고 합리적으로 풀어나가야만 한다. 그것은 성경을 통해서만 가능하다.

좋다. 모두 맞는 말이다. 사람이 볼 때 형벌처럼 보여도 하나님의 장기적인 계획 속에서는 축복의 열쇠일 수도 있다는 아름다운 표현들, 신자들은 많이들 이야기한다.

나는 이러한 말을 하고 싶다. 만약 내가 어떠한 벌을 받고 있다는 확신이 든다고 가정하자. 아무리 생각해도 음욕의 죄나, 사기를 치거나, 욕하거나, 남을 비방한 일이 없다면 혹, 나로 말미암아 누군가가 억울한 일을 당했거나, 무심결에 타인의 마음을 아프게 해, 그가 하나님께 나에 대해 신원하고 있는 것은 아닐까를 생각해보라고 말이다.

성경 속에서 쉽게 드러나는 죄의 대부분은 몸 밖에서 자행되는 죄이다. 하지만 사람의 마음에서 파생되는 죄에 대해서도 성경은 깊게 고찰한다. 그리스도인은 쉽게 말해 착하게 살아야 한다. 이것은 피상적인 말이다. 그렇다. 인간은 하나님을 신뢰하고 용서하는 그분의 선하심을 인정하지만, 죄에 있어 하나님을 두려워하는 마음을 지니고 악을 멀리하는 삶을 살아가야 할 필요 또한 있다고 본다. 인간의 마음에서 일어나는 모든 생각의 모양은 망각과 결부한다. 그러니 인간 스스로가 그것이 악인지, 일반적인 마음인지 구분하기는 어려운 부분이다.

A와 B가 하나의 돌을 보고 저 돌은 금이라고 입을 모았다. B는 밖으로 나가 사람들에게 저 돌이 금이라고 외쳤고, 저 돌이 어찌 금이냐고 따지는 사람들과 B는 시비가 붙었다. 큰 곤경에 빠지게 된 것이다. B가 내 말에 힘을 더해 줄 수 있는 A가 있다며 사람들을 데리고 A 앞에 당당히 섰다. 하지만 A는 모인 사람들이 두려워 자신은 돌을 가지고 금이라고 말한 적이 없다며 부인했다. 결국 B는 모든 이들에게 외면당하는 사람이 되었다. 실질적으로 A는 B에게 조금은 미안한 마음이 들 수도 있었겠지만, 자신이 그리 큰 잘못을 저지른 것이라고는 생각지 못할 것이다. 굳이 A 자신이 곤경에 처한 것이 아닌데, B의 편을 들어 화를 당한다는 것이 오히려 미련한 행위라고 생각했다. 인간관계에 있어서는 아무것도 아닌 문제이다. 정말 이것은 A에게 있어 그리 목숨을 걸만한 일은 아니다. 하지만 B는 억울함에 가슴을 칠 것이다. A를 원망하고 분노가 치밀어 오를 것이다. A가 야속하게 느껴져 평생의 원수로 생각할 것이다.

하나님은 B에게 용서의 마음을 요하신다. 그러나 공의로운 분께서는 B의 신원을 결코 무시하지 않으신다. 하나님은 나의 하나님도 되지만, 너의 하나님도 되시기에 우리는 언제나 정신을 차리고 혹, 나의 만용이 상대를 눈물 나게 하고 있지는 않는지 잘 생각해보아야만 한다. 이 부분은 그리스도인 모두에게 통용되는 부분이다. 목회자나 사모 또한 예외는 아니다.

하나님께서 가장 미워하시는 죄 대부분은 사람 마음에서 일어나는 감정과 이성의 통제하에 파생되는 인간 심연에 잠재된 근원적 죄라는 사실을 결코 잊어서는 안 된다. 우리는 행위의 죄를 두고 죄의 모양이라 말하지만, 모든 죄의 원천은 마음속 양심에서 일어난다.

◆ 사도 바울은 그의 복음서를 통해 만물에 하나님의 형상이 분명히 나타나 있다고 고백했다. 이러한 자라면 복음 즉, 성경 없이도 하나님이 부여하는 특별한 영감으로 그분의 성품과 숨결을 세상의 유동(遊動) 속에서 충분히 경험할 수 있을 것이다. 원리상으로는 그렇다. 그러나 일반 사람들은 꽃을 보면 아름다운 꽃만을 본다. 그 가운데 하나님이 꽃으로 자신을 계시하시어 꽃에서 하나님의 형상을 도출할 수 있는 능력까지는 보지 못한다.

이 시대를 살아가고 있는 우리는 하나님의 직접 계시가 수반된 은혜를 경험하지 못하고 살아간다. 그러나 바울이 언급하고, 일부 성도들이 말하는 직접 계시나 특별 계시에 대해 나는 신비주의적인 요소를 배제하지는 않는다. 하지만 이 시대의 가장 완전한 계시는 이미 성경 안에 모두 언급되어 있다. 이것은 이십 대 시절부터의 나의 개념이다. 나아가 말씀이 운동력을 통해 육신에 발현하는 믿음 또한 하나님께 받는 가장 특별한 계시라는 확신이다.

성경은 곧 하나님 자신이기에 우리는 바울처럼 만물을 관조하지 않아도 성경을 통해 더욱 쉽게 하나님의 음성을 들을 수 있다. 성경을 통해 만물 속에 내재된 하나님의 숨결을 인지할 수 있다. 이것이야말로 성도들이 지향해야만 될 가장 올바른 계시의 은혜라고 생각한다.

많은 성도들은 지금이 말세의 시절, 인간사에 있어 가장 혼란스러운 현혹의 시대라고 말한다. 그러나 성경 말씀을 통한 심령의 감화로 성령님이 운동한다는 사실을 확신한다면, 지금이야말로 큰 축복의 시절은 아닐까 생각한다.

오늘 우리는 잠들기 전, 성경을 펼쳐 마음껏 묵상할 수 있다. 하나님께 예배드리고 싶을 때 언제든지 교회에 나가 찬양하고 기도할 수 있다. 이것이야말로 감사함의 큰 조건이다.

◆ 성 베네딕트 수도 규칙서(Rule of Saint Benedict)에는 당시 수도 생활을 추구하는 수도승들을 회수도자와 은세수도자, 사라바이따(Sarabaita)로 구분했다.

회수도자는 수도원 안에 거하며 아빠스(수도원 원장)의 가르침에 순종하고, 충성스러운 공동체 생활을 이어가는 수도자를 말한다. 은세수도자는 수도원 안에서 공동체 생활의 모든 규범을 배운 후, 광야로 나가 홀로 지내며 사탄과 영적 싸움을 하는 수도자를 말한다. 그러나 사라바이따는 홀로 이곳저곳을 떠돌아다니거나, 삭발하고, 수도복을 입었다는 명분으로 거룩함의 모양은 추구하나 명분은 세속에 몸담고 사는 수도자를 가리 킨다.

개인적으로 한국 기독교에는 가톨릭에서 말하는 사라바이따와 같은 이 들이 무수히 존재한다고 본다. 그것에 부합하는 부류는 어떠한 노회에 속 하지도 않고, 온전하게 신학을 공부하지도 않은 상태에서 산속으로 들어 가 기도원을 세우거나 도심에서 영성원을 운영하는 자들이다. 자신이 기 도로 얻었다고 판단하는 영성을 홀로 칩거하며 남을 판단하는 데에만 사 용하는 이들에 대해 나는 영적 교만함이 가득한 이들로 여긴다. 이러한 이들의 초창기 모습을 들여다보면, 어디까지나 한 무리의 목자를 섬기며 말씀을 배우던 자들이었다. 하지만 본인 스스로 영적인 갈급함을 명분으 로 앞세워 무리에서 이탈해 나와 나약한 심령들을 교회 공동체 속에서 분 리시키는 역할을 자행해오고 있는 것이다. 이것은 하나님 앞에 죄의 모양 을 그대로 표출하는 인간의 욕심으로 말미암아 파생된 현상이다.

이 시대에는 거룩함이라는 단어와 거리가 먼 목회자들도 많다. 성도 개 인이 이러한 명분으로 한 무리에서 이탈할 때 목회자와 빚어지는 갈등의 책임은 온전히 성도 개인에게로 돌아갈 것이다. 이 부분에 있어 나는 가 톨릭 신자(구교의 보수적 개념)는 아니지만, 보수적인 신앙관을 지닌다.

사라바이따와 같은 이들이 칩거하는 기도원에서는 무분별한 예언이 난 무한다. 한 번 이곳에 발을 들여놓은 성도는 힘든 일을 당할 때마다 이곳 을 들러 예언이나 안수를 받고 돌아오는 경우가 빈번하다. 한 예로, 어린 시절 나는 어머니를 비롯한 교회 집사님들과 장로님을 따라 안수기도를 받으러 기도원을 방문한 적이 있다. 자발적인 의지는 아니었다. 이곳을 운영하는 자는 나이가 많은 여성이었다. 그녀는 내 어깨에 손을 얹고 기도하며 흐르는 눈물을 감추지 못했다. 이어 나를 소명자라며 떨리는 목소리로 말했다. 훗날 세계 선교지를 돌며 많은 사람들의 가슴에 큰 감화를 줄 신학자가 될 사람이니 그것을 잘 염두에 두어 아이를 키우라고 부모님께 말했다. 그녀는 티슈로 흐르는 눈물만 닦았다. 그리곤 정성스럽게 나를 일으켜 어머니께로 보냈다. 이후 세월이 지나 대학생 시절 그녀를 다시 한번 만날 기회가 있었다. 나를 기억하지 못했다. 내 어깨에 손을 얹고 기도하는 가운데 또다시 깊은 눈물을 흘리며 훗날 큰 신학자가 될 사람이며, 세계 선교지를 돌며 복음을 전하고 여러 나라말을 구사할 사람이니 공부해 반드시 그 소명의 길로 들어서게 하라고 예전과 같은 말을 하는 것이었다. 그녀가 눈물을 흘리며 어린 나를 가리켜 마지막으로 한 말은 "이 사람은 큰 학자이자 소명자입니다."라는 말이었다. 당혹스러웠다. 기도가 끝난 후, 그녀는 당신이 무슨 말을 했는지 전혀 기억하지 못했다. 동행한 어느 집사는 기도 받는 도중 부모님의 지난 과거가 드러났다. 순간 밖으로 뛰쳐나가 담배를 피우며 근심했다. 그는 마치 용한 무당을 대하듯 그녀에게 꼭 다시 한번 찾아와 진중한 상담(그의 개념에서는 기도가 상담)을 받아야 할 것 같다고 말했다. 그는 신앙심이 깊은 사람은 아니었다. 그 모습을 본 나는 사단의 영적 장난이라고 생각하며 속으로 크게 비웃었다. 성도가 교회의 담을 넘어 이탈할 때 이러한 일들을 경험하는 것이다. 검증이 필요한 안수 행위에 대해 부정적인 견해는 당시 나이가 어렸어도 내 양심이 말해주는 것이었다. 그날 어머니는 집으로 돌아와 침울한 목소리로 내가 목회자가 되는 것을 원치 않는다고 말했던 기억이 난다. 물론 어머니는 오래전 그 일을 기억하지 못했다. 나는 이러한 일화를 단순한 안수기도의 추억으로 기억하고 있다. 만약 나와 같이 부족하고 세속적인 사람이 사역자가 된다면, 그것은 드라마적이고 극적인 일일 것이다. 하나님의 절대적인 승리(나는 부족한 자이기에)가 될 것이다. 그러나 나는 소명의 부분에 있어서는 어린 시절의 서원에 준한 사역자의 의지를 가장 이상적이며 온전한 목회자의 길로 여긴다. 그렇게 본다면 나는 아닌 사람이 분명하다. 내가 성경에 대해 논할 수 있는 것은 나의 믿음과 성경 말씀에 대한 사랑, 생업으로 글을 써 온 재능에 기인하는 것이다. 그 이상, 그 이하도 아니다. 성경 전체를 외우는 사람이 믿음이 없다는 것은 말도 안 되는 것이며, 성경을 줄줄 암송한다고 하여 꼭 사역자가 되어야 한다는 것도 온당치 않다고 본다.

성경에 기인하지 않은 모든 말의 구성은 하나님을 훼방하는 것이다. 설령 그 말이 진기하다고 한들, 그것이 귀신의 장난이 아니고서야 무엇이겠는가. 공중의 권세 잡은 이(사탄)는 사람보다 강하다. 그 어떠한 사람의 마음도, 사람의 행동도 익히 아는 것이다. 모든 기도, 모든 중보는 내가 출석하는 교회 목회자의 권유 아래, 해당 교회 장로들의 검증하에 이뤄져야할 부분이다. 어찌 보면 이것은 내가 판단할 범주는 아니다. 하나님의 영이 어떻게 일하시는지에 대해 어느 누구도 단정 지을 수 없는 노릇이기 때문이다. 그러나 분명히 알아야 할 것이 있다. 하나님을 향해 선한 욕심을 가지는 것 또한 그것이 진정으로 하나님만을 위한 것인지, 아니면 나 자신의 덕을 위한 것인지에 대해 철저하게 생각해보는 것이다. 교회 내의 분리를 초래하는 자들에게 임할 형벌은 실로 무서운 것이다. 그것은 역사를 통해 입증된 사실이다.

◆ 하나님은 일점일획도 그냥과 대충이 없는 유일무이한 분이시다. 그분께서는 인간을 창조하시고, 아담과 하와 시절에 항상 이들을 살피사, 그 이후로도 인간과 지속적으로 교통하셨다. 아브라함 이후에도 하나님께서는 당신의 형상을 닮은 인간을 향한 분명한 계시로써 당신의 실체 드러내기를 기뻐하셨다. 예수 그리스도 당시에는 더욱 완전함으로 당신의 아들을 대속함으로써 온전하게 그 모습을 보이셨다. 또한 그분은 오래 참으시며, 하나님 스스로 자신을 온전히 드러내신 성경을 통해 지금까지도 육신을 입은 사람들과 친밀하게 소통하신다. 이것이야말로 기적 중의 기적이다.

◆ 독일의 대문호 헤르만 헤세(Hermann Hesse, 1877~1962)는 그의 명작 『싯다르타(Siddhartha)』에서 고타마 싯다르타를 인본주의적 관점에 빗대어 정적으로 묘사했다. 그는 신과 결부된 세상에서의 모든 인본주의적 행태의 관념을 고타마 싯다르타의 해탈의 모습을 통해 표현하려고 했던 것이다. 아니, 어찌 보면 설득하려고 했던 것은 아니었는가 싶다.

헤세의 개념은 불가의 이치에 있어 선지식 논리이다. 이것은 안식일에 일하는 예수 그리스도를 긍정적 시선으로 바라보는 것과 같은 원리라 하겠다. 그러나 헤세가 해탈한 자에 대해 표현하려고 했던 전개는 오늘날 불가에서 비난의 여지가 있다고 본다.

대승불교와 소승불교와의 의식적인 차이에서도 이러한 인본주의적인 관점은 여실히 드러난다. 청년의 때 나는 인본주의에 대해 관심을 가지기 시작했다. 나의 인본주의의 시작은 창세기에 등장하는 야곱을 마주하면서부터였다. 창세기를 읽을 때마다 야곱을 생각하며 울곤 했던 기억도 있다.

그 시절 나는 노래하는 성악과 학생임에도 담배를 피웠다. 그리스도인임에도 떳떳하게 담배를 피웠던 것이다. 하지만 신령치 못한 행실은 모든 부분에서 신자의 향기를 가감시킨다. 이것은 변명이다. 그렇지만 그리스도인이 완성되어가는 과정에 있어 사람 행실에 기반을 둔 하나님에 대한 인식의 지속됨은 중요한 결과를 낳는다고 생각한다.

우리는 하나님과 인간의 관계를 어떻게 규정하는가? 세상을 창조한 신과 인간의 종속적인 관계로 보는가? 아니면 우리를 창조한 아버지와 아들의 관계로 보는가? 종속적인 관계에서는 나름의 계약이 성립된다. 그 때문에 하위 관계에 놓인 입장에서는 상위 개념의 눈치를 볼 수밖에 없다. 신본주의적 성경은 이러한 부분을 율법이라는 틀로 묶어 하나님과 인간의 관계를 종속적인 개념으로 만들어버린다. 왜냐하면 하나님과 인간 사이에는 철저한 규례와 명령이 존재하기 때문이다. 그러나 우리는 율법이라는 부분을 판단할 때 이것이 하나님 자신을 위함이기도 하지만, 결국 사람을 위한 것이라는 사실 또한 망각해서는 안 된다고 본다. 규례라는 것은 본래 그 성격이 엄중하다. 율법으로 볼 때 우리는 하나님과 참된 종속 관계에 놓여 있는 것이다. 이것에서부터 신본주의는 시작된다.

내가 만약 존경받는 목회자의 아들이라고 가정하자. 위에서 언급한 것처럼 내 몸을 신령한 성전으로 여기지 못하고 담배를 피운다. 그래도 나를 사랑하시고, 나에게 좋은 것으로 주시고자 하는 든든한 아버지가 계시기에 한시적으로나마 하고 싶은 모든 행동을 해보고 다니는 것이다. 결국 그에 합당한 징계도 받는다. 시간이 지날수록 나는 철이 들고 아버지를 닮아간다. 그리고 아버지에게 더욱 가까이 다가가려고 애쓴다. 왜냐하면 아버지의 존재 가치를 충분히 인식하고 있기 때문이다. 이것이 하나님과 인간과의 관계에 있어 인본주의의 발단이다. 이 부분은 논란의 요소가 있고 섬세하게 이해되어야만 할 것이다.

나는 생각한다. 구약성경 전체를 놓고 볼 때 하나님을 배척했던, 하나님과 아무런 상관이 없는 것처럼 행동했던 인간들(특히 출애굽 당시 이스라엘)은 모두 하나님의 철저한 율법이라는 관념 아래 묶여 종속적인 관계에서 살다가 생을 마감했다. 그들의 '마감'이라는 것은 실로 비참했다. 하나님께서 그들을 버리셨기 때문이었다. 그렇지만 예수 그리스도의 대속의 은혜, 옛 율법을 파하고 새로운 지성소로 들어가신 기적을 통해 우리가 더 이상 하나님과 종속 관계에 놓인 사이가 아니라는 것을 그리스도는 몸소 보여주셨다.

양자를 위해 친아들을 죽음으로 몰아넣는 아버지는 이 세상에 아무도 없다. 믿는 성도들은 이것을 분명히 인식하고 있어야만 한다. 하늘의 천사도 하나님의 인간 사랑하심에 대해 질투한다는 사실을 말이다. 바울은 그의 독백에서, 자신의 처지를 성전 위에 앉아 구경하는 천사들마저도 비웃을 것이라고 말했다. 하나님과 진정으로 종속 관계에 놓인 모든 피조물은 그분의 인간 사랑하심을 질투하는 존재라는 것을 역설적으로 증명하고 있다. 우리는 단 한 가지를 기억해야만 한다. 다윗이 하나님께 어떻게 했는지를 말이다.

◆ 성경을 해석하는 목회자가 설교 시 인용하는 구절의 단맛을 분명하게 인식해 성도의 삶에 적용시키는 능력은 하나님께 받은 큰 선물이다. 그것은 은혜이자, 개인적인 끼요, 받은 능력이다.

대중들이 좋아하는 설교가 어떤 것인지 분명하게 알고 있는 설교자는 성공적인 목회를 이어나간다. 개인적으로 나는 주석을 달 듯, 본문 내용을 이지적으로 해석하는 목회자의 설교를 좋아한다.

한 유명 목회자의 설교를 현장에서 들을 수 있었다. 나는 그의 설교에서 다소 아쉬움을 느끼고 집으로 돌아왔다. 그가 아무리 세계를 돌아다니고 설교했던 유능한 목회자라 할지라도 설탕만을 뿌리며 진행하는 그의 설교를 통해 '과연 한국 교회에서 성공하는 목회의 지름길이 이러한 길뿐이 없는 것인가? 이렇게 설교하는 것만이 성도들로 하여금 영성이 큰 것으로 보이게끔 만들어 주는 지름길인가?' 하고 기독교 방송이 만들어낸 스타 목회자들의 획일적인 선교에 다소 반감을 느꼈던 적이 있다. 그렇다. 언제나 대중은 성경 읽기는 싫어해도 벙어리가 말하게 되는 기적에는 눈이 동그래지는 법이다.

◆ 목회자들의 설교보다 큰 설교는 성경 그 자체이다. 주석가들의 설교 문집을 보면 그저 놀라울 뿐이다. 한 권의 책 번역은 그냥 어렵지만, 성경 한 권의 주석 작업은 평생의 숙원 사업처럼 대단한 에너지가 요구되는 대역사이다.

설교하는 목회자가 낭독한 성구를 성도들에게 잘 풀어 해석해준다면, 그것은 훌륭한 설교이다. 그 구절을 적절하게 현대인들의 삶에 투영시키는 것까지 연결해준다면, 그것은 위대한 설교이다. 그러나 모든 경이로운 설교는 20분 안에 다 들어 있다. 가장 어려운 것은 성경의 범주 안에서만 사고하는 것이다.

◆ 정확히 기억하자면, 내 나이 열아홉 살 되던 해에 나는 성경을 통독하고 필사를 시작했다. 사실 나의 삶이 그리 경건하고, 남에게 본이 될 만한 신앙인의 모습은 아니었다. 그러나 청소년 시절을 비롯해 삼십 대 중반에 이르기까지 단 하루도 성경을 손에서 놓아본 일이 없다. 나는 대학 시절 성악을 전공하는 학생이었고 담배를 좋아했다. 많은 가수들과 사상가들을 지나칠 정도로 사랑했다. 그 때문에 청년 시절 내 방에는 여러 인물들의 액자가 많았다. 존경하는 인물들의 액자를 만들어 그들을 바라보는 것은 나의 즐거움이었다. 지금은 토라를 필사하는 랍비의 모습이 담긴 액자와 필 콜린스(Phil Collins), 호세 카레라스(Jose Carreras)의 액자만 간직하고 있다. 또한 나는 일상에서 상남자 같은 품행도 연출하며 만족스러운 기분에 도취하기도 했다. 하지만 그 당시에도 내 손에는 성경이 들려 있

었다. 철없던 시절 해볼 수 있는 것은 다 해보며 지냈지만, 성경의 권위만큼은 분명히 인식하고 있었다. 그러나 이것은 만용이었다. 부끄러운 행위였다.

언제나 하나님은 우리에게 정당성을 요구하신다. 그것은 바로 신실함이다. 성도는 하나님께서 사람의 양심을 통해 말씀하시는 부분에 귀 기울여야만 한다. 그리고 그 양심이 말하는 것에 따라 행동하기 위해 노력해야만 한다. 명철함이 요구되는 사안이다. 이것이야말로 하나님 앞에 온전한 모습이다.

◆ 그리스도인은 성경 속 결과와 예언과도 같이 핍박의 역사를 장식해 온 존재들이다. 그리스도인은 현대 사회에서도 '예수쟁이'라는 표현과 더불어 언어적 핍박과 차별성의 수렁에 수없이 결부되어 왔다.

사람이 예수를 알고, 하나님을 섬긴다는 것이 불신자들의 시선에서는 어디까지나 역겨운 냄새를 풍기는 자들의 일상적 자아 만족을 채우기 위한 하나의 종교 행위로 보일 것이다. 세상이 말하는 예수쟁이들은 예수 그리스도와 관련된 모든 일을 행하는 데 있어 세상 속에서 진중하게 주목받는다. 들려오는 비판 역시 엄중하다. 미운 놈의 작은 실수는 더 큰 화를 불러오는 것과도 동일한 원리이다. 그 때문에 그리스도인은 세상에서 분명하고 대범한 소신을 지녀야만 한다. 항상 하나님을 대변하는 사람이라는 소명의식을 지녀야만 한다. 마지막으로 신령함을 추구하면서도 경건함의 모양을 몸에 익히고 살아가는 연습을 부지런하게 이행해야만 한다.

하지만 그것이 나에게는 가장 어려운 부분이다.

◆ 성도들에 관한 문제를 관심이라는 부분을 덧입어 생각할 때 교회 책임자 입장에서는 그냥 지나쳐버릴 것이 없다. 사회 내에서, 조직 내에서 판단과 결과가 수행되듯이, 옛 바울과 같이 계속되는 눈물의 권면만 따를 뿐, 그 영혼이 하나님을 배도했다고 속단할 수 없기 때문이다. 교회는 사회 속에서의 작은 사회이다. 작은 사회 속에서의 큰 공동체이다. 하나님은 사람 개개인을 창조된 고유의 성품을 활용해 사용하신다.

학자가 전하는 예수와 권투선수가 전하는 예수는 분명히 다를 것이다. 나는 그 방법에 있어 다름을 말하는 것이다. 하지만 전해지는 것은 오직 예수 한 분이다. 그리스도인이라면 모든 것을 협력해 두루 선을 이루어 나가야만 한다.

◆ 세상의 관점으로 볼 때 기독교인이라는 것, 성도라는 것은 교회를 중심으로 동일한 사상을 지닌 이들의 집합체로 인식될 수 있다. 또한 교회는 구원이라는 넓은 개념을 전제로 선한 자와 그렇지 못한 자가 존재하며 이들이 함께 공존한다. 크게는 하나님 앞에 양심이 바른 자, 양심이 비뚤어진 자로 구분 지을 수도 있다. 교회의 궁극적인 목표가 무지한 인생 예수 만나게 하는 것, 즉 영혼 구원에 있다지만, 교회 내 사회성으로 볼 때 성도들은 서로 당 짓고 시기하며, 심지어 성도 간 해악을 끼치는 인생의

유무를 쉽사리 자행한다.

믿음이 좋은 장로가 믿었던 청년의 술 마시는 모습을 보고 실망한 나머지 그 청년과 대화 나누기를 거부한다면, 그것은 그 장로의 신앙관을 의심해 볼 수 있는 문제이다. 그렇다고 해악적인 부분의 이해를 구하는 것은 아니며, 단순히 불손한 행위를 두고 말하는 것은 더더욱 아니다. 단단한 식물을 씹을 수 없는 낮은 수준의 마음의 법만을 신뢰하는 자가 교회 장로로 섬긴다 말해도 좋을 것이다.

배교가 아닌 이상 대부분의 죄는 사랑과 권면이 다스릴 수 있는 범위 안에 국한된다. 이것은 나의 말이 아닌, 바울의 견해이다. 그 때문에 성도들의 죄에 대해서는 하나님과 같은 심성으로 할 수 있을 만큼 큰 담력을 가지고 사랑과 용서의 터울 안에서 적극적으로 다스려야만 한다. 이것은 교회 내 지도자들의 참된 의무이다.

◆ 출석하는 원주 중부장로교회(담임목사 김미열)가 원주시 중앙동에 있을 때 어머니는 오랜 세월 동안 교회 꽃꽂이 봉사를 했다. 내가 당시 어머니의 꽃꽂이 봉사를 귀감 있게 생각하는 이유는 어머니의 마음 중심 때문이다.

어머니가 한창 꽃 봉사를 할 때 교회에 새로 등록한 집사님 한 분(현 권사님)이 꽃 봉사를 하겠다고 요청해왔다. 어머니 입장에서는 봉사를 한 사람이 오랫동안 독식한다는 것 자체가 공평치 못하다고 판단했다. 어느 날 저녁, 이러한 부분에 있어 어머니는 나에게 의견을 물었던 기억이 있다.

결국 어머니는 그동안 진행했던 꽃꽂이 봉사를 그분께 인계했다. 당시 나는 원주고등학교 1학년에 재학 중이었다. 내 기억에 어머니는 그 봉사 일을 내려놓고 안타까운 마음을 금치 못했다. 어느 시기까지는 두고두고 미련을 표현했기에 그때의 기억만큼은 나의 뇌리에 깊게 새겨져 있다.

새로 꽃꽂이 봉사를 하는 분과 어머니의 봉사 방식에는 다소 차이가 있었다. 어머니는 매주 토요일이면 화원에 들러 가격도 묻지 않고 당신이 아름답다고 생각하는 안목에 따라 꽃을 선정했다. 그리곤 교회 강대상 앞에서 기도하고 몇 시간 동안 정성껏 꽃꽂이를 진행했다. 나는 학교 수업을 마치고 교회에 들러 강대상 옆에서 노래 연습(대학입시곡)을 했다. 어머니는 꽃이 아름다울 수 있는 조화로움만을 생각하니 가격을 묻지 않고 꽃을 구입했다. 때로는 십만 원, 어느 날은 육만 원, 어떠한 날은 오만 원으로 꽃값이 모두 달랐다. 하지만 새로 꽃 봉사를 하는 분은 화원에 들러 삼만 원에 가격을 맞춰 놓고, 꽃을 고르지도 않은 채 사람을 시켜 꽃꽂이 봉사를 진행했다고 한다. 이것이 잘못된 것은 아니다. 봉사는 시작하고 행한 그 동기에 있는 것이지 과정이야 사람이 판단할 부분은 아니라고 본다. 하지만 내가 이것을 아는 이유는, 그 화원이 함께 노래를 공부하는 여학생 부모님이 운영하는 화원이었기 때문이다. 학교 수업을 마치고 교회에 들러 노래를 부를 때면, 그 동기의 어머니(어느 교회 권사)는 우리 교회로 꽃꽂이를 오셨고, 꽃꽂이하는 내내 자신을 고용해 돈으로 해결하려는 그분에 대해 어린 나를 붙들고 진중하게 흉을 보곤 했다. 내가 그것을 들어 아는 것이다. 당시 나는 이러한 봉사 의지(물질이 관여되는)에 대해 별다른 개념이 없었다. 그러나 친구 어머니의 말을 통해 봉사의 마음이 물질을 앞서야 한다는 일반적인 개념을 당시 조금은 인식할 수 있었다. 지금은 누가 교회 꽃꽂이 봉사를 하는지는 모르겠으나, 아마도 개개인이 돌아가며 책정된 금액 한도 내에서 사람을 고용해 하나님 제단에 헌화를 올리는 것으로 안다. 이것은 잘하는 일이다. 시대에 부응하는 현상이다. 그러나 당시에는 꽃꽂이가 유행이었다. 사람을 고용해 헌화하는 것은 앞서가는 방식이었다. 중요한 것은 봉사의 모든 기회는 양 무리에게 균등하게 돌아가야만 한다는 것이다.

나는 어머니 다음으로 꽃 봉사를 한 분을 폄하하는 것이 아니다. 눈에 보이지 않는 마음의 진실을 설명하고 싶은 것이다. 이것은 믿는 성도에게 있어 중요한 부분이다. 많은 것을 하지만, 진정성과 정성이 결여된 시대를 살아가고 있는 우리이다. 굳이 행위로만 논한다면, 어머니의 봉사가 아벨의 제사였다. 하지만 나는 그렇게 하지 못할 것만 같다. 아마도 화원에 돈을 주고 맡겼을 것이다. 더군다나 요즘은 대부분 교회에서 그렇게 헌화 봉사를 진행한다. 어디까지나 꽃이라는 것은 하나님께 흠향의 의미도 있지만, 예배를 위해 장식하는 개념이 더 크기 때문이다. 흠향의 의미를 중하게 인식한다면 대부분 성도가 직접 꽃꽂이에 나설 것이다. 그러나 이 시대 그리스도인에게 고한다면, 모든 봉사에는 헌신이 따라야만 한다. 만약 자금이 산출되는 봉사라면 돈에 대한 기준에 정함이 없어야만 그것이 진정한 물질 봉사로 하나님께 헌신하는 것은 아닐까 생각한다.

지금은 원주 중부장로교회가 크게 성장해 수천 명의 성도들이 서로 얼굴도 모르고 예배를 드린다. 하지만 원주 중부장로교회 역사에서 이 두 여인의 꽃 봉사는 가인과 아벨의 제사를 보여주는 단적인 예로, 원주 중부장로교회 역사에 남을 만한 일화가 될 법하다고 본다. 꽃 봉사의 결말은 자녀의 축복이라고 한다.

◆ 성경은 성적 문란을 그리스도인이 멀리해야만 할 세상 유혹으로 간주한다. 도박이나 술, 마약은 하나님과 인간을 분리하는 대표적인 세상 유혹이다. 그러나 성이라는 부분은 인간 누구나가 자연스레 접할 수 있는 기본 욕구이다. 여성의 벗은 몸 싫어하는 남성 없고, 남성의 멋진 완력에 안기고 싶은 것은 여성의 본능이다. 그러나 성적인 방종은 인간의 근원적 욕망에서부터 자행되는 것이기에 규율이 필요했다.

신약성경에서 바울은 아버지의 아내와 동침한 신자를 책망한다. 시대의 성적 타락성을 반영하는 증거이다. 타락의 난이도를 잘 드러내 주고 있다. 아버지의 아내는 첩을 의미한다. 윤리를 거스르는 행동의 죄악성은 예나 지금이나 변함없다.

하나님이 선물로 주신 아내를 귀히 여기고 사랑한다면, 이러한 방종은 해결될 것이다. 나와 아내를 닮은 아이들, 가족과 함께 즐거움을 나눌 수 있는 축복은 자연스러운 인간의 삶이다. 하지만 쉽게 찾아오는 선물은 아니다. 이러한 부분을 생각한다면 쾌락에 미칠 수 없다. 쾌락에 자신을 방임할 수 없는 것이다. 하나님을 통해 세상을 볼 때 가치 있고 진귀한 것들은 주변에 즐비하다. 이것을 인식한다는 것은 극적인 감사함의 조건이다.

◆ 그리스도인이 아니더라도 신념 어린 마음의 법을 지니고 성실함과 건전함을 좇는 이들은 많다. 성도 중에는 성경에 의거해 문란한 자, 탐욕을 추구하는 자, 타 종교인, 술꾼, 사기 치는 자들과 만남 자체를 거부하는 이들이 있다. 이것은 잘하는 처사이다. 그러나 자신들보다 조금이라도 경건의 모양을 갖추지 못하면, 색안경을 쓰고 이들을 바라보거나 멀리하는 것은 무지함의 발로이다. 이런 자들은 세상 밖으로 나가야 함이 온당할 것이다. 하지만 성도가 세상 밖으로 나가 홀로 거하는 것은 하나님께서 기뻐하는 행위가 아니다. 왜 기뻐하는 행위가 안 되느냐의 해답은 이미 성경에 명시되어 있다. 세상에서 우리의 사명이 있기 때문이다. 포용해야만 한다. 모든 포용은 공존의 틀 속에서 아우러진다.

◆ 성적 문란은 고전적이며, 역사성을 지닌 인간의 죄악이다. 나 또한 세상을 살아가면서 양심의 법에 빗대어 결코 단정할 수 없는, 자유로울 수 없는 죄악이다. 오죽하면 아시시의 '성 프란체스코'는 성욕을 참아내기 위해 장미 넝쿨 속을 두 번이나 굴렀겠는가. 프란체스코가 구른 장미밭 장미 넝쿨에서는 아직까지 가시가 나지 않는다고 전해진다. 이 장미밭은 현재 이탈리아 아시시 성모마리아 대성당에 '장미 정원'이라는 이름으로 남아 있다. 나는 이 장미가 프란체스코 시대 때의 장미라고는 생각지 않는다. 가톨릭 마케팅의 한 부분일 것이다.

◆ 성경에 이르기를, 율법은 장차 있을 좋은 것들의 그림자에 불과할 뿐이라고 명시했다. 실체가 아닌 것이다. 이것이야말로 아버지와 아들의 관계에서는 한시적인 계약 조항에 불과하다. 하나님과 인간의 관계는 종속 개념이 아닌 직계 개념으로 보아야 하는 것이 옳다고 본다. 우리가 아버지 하나님이라고 부르는 것은 결코 우연이 아니다. 그렇다면 아버지와 아들의 개념에서 파생되는 모든 것은 그대로 하나님과 인간인 나와의 사이에 접목될 수 있다는 것이다. 깊게 생각해야만 될 부분이다. 바로 이것이 성경이 말하려고 하는 전체이다. 이 부분은 믿음과 구원 등 모든 것을 아우른다.

두려움의 하나님, 사랑의 하나님에 대해 언급하고자 한다. 율법 아래에서는 오직 두려움의 하나님만 존재하는 것이므로 사람에게서는 악의 모양이 나오는 것이다. 이와는 반대로 사랑의 하나님 앞에서는 아들의 모습이 나오는 것이다. 이것은 매우 어려운 부분이다. 율법 아래에 매였던 시대에는 사람이 감히 하나님 앞에 나아가 설 수 없었다. 만일 율법이 사람을 온전케 만든다면, 사람은 더는 죄로 인해 제사를 올리거나 죄의식을 지닐 필요도 없었을 것이다. 땅 위 성막에서 해마다 드리는 희생 제사는 사람의 반복되는 죄를 상기시켜 줄 뿐이었다. 동물의 피로는 결코 죄를 없앨 수 없기 때문이다.

사람의 만용과 죄악의 굴레는 결국 하나님 스스로도 번제물과 속죄 제물을 기뻐하지 않게 만들었다. 모든 것은 거룩한 하나님의 뜻에 따라 예정된 것이었지만, 신의 의지를 돌이키게 할 만큼 사람의 기만은 무서운 죄를 낳고 말았다.

◆ 바울은 고린도전서 7장에 이르러 독신에 대해 강론한다. 이 서신은 현대를 살아가는 젊은이들을 비롯해 부족한 청년인 나에게도 시사하는 바가 있다. 바울의 견해에는 사도라는 직책과 환경적 처지, 신앙의 발로가 뒤엉켜있다. 이것은 바울에게 있어 현실적인 문제였다. 나는 그가 이른 모든 견해를 나열해보며 결론을 얻고자 한다.

"성적 문란을 피하고자 결혼할 것, 결혼해 남편은 아내에게 의무를 다할 것, 아내도 남편에게 의무를 다할 것, 결혼 후 아내의 몸은 남편의 주권 아래에 귀속되는 것, 남편의 몸도 아내의 주관하에 머물게 되는 것, 부부로 맺어졌으면 서로의 몸을 멀리하지 말 것, 각자 기도에 전념할 시기를 빌어 떨어져 지내는 것은 한시적으로 허용할 것, 떨어져 지낸다면 되도록 이른 시일 안에 합할 것, 떨어져 지내는 틈 속에 사탄의 유혹이 일어날 수 있음을 주의할 것, 이 시기에 사람은 절제성이 떨어진다는 사실을 명심할 것, 모든 말이 개인의 견해일 뿐 명령이 아니라는 사실을 알아둘 것, 개개인의 결혼 문제에 대해 관여 의지는 없지만 그래도 홀로 지내는 것이 좋나고 생각함, 개개인이 빌은 은사가 다르기에 결혼할 상대가 있다면 얼마든지 결혼해도 무방함, 정욕이 불타는 것보다 그것이 좋음, 이렇게 믿는 사람끼리 결혼한 사람은 헤어져서는 안 됨(하나님의 명령임), 헤어졌다면 재혼하지 말고 홀로 지낼 것을 권함, 이혼한 부부의 재결합은 허용함, 부부 둘 중 하나가 믿지 않는 사람일 때 그것을 빌미로 이혼해서는 안 됨, 한 쪽이라도 믿는 상대를 만나 다른 쪽이 구원에 이를 수 있다는 것을 명심해야만 함, 믿지 않는 상대가 이혼을 원할 경우의 이혼은 충분히 가능함, 둘 중 한 사람이 믿지 않는다면 그 자녀는 온전히 거룩함에 이르지 못함,

두 부부가 온전히 하나님을 섬기게 되면 그 자녀는 거룩함으로 나아갈 수 있음, 믿는 자가 이러한 부분에 마음을 쓰고 얽매일 필요는 없음, 그러나 신중해야 할 문제임, 믿지 않는 배우자와 살면서 이혼 위기에 놓였을 때 그래도 인내하며 살면서 그를 구원할 수 있다는 것을 한 번 더 생각해보아야 함, 굳이 이혼한다면 하나님께서 주신 각자의 처지(독신)를 인정하고 홀로 살아갈 것, 하나님은 자신의 자녀가 평안히 지내기를 원하시는 분임, 이것은 내가 교회를 향해 세운 원칙"이라고 바울은 말한다. 바울은 사람이 각자의 은사를 인지한다면 되도록 자신과 같은 모습으로 살아가기를 권면한다.

결혼이라는 것에 대해 생각한다. 나는 아직 총각이다. 사실 이미 오래전부터 독신이라는 은사에 대해 소명의식을 지니고 있었기에 나 스스로 독신의 은사가 있는 것은 아닌가 다소 확신한다. 아울러 나는 결혼의 축복을 받은 사람은 아닌 것 같다. 그 마음은 지금도 변함이 없다. 무엇을 확언할 수는 없지만 그냥 그렇게 인지하는 것이다. 나는 부재가 많고, 물질적으로도 부족함이 많은 사람이기에 내가 결혼을 논할 때 나의 모습을 결혼이라고는 꿈도 꿀 수 없는 일부다처제 국가인 시리아의 가난한 청년 무리 중 한 사람처럼 인식하곤 한다. 하나님은 거룩함에 이르는 길을 제시함에 있어 우리가 세상과 타협해 나아감에 이르도록 허락지 않는 것 같다. 바울은 이 간절함을 하나님 도에 어긋나지 않게 발언하고자 돌리고 돌려 오히려 많은 말을 하고 있다.

하나님은 자신이 받은 처지의 분량대로 우리가 온전히 거룩함에 이르기를 원하신다. 바울은 오로지 하나님께로 나아가는 것 외에 아무것도 관심이 없는 자를 스스로 자처했다. 결혼하는 것이나, 이혼하는 것이나, 홀로 거하는 것이나, 모두 하나님을 위해 100% 헌신이 가능한 것을 좇아 행할 것을 권면한다. 그러한 가운데 자신이 받은 처지의 분량이 이것이나 저것이면 그것을 인정하고 정진하라고 말한다.

◆ 바울은 고린도 교회 성도들에게 스스로 자유인임을 자처함과 동시에 자신을 사도라고 소개했다. 바울이 스스로 사도임을 강조한 것은 당시 다른 사도들 즉, 예수 그리스도를 옆에서 보아왔던 제자들과 그들을 추종하는, 분파를 이루고 있는 여러 다른 성도들을 의식해 언급한 말일 가능성이 크다. 사도라고 지칭함에 있어 바울은 예수 그리스도의 생애와 부활을 직접 목격하지는 못했다. 바로 이 점이 타 사도들과 견주어 스스로 인식하는 바울의 부재였다.

바울은 예수 그리스도에 대한 열정의 열매를 성도라고 말한다. 그는 자신의 말처럼 분명 사도였다. 사신을 변호하고 있는 그는 먹고 마시는 것에 관해 언급하며 인간적인 심정을 실토한다.

당시 교회 내에는 분파 싸움으로 인해 위대한 바울조차도 비난의 대상이었다. 초기 비울은 이러한 비난에 있어 자유롭지 못했다. 바울은 스스로를 변호함에 있어 타 사도들을 언급한다. 그는 타 사도들을 비롯한 베드로가 믿음의 아내를 데리고 전도하는 것에 대해 말하며 자신도 이들처럼 아내를 통해 덕을 보는 전도 활동을 할 수 있다는 권리를 설명한다. 이 말은, 바울 자신도 모든 것을 고전적인 구약의 규례(성전에서 일하는 자는 성전에서 나오는 것을 먹고)에 따라 사도로서의 권한을 성도들에게 요구할 수 있으나, 이러한 행위를 애써 하지 않고 있다는 의중을 피력하는 것이다. 그는 사도들의 생계 문제에 대해 개인적인 견해를 드러내며 은연중 다른 사도들(베드로를 언급함)과 다르다는 속내를 고린도 성도들에게 내비친다.

개인적인 생각이지만, 바울은 사도 베드로를 선한 경쟁자로 여겼던 것 같다. 아니, 로마까지의 무리한 전도 여행을 계획했던 바울의 성격을 보아서는 당연히 그러한 마음이었을 것으로 확신한다.

당시 성도들에게 있어 베드로와 바울의 입지는 인식의 차이가 어느 부분 존재했다. 이것은 바울 사도의 글을 필사하며 따라갈 때 분명히 느낄 수 있는 부분이다. 바울은 그의 위대함 이면에 인간적인 부분이 많은 사도였다. 오히려 바울보다는 요한이 더 세밀하고 이성적인 사람이었을지도 모른다.

바울이 언급하는 "자기 돈을 들여 군대에 들어가 생활하는 사람이 어디 있겠는가?"라는 비유는, 타 사도들과 자신의 다름을 빗대어 이른 말이다. 사도의 전도 생활이 목숨을 담보하며 사수해야만 하는 일인 만큼, 다른 사도들은 사도직을 수행하면서 그들의 권리를 교회로부터 충분히 제공받지만, 자신은 그렇지 않다는 것을 비유를 들어 설명하고 있는 것이다. 군 생활을 하는 군인이라면, 나라에 보수를 받지 않고 자기 사비를 들여 군 생활(용병)을 하고 있다고 말하는 것과 같다고 볼 수 있다.

뒤에 나오는 "양이나 염소를 치는 목자가 자신의 소산물을 먹지 않는 자가 어디 있겠느냐!"라는 비유도 바울 스스로 양 무리의 목자이지만, 양 무리가 주는 소산을 애써 거절하고 있다는 역설적 표현이다. 그는 말미에 이르러 더욱 적극적으로 자신의 이러한 신실함을 성도들에게 언급한다. "성전에서 일하는 사람은 성전에서 나오는 것을 먹고, 제단에서 일하는 사람은 제단의 제물을 먹는다."라는 말은 그의 '자비량' 입장을 명확히 증거하는 것이다. 편지 말미에 이르러 바울은 자신이 편지를 쓰는 것은, 그렇게 후원해달라고 돌려 말하는 것이 아니라는 견해를 표명하며 중간 단락을 맺는다. 위대한 바울, 의지의 발로와 더불어 그의 인간적인 마음을 잘 관찰할 수 있는 서신의 대목이다.

사도직의 수행, 당시의 시대적 배경, 목숨을 담보로 하는 위험한 상황, 배고픔, 비방과 무시, 천대받음, 후욕, 사람같이 여기지 않는 눈초리 등 모든 것이 사도들의 모습 그 자체였다.

평신도인 나는 우리 시대의 사역자들, 어렵게 생활하는 목회자들을 상고한다. 이것은 세상과의 전쟁이다. 물론 나를 비롯한 모든 그리스도인에게 있어 예외는 아니다. 예수 그리스도를 모르는 자들은 전혀 알 길이 없는 진짜 치열한 전투이다.

◆ "아내가 있는 사람은 아내가 없는 사람처럼 살아가고, 행복에 겨운 사람은 행복하지 않은 사람처럼 살아가고, 물건을 사들인 사람은 그 물건이 없는 사람처럼 살아가고, 세상 것들을 사용하는 사람은 그것들을 다 사용하지 못하는 사람처럼 살아가야 하는 것, 지금 우리가 눈으로 보는 이 세상 모습은 곧 지나갈 것이기 때문이다."

사람이 욕심과 초급한 마음을 내려놓고 세월에 초연할 수 있다면, 그것만으로도 모든 온전함을 덧입기에는 충분할 것이다. 최근 우리 주변에는 다양한 인생 지침서들이 하루가 멀다고 쏟아져 나온다. 그러나 나는 바울 사도의 표현이야말로 우리가 초연함으로 완숙해질 수 있는 분명한 방법을 제시한다고 여긴다. 이 구절은 말세 때의 심령의 단도리, 행위의 단도리를 의미할 수 있으나, 이 시대에 있어 다양한 확대 해석과 고차원적 적용 범위를 갖는 말씀이라고 본다.

◆ 교회는 사회적 구성 요소로 볼 때 신앙이라는 획일화된 이념으로 융합된 집단이다. 그러나 신앙이라는 것은 자의적인 관념 속에 오직 신과 나 개인에게만 국한된 것이다. 세상에 속한 이성들이 치고 들어올 수 있는 모든 길은 하나님이라는 감히 넘볼 수 없는 거대한 존재가 눈에 보이지 않게 기독교인들의 큰 방패가 되어 주고 있다. 혼돈의 시대에 이러한 하나님의 성실하심은 기독교인 나아가 교회에 있어 큰 축복이다. 세상이 혼탁해도 많은 불신자들은 교회에서 자신들에게 사랑과 관심, 손 내밀어 주기를 바라는 기대심을 지닌다. 예수를 영접하지 않았어도 어린 시절 유년주일학교에서 사탕이나 과자를 받아본 사람이라면 누구나 지닐 수 있는 교회에 대한 인식이다. 중요한 부분이다. 이것이야말로 그리스도인들이 존재해야만 하는 충분한 이유이다.

◆ 기독교는 핍박의 종교라는 애절한 타이틀을 지닌다. 초대교회 시대의 성도들은 세상으로부터 스스로를 방어해야만 했다. 교인들끼리 하나님이라는 절대 대상을 획일적으로 방패 삼지 않으면, 비록 최후는 죽음일지언정 세상에서 아무런 소망을 품을 수도 없는 상황이었다. 이것으로 인해 초대교회 성도들은 구약으로부터 전해지던 유대인들의 전승과는 사뭇 다른 이데올로기를 형성했다. 그것은 개인주의적 신앙관이 아닌, 공동체적 의식으로의 새로운 도약이었다.

바울 서신 속에서는 성도들을 향한 염려와 감사, 기쁨과 근심이 공존한다. 심지어 획일화된 이기적 양상을 보이는 교회에 보내는 편지에서도 바울은 인간적인 번뇌와 갈등의 요인을 그대로 드러낸다. 그것은 안부와 감사와 신뢰, 믿음이다. 오히려 사랑으로 승화하고자 애쓰는 애절한 바울의 노력도 엿보인다. 바울의 이러한 심정에는 초대교회 성도들 개개인의 생활관이 크게 작용했다.

바울 자신은 교회라는 작은 공동체 속에서 여러 성도의 생활상을 보고받고 이들을 권면한다. 바울은 성도들과 다투거나, 심지어 세상 속에서 죄를 짓고 다니는 인물들일지라도 어떠한 권면 없이 세상 밖으로 돌려보낸 자가 없다. 하지만 잘한 자, 잘못한 자에 대해서는 진실하게 칭찬하고 엄중히 꾸짖는다. 물론 바울은 자신의 서신을 빌어 초대교회 생활에 대해 깊게 관여하고 있다. 심지어 "육신은 멀어도 마음으로는 이미 판단했다."라는 문장을 쓰면서까지 초대교회를 하나님 앞에 단호히 묶어두는 역할을 했다.

교회 내에 가만히 들어온 적그리스도에 대한 바울의 태도는 단호했다.

그러나 교회 내 성도가 세상과 타협하고 실추하는 것에 있어서는 마음을 다해 권면했다. 그들은 모두 하나님의 자비를 덧입어 권면이라는 은혜로 회개의 기회를 부여받았다.

바울은 멀리서도 이러한 책임자의 역할을 다했다. 그는 교회 내 사회성과 성도들 간 공존 속에서 선을 이루고 융합할 수 있는, 나아가 권면을 통한 진실한 회개가 선행되는, 참된 교회 내 사회성에 대한 개념을 서신을 통해 잘 드러내고 있다.

◆ "바리새인들은 돈을 좋아하는 자라. 이 모든 것을 듣고 (바리새인들이) 비웃거늘 예수께서 이르시되 너희는 사람 앞에서 스스로 옳다고 하는 자이나 너희 마음을 하나님께서 아시나니, 사람 중에 높임을 받는 그것은 하나님 앞에 미움을 받는 것이니라."

쫓겨날 입장에 놓인 한 청지기(수하의 종)가 있었다. 그가 정당치 못하게 주인집 일을 본다는 소문이 돌자 그는 자신이 살길을 모색한다. 그는 주인에게 빚진 자들을 불러 모았다. 그리고 주인에게 빚진 이들의 모든 채무를 물건이든 돈이든 절반으로 탕감해주었다. 청지기 입장에서는 채무자들의 빚을 자신의 날조로 탕감해주면 훗날 자신이 오갈 곳이 없을 때 자신에게 고마움을 입은 자들이 자기를 친구로 맞이해 줄 것으로 생각했기 때문이다. 청지기는 모사가 뛰어난 사람이었다. 이것은 예수 그리스도가 바리새인들을 향해 말씀한 비유이다.

청지기는 약삭빠른 행위, 주인에게 올바로 변제되어야 할 채무를 자신이 살고자 임의로 날조해버린 정직하지 못한 자였다. 그러나 주인은 그를 책망하며 변상하라고 요구하지 않았다. 오히려 애써 살길을 찾는 그를 칭찬했다. 아마도 그 주인이라는 사람은 소유가 많은 부자였을 것이다. 어쩌면 부자 주인은 흔한 부자들의 개념처럼 탕감의 몫은 결국 그가 아끼던 종의 몫으로 생각하고 있었는지도 모른다. 집안 총무를 맡던 종을 내보내면서 그보다 더한 것도 줄 수 있었던 입장이었는지도 모른다. 또는 빌려준 곡식이나 돈을 주인 입장에서 생각할 때 채무자들에게 돌려받기 전무하다고 여겼기에 청지기의 기발한 모사로 절반이라도 받을 수 있고, 사람들에게는 감사의 마음도 얻었으며, 오히려 고을에서 덕을 쌓을 수 있게 되었다고 생각했는지도 모른다.

예수 그리스도는 물질 자체를 불의의 속성으로 보았다. 그러나 청지기가 주인의 물질을 등에 이고 행한 모사에 대해서는 불의의 것을 구심점으로 여기지 않았다. 그가 만들어낸 당위성과 열의만을 높게 인식했던 것 같다. 이것을 쉽게 해석하면 차가 없는 건넛마을에 있는 위급한 사람을 살리기 위해 이웃마을 사람이 정차해 있는 택시라도 훔쳐 타고 가, 사람부터 살리고 보는 것과 같은 개념이라고 본다. 상황에 따라 다르겠지만, 사람을 살리기 위해 도둑질을 한 사람에게 누가 힐문하겠는가. 사람들 모두가 나서 도둑질을 한 그를 서로 돕는다고 난리를 칠지도 모른다. 이러한 상황에서 돈을 좋아하는 바리새인들은 예수 그리스도의 청지기 비유를 듣고 비웃는다. 그들이 그리스도를 비웃은 이유는, 물질관이 달랐기 때문이다. 이 행위에 대해서 매튜 헨리(영국의 청교도 신학자, 1662~1710)는 예수를 향한 바리새인들의 불손한 죄 된 행동으로 해석했다. 그들은 불의의 삶을 선한 일에 사용하는 도구로만 보는 예수 그리스도와는 달리 물질의 가치를 높은 곳에 두고 있던 사람들이었다. 바리새인들은 물질적 가치관까지 예수 그리스도 앞에서 자신들의 정당함을 입증하려고 했다. 물론 그리스도는 이들의 속마음을 단번에 아셨다. 모든 것에 자신들의 당위성을 옳다고 여기는 그들은 하나님 앞에서는 미움의 대상을 스스로 자처하는 꼴이 되고 말았다. 사실 바리새인들의 이러한 모습은 오늘날 나의 모습과도 흡사하다. 나는 물질이라는 범주에 대해 어떠한 개념을 지니고 있는가. 모든 사람의 행위, 생각은 성경의 범주에 그대로 걸려드는 것이다. 살기 위해 발버둥 치는 청지기처럼 회개만이 나의 살길이라는 것을 다시 한번 통감한다.

◆ 예수 그리스도는 형제(이웃)가 하루에 일곱 번이나 네게 죄를 짓고, 그때마다 찾아와 잘못했다고 용서를 구한다면 지체 없이 그를 용서하라고 말씀했다. 또한 형제가 죄를 범하거든 그를 책망하되 만약 그가 회개에 이르거든 용서하라고 거듭 강조했다. 위 그리스도 말씀의 핵심은 회개와 용서이다. 나의 판단의 범주가 선행될 수 있지만, 상대의 간구함, 회개에 따라 무조건적으로 나의 판단을 버리라는 의미와도 상통한다. 어느 유명한 목회자는 이렇게 설교했다.

"용서란, 무조건적으로 선행되어야만 하는 것이 아닌, 상대가 용서를 구할 때 내가 그를 용서하는 것입니다. 상대가 나에게 죄를 범하고도 용서를 구하지 않는데 내가 알아서 그를 용서한다는 것은 만용이요, 오히려 성경적이지도 않습니다."

그의 말은, 나에게 죄를 지은 사람을 용서하라는 예수 그리스도의 말씀은 무조건적인 용서의 자애가 선행되라는 표현이 아니며, 내가 스스로 마음에 동요가 일어 상대를 용서하라는 개념도 아닌, 상대가 나에게 용서 구하는 것을 전제로 용서의 마음을 전하라는 말이었다. 그의 말을 긍정적으로 해석한다면, 회개를 통해서만이 자애로운 용서의 은혜가 역사된다는 뜻이다.

나는 지금껏 주변 사람들에게 얼마만큼의 용서를 구하며, 이들을 용서해주며 살았는지는 구체적이지 않다. 단, 마음으로 많은 부분에 있어 용서하는 심정을 지니곤 했다. 위 목회자의 설교를 듣고 잠시 묵상했다. 상대가 나에게 용서를 구할 때만 내가 용서할 수 있다면 나는 그 아무도 용서해야 할 사람이 없다. 미움과 절규도 냉혹한 것이지만, 단번에 시행되는 용서의 마음도 때로는 혹독한 것이다. 그러나 하나님은 조건 없이 죄인 된 우리를 용서하셨다. 만인이 회개에 이르러 예수 그리스도가 십자가에 대속하신 것은 아니기 때문이다. 용서의 개념은 그만큼 어려운 부분이다.

◆ 누구든지 보잘것없는 이 사람들 가운데 한 사람에게라도 죄를 짓게 만드는 사람은 차라리 그의 목에 스스로 맷돌을 달고 바다로 뛰어들어 죽는 것이 나을 것이라고 예수 그리스도는 말씀했다. 이것은 선량한 사람

들, 충실한 믿음의 삶을 영위하는 이들에게 악한 짓을 종용하는 속이는 자들에 대한 예수 그리스도의 질책이다. 순진한 사람, 가난한 사람의 마음을 꼬드기는 악한 이들은 스스로 정당함과 양심을 파괴하는 추악함의 대명사이다.

◆ 예수 그리스도가 한 마을에 이르렀을 때 나병 환자 열 사람을 마주했다. 이들은 유명한 '예수'라는 선생에 대한 소문을 들어 알고 있었다. 이들은 예수 그리스도에게 "예수 선생님"이라고 소리쳐 불렀다. 그리곤 불쌍한 우리에게 자비를 베풀어 달라고 간청했다. 예수는 이들에게로 다가가 지금 곧바로 제사장에게로 가 당신들의 몸을 보이라고 말씀했다. 기대감과 흥분으로 가득했던 이들은 그리스도의 말씀이 끝나기가 무섭게 제사장에게로 향했을 것이다.

가는 도중 이들의 병은 모두 치료됐다. 결국 한 사람의 이방인 나병 환자만 예수를 찾아와 엎드려 큰 소리로 하나님을 찬양했지만, 이들의 믿음은 하나님께로 온전히 향해 있었다. 그것은 예수 그리스도를 선지자로 여겼기 때문이다. 이들이 예수 그리스도를 대속의 역사를 이룰 하나님의 살아계신 아들로 보았을 리는 전무하다. 그러나 예수는 이들의 믿음을 온전히 여기셨다. 성 삼위일체 하나님 일하심의 역사가 나타난 사건이라고 본다. 역사는 믿음의 분량만큼 세상에 드러난다.

◆ 새 언약의 주인이 되시고 각양 좋은 것들을 친히 주관하시는 대제사장 예수 그리스도는 사람의 손으로 지은 장막이 아닌 이 세상에 속하지 않은 위대하고 완전한 장막 즉, 지성소로 들어가셨다. 이것은 영의 시각으로 바라보아야만 될 부분이다. 나는 이 부분에 대해 고찰한다.

예수 그리스도가 지성소에 들어갈 때는 세상에 속한 대제사장들처럼 양이나 송아지의 피를 가지고 들어간 것이 아니다. 십자가 대속의 피 즉, 자기 피를 가지고 단 한 번 지성소로 들어가 믿는 자들의 구원을 이루었다. 이것도 영적인 부분으로 이해해야만 한다.

예수는 사람이 세운 지성소에 들어갈 이유가 없었다. 그는 만물의 주인이시고, 십자가 대속으로 말미암아 단번에 하나님 오른편에 앉으셨기 때문이다.

예수 그리스도 이전 대제사장들의 규율과 관습을 좇아 행한 제사도 사람의 양심까지는 아니더라도 육신은 정결케 하는 힘이 있었다. 그것은 제물의 피로 육신까지는 깨끗하고 거룩하게 할 수 있는 부여된 권세였다. 그렇다면 역으로 성령의 능력을 힘입어 하나님의 아들인 예수가 스스로 자기 몸을 제물 삼아 하나님께 바친 피의 능력은 얼마나 더 크고 위대한 것이란 말인가. 그 피야말로 사람의 양심과 심령을 깨끗하게 하고, 사람이 직접 하나님 앞으로 나아갈 수 있는 교두보를 만들어준 것이다.

◆ 성경에는 수많은 무명의 사람이 등장한다. 이와는 반대로, 구체적 행동에 관한 기록은 겨우 서너 줄이 전부이지만 이름이 정확히 언급된 이들

도 있다. 나는 이들이야말로 축복의 엑스트라라고 여긴다. 오늘도 나는 순차적으로 말씀을 필사하는 가운데 예수 그리스도가 여리고 성읍에 들어가 만나게 된 세리장 '삭개오'에 대해 묵상할 수 있었다.

그는 키가 작은 사람이었다. 관리인이었고 큰 부자였다. 믿음을 지닌 사람이었다. 구원에 대한 뚜렷한 확신은 다소 부족했을 것이다. 그는 작은 키로 말미암아 사람들에게 치이면서까지 예수 그리스도를 보고자 소망했다. 그는 예수 일행을 앞질러 가, 길가 뽕나무 위로 올랐다. 삭개오를 아시는 예수는 나무를 우러러보며 그를 불렀다. "삭개오여, 오늘 밤 내가 당신 집에 묵겠소." 하고 말씀했다. 말로만 듣던 예수 그리스도가 자신의 집에 묵고자 한다는 말씀에 그는 기뻐하며 나무에서 내려왔다. 그리곤 예수와 제자들을 집으로 영접했다.

사람들은 예수와 삭개오의 모습을 보며 부정하고 갈취하는 세리 놈의 집에 거룩한 선지자 또는 선생인 예수가 들어가는 것을 납득하지 못했다. 당시 이러한 개념은 이들의 정통과도 무관하지 않다. 온전함과 부정함의 구분은 이들의 철저한 율법적 환경에 기인한 것이다.

삭개오는 예수를 랍비로 여기지 않았다. 그는 예수가 묻지 않아도 "주님, 저의 재산 절반을 가난한 사람들에게 나눠주고, 남을 속여 갈취한 것이 있다면 네 배를 갚겠습니다."라고 말했다. 재산의 절반을 가난한 사람들에게 주고, 불의로 얻은 재물을 사람들에게로 돌리며 네 배로 변상하겠다면, 과장을 덧붙여 거의 모든 그의 재산을 사람들에게 돌리겠다는 말로 이해될 수 있다. 그리스도는 이러한 삭개오를 보고 "오늘 이 집에 구원이 이르렀고, 삭개오야말로 아브라함의 자손"이라고 축복했다. 예수 그리스도의 이러한 발언은 삭개오 그가 모든 소유를 버렸기에 이른 말씀이 아니었다. 영리함과 명철한 안목에 기인한 그의 믿음, 마음 중심을 보셨기 때문이다. 그리스도 또한 당신을 따르겠다고 나섰지만, 소유를 다 버리라는 당신의 말씀에 뒷걸음질 치는 부자들만 보아오다 자신의 모든 소유를 다 던져버리는 삭개오를 보고 속이 후련했을는지도 모른다. 예수 그리스도는 삭개오와 같은 잃어버린 한 마리의 어린양을 찾기 위해 이 땅에 오신 것이었다.

◆ "어떤 도시에 하나님을 두려워 아니하고 사람을 무시하는 한 재판관이 있는데, 그 도시에 한 과부가 있어 자주 그에게로 가 내 원수에 대한 원한을 풀어주소서 하되, 그가 얼마 동안 듣지 아니하다가 후에 속으로 생각하되, 내가 하나님을 두려워 아니하고 사람을 무시하나 이 과부가 나를 번거롭게 하니 내가 그 원한을 풀어주리라. 그렇지 않으면 늘 와서 나를 괴롭게 하리라 하였느니라. 주께서 또 가라사대 불의한 재판관의 말한 것을 들어라. 하물며 하나님께서 그 밤낮 부르짖는 택하신 자들의 원한을 풀어주지 아니하시겠느냐? 저희에게 오래 참으시겠느냐? 내가 너희에게 이르노니 속히 그 원한을 풀어주시리라. 그러나 인자가 올 때 세상에서 믿음을 보겠느냐 하시니라."

위 구문은 예수 그리스도가 제자들에게 하신 비유의 말씀이다. 한 도시에 하나님을 두려워 아니하고 사람들을 무시하는 재판관이 있다. 그는 세상의 이념에 사무쳐 고수(固守)된, 스스로 마음의 법을 지닌 사람이다. 판관의 자리에서 하나님에 대한 두려움도 없는 자였다. 물론 비유이지만, 유대 사회의 풍속(風俗)을 놓고 볼 때 관직에 있는 자가 이러한 마음을 지니고 생활했다는 것은 분명한 자기 소신이 없이는 세상 살아가기 어려웠을 정도로 힘든 부분이었을 것이다. 그는 하나님을 향한 비유 이전에 이 세상의 형상이다.

한 과부가 그에게 집요할 만큼 송사한다. 과부의 간청은 그에게 외면당한다. 그러나 재판관은 그녀의 계속되는 간청에 두 손을 든다. 끝까지 구하는 애절한 과부는 결국 승리한다. 그리스도는 이렇게 말씀한다.

"과부의 끈질긴 간청에 불의한 재판관도 두 손을 들었건만, 너희 하나님께서 허구한 날 부르짖는 자녀들의 기도를 외면하시겠느냐?"

기도의 은사, 기도의 체험을 간구하는 이들에게는 소망의 메시지가 될 것이다. 하지만 그리스도는 위 과부의 비유를 믿음이라는 적용점을 통해 판단하면서도 세상 끝날에는 과연 그리스도 당신 스스로 위 과부와 같이 온전한 믿음을 지닌 이를 쉽게 볼 수 있겠느냐며 책망하신다.

세상은 변하고 사람과 사람 사이의 모든 것은 빠르게 이동할 것이다. 그만큼 모든 지식과 지혜조차도 방대해질 것이다. 정보는 다양하게 생성되고 소멸하며, 인간이라는 존재는 세상과 결탁해 안목에 확인되는 증거만을 믿고 따르게 될 것이다. 더구나 나와 같이 책 대부분의 내용을 예수 그리스도가 아니면 성경 인물들의 내용으로 엮어가고, 어려서부터 마음에 작정하고 서원한 성경 필사를 꾸준히 이어오며 그 속에서 사유하는 말씀에 대해 토로(吐露)하는 사람은 많은 이들로부터 한심한 사람으로 취급될

지도 모른다.

　내가 노년에 이르는 모습을 상상해본다. 지식과 지혜가 지금보다는 더욱 승화(昇華)되어 있을 것이다. 그렇지만 그 시대에 누가 나의 책을 읽고 내 목소리에 귀 기울일 것인가. 많은 목회자들은 마치 입버릇처럼 세상을 축복하는 그리스도인들에 대해 설교한다. 세상을 축복한다는 이들의 말, 개개인의 생각을 다는 알 수 없다만, 굳이 내가 해석한다면 창조·구원론을 논하는 매우 광범위한 말이다. 그것을 좋게 표현해 세상을 축복한다고 말하지만, 이 논리는 관대한 마음으로 이해되어야만 하는 어려운 부분이다. 쉽게 말해 세상을 축복한다는 것은 성도인 우리가 세상의 주인이요, 우리의 아버지이신 창조주 하나님께서 만물의 주인이 되시기에 우리가 이 땅에서 모든 주권을 행사할 수 있다는 절대적인 성경관의 표현이다. 여기서 중요한 것은 세상 끝날 하나님의 심판이다. 심판이 있기에 세상을 축복하는 그리스도인의 그 축복이 타락한 영혼들의 모든 것을 변화시키는 우리의 애씀으로 확정될 수 없다는 것이다. 그만큼 축복해야만 하는 세상이라면, 이론상으로는 심판이 존재하면 안 된다. 그러나 세상은 하나님의 선하신 뜻대로, 선하신(강조) 뜻대로, 부정할 수 없는 선하신 그의 뜻대로 심판의 날을 맞이할 것이다.

　세상은 속되다. 주인인 우리는 그 속에 거한다. 우리는 예수 그리스도 오심의 그 날까지와 그날 이후로의 영광된 삶을 알기에 지금의 세상을 축복해야만 할 것이다. 모든 피조물이 대속의 은혜를 입은 우리를 질투하기에, 결국 우리의 것이기에…….

◆ 예수 그리스도가 예루살렘으로 가는 도중, 올리브 산기슭에 있는 벳바게와 베다니에 이르렀다. 이때 예수는 두 명의 제자를 앞서 마을로 보내며, 마을로 들어가면 아무도 탄 적이 없는 어린 나귀 한 마리가 보일 것이라고 말씀했다. 그 나귀의 고삐를 풀어 데려오라고 말씀했다. 나귀의 고삐를 풀 때 주인이 나와 "왜 나귀의 고삐를 푸는 것이오?"라고 물으면 "주님께서 잠시 쓰시겠답니다." 하고 말하라며 보내는 제자들에게 당부했다. 제자들이 마을에 다다랐을 때 예수의 말씀대로 제자들 앞에는 어린 나귀 한 마리가 고삐에 묶여 있었다. 제자들이 다가가 나귀의 고삐를 빼려고 하자 나귀 주인이 나와 "왜 나귀의 고삐를 푸는 것"이냐며 제자들의 행위를 막아섰다. 제자들은 예수 그리스도가 말씀하신 그대로 나귀 주인에게 "주님께서 잠시 쓰시겠답니다." 하고 대답했다. 주인은 군소리 없이 자신의 어린 나귀를 제자들에게 내주었다. 제자들은 자기들의 겉옷을 벗어 나귀 안장을 만들어 예수가 탈 수 있도록 채비를 꾸렸다. 신학자 매튜 헨리는 이러한 제자들의 행위에 대해 가진 모든 것으로 섬기려 하는 근본된 마음이라고 정의했다. 아마도 나귀 주인은 메시아를 기다리던 소망의 사람이었을 것이다. 만약 그가 유대교인이라면 구원의 날에 자신들이 먼저 천국에 이를 것이라는 마음의 확신을 지니고 있었겠지만, 나귀 주인은 제자들이 일컫는 주님을 선지자로 이해했을 가능성이 높다.

예수가 올리브산 내리막길에 이르렀을 때 지금까지 예수 그리스도의 수많은 이적을 목격한 많은 제자들은 자기들의 겉옷을 벗어 나귀를 타고 지나는 예수의 발아래 카펫을 만들며 큰 소리로 하나님을 찬양했다.

"이제 드디어 예수 그리스도가 우리의 왕으로 입성하시는구나. 우리가 기대하던 세상을 통치하실 그분이, 비록 말을 타신 것은 아니지만, 성대하게 우리의 왕으로 오시는 것은 아니지만, 이제 곧 이스라엘을 통치하실 왕으로 부임하실 것이다."

제자들이 얼마나 크게 나귀 탄 예수를 환호하고 하나님을 찬양했으면 함께 따라가는 바리새인들은 예수께 "아무리 좋고 들떠도 좀 조용히 하면서 가자고 선생님 제자들에게 한 소리 해 주십시오."라고 청하기까지 했다. 그러자 예수는 "만일 저들이 잠잠하면 길가의 돌들이 소리칠 것이오."라고 답했다.

그 아무도 몰랐던 것이다. 예수 그리스도가 홀로 감당하셔야만 할 앞으로의 일들을 말이다.

◆ 예수 그리스도와 제자들의 행렬이 예루살렘에 다다랐을 때 예수는 예루살렘 도성을 바라보며 우셨다. 예수 그리스도는 하나님께서 너를 찾아오신 때를 알아차리지 못한 이스라엘을 '너'라는 호칭을 사용하며 정죄했다. 당신께서 오신 때를 몰랐기에 정죄당하는 이스라엘! 하나님을 인격적인 신의 모습으로 이해한다면 다소 이기적인 신과 인간의 종속관계로 이해될 수도 있다.

"나를 몰라봤으니 너는 멸망할 것이다."

예수 그리스도의 모습 즉, 하나님의 대역사를 안목이 어두워, 듣는 귀가 아둔해 분별하지 못했던 이스라엘이 감당해야만 될 대가는 이러했다.

장차 심판의 날을 맞이하게 될 것임, 원수들이 진을 치고 사방에서 몰려들 것임, 너와 네 자녀가 멸망에 이를 것임, 원수들이 너희들을 철저히 파괴할 것임, 너희 건축물의 돌 하나도 다른 돌 위에 얹혀 있지 못할 것임이다. 속된 말로 표현하자면, 가루로 만들어버리겠다는 예수 그리스도의 뜻이었다.

필사하며 묵상한 성경 내용이 온종일 머리에서 떠나질 않는다. 오늘은 묵상의 여운이 오래 지속된다. 근심 많은 사람이 예수 생각만 할 수 있다는 것도 감사한 일이다.

◆ 예수 그리스도는 멜기세덱의 계보를 따라 새 언약의 증인이 되셨다. 제사장 직무를 수행했던 레위 계통의 제사장들은 인간이었기에 거룩한 직무 수행에 차질이 따랐다. 그 이유는 죽음 때문이었다. 항상 제사장 직무자의 수요는 충족되어야만 했다. 이에 반해 율법의 주인 되신 예수는 영원히 존재하는 분으로서 직분에 따른 그분의 일은 영구성을 지녔다.

예수 그리스도가 직접 제사장의 직무를 수행할 때 하나님께로 나아온 모든 사람은 대제사장인 예수를 통해 온전한 구원을 이룰 수 있다. 그것은 대제사장인 예수 그리스도의 대속의 은혜, 그분의 중보기도를 통하기 때문이다. 참으로 합당한 대제사장의 모습이다. 예수는 거룩하고 순결함의 원천이다. 죄인들인 우리와는 완전히 구분되고 하늘보다 더 높으신 분이시다.

◆ 겉으로 말 상대함으로 예수 그리스도 책잡는 것에 빈번히 실패했던 대제사장들과 율법사들은 예수를 로마 총독에게 고발하고자 예수 주변을 주의 깊게 감시했다. 결국 그들은 예수를 따르는 사람처럼 위장한 밀고자들을 예수 옆에 붙여 혹, 예수로 하여금 관청에 위배되는 행실이 목격되면 가차 없이 고발하라고 지시했다. 그래도 흠을 찾지 못했던 이들은 세금 문제를 명분 삼아 예수를 반역 죄인으로 몰아가고자 구실을 만들었다.

대제사장들과 율법사들 그들 입장에서 예수라는 자는 비유를 통해서도 자신이 하나님의 아들이라고 말하며, 마치 세상의 주인처럼 행동하고 있으니 얼핏 보아 의인처럼은 보이나 세금 개념 없는 야인처럼 느껴졌을 것이다. 그들이 예수 그리스도 주변에 심어 놓은 밀고자들이 예수께 물었다.

"선생님, 우리는 선생님께서 말씀하시는 것이 전부 옳다고 여깁니다. 선생님께서는 어느 한쪽으로도 치우치지 않고 오직 진리에 부합하는 참된 도리만을 가르치시는 줄로 압니다. 말씀 듣기를 원합니다. 저희들이 로마 황제에게 세금 바치는 것이 옳습니까, 옳지 않습니까?"

성경에 언급된 바는 없지만 빌라도의 보고서에 의하면, 이곳에는 빌라도의 부하도 있었고, 그는 예수의 말씀을 듣고 그 위대한 답변에 넋이 나갔다고 한다. 당시 멀리서 빌라도는 예수의 모습을 보고 이렇게 기록하고 있다.

"예수라는 이는 자연스럽게 나무에 기대어 앉은 사람들에게 설교했다. 그의 모습은 내가 일반적으로 알고 있는 랍비나 선지자와 다른 온화하고 평온한 인상이었다. 범접할 수 없는 인상이었다. 앉아서 그의 말을 듣는 얼굴이 검고 무지해 보이는 이들과 그는 사뭇 달랐다. 멀리서도 누가 예수라는 사람인지 금방 분간할 수 있을 정도였다."

질문하는 이들의 속마음을 꿰뚫어 보신 예수 그리스도는 데나리온 한 닢을 꺼내 보라고 하시며 "그 돈에 누구의 초상화와 이름이 새겨져 있느냐?" 하고 물었다. 그들은 "로마 황제의 모습이 새겨져 있습니다."라고 대답했다. 예수 그리스도는 말씀했다. "로마 황제의 것은 로마 황제에게 돌려주고, 하나님의 것은 하나님께 돌려드려라!"

예수 그리스도는 사람의 마음에서 나오는 말씀을 하신 것이 아니다. 만약 예수가 "믿는 자는 세상 물질에 마음 씀을 버려야 하고, 세상 모든 물질의 주인은 하나님 오직 한 분이다." 하고 말씀했다면 이들은 당장 예수를 관청에 고발했을 것이다. 예수 그리스도의 비유는 언제나 사람의 생각을 아우른다. 크고 완벽하다.

◆ 예수 그리스도가 이 땅에 오시기 전까지 제사장들은 하나님 앞에 설때 반드시 자신의 죄를 정결하게 하고자 먼저 제사를 올려야만 했다. 철저하고 절차적인 자기 회개 의식을 마친 제사장은 비로써 백성들의 죄, 백성들이 모르고 저지른 죄를 위해 중보했다. 부여된 직업적 소명이었다. 이들은 이러한 행위를 매일같이 반복해야만 했다. 이와는 반대로 예수 그리스도는 자신의 몸을 제단에 바침으로써 단 한 번에 모든 일을 이루었다. 현 시대까지 대제사장 제도와 제사의 관행이 이어지지 않는다는 것은 영적인 원리를 통한 예수 그리스도의 대제사장 되심의 개념을 율법이, 신

학이, 많은 믿음의 선진들이 인정해왔다는 증거이다.

율법은 부재를 지닌 인간을 대제사장으로 세워왔다. 하지만 율법 이후에 주어진 하나님 맹세의 말씀은 영원한 그분의 아들 예수를 대제사장으로 세운 것이다. 이 원리야말로 영의 개념으로 이해될 수 있는 부분이다. 예수 그리스도의 완전한 높으심을 극명하게 드러내는 정의이다.

◆ 예수 그리스도를 비롯한 사도 바울, 신약성경에 등장하는 대부분 사도들은 복음을 전하는 가운데 많은 예시를 사용했다. 예수를 비롯한 사도들은 구약성경의 내용을 자주 언급했다. 언급되는 책이라고 한다면 사실 구약성경이 전부였다. 성경 외적인 범주를 결코 벗어남이 없었다. 지적 욕심이 발동할지라도 배우고 익히는 가운데 성경은 성경 그 자체로 매듭을 도출하는 것이 가장 바람직한 신앙인의 태도라고 말씀을 통해 배우게 되는 것 같다.

세상 끝날의 부활을 기다리는 성도는 예수 그리스도 오심 이후에 하늘나라로 들어갈 자격을 얻는다. 그때 성도는 세상일을 하지 않는다. 성도는 천사들과 같이 되어 더 이상 죽음을 경험하지도 않는다. 생명을 얻은 사녀는 곧 하나님의 자녀이기 때문이다.

◆ 예수 그리스도의 제자들이 예수께 "세상 마지막 때에는 어떠한 징조가 일어날 것"이냐고 여쭈었다. 예수 그리스도의 말씀은 이러했다.

사방에서 속이는 자들이 나와 스스로 예수라고 말하며 사람들을 현혹할 것임, 이러한 자들을 믿지 말 것과 전쟁과 난리 소문이 들려올 것임, 이것은 시작이지만 세상이 바로 끝나는 것은 아님, 민족과 민족이, 나라와 나라가 대적하고 전쟁할 것임, 큰 지진이 났다는 소문이 들려오고 곳곳에서 기근과 전염병이 돌 것임, 하늘이 예전과 다른 큰 변화를 보일 것임, 성도가 박해받는 시기가 올 것임, 사람들이 나서서 성도를 고발하고 끌고갈 것임, 부모와 형제, 친구까지도 성도인 우리를 배신할 것임, 예수 그리스도로 인해 세상 모든 사람에게 미움 받을 것임, 이러한 모든 현상을 통해 역으로 예수 그리스도를 증거하는 기회가 될 것임.

복음서 한 권을 너무 오랜 시간 붙들고 있는 것은 아닌가 생각이 든다. 누가복음만 벌써 두 달째 묵상과 필사 중이다. 순차적으로 필사해나가는 가운데 위와 관련된 구문을 만나게 되었다. 주신 말씀에 감사한다.

◆ 나뭇가지에 잎이 돋으면 사람들은 계절의 변화를 인식한다. 예수 그리스도는 제자들을 향해 나뭇가지의 비유를 말씀했다. 이와 마찬가지로 사람은 세상 만물의 변화를 통해 하나님의 때를 인식해야만 한다고 예수 그리스도는 말씀했다. 하지만 인생이, 무지한 인생들이 어찌 그 끝을 점치겠는가. 그저 "오늘은 맑다. 내일은 비가 온다."라고 기상을 관측하는 것만으로도 지금의 우리는 옛사람들보다 고도로 승화된 것일는지도 모른다. 하늘과 땅은 사라질지라도 하나님의 완전하신 말씀은 결코 없어지지 않을 것이다.

예수 그리스도는 믿는 자들이 방탕하거나 술 취하지 말며, 정신을 차리고 마지막 때를 준비하라고 말씀한다. 우리가 세상살이에 대한 걱정, 짓눌린 마음을 지니고 살아갈 때 마지막 그날은 홀연히 도래하기 때문이다. 예수 그리스도는 믿는 자들이 마지막 때에 이러한 일들을 겪지 않고 하나님 앞에 설 수 있도록 늘 깨어서 기도하라고 말씀한다. 모든 것이 가히 쉬운 것만은 아니다. 하지만 오늘 주시는 말씀에 나는 깊은 감사함을 올린다.

◆ 누룩 없는 빵을 먹는 유대인들의 전통적인 절기를 유월절 또는 무교절이라고 부른다. 이 절기에 유대인들의 음식은 양고기와 누룩 없는 빵과 음료이다. 예수 그리스도는 유월절을 맞아 베드로와 요한에게 유월절 음식 장만을 요청했다. 음식을 진설(陳設)할 장소가 여의치 않다고 생각한 베드로와 요한이 장소 선정에 대해 예수께 묻자 예수는 예루살렘 성읍으로 들어가면 물동이를 이고 가는 사람을 만날 것이고, 그를 따라가면 잘 정돈된 이층의 넓은 방을 보여줄 것이라고 말씀했다. 결국 예수 그리스도의 말씀은 그대로 이루어졌다.

유월절 식사가 넓은 이층 방에 마련되었다. 예수는 그곳에서 제자들과 최후의 만찬을 함께했다. 축사를 마친 예수는 자신을 팔아넘길 것을 대제사장 및 경비대장과 공모한 가룟 유다에 대해 말씀한 후, 높은 자와 섬기는 자의 정의에 대해 말씀을 이어나갔다. 축약하자면, 우리 가운데 가장 큰 사람은 가장 어린 사람과 같이 되어야 하고, 또 우리 가운데 다스리는 사람은 남을 섬기는 사람과 같이 되어야 한다는 것이 예수 그리스도가 유월절 식탁에서 제자들에게 하신 말씀이다. 예수 그리스도의 유월절 식탁 위에서 하신 말씀은 시사하는 바가 크다. 더군다나 최후의 만찬이라는 중요하고 역사적인 자리에서 낮아짐의 도리에 대해 말씀하신 것 또한 그 의미의 고도를 충분히 가늠할 수 있게 하는 것이다.

◆ 시몬 베드로가 예수 그리스도를 세 번 부인한 것은 그의 삶에 있어 크나큰 오점이었지만, 영적인 안목으로 볼 때는 그의 자의적인 마음이 아니었다. 사탄은 시몬 베드로를 밀 까부르듯 넘어뜨리고자 예수께 허락을 구했고, 예수는 베드로가 어떠한 상황에서도 믿음을 잃지 않도록 기도하셨다. 그리고 훗날 베드로 자신이 깨달음을 얻어 회개한 후에는 그 회개를 상기하며 많은 형제들의 믿음을 굳세게 하여 줄 것을 예수 그리스도는 권면했다.

사탄은 하나님의 선한 역사를 위해 도구로 사용되는 존재이다. 이것이 귀신들의 속성이자 바른 이해이다. 나는 이십 대 무렵 내가 창간한 기독교 잡지에 '귀신론'에 대해 글을 게재한 바 있다. 간단히 말해 공중의 권세 잡은 사탄이 제1의 귀신이고, 무당에게 접신(接神)되는 귀신이 제2의 귀신, 일반적으로 사람들이 혼백(魂魄)을 본다고 말하는 영가가 가장 질이 낮은 더러운 제3의 귀신이다. 사탄도 인간보다 승한 자의지를 지닌 영의 속성이지만, 모든 것은 하나님의 주권하에 종속된다. 그래서 우리의 삶이란, 여러 부분에 있어 하나님께로 귀속되는 원점을 형성한다. 이것은 구원받은 우리에게 있어서는 큰 축복이다. 두려워할 것이 아무것도 없다는 말이다. 오늘 오전에는 시몬 베드로에 대함이 나의 묵상의 주제였다.

◆ 만유의 주인 되신 하나님을 아버지로 섬기는 그리스도인은 규례에 있어 자유로울 수 있다. 모든 것이 내 아버지로부터 파생된 것이기에 아들도 아버지와 같이 주인 노릇을 할 수 있는 것이다. 단순하면서도 큰 원리이다. 이것은 세상 원리에 있어서도 적용되는 범주이다. 그 때문에 그리스도인은 세상을 축복할 수 있는 자격을 갖는다.

성경이 말하는 사랑의 개념은 아버지와 아들의 모든 관계에서의 이행이라는 사실을 극적으로 표현한다. 단순하지만, 이러한 원리에 무지하면 사람은 하나님을 자비와 사랑의 하나님이 아닌, 오로지 두려움의 하나님으로만 인지해야 한다. 두려움에는 자유가 존재할 수 없다. 오로지 통제만이 따를 뿐이다. 그것은 아담과 하와가 처음 낙원에 있을 때 자유했던 것과는 달리 범죄 후, 두려움을 느껴 하나님과 영원한 계약, 또는 종속 관계가 되어 그 죄의 대가를 평생 갚아야 하는 신세로 전락해버린 것과 같다.

계약 관계란, 계약 위반 시 처벌이 자행될 수 있는 남과 남의 관계이다. 성도가 머리에 염색하고, 심지어 친구들과 치킨에 맥주를 마신다고 행위 거룩한 자들은 이들을 비난하며 무시할 수도 있다. 그러나 믿는 성도는 예수 그리스도가 속히 오시기를 바라며 율법 아래 자유해야만 한다.

직계 관계에서 자유함은 사랑과 믿음, 확신으로만 가능하다. 하나님과 동행하는 삶 속에 즐거운 삶을 영위해야 하는 것은 우리의 사명이자 직계 관계의 영광됨을 받은 우리에게는 숙명과도 같은 것이다. 그렇지만 나는 자유주의 신앙관을 지닌 사람은 아니다. 그리스도의 복음을 자유주의적 개념으로 받아들이는 것은 원칙이 없는 상념에 불과하다. 복음은 결국 받을 만한 자에게 주어지는 선물이다.

◆ 하나님께서는 믿는 자 한 사람 한 사람을 구원하시고, 그와 교통하시고자 필요에 따라 택한 자를 찾으신다. 하나님께서 믿는 자를 찾는 방식에는 말씀을 통한 감화로 이끄심이 있고, 사람 삶의 변화로 이끄심이 있다. 사람 삶의 변화로 이끄심에 대해 상고한다면, 보편적으로 사업을 흥하게 하거나, 망하게 하거나, 병을 치료하거나, 병을 주는 것 등으로 사람의 심적 변화가 발동하는 현상 속에 그분의 임재와 관여함을 분명히 나타내 보이시는 것이다. 사실 이것은 어디까지나 나의 주관적 견해이다. 그렇지만 성경에 빗대어 하나님께서 많은 인물들을 이끄시고, 그들의 삶 속에 투영하시어 자신을 나타내 보이시는 과정은 대략 이러했다. 그럼 본론으로 들어가 정답을 도출하기 어려웠던 내가 느껴왔던 부분에 대해 진술하고자 한다.

한 성도가 있다. 그는 쓸쓸한 삶을 살았다. 누구보다도 외로웠다. 어느 날 예배 중 그는 깊은 은혜를 받았다. 하나님께서 당신께로 더욱 친밀하게 이끄시고자 세상에서 자기를 외롭게 만들었다는 사실을 깨달았다. 그 후로 그는 독신을 서원하고 하나님을 마음에 두는 그러한 삶을 살아갔다.

그러나 그가 처음 마음의 감동을 받아 목회자에게 상담을 요청했을 때 목회자의 대답은 이러했다.

"하나님께서는 당신의 자녀가 쓸쓸하고 외롭게 되는 것을 원치 않으십니다. 그분이 원하시는 우리 그리스도인의 삶은 이러한 것이 아닌, 기쁨과 감사가 넘치는 모든 세상을 축복하고 누리는 삶입니다. 결혼하여 자녀를 양육하며, 하나님 보시기에 아름다운 가정 이루시기를 원하는 것입니다."

자, 그럼 이 부분에 대해 더욱 깊이 들어가 보자. 분명한 것은 자기의 '의'일 수도 있는 서원자는 누가 봐도 충실한 신앙생활을 영위하고 있다. 비록 온전한 거룩, 의인다운 모습으로 살아갈 수는 없지만, 그렇다고 음란의 죄를 짓고 살아가는 것은 아니었다. 하지만 하나님의 대언자 즉, 앞서 상담한 목회자의 조언과는 일치하지 않는 삶의 모습이었다. 더구나 그 어느 목회자도 그에게 "서원을 온전히 이루십시오. 그간의 당신 삶 속에서 하나님의 이러한 뜻이 있으셨던 것입니다."라고 말한바 또한 없었다. 나는 이 글에 대해 나름의 결론을 지닌다. 하지만 언급하지 않으려 한다. 부족한 자의 생각일 뿐이라 여기기 때문이다. 그렇지만 이 글 속에 비밀을 하나 숨겨 놓으려 한다.

사람은 하나님과 일대일의 관계 속에 그분의 음성을 어떠한 과정을 통해서 건 바로 알아들을 수 있는 사모함이 있어야만 한다. 그러나 모든 영을 분별하는 것에 있어서는 확신의 기준점을 어디에 두느냐가 중요하다.

오늘날 많은 성도들이 이러한 삶을 살고, 오늘날 많은 목회자 또한 이러한 모습을 지향한다.

◆ 주의 빵과 잔을 마실 때 자신을 살필 줄 모르는 자, 이것이 주의 몸임을 분별하지 못하고 함부로 먹고 마시는 자는 자신에게 임할 심판을 먹고 마시는 것이라고 바울은 말한다. 성경은 이러한 부분과 아울러 성찬식에 있어 성도가 지녀야 할 회개에 이른 마음가짐의 중요성을 극적으로 표현한다. 이 시대에도 유효한지는 모르겠으나, 신약 시대에는 성도들 중 허약한 사람, 병든 사람, 죽은 사람이 많은 이유에 대해 성찬식에 참여하는 성도들의 마음가짐과 결코 무관하지 않다고 언급한다.

나는 이 구절을 묵상하면서 그간 참여했던 많은 성찬식에 대해 상고(相考)했다. 성찬식에 참여함에 있어 나는 온전한 회개를 이루었는가 하고 말이다. 돌이켜보면 진정한 마음의 돌아섬이 없었던 것만 같다. 지금 나는 허약하거나 병들지 않았다. 물론 죽지도 않았다. 나 같은 못난 사람에게 주어지는 은혜에 감사하지 않을 수 없다. 단지 그것이다.

영의 일은 영으로 분별한다. 우리는 눈에 보이지 않는 형식을 경건에 덧입혀 완성해나간다. 그렇지만 하나님은 언제나 우리의 마음속에, 성전 위에 살아 역사하신다는 사실을 기억해야만 하지 않을까 싶다.

◆ 하나님은 믿는 성도 모두에게 사실상 다양한 은사를 허용하신다. 그

것은 저마다 받을 법한 대로 주어지는 은혜이다. 하지만 대부분 성도는 교회 내에서 인정하는 모든 은사에 대해 거창한 하나님의 선물로 치부하는 경향이 없지 않다. 가까운 예로, 성경에서 말하는 예언의 은사와 같은 것은 사실상 지극히 개인적인 것이다. 신유의 은사를 행하는 목회자들과 같이 집회 형식을 지니며 행위를 하지 않는다는 것이 다른 점이다. 그러나 어디까지나 신유의 은사를 행하는 것 자체도 현재까지 한국 기독교 역사에 있어 정당성을 검증받은 사역자는 전무하다는 것이 나의 견해이다. 엄밀히 말해 나는 중보를 통한, 은밀한 가운데 행하시는 하나님의 역사를 더욱 신뢰한다. 아울러 신유에 있어 가장 큰 은혜는 진보적인 인류의 지식과 지혜로 탄생한 효과적인 약과 훌륭한 의사를 하나님께 인도받는 것이라고 본다.

하나님은 성도 모두에게 지혜의 말씀 또는 지식의 말씀으로 은사의 교두보를 만드신다. 이러한 은사에 있어 능력의 성령은 동일한 성령이다. 그렇다면 사람에게 주어지는 은사에 대해 나열하고자 한다.

우선, 믿음의 은사가 주어진다. 다음으로는 신유의 은사, 기적을 행하는 은사, 예언하는 은사, 영을 분별하는 은사, 방언하는 은사, 방언을 통역하는 은사로 구분한다. 이러한 은사 중에 바울은 특별히 예언의 은사를 사모하라고 강조한다. 바울이 언급하는 예언의 은사는 성도들의 미래를 점치는 신비주의적 은사 활용에 대해 말하는 것이 아니다. 이것은 어디까지나 환란의 때 마지막 때를 준비하는 성도들에게 있어 그리스도를 사모함으로 나아가는 현재 진행형을 수반한 미래의 분명한 결과를 바라보는 풋대를 언급하는 것으로 나는 이해한다. 개인적으로 많은 은사에 대해 깊은 관심을 가져왔지만, 어디까지나 이 시대에 가장 필요한 은사는 영을 분별하는 은사라고 하겠다. 지금까지 나는 인생을 살아오면서 이 부분에 대해 아무에게도 언급한 바는 없지만, 내 글 속에 짧게나마 담아보려 한다.

어린 시절 한창 교회에서 찬양하고 목사님 말씀을 배우던 때 나는 홀로 불을 끄고 기도하다가 잠들곤 했다. 당시 나의 기도 제목은 성경을 바로 알 수 있는 분별의 은사를 달라는 것이었다. 나는 이 기도를 오랫동안 지속했다. 이것은 결코 자랑이 될 수는 없지만, 나는 영을 분별하는 은사를 받은 지 이미 오래다. 단, 목회자도 아니요, 하나님을 향하여 드러난 일을 하는 사람이 아니니 오로지 이러한 영의 분별은 나와 하나님, 나아가 내 가족과의 교류 속에서만 이루어졌다. 그러나 아무도 내 말에 귀담지는 않았다. 당연히 목회자가 아니니 말에 신뢰도가 떨어졌던 것이다. 그러나 신기한 것은, 비록 한시적이지만 그 주에 내가 한 말은 어김없이 목사님께서 같은 말씀으로 설교하시곤 했다. 사실 이러한 현상은 신비주의를 말하자는 것이 아니다. 나만 아는 신령한 은혜의 체험이지만, 하나님의 영과 목사님의 영, 그리고 나의 영이 서로 은혜 안에서 교통한다는 것을 증거하는 하나님의 보이심이라고 생각한다. 종종 기도 많이 하는 성도를 목회자가 알아보아 그의 일거수일투족을 확인하지 않아도 충만하다고 인정하는 것과 같은 영의 아우름이다. 영의 교감은 육신의 시선과 달라서 사람이 이성으로 분간하지 못해도 서로 교감이 형성되는 것이다.

나는 모든 영에 관해 주장하는 바가 하나 있다. 그것은 광명의 천사의 모습으로 내려오는 거짓 영과의 싸움이다. 내 견해에 대해 부정하는 이들도 있겠지만, 나는 현재 이단으로 지목하고 있는 교회도 기존 교회와 동일한 모습의 은혜와 영이 내려지고 있어 그들이 느끼는 은혜도 우리가 느끼는 은혜와 사람 영에서 운동하는 과정은 결코 다르지 않다고 본다. 하지만 이것은 현혹의 영이다. 이것은 온전한 그리스도의 영이 아니다. 그 모습이 그리스도의 영으로 변형되어 사람들을 유혹하기에 정죄된 이단들도 같은 찬송가를 부르며 눈물을 흘릴 수 있다는 말이다. 너무나도 안타까운 일이 아닐 수 없다.

나는 하나님께 많은 것을 선물로 받았지만 내가 나아가야 할 은사의 사용은 찬양이라고 본다. 사실상 노래하는 사람이 거룩한 영에 대해 논하는 것은 건방진 인생의 사설에 불과하다고 생각한다. 그렇다고 내가 훌륭한 믿음을 소유한 청년의 모습으로 살아가고 있는 것 또한 아니기 때문이다. 부끄러운 나의 간증일 뿐이다.

◆ 신앙 공동체를 형성하고 있는 교회 내에는 다양한 직분이 있다. 이러한 직분은, 맡은 자들 개개인의 신앙 유무에 따라 그 사명감 또한 달리 나타난다.

교회는 예수 그리스도 시대 이후부터 지금까지 공동체의 기준과 틀에 있어 큰 변화를 겪지 않고 그 명분을 그대로 이어 내려오고 있다. 하나님, 사도, 성도에 이르기까지의 수직 구조, 구전과 문서(성경)를 통해 전해지는 복음 또한 이러한 것을 잘 나타내주고 있다.

성경이 언급하는 직분에 대해 나열하자면, 우선이 사도의 직분이다. 둘째는 예언 은사를 지닌 사람이다. 셋째는 교사이다. 이어 넷째는 기적을 행하는 사람, 다섯째로는 병 고치는 은사를 받은 사람, 여섯째로는 남을 돕는 사람, 마지막으로는 방언을 말하는 사람이다. 나는 여기서 거창한 은사들 속에 묻혀 있지만, 예언의 은사 다음으로 귀한 은사로 여김을 받는 가르치는 교사의 은사에 대해 상고해보고자 한다. 사실 교회 내에서 직분을 맡는 것에는 학벌이 중요치 않다. 굳이 대학을 나오지 않아도 교사로 섬기는 데에는 별다른 문제가 되지 않는다. 어찌 보면 교사라는 직분은 성도 개인의 의지에 따라 별다른 조건 없이 누구나 봉사자로 수행할 수 있기 때문이다.

유년 주일학교 시절 나를 지도했던 교사 대부분은 현재 교회 장로로 시무한다. 내가 이분들에게 어떠한 신앙적 이념을 배웠는지는 세월이 많이 흘러 특별히 기억나는 것은 없다만, 그래도 분명한 한 가지는 이분들의 성실이었다. 이것은 하나님 앞에서의 온전함과 충성이었다고 생각한다.

일반적으로 교회 내에서는 성가대 직분이 가장 귀한 직분이라고 말하는 성도들도 있다. 또한 더 큰 직분을 맡기 위해서는 반드시 성가대 봉사를 해야만 한다고 말하는 이들도 있다. 그러나 이러한 논리는 지극히 인간적인 욕심에 기인한 생각은 아닌가 싶다. 항간에는 주차 봉사를 열심히 하는 길이 장로가 되는 길이라는 말도 들린다. 그러나 모든 이들이 다 이러한 마음을 가지고 봉사하는 것은 분명 아니다. 다 좋다. 무엇이 되고자 열심히 한들 그것 또한 하나님 영광 드러내는 일이라고 본다. 선한 욕심, 선한 경쟁을 누가 뭐라고 하겠는가 말이다. 오로지 하나님께서 판단하실 부분이다.

나는 교회 내에서 교사라는 직분을 큰 직분이라고 여기는 사람 중 하나이다. 이 시대 교회 내에서 교사는 드러남이 없고, 그리 대단한 봉사를 하는 사람들처럼 여겨지지 않는 경향이 있다. 하지만 예언의 은사 다음으로 하나님께서 귀하게 보시는 직분은 가르침의 은사라는 사실이다. 나는 교회 내에서 찬양하는 자의 직분을 맡고 있지만, 기회가 된다면 교사의 직분을 감당해보고 싶다.

◆ 성경에는 많은 은사가 언급되지만, 결과적으로 가장 큰 은사는 모든 허물을 덮는 '사랑'이라고 바울은 말한다. 개인적으로 고린도전서 13장에 언급되고 있는 바울의 견해를 사랑을 표현함에 있어 가장 이상적으로 논한 세상 모든 사랑에 관한 지혜라고 생각한다. "사람이 천사의 말을 한다고 해도 사랑이 없으면 무의미하게 울리는 꽹과리 소리에 불과하다."라고 바울은 말한다. 나아가 "모든 은사와 성경의 비밀과 다양한 지식에 통달하고, 큰 믿음을 지녔어도 사랑이 없으면 아무것도 아니다."라고 말한다. 사실 이 구절은 모든 인생에게 직용되는 무서운 말이다. 나 자신도 그럴싸한 의미를 표현하는 삶을 살아가고 추구하지만, 정작 사랑의 부재를 느낄 때가 많다. 또한 바울은 이렇게 말한다. "모든 소유를 팔아 가난한 사람들에게 주어도, 심지어 몸을 불사르도록 기꺼이 내어준다고 해도 사랑이 없이는 아무것도 얻을 것이 없다."라고 단정한다.

사랑은 오래 참는 것이다. 사랑은 친절하다. 사랑은 시기하지 않는다. 사랑은 뽐내지 않는다. 사랑은 교만하지 않는다. 사랑은 무례하게 굴지 않는다. 사랑은 성내지 않는다. 사랑은 마음속에 원한을 품지 않는다. 사랑은 불의를 기뻐하지 않는다. 사랑은 진리와 함께 기뻐한다. 사랑은 모든 것을 덮어 준다. 사랑은 변함없이 항상 믿어 준다. 사랑은 언제 어디서나 소망을 품는다. 사랑은 모든 것은 견딘다. 사랑은 결코 없어지지 않는다.

내가 이 구절을 부분적으로는 이미 알고 있었으나, 이 구절을 놓고 나름대로 생각하게 된 시기가 고등학교 3학년 시절이었던 것만 같다. 당시 바울의 사랑론은 나에게 큰 충격을 주었다. 청년이었기에 한 사람의 여인을 두고 묵상해도, 내가 훗날 이러한 사랑을 전할 수 있는 대상을 만난다면 지극히 진실한 사람이 되어야만 했기 때문이었다. 어려운 숙제였다. 그 후로 세월이 지나 이십 대 중반 '내가 천사의 말 한다 해도'라는 찬양을 부르면서 나는 이 훌륭한 구절에 마음이 동하곤 했다. 결국 이 찬양은 어디를 가나 부르는 나의 트레이드가 되었고, 많은 사람들이 내가 이 곡을 연주하는 것을 들었다.

사람이 살아가면서 바울이 언급한 것과 같은 사랑을 구현할 정도의 생활과 심성을 갖추기가 쉽지 않다고 본다. 적어도 나는 그렇다. 초급하고, 성질부리고, 사람들과의 관계에 있어 사랑보다는 좋아함을 우선한다. 부족한 나로서는 매일 묵상해야만 할 구절일는지도 모른다. 어려운 부분이지만 나는 원숙한 사랑의 사람이 되고 싶다.

◆ 교회 중 어떠한 곳은 성직자의 인격적인 부재, 특정 성도들의 어긋난 행위로 말미암아 단번에 세상 사람들의 평가와 비난의 저울에 오른다. 사

실 우리가 모르게 한 번의 실수로 인해 성직자들 사이에서는 그 신령하고 존귀한 사명의 끈을 놓는 사례도 적지 않다. 목회자들의 경우 대부분 망령되고 무지한 장로들의 권위로 인해 은퇴 직전에 이러한 일을 겪는 예도 많다. 그것은 장로도 마찬가지이다. 나아가 타 종교도 이러한 부분은 피해갈 수 없다. 그러나 중요한 것은, 교회는 결코 사람들에 의해 비판받을 수 있는, 더불어 사람이 판단할 수 있는 곳이 아니라는 점이다.

교회는 땅 위에 있지만, 하늘로부터 주권을 부여받은 정통성을 지닌다. 그 정통성은 하나님으로부터 말미암아 인간사에 세워진 언약이다. 우리가 교회를 비난한다면, 그것은 해당 성직자나 성도들의 인간적인 부분에 있어 부재를 비판해야 함이 마땅할 것이다. 사람은 바뀌어도 성전의 권위는 변함없기 때문이다. 하지만 하나님이 세우신 일꾼을 비판하는 것에는 그만큼의 책임이 따른다는 것 또한 성도 된 자들은 성경을 통해 인식하고 있어야만 한다.

간혹 목회자가 금전적인 문제로 인해 교회에 피해를 주는 것을 본다. 그러면 어김없이 해당 성도들 또한 용역 직원들처럼 변해 세상에 그런 추함이 따로 없을 정도로 목회자에게 만행을 저지르는 모습을 본다. 교회 일은 폭력이 난무하는 순간 행위자들에게는 지옥행 열차가 준비되어 있다는 사실 또한 인식하고 있어야만 할 것이다. 사람이 아무리 미워도 그 위에는 정통성 즉, 하나님이 계신다는 사실은 인간이 두려워해야만 할 숙명이다.

◆ 예수 그리스도는 무덤에 묻힌 후, 사흘 만에 부활하셨다. 그리고 베드로와 열두 제자에게 자신의 모습을 보이셨다. 이후에는 약 오백여 명이 넘는 형제에게 동시에 자신의 모습을 보이셨다. 다음으로는 동생 야고보에게 나타나셨고, 또다시 다른 모든 사도에게, 마지막으로는 겸손한, 산달을 다 채우지 못하고 태어난 사람 같은 바울에게도 모습을 보이셨다. 바울이 그리스도를 본 것은 그분의 나타나심을 통한 환영이었는지, 어떠한 모습이었는지는 모르겠으나, 바울 자신은 실질적으로 다른 제자들과 같이 그리스도를 육신의 모습으로 직접 목격하고 그분을 영접하지 못했다는 것에 대해 나름의 선한 콤플렉스를 지니고 있었던 것은 아니었나 생각한다.

바울은 베드로와 제자들에게 나타난 그리스도를 언급했다. 또한 동시에 그리스도를 본 오백여 명이 넘는 형제들을 언급하면서, 자신을 산달도 채우지 못하고 태어난 듯한 사람으로 표현하고 있다. 이러한 면을 볼 때 바울은, 다른 형제들과 제자들에게 다소 늦게 사도직을 수행하고 있는 자신의 모습이 행여나 누를 끼칠까 싶어 극도로 자신을 낮추고 조심하는 심정을 그의 글을 통해 드러내고 있다. 그러나 만약 바울이 '나에게도 나타나신 예수 그리스도'라고 언급했다면, 다른 제자들에게 있어 어느 정도 바울 자신이 의식했던 부분이 형용되는 결과가 만들어졌을지도 모른다.

예수 그리스도는 시공간을 초월하는 분이시다. 어느 누구들에게 동시에 나타나시는 그리스도를 묵상하며 나는 그리스도와의 일대일의 관계, 그것을 인식하고 사모하는 것이 이 시대를 살아가는 그리스도인에게 얼마나 중요한 것인가를 다시 한번 생각해본다. 그것은 하나님 그분 세계의 원리이다. 나아가 인간이 바랄 수 있는 모든 소망의 원천이다.

◆ 바울은 고린도후서 12장을 통해 그가 본 환상에 대해 피력하고 있다. 셋째 하늘로 불려 올라갔고, 몸을 지닌 채로 그곳에 이끌려갔는지, 몸을 떠난 영만 붙들려 올라갔는지, 바울 자신도 정확히 알 수 없는 체험이었다고 고백한다. 육신을 지니고 그곳으로 갔는지, 육신을 떠난 영만 올라간 것인지를 구분하지 못한다는 것은 그 체험이 가시적이며, 사실적으로 이루어졌다는 것을 증명해주는 것이다. 아마도 선한 사업을 위해 목숨을 담보로 복음을 전하는 바울에게 있어서는 큰 위로가 되었을 것 같다.

하나님은 필요에 따라 구하는 자, 그러면서도 당신께서 선히 여기시는 자들에게는 오늘도 많은 역사를 행하신다.

◆ 나는 종종 찬양하는 다윗이라는 성경 속 인물에 대해 상고한다. 다윗을 그려볼 때 내가 느끼는 인상은 자기 개발에 있어 승화의 기쁨을 가장 원대하게 맛본 자라는 것이다. 물론 신앙적으로 다윗의 모든 행위에 있어 영광은 하나님 홀로 받으셨다. 다윗의 초기 모습에서 드러나는 극적인 드라마 또한 오직 다윗 개인의 믿음에 의한 결과였다.

양을 치는 목동 일을 했던 다윗은 한가로이 풀을 뜯는 양들을 바라보며 들판에 앉아 하나님을 찬양했을 것이다. 악기를 연주하며 노래를 불렀다는 말이다. 찬양하는 것에 즐거움과 기쁨을 느낀 다윗은 오랜 반복적 행위를 통해 숙달되었고, 노래를 잘하며 악기를 잘 다루는 사람으로 성장했을 것이다.

악기를 연주하다 보면 종종 양들을 위협하는 사자나 곰이 다가왔다. 처음에는 작대기로 짐승들을 쫓았으나, 연약한 이 도구로는 힘에 부치니 물맷돌을 이용해 타격하는 연습을 했을 것이다. 양들 돌보는 것 외의 시간은 자신이 좋아하는 연주(찬양)하고 타격 연습하며, 유유히 하루하루를 보냈을 것이다.

나는 하나님께 올리는 찬양과 스피디한 타격 연습, 이 두 가지를 소싯적 다윗이 가장 좋아했을 것으로 생각한다. 너무나 많이 했기에 다윗은 이 분야에 있어 전문가가 되어버렸다.

다윗은 예술가다. 초원에 앉아 노래하고 악기를 만들고, 단순 기물 연마하기를 즐겼던 그는 예술가의 이상적인 정서를 지녔던 사람이다.

오늘날 교회에서는 골리앗을 만난 다윗을 두고 믿음의 승리를 언급한다. 다윗은 믿음으로 담대함을 얻어 순간 초인의 힘을 발휘한 것처럼 세상 사람들에게 인식되곤 한다. 그러나 다윗은 골리앗을 쓰러뜨릴 자신감이 충만했다. 돌멩이로 사자와 곰을 잡을 수 있는 타격의 전문가가 되어 있었기에 골리앗과 붙어도 승산을 자신할 수 있었던 것이다. 하나님은 그렇게 다윗이 관심을 두는 소소함을 훈련시켜 골리앗을 치는 도구로 사용하셨다.

사람은 반복적인 훈련을 통해 대단한 모습으로 승화된다. 고무줄 새총으로 하늘을 나는 새를 떨어뜨리는 사람들처럼 다윗도 그러했을 것이다. 자기 개발은 이래서 필요하다. 무엇이든 좋아하는 것을 충실히 연마해두면 언젠가는 하나님 영광을 위해 쓰이지 않겠는가 말이다.

좋아하는 것은 미치고 나서도 계속해나가는 것이다. 이에 따라 사모함 역시 시작은 있되 끝은 없는 것이다.

◆ 사도 바울은 시장에서 파는 고기(육류)를 보며 새 신자들의 믿음이 실추되는 것을 막기 위해 채식을 자처했다. 또한 포도주를 마시는 것까지 그것을 봄으로써 상처받을 초심자들을 향한 마음으로, 오로지 자주 나는 병 치료용으로 포도주를 사용하는 것 외에는 바울 자신도 마시거나 권하지 않을 것을 결단했다. 포도주가 어떠한 약용 성분을 지니고 있었는지는 모를 일이지만 말이다. 그는 순수하고 열정적인 사람이었다. 신앙적인 신념을 떠나 순수와 열정 없이 이러한 결단은 아무나 할 수 없다. 바울은 복음을 전하는 데에 있어 근성이 다분한 사람이었다.

당시 시장에 나오는 고기 대부분은 제사용 제물로 사용되었던 상품이었다고 역사학자들은 말한다. 여기서 바울은 한 가지를 더 설명한다. 남의 집에 초대를 받아서 먹을 때 혹, 먹는 음식이 제사용으로 사용된 음식이라면, 주인이 말하기 전에 먼저 묻지도, 따지지도 말고 감사히 먹으라는 것이다. 결국 이 모든 것은 하나님으로부터 난 것이기 때문이다. 물론 세상에서는 귀신들에게 바쳐진 음식일 수 있다.

우리가 귀신의 음식을 먹은들, 우리의 양심은 귀신의 것을 먹었다고 우리에게 알려주지만, 하나님의 자녀인 우리로서는 귀신의 음식을 먹은들 그 귀신의 음식으로 인해 아버지 하나님 자녀인 우리의 권세가 실추되는 것은 아니다. 귀신도 하나님의 역사 속에 창조된 하나의 피조물이라는 사실을 바울은 역설적으로 설명하고 있다. 그것은 세 들어 사는 집에 주인이 들어와 보는 것과 같은 개념이다. 주인은 자기 집에 들어가는 것에 아무런 거리낌이 없다. 비록 세를 놓은 집이지만, 보일러를 점검하러 들어갔다고 주인이 도둑으로 몰리지는 않는다. 바울이 이러한 행동을 한 이유는, 초심자들이 단단한 식물을 먹을 만한 믿음의 담력이 부족했기에 바울 자신의 행동으로 말미암아 이들이 놀라며, 심지어 그들 신앙이 실추되는 것을 염려해서였다.

이제 겨우 예수를 영접하고 믿기 시작한 신자로서 지켜야 할 규례에 대해 열심을 가지고 실천해나가는데, 사도라는 자가 제사 음식에 손을 대는 모습을 보이면 그 사도로 말미암아 예수 그리스도의 영광됨이 가리어지게 되는 것이 아니겠는가? 바울은 이러한 점을 염려했다. 바울의 결단은 바울 신앙에 있어 개인적 덕의 한 부분으로는 정의할 수 있지만, 신앙 전반에 있어 단단한 믿음으로 그것을 먹는 성도에게는 중한 위배 사항은 아니라고 본다. 스스로 신앙 행위에 대해 양심을 빗대어 기준을 두는 것은 인간 양심의 합리화를 통해 율법을 안고 가는 것과 같은 현상이다. 달리 말하면, 자식이 실수로 아버지 물건을 파손했다. 그러나 노하는 아버지를 향해 용서를 구하는 것이 아닌, 그 물건의 값을 계산해 이자를 얹어 갚겠다고 말하는 것과도 동일한 원리이다. 말 그대로 율법이 법과 규정이 되어 하나님과 인간 사이에 계약이 성립되는 것이다. 열등한 동물인 인간은 결국 모든 계약에서 조건 이행에 심각한 차질만 가져올 따름이다. 온전한 아버지와 아들의 관계에서는 변상까지 자식이 책임질 필요가 없다. 꾸중을 듣고 반성하고 다음부터 조심하면 되는 것이다. 세상 어떠한 것도 부모에게 있어 자식보다 중한 것은 없기 때문이다.

직계 관계는 용서가 수반되며, 없는 어린 자식이 가진 아버지께 변상한다는 것 자체가 종속 관계를 자처하고 마는 셈이다. 그만큼 아버지는 자식의 형편 또한 그 누구보다 잘 알고 있다. 그렇다면 신 앞에 열등한 우리 인간이 하나님과 흥정할 수 있겠는가? 답은 없다고 말하고 싶다.

◆ 오늘날 불가에서 행해지고 있는 천도재(薦度齋)나 가톨릭의 연옥설과 같은 종교의식들은 인간이 죽음에 대해 얼마나 나약한가를 여실히 보여주는 증거의 모습들이다. 더구나 종교 자체만으로 볼 때 의식을 치르는 종교인들의 타락을 가장 극명히 드러내 보이는 행위이다.

인간은 살아서 속고 속는다. 죽음만이 진실을 고하겠지만, 그것이야말로 이들에게는 가장 어려운 문제임은 분명하다. 이들에게 있어 하나님은 다소 거창하며, 논리적이지 않다고 느껴질 것이다. 하지만 인간의 논리는 사람 지식에서 정립된 합리적 날개를 달고 있는 것이다. 우리는 저 너머에 존재하는 논리와 지식을 아직까지 알지 못한다.

◆ "주라, 그리하면 너희에게 줄 것이니 곧 후히 되어 누르고 흔들어 넘치도록 하여 너희에게 안겨 주리라. 너희의 그 헤아림으로 너희도 헤아림을 도로 받을 것이니라."

예수 그리스도가 우리에게 하시는 위의 말씀은 단순히 베풀어 받을 축복만을 의미하는 것은 아니라고 본다. 이것이야말로 세상을 축복하는 우리의 마지막 희망 카드인 것이다. 그리스도인은 예수 그리스도를 믿는 그 자체만으로도 이미 세상과는 원수 된 자들이지만, 이렇게 주고, 헤아려 넘치도록 되돌려 받는다면 원수에서 사랑을 받는 우리가 되는 것이 아니고서야 무엇이겠는가. 되돌려 받는 것이 하늘로부터이건, 땅으로부터이건 되돌려 받는 이것에 그 어느 마음인들 함께하지 않겠는가 말이다.

◆ 하나님께서는 당신이 구원하시고자 작정한 사람, 이미 창조 전부터 사랑하셨던 그 어떠한 택한 자를 구원하고자 함에는 인간의 생각을 초월한 다양한 방법으로 그를 건지신다. 사람은 저마다의 잣대로 하나님의 구원 사역을 점친다. 그것은 한 사람의 단면적인 행위, 더 나아가 그의 행태로 판단된다. 하지만 인간이 상대의 구원에 대해 결과를 점치는 것처럼 무모한 어리석음은 또 없다. 사람이 이러한 하나님 앞에, 당신의 원대로, 인간 의지에 구속되지 않고 스스로 행하시는 하나님 앞에 할 수 있는 것은 오로지 모든 이를 축복하는 것 말고는 없다.

◆ 고해성사와 중보 행위는 당위성으로 볼 때 그럴싸하면서도 충분히 아름다운 요소를 지닌다. 하지만 그것은 아직까지 남아 있는 우리 시대의 면죄부와도 같은 것이다. 우리는 예수 그리스도가 우리를 위해 대속하신

것을 믿고 성령을 의지해 그분과 각별해지는 훈련을 지속해야만 한다. 그 방법은 오직 성령을 통해 예수 그리스도를 만나는 것이다. 이러한 길로 들어서기 위해 가장 절실한 것이 경건 훈련, 요즘 말로 제자 훈련(Disciple Training)이다. 하지만 나는 성도와 목회자를 평가하는 하나의 척도로 기준이 되는 제자 훈련이라는 표현을 그리 좋아하지 않는다. 배추는 고춧가루만 잘 써도 김치가 되는 것처럼 내가 바라는 가장 이상적인 제자관은, 예수 그리스도를 입으로 시인하는 것과 동시에 제자 되어 나아감이다. 그리고 훈련의 몫은 성도 개개인의 삶의 수렁에서 다져진다고 확신한다. 단, 철저한 성경 말씀의 암송이 선행되어야만 한다고 본다.

경건 훈련 속에 영성과 제자 됨이 파생하는 것으로, 예수 그리스도가 육신의 옷을 입고 계실 당시 제자들의 모습은 예수의 기대에 못 미치는 자들이었다는 것을 나는 언급하고 싶다.

경건 훈련은 말씀과 기도, 목자의 양육에 의해 이뤄진다. 만약 스스로 구원에 이른 신자라고 확신하면서도 이 세 가지 훈련 중 하나라도 등한시한다면 그는 자신과 하나님, 나아가 주변 성도를 속이는 무서운 자이다.

◆ 개인적으로 나는 물질적인 어려움을 겪는 교회기 목회자의 재량으로 수익 사업을 하는 것에 대해 긍정적인 견해를 갖는다. 그로 말미암아 가족이 궁핍함 속에서 처절하게 생활하지 않고 혹, 수익금으로 복음 사역에 적절히 사용된다면 그것이야말로 큰 자비량 선교 행위가 아니겠는가 생각한다. 더구나 목회자의 사모가 아이들을 지도하거나, 좋은 직장에서

업무를 보는 것도 잘하는 일이라고 본다. 하지만 교회의 타락은 인간 욕심이 개입된 모든 사업 안에서 발생한다는 사실 또한 잊어서는 안 된다.

교회가 청년 카페를 운영한다거나 벼룩시장을 개최하는 행위 또한 잘하는 것이라고 본다. 그러나 이것보다 더 잘하는 것이 있으니 바로, 자신의 남편인 목회자를 따라 새벽기도를 나서는 젊은 사모들의 헌신이다. 원칙적이고 고전적인 헌신이라는 틀 앞에서는 어떠한 것도 이보다 더 아름다울 수는 없는 법이다.

요즘 젊은 사역자들 더러는 최초 자비량 선교사인 바울을 롤모델로 삼고 교회와 수익 사업에 관심을 갖는다. 하지만 이들이 알아야만 하는 것은 어디까지나 모든 교회는 공동체 안에서 형제들의 협력으로 이뤄진다는 사실이다. 세월이 각박하고 힘에 지나도록 모든 것에 있어 어려움은 여실히 지속된다. 결국 하나님께서 우리 인간에게 요구하시는 행위는 점점 다원화되어가고 있다. 간혹 내 글을 읽을 때 교회나 형제, 공동체라는 말이 자주 등장하는 것을 보면 내가 장로교인임에도 가톨릭 신앙에 적잖은 영향을 받은 것은 아닌가 하는 생각도 든다. 어려서 공부하고 느낀 부분은 결국 이념으로 자리한다.

◆ 어린 시절 교회 집사님께서 구역 예배를 마치고 나에게 식사 기도를 시켰다고 한다. 즐거운 자리였을 것이다. 나는 앞에 놓인 음식에 대해 하나님께 감사함을 표하며, "비타민 A, 비타민 B, 비타민 C, 비타민 D가 풍부한 음식을 우리에게 주서서 감사하다."라며 기도했다고 한다. 내 기도

에 어른들이 웃자 나는 신경질을 내며 처음부터 다시 기도를 시작했다고 한다. 결국 이렇게 세 번을 어른들의 웃음으로 기도를 반복했다고 한다. 훗날 그 집사님은 목회자가 되어 큰 교회(춘천 제일장로교회) 담임으로 부임하셨고, 나의 일화를 설교에 인용하셨다고 전해 들었다.

우리는 모든 생활에 있어 언제나 하나님의 은혜가 증거되는 간증의 삶을 추구해야만 한다. 구원의 확신과 시인도 중요하지만, 남들보다 험한 삶의 간증이 많다면 그것도 귀한 은혜이다. 나의 작은 행동이 어느 주일 목사님의 설교로 쓰임 받을지도 모르는 일이기 때문이다. 이것이야말로 준비된 구원의 삶을 만들어가는 것이다. 그렇다고 나의 소싯적 일화가 준비된 삶의 과정이었다고 생각지는 않는다. 그냥 어린아이의 말일 뿐이었다. 그러나 의식이 정립되는 성인의 시절에 들어서는 이야기가 달라졌다. 그때부터는 모든 것이 심각해졌다.

◆ 그리스도인이 갖는 신앙적 믿음 행위에는 반드시 내적인, 신지한 신앙관이 우선적으로 선행되어야만 한다. 그렇다면 내적인 진지한 신앙관을 얻는 방법은 무엇인가? 그 방법은 신자들이 품을 수 있는 하나님을 향한, 예수 그리스도에게로 향한 마음으로부터의 간절한 시모함이다. 이 사모함은 말씀과 기도로만 얻어지는 것이다. 그러한 충만한 믿음을 얻기 위해서는 행위에 있어 보이는 신앙인의 모습보다는 성결함으로써 하나님을 사모하는 신앙의 진실성을 더욱 확고히 하는 자세가 필요하다. 그렇다면 믿음의 내적 발로로써 기본이 되는 진실성을 만들어내는 것은 무엇인가?

그것은 자신을 신과 인간이라는 본연의 존재성을 기준으로, 인간을 열등한 피조물의 개념으로 인식하는 것이 아닌, 하나님과 직접 교통하는 부모와 자녀의 관점으로 인식하는 모든 행위이다.

◆ 사람의 내적 믿음 행위가 결과적으로 보이는, 느껴지는, 예수의 향기 드러내는 믿음으로 나타나기 위해서는 성도 개인이 만사를 초월하는, 모든 것을 깨달아 아는 다부지고 똑똑한 신앙관을 지녀야만 한다. 그리스도인에게 있어 가장 필요한 것은 초월하는 믿음, 하등 동물과 신과의 종속적 관계가 아닌, 직계 개념을 지닌 하나님과의 관계를 올바로 인지하는 것이다.

◆ 사람들은 주관적인 견해에 대해서는 여지없는 비판을 가한다. 그러나 객관화된 이론에 대해서는 다름으로 일관한다. 이것은 객관화라는 것이 공론화가 되고 정형화가 되었다는 것을 많은 부분에서 인정하고 있다는 말이다. 하지만 나는 이와 반대의 개념을 갖는다. 주관적인 것은 더욱 다름이 많은 부분으로, 한 주제에 있어 많은 주관이 난무한다는 것은 다각적으로 분석되고 선행되는, 개념에 대한 연구가 활발히 전개되고 있다는 의미이다. 이것은 긍정의 요소이다. 그러나 객관화된 이론은 이미 공론화된 것이기에 무엇인가 다름과 견줄 때 알고리즘 체계에 크게 위배될 수도 있다. 이 말을 거꾸로 해석하면 원점으로 돌아온다. 그렇다면 세상

모든 것을 아우르는 종합적인 진리는 무엇일까? 나는 가장 주관적이면서도 객관적인, 또한 합리적인 성경이라고 생각한다.

어느 유명한 석학의 강연을 들었다. 그는 신학에 있어 나름 정통한 지식을 지녔음에도 불구하고 성경은 '오류가 난무하는 책'이라고 청중들에게 설명했다. 그 이후에 다른 언급은 없었다. 그는 알면서도 말재간이 부족해 표현을 잘못한 것이었다. 성경은 원문을 한글로 옮기는 공동 번역에 오류가 있다고 본다. 그러나 이것이 개역 한글로 번역되면서 지대한 한자어의 사용으로 마치 히브리어, 헬라어보다 더 깊은 의미의 해석을 추론할 수 있게끔 사고의 범위를 넓혀 놓은 것이다. 그러나 이것도 오류이다. 이러한 조합에서 다양한 번역 성경들이 출간되었다. 그러나 어디까지나 재수정을 많이 거친다는 것은 오류의 자각이다. 성경은 신기하게도 한글 문장으로 만들어 나아감에 있어 원전과 비교할 때 단어 배열의 오류는 드러나나 말하고자 하는 의미의 진행 구조에서는 그 어떠한 오류도 발견할 수 없는 완벽한 책이다. 사람의 머리로 어찌 이러한 책을 지을 수 있겠는가. 이것이야말로 하나님의 영감, 하나님의 능력, 하나님의 승리이다.

◆ 신앙의 척도를 성숙과 미성숙, 완결과 미완결의 개념으로 정의할 수 있다는 것은 추상적인 요소를 결부해 볼 때 불완전함 속에서 명확한 논지를 발견하려고 애쓰는 것만큼 무모한 행위이다. 성숙의 기준, 미성숙의 평가 범위, 완결의 결과, 미완성의 학습 범위라는 요소.

신앙의 기준점을 제시하고, 그 결과를 평가하는 기준에 있어 우리는 말씀이 아닌, 평가자의 인식을 가장 중요한 위치에 놓는다는 점에서 이미 많은 문제점을 야기한다. 사람은 사람 앞에 호젓해야만 한다. 이것이 하나님 앞에 참다운 인간 본연의 모습이다. 멋진 양복을 입고 교회에 출석하는 이가 많은 성도들에게 귀한 사람, 복된 사람, 경건한 사람으로 평가받다가 밖에 나가 욕설하는 것 하나로 하루아침에 방종한 인간으로 치부되는 것이야말로 세상에서 가장 유치한 판단이기 때문이다. 일반적으로 성도들은 율법을 나쁜 것, 하나님과 멀어지게 만드는 것으로 인식하고 있으나, 우리는 스스로 많은 율법을 새로 쓰고 있는 꼴이다. 세대가 악할수록 율법도 귀한 것이 된다.

◆ 사람 위에는 하늘의 하나님이 계시고, 하나님과 사람 중간에는 예수 그리스도가 우리를 중보한다. 그곳에 성경도 함께 하나님의 완전하신 모습 그대로 실존한다. 그렇게 볼 때 육신을 입은 인간은 열등하다. 그 때문에 만물의 영장인 인간은 영적으로 인간보다 능하다고 판단되면 그 대상이 무엇이든지 신으로 만들어버린다. 오직 인간만이 하나님과 교류할 수 있는 큰 영을 지녔음에도 모든 거짓된 영에 인격을 부여해 신으로 만들어 인간 스스로 가장 열등한 영을 지닌 피조물로 자처한다. 인간은 하나님이 부여한 신성을 충분히 지녔음에도 스스로의 무지로 말미암아 무덤을 파고 들어가는 무서운 행위를 자행한다. 이렇게도 인간은 자기중심적이며, 서로를 기만한다. 그러하기에 인간은 온전함에 이르지 못한다.

◆ "너희 중에 고난당하는 자가 있느냐. 저는 기도할 것이요. 즐거워하는 자가 있느냐. 저는 찬송할지니라. 너희 중에 병든 자가 있느냐. 저는 교회의 장로들을 청할 것이요, 그들은 주의 이름으로 기름을 바르며 위하여 기도할지니라. 믿음의 기도는 병든 자를 구원하리니, 주께서 저를 일으키시리라. 혹시 죄를 범하였을지라도 사하심을 얻으리라. 이러므로 너희 죄를 서로 고하며 병 낫기를 위하여 서로 기도하라. 의인의 간구는 역사하는 힘이 많으니라."

고난을 겪는 사람들은 기도하라고 야고보 사도는 말한다. 또한 즐거운 일을 맞이한 사람은 감사하고 찬양하라고 한다. 병든 사람이 있다면 교회 장로들을 청하여 기도 받으라고 전한다. 나아가 야고보 사도는 간절한 믿음의 기도는 병든 자를 낫게 하고, 그를 회복시킨다고 증언한다. '낫다'와 '회복'이 한 문장에 복수의 의미로 사용되고 있으니, 여기서 회복의 의미는 '회개'와 '기도'를 통한 전인격적인 변화를 의미할 수도 있을 것이다. 그리고 또한 죄를 지었어도 용서받을 수 있다고 말한다.

마지막으로 야고보는 서로 죄를 고백하고, 병이 치유되는 것을 위해 서로 기도하라고 말한다. 특히, 의롭고 경건한 사람의 간절한 기도는 큰 효력이 있다고 언급한다. 기도는 이렇듯 큰 결과, 깨끗하게 하는 놀라운 힘이 있다. 이것이야말로 사람에게는 원대한 힘이자 놀라운 행복의 비밀이다.

◆ "내 형제들아 너희 중에 미혹하여 진리를 떠난 자를 누가 돌아서게 하면, 너희가 알 것은 죄인을 미혹한 길에서 돌아서게 하는 자가 그 영혼을 사망에서 구원하여 허다한 죄를 덮을 것이니라."

우리가 살아가는 이 시대는 흉포한 이단들이 득세를 떨치는 시대이니 만큼, 위 구문처럼 미혹의 영을 받아 그릇된 길로 떠나는 자들을 주변에서 쉽게 본다. 그러나 예전만 해도 한 교회 내에서 진리로 돌이켜야 할 성도들을 언급한다면, 대부분 교회 출석은 하나 신앙심이 결여된 자, 게을러 교회 출석을 하지 않는 자로 분류했다.

나는 어린 시절 타 종교에 빠져 믿음을 저버린 성도들을 본 일이 있다. 이것은 교회 내에서는 물론이거니와 한 가정에 있어서도 불명예스러운 일이다.

성경은 미혹되어 떠난 죄인을 하나님 앞으로 다시 돌아오게 한 사람을 두고 죄 된 영혼을 죽음에서 건져 낸 큰일을 했으며, 죄인의 그 허다한 허물을 덮을 수 있게 한 행위라고 칭찬한다. 이것은 성도들의 지상 사명에 대한 응축이다. 이 구문을 빗대어 사고하는바, 우리 그리스도인들은 전도라는 이 투쟁적이고 고결한 사명을 어떠한 환경의 틀 속에서 행하고 있는가 하는 나름의 묵상이다.

나는 야고보 사도의 말을 되새겨본다. 교회의 권위를 등에 업고 이뤄지는 파생적 전도가 아닌, 삶 속에서 이뤄질 수 있는 섬세하고 역동적인 생활 속에서 그리스도의 향기를 드러내는 전도에 관해 말이다.

홀로 계속 걸으며 사탕과 전도지를 나누는 것, 사무실 동료에게 말씀을 전하는 것, 친구와 조용히 식사를 나누며 말씀을 상고하는 것이야말로 역사를 만들어가는 것이다.

옥중에서 간수에게 무시로 복음을 전했던 바울을 생각해본다. 그의 행위도 내가 설명하는 바와 다를 것이 없다. 거창하지는 않지만 일을 하는 것이다. 자신의 일을 하는 것 말이다. 그 일의 장소가 어디가 되었건 행하는 것이다. 그것이야말로 성경에서 언급하는 푯대라고 본다.

나는 생각한다. 전도에는 왕도가 없는 것 같다. 많이 파는 발품만이 승리하는 전도의 비법이라고 여긴다.

◆ 성경은 하나님의 성품이 그대로 담긴 그리스도인의 책이다. 성경은 눈으로 읽어 머리로 그 의미를 깨닫고 마음으로 각인해 볼 수 있는 경전 중의 경전이다. 성경을 마음으로 각인하는 순간, 그 글자에 운동력이 있어 사람의 영혼은 물론, 심지어 육신까지도 관여한다.

사람으로 하여금 알지도 못하고 보지도, 듣지도 못한 내세에 소망을 성경이라는 신의 문서가 이뤄준다는 사실은 실로 영광스러운 것이다. 그것은 힘 있는 진귀한 일이다. 말 같지도 않은, 미친 사람들의 기록과도 같은 이것을 믿는다는 것은 너무나도 어려운 일이나, 일반 종이에 찍힌 문자가 사람의 영혼 즉, 정신은 물론 육신까지도 관여할 수 있다는 것을 믿을 수만 있다면, 이 사람은 훗날 어린아이와 같은 순수한 믿음으로 말미암아 말로 다 표현할 수 없는 영광에 참예하는 날을 두 눈으로 똑똑히 보게 될 것이다.

◆ 세상에서 가장 큰 설교는 성경 말씀 바로 그 자체이다. 낭송한 구절을 설교자가 잘 풀어 해석해준다면 훌륭한 설교이다. 그 구절을 적절하게 현대인들의 삶에 투영시켜 해석해준다면 그것은 위대한 설교이다. 하지만 모든 경이로운 설교는 20분 안에 다 들어 있다.

◆ 세상 모든 사람은 죽음 이후에 하나님의 심판대 앞에 서서 그분의 공의로운 심판을 받게 된다. 심판의 적용 범위는 인간이 육신을 입고 이 땅에 사는 동안 행한 모든 선과 악에 대함이다. 결국 이것은 인간이 육신의 몸을 입고 있을 때의 행위에 따라 사후 심판대 앞에서 보응받는다는 말이 된다. 성경은 죽음 이후의 일에 대해 심판과 보응을 이야기하면서도 다른 개념으로는 회개와 용서, 사랑 하나로 허다한 죄를 덮는 식의 자비를 설파한다. 엄밀히 말해 성경에서의 심판과 보응의 적용 범위는 예수 그리스도를 부인하는 자들에게로 그 초점이 맞추어져 있다는 것이다.

인간은 완전치 못한 존재이다. 바울은 예수 그리스도의 대속의 은혜를 말하며, 몸을 떠나 주님과 함께 사는 것이 더 유익한 것인 줄 안다고 본인의 확고한 신앙관을 의지의 발로와 더불어 구원의 확신으로 표명하고 있지만, 정작 바울 자신도 사람이었기에 솟구쳐 오르는 죄의 본성과 매일 사투하며 살아가야만 했다.

심판을 받아야만 될 죄의 본성을 지닌 사람이 구원에 대해 확신을 표할 수 있는 그 의지는 어디에서 나오는 것일까? 이것은 자녀로서 부모를 믿는 담대함과도 같다고 본다. 자녀는 부모에게 심판의 대상이 되지 않기 때문이다. 하지만 어떠한 결론을 내릴 수는 없다. 나 또한 아직 사망을 경험해보지 못했기 때문이다. 그것은 오로지 온전한 믿음의 길로만 소망할 수 있는 부분이다.

내가 깨달은 것 하나가 있다. 만일 모든 인생이 사후 심판의 길로 나아간다면, 그곳에서 선과 악이라는 잣대로 심판의 결과가 나온다면, 우리는 그 심판을 온전히 통과하기 위해 세상과는 원수 되어야만 한다는 것이다.

선과 악으로 구분된 심판을 받는다면, 하나님 기준으로 세상은 모든 것에 있어 하나님의 그 어떠한 모양이라도 거부하고 있기 때문이다. 이것이야말로 하나님의 역사이다. 참으로 진지하게 묵상해야만 할 부분이다. 그러나 한 가지 분명한 사실은, 하나님 앞에 있어 선은 예수 그리스도가 우리의 죄를 대속해 십자가에 못 박혔다는 것이며, 하나님 앞에 있어 악은, 그러한 예수 그리스도를 부인하는 것이다.

이제 나의 말에 결론을 내리고자 한다. 우리가 이 세상에서 맡은 지상소명은 무엇인가? 그것은 세상과 원수지고 사막 한가운데로 들어가는 것이 아니다. 우리는 육신의 옷을 입고 살아가는 동안 세상 속으로 들어가 할 수 있는 한 그리스도의 복음을 전하는 것이다.

◆ 신앙인이라면 자신과 하나님과의 일대일의 관계 속에서 내 영혼이 건네는 관념에 대해 바르게 증언할 줄 알아야 한다. 세상에서는 이러한 증언을 간증이라고 일컫는다. 그렇다면 우리가 증언하는 삶을 살기 위해서는 어떠한 방법이 필요하겠는가? 이것은 골방에 가만히 앉아 나 스스로

하나님에 대해 깊게 묵상하고, 말씀에 착념함으로써 내가 하나님께 받은 그대로를 마치 자식이 부모의 모습에 대해 말할 수 있듯 묘사하는 것과 같은 원리이다.

◆ "예수께서 승천하실 기약이 차가매 예루살렘을 향하여 올라가기로 굳게 결심하시고, 사자들을 앞서 보내시매 저희가 가서 예수를 위하여 예비하려고 사마리아인의 한 촌에 들어갔더니, 예수께서 예루살렘을 향해 가시기로, 저희가 받아들이지 아니하는지라. 제자 야고보와 요한이 이를 보고 가로되 주여, 우리가 불을 명하여 하늘로부터 내려 저희를 멸하라 하기를 원하시나이까?"

예수 그리스도의 승천 때가 가까워지자 예수는 예루살렘으로 올라가기로 결심했다. 본문 내용으로는 앞서 제자들을 보냈고, 이들은 사마리아 동네에 들어가 방을 구하려다 그냥 돌아오게 된 것이다. 그 이유는, 예수 그리스도가 예루살렘으로 올라간다는 소문에 사마리아 사람들이 예수 일행이 마을에 들어오는 것을 거절했기 때문이다. 사실 사마리아인과 예루살렘 유대인과의 사이에는 갈등의 요소가 많았고, 예수 시대 사마리아인의 입지는 예루살렘의 계급 집단에 의해 멸시와 천대를 받았다. 이들은 비유대인 취급, 종교적 혼합주의라는 명분으로 그들이 메시아를 기다린다는 역사적인 사실은 유대 지도자들에게 전혀 납득될 수 없는 부분이었다. 사마리아인은 전통적으로 이스라엘의 하나님을 섬기면서도 아시리아의 신을 추앙하는 혼합주의적 신앙 요소도 그들의 삶에는 다소 투영되어 있었다.

위의 본문으로 돌아가자면, 예수 그리스도가 보낸 제자들이 유할 방을 얻지 못하고 돌아온 것을 보고 사랑의 제자인 야고보와 요한은 예수께 "하늘에서 불벼락을 내려 예수님을 거절하는 저들을 모두 태워 죽이라고 명하고 싶습니다. 그렇게 명해도 좋을까요?"라며 극단적 요청을 하고 있다. 물론 예수는 그들을 꾸짖었다. 사실 야고보와 요한의 이러한 발언은 좋게 해석하자면, 예수께로 향한 완전한 믿음과 적극적인 신뢰에서 기인한 말이다. 물론 사마리아인들에 대한 무시와 환멸이 그 배후에는 분명하게 내재되어 있다. 이들의 믿음은 예수께 사랑받는 제자답게 예수로 하여금 초자연적 현상까지도 불사하게 하고자 하는 강한 의지의 요청이었다. 이들의 요청은 극단적이며 대범했다. 눈물의 사도, 섬세함의 대명사로 불리는 이들의 입에서 우리의 노선에 방해가 되는 사람들을 불벼락으로 쓸어버리고 싶다는 의지의 표현을 한다는 것은 놀랄 만하다.

오늘날 중동 지역의 유혈 사태에 대해 생각한다. 하나님의 일을 명분으로 온갖 악행을 자행하는 극단주의자들, 선량한 인간 앞에 하나님을 명분으로 내세우는 폭력은 그 어떠한 것이든 정당화될 수 없는 것이다. 한국 기독교 교단, 나아가 각 교회 성도들도 자신들의 교단과 교회를 명분으로 극단적 행동을 일삼는 예는 우리 주변에서 흔하게 자행된다. 앞으로 우리가 살아가는 이 세상은 더하면 더했지, 결코 덜함이 없을 것이다. 혼돈의 시대를 살고 있는 것이다. 야고보와 요한의 모습은 오늘날 이 시대 기독교인들에 대한 자화상일지도 모른다. 쉽게 판단하고, 당 짓고, 초급하고,

분열에 대범하며, 허무는 것에 능하다. 이 세대에게 있어 필요한 것은 여지없이 사랑이다.

◆ "이후에 주께서 달리 칠십 인을 세우사 친히 가시려는 각 동 각 처로 둘씩 앞서 보내시며 이르시되, 추수할 것은 많되 일군이 적으니 그러므로 추수하는 주인에게 청하여 추수할 일군들을 보내어 주소서 하라. 갈지어다. 내가 너희를 보냄이 어린양을 이리 가운데로 보냄과 같도다. 전대나 주머니나 신을 가지지 말며, 길에서 아무에게도 문안하지 말며, 어느 집에 들어가든지 먼저 말하되 이 집이 평안할지어다 하라."

예수 그리스도는 열두 제자 외에 따로 일흔 명의 제자를 추려 세운 뒤, 장차 가고자 하는 동네로 제자 둘씩 짝지어 미리 파송하고자 했다. 예수는 추수할 것은 많으나 일군이 적다는 매우 적법한 비유를 들며 떠나는 제자들, 파송하는 제자들을 향해 떠날 때 돈이나 양식 자루, 여벌의 신도 지참하지 말 것을 권했다. 더구나 사람들과 길에서 인사하느라고 시간을 허비하지 말 것 또한 권면했다. 이 구문은 깊은 상징성을 지닌다. 세상 끝 날까지 각 처에 복음이 전파되는 역사에 있어 그리스도인들이 지체할 아무런 이유가 없다는 뜻으로 이해된다.

오늘은 무더운 하루였다. 땀으로 인해 몇 번씩이나 샤워를 했는지 모른다. 온종일 회사에서 근무하고 당직까지 서야만 하는 처지이지만, 오전에 필사한 위의 구절을 계속 묵상하다 늦은 저녁에 이르러서야 회사 책상에 앉아 펜을 들었다.

　나는 순례자라는 소명에 대해 사모하는 마음을 지니고 있다. 우리가 이 세상에 존재하는 이유가 무엇인가? 그렇다면 범위를 좁혀 내가 존재하는 이유와 목적은 무엇인가? 내가 그동안 지향하고자 했던 고결한 삶의 가치관은 무엇이었을까? 무엇으로 나아감이 목적이었을까? 부끄럽지만 나의 심연의 모습은 언제나 순례자였다. 그러나 나는 세상 속에 거하고 있다. 예전 어느 대형 교회 목회자 사택을 방문한 일이 있었다. 사실 그의 집에 대해서는 소문이 무성했다. 으리으리한 대궐과도 같은 집을 소유하고 있다는 이야기 등이 사람들의 관심사였다. 하지만 그는 일반 아파트에 생활하고 있었다. 아파트라고 해도 평수가 넓고, 내부는 고풍스러운 리모델링 작업이 완벽하게 갖추어져 있다고 이곳저곳에서 말들도 많았다. 그러나 나 같은 사람이 물질의 개념을 두고 사람들의 말에 귀가 솔깃한 그런 사람은 더더욱 아니었다. 구체적인 이유를 든다면, 물질은 구원의 수단이 될 수도 없을뿐더러 부자이고 사치한다고 해서 그가 구원과 멀어지는 것은 아니기 때문이다. 물질은 세상에서의 현상이자 수완이다. 영의 세계에서의 존재 가치는 미미한 것이다. 더 구체적으로 말한다면, 깐깐한 부자도 예수를 믿으면 그는 구원에 이른다. 3차원의 가시적인 현상은 4차원의 영역에서는 무력해지고 서로 아무런 상관이 없는 것이다. 그렇기에 영을 논한다면 그가 부자이건, 사치하건 오로지 영의 이유만을 주목하고 분별해야 한다는 것이 나의 개념이다.

　그의 집을 방문했을 때 놀라움을 금치 못했다. 그는 마치 내일이라도 당장 떠날 사람처럼 조촐하게 생활하고 있었기 때문이다. 물론 가족들도 한 집에서 생활하고 있었다. 순간 나는 진정한 순례자의 여정을 지향하는 참된 목자가 이분이로구나 하고 통감했다. 잠시 나의 모습을 생각했다. 나는 많은 것을 소유한 사람은 아닐까?

비록 성직자는 아닐지언정 이미 나는 오래전부터 성경적 가치관에 준한 비우고 버리는 무소유의 이념을 지니고 살아왔기에 주변 사람들이 볼 때는 욕심이 없는 사람, 꿈이 없는 사람, 야심이 없는 사람처럼 보였을 것이다. 그들은 내가 신앙인으로 살아가고 있다는 사실을 모르고 있기 때문이다. 세상에는 멋진 사람이 많다. 더구나 자신의 신앙관을 매우 이상적으로 실천해나가는 사람들 말이다. 존경할 만하다.

◆ 성경을 문서적 텍스트로만 본다면, 지난 2천 년 동안(인간 기원 6천 년) 수많은 학자들에 의해 봉인된 것 없이 모든 책에 있어 그 풀이가 완결된 상태이다. 학생들은 문서상 마침을 이룬 성경을 대학에서 공부한다. 그에 따른 비판의식도 함양하게 된다. 하지만 봉인된 것이 없는 이 성경이 우리 개개인을 통해 역사할 때에는 새로운 패러다임(paradigm)을 창출한다. 이것은 개개인의 믿음으로 말미암아 성령이 살아 일하시는 증거이다.

지난 2천 년 동안 세상에는 무수히 많은 성경 해석들이 생겨나고 소멸했다. 그러나 인간 역사에 있어 성경에 대한 이론적 정립은 이미 목숨보다 하나님 말씀을 더욱 중하게 여겼던 수많은 위대한 신학자들에 의해 텍스트적 완성을 이룬 상태이다. 그 때문에 우리가 살아가는 이 시대는 성경을 보고 이것이 무엇을 의미하는가 고심하는 시대가 아닌, 성령이 말씀에 준해 운동하는 체험의 시대를 살아가고 있는 것이다. 구체적으로 성경 구절의 해석이 어렵다면 훌륭한 주석을 보면 명확한 해석을 얻을 수 있다. 이 말은 잘 이해해야만 한다.

이미 고전적으로 정립 및 검증되고 연구되어 온 텍스트에 새로운 주장을 꾀하는 사상이 있다면 이것은 생각할 겨를도 없이 이단 사상이라고 나는 정의한다. 완성품 위에 또 다른 설치는 옵션 장난에 불과하다. 사실, 기적(한 영혼이 구원되는 과정)의 능력은 오늘날도 세계 곳곳에서 일어나고 있으나, 성경이라는 텍스트에 있어 새로운 해석은 현 시대에 존재할 수 없다. 그 때문에 주석서를 편찬하는 신학자들도 성경을 두고 자유로운 사상을 펼치는 것은 예전보다 더 위험한 일이 되어버리고 말았다. 나이가 어린 내가 말할 수 있는 범주는 아니지만, 최근 여러 신학자들은 자유주의론에 입각한 사상을 신학의 틀에 접목시키려 노력하기도 한다. 가령, '철학과 신학의 만남'이라는 세미나는 '불교와 기독교의 만남'이라는 주제와 다를 것이 없다. 나아가 이들은 인문학이라는 틀 속으로 신학을 귀속시킨다. 명분이 만들어진 것이다. 결국 이들은 성경으로 돌아가야만 한다고 외치며 그 길을 또다시 신학 속에서 발견하려고 한다. 여기서 이들이 간과하는 것은 바로 성경의 사실성이다. 사실은 철학이나, 인문학의 범주가 될 수 없다. 사고가 필요치 않기 때문이다. 오히려 성경에서 파생된 인간사의 문화라고 보는 편이 적법할 것이다. 그것은 인간의 삶이다. 죽음과도 직결된 중요한 범주이다. 말씀은 곧 하나님이고, 신학과 철학, 인문학은 승격된 사람 마음이 주인이다.

◆ 예수 그리스도가 인간 육신의 옷을 입고 이 땅에 오신 것은 충격적인 사건이자 인본주의의 근원적인 시작을 알리는 계기가 되었다. 내가 말하는 인본주의란, 성 삼위일체가 되시는 예수 그리스도의 신성을 부정하고, 오로지 인간의 인격성만을 예수 그리스도에게 적용함으로써 신성에 대한 부분마저 거부하고 있는 인본주의자들과는 다른 개념의 주관이 될 것이다. 신앙이란, 어디까지나 구원과 직결된 것으로써 예수 그리스도에 대한 믿음을 구체적으로 논하지 않는다면 모든 이론은 망언에 불과하다.

사람들은 구약성경에서 보이고 있는 하나님과 인간의 수직 구도를 신본주의적 관점으로 이해하려 든다. 여기서 인본주의자들은 성경 하나를 두고도 인간의 이성, 양심, 의지의 잣대를 들이댄다. 그렇지만 성경은 신본이건, 인본이건 그 어떠한 것으로도 정의될 수 없는 하나님의 말씀이다. 아버지와 자식의 관계에서는 모든 계율이 무의미하다. 아버지가 양자를 위해 친자식을 죽음으로 몰아내는 결과에서 사람이 무슨 이론을 논하겠는가. 오직 사랑 외에는 아무것도 남는 게 없다. 적어도 내 눈에 이해되고 들어오는 성경은 그렇다.

우리는 인본주의를 논함에 있어 인간은 만물의 척도라고 주장한 헬라의 프로타고라스(Protagoras, B.C. 458~415), 경건의 대상은 신이 아닌 인간이어야만 한다고 주장한 콩트(Auguste Comte, 1798~1857), 세계는 오직 우리가 만들어 나가는 것이라고 주장한 영국의 철학자 실러(F.C.S. Schiller, 1864~1937), 무신론적 실존주의를 표방했던 니체, 사르트르와 같은 인물들의 이론이 이 악한 시대에 맞을 법하나 오히려 부합성이 상실되어 가고 있다는 것을 직시할 필요가 있다. 이들은 모두 인본주의를 가장 아름다운 주제로 포장하는 것에 귀재인 자들이었다. 그들은 적어도 나에게 있어서는 틀린 것이다. 나의 짧은 식견으로 이들을 논할 때 '사고의 혁신'이라는 지능적 센스는 탁월했으나 '순수'라는 정의는 부족했던 것 같다. 순수는 곧 믿음의 밭을 가꾸는 중요한 거름이 되기 때문이다.

◆ 신앙생활을 하는 사람들에게 있어 흔하게 통용되는 표현이 있다면 "하나님께 맡긴다."라는 말일 것이다. 교회 출석을 한 지 얼마 되지 않은 성도도 하나님께 맡긴다는 말은 교회 내에서나, 때로는 성도를 만났을 시에 종종 들어보았을 것이다. 신앙생활을 하는 이들이 쉽게 남발하는 하나님께 맡긴다는 이 말은 성경적이기는 하나, 그 의미를 조금 구체화해야 할 필요가 있다.

인간은 나약한 존재이다. 자기 스스로 의심하는 본성을 지니고 있기에 확신의 결핍을 느끼면 다른 대상을 찾아 쉽게 의지하게 된다. 물론, 신자들에게 있어 그것은 하나님을 의지하는 것이 되어야만 하겠다. 우리가 성경 전체를 살펴볼 때 하나님께 맡김을 잘했던 위인들은 모두 다 자신의 능력 범주 외의 사건이 닥칠 시점에 이르러 하나님께 온전히 모든 삶을 의탁했다. 이것은 의심이 전혀 없는 완전한 드림이다.

산타클로스가 실존한다고 믿는 아이들이야말로 가장 이상적인 믿음을 지닌 하나님 사람의 전형이다. 그렇다면 이미 그 해답은 나온 것이다. 기성인인 신자가 어떠한 마음을 지녀야만 할지 말이다. 어린아이처럼 의심 없이 받아들이는 마음을 갖는 것은 어려운 일이다. 그것이야말로 사람에게는 가장 큰 축복이다. 사실 나는 지금도 청년의 마음을 지니고 있다만, 내세우기에는 세상 더러움을 많이 겪은 사람인 것과 동시에 죄 또한 하늘의 별과 같이 많은 사람이다. 앞서 청년의 마음이라고 일컫는 것은 예순이 넘은 사람이 마음만은 아직 이십 대라고 말하는 것과는 다른 의미이다. 단지 바라는 것이 있다면, 내 나이 마흔 살부터는 온전하게 세상을 살아가고픈 마음뿐이다.

◆ 예수 그리스도의 시작과 끝, 다시 말해 말구유에서의 나심과 부활 전 십자가에 못 박히시기까지의 상황은 인간적인 기준으로 볼 때 비참하기 그지없는 모습이었다. 물론 이것은 어디까지나 나의 견해이다. 그분이 어떻게 비참함으로 이해될 수 있을까 따져 묻는 이들이 있을 수 있기에 나의 견해라고 밝혀두는 것이다. 굳이 한 가지 언급하고 간다면, 나는 오래전 바울에 대해 '고뇌하는 바울'이라는 표현을 썼다가 모 교회 목사에게 "어떻게 바울이 고뇌하고 인생의 괴로움을 느꼈다고 생각하십니까? 바울은 고통 중에도 기뻐했던 사람이자, 그는 어떠한 일에도 슬퍼하지 않았습니다."라는 격양된 말을 들은 적이 있다. 그는 바울을 성인으로 여기는 듯했다. 나는 그의 말을 충분히 이해했다. 그가 무엇을 말하려는지 알고 있었다. 옥중에서도 기쁨으로 찬양하는 바울의 모습을 보며 내세의 소망을 품은 구원받은 자의 기쁨에 대해 논하려는 것이었다. 하지만 성경 인물을 이해하는 부분에서는 필요한 하나의 공식이 있다고 본다. 그것은 바로 '우리와 성정이 같은 사람'으로 여기는 안목으로, 인간의 나약함 속에서 하나

님이 그들을 통해 이루어가는 그분의 섭리를 추론해내는 것이다.

신본주의적 관점만으로는 목회자는 될지언정 훌륭한 목회자는 될 수 없을 것으로 생각한다. 이 시대의 모든 성도는 성경 속에서 삶에 제시되는 적용점을 분명하게 발견해야만 하며, 목회자는 그것으로 자신의 양 무리를 쉴 틈 없이 이끌어가야만 한다. 쉬운 예로, 존경받는 목회자가 굶어도 배고픔을 모르고, 자식이 죽어도 슬픔을 모른다면 그는 사이비 주교는 될지언정 사람 마음의 눈물을 닦아주는 참된 목회자는 될 수 없을 것이다.

예수 그리스도를 요즘 기준으로 본다면, 가난하게 태어나 누명을 쓰고 공개처형을 당한 것이다. 이러한 예수 그리스도는 십자가에 못 박히기 전까지 많은 이적을 행했다. 복음서에서의 이적은 주로 가난한 이들의 병 고치심 위주로 기록되어 있지만, 요한복음 말미에는 예수 그리스도의 이적에 대해 세상 모든 책의 수만큼으로도 다 기록하지 못할 만큼 예수의 이적은 다양하고 방대했다고 언급한다.

예수 그리스도는 비천한 출생과 비참한 십자가 도상(道上)의 과정을 홀로 걸었다. 그는 많은 군중을 몰고 다녔다. 더구나 예수 그리스도가 군중에게 말씀을 전하는 곳에는 언제나 바리새파 사람들을 비롯한 교법사들도 함께 했다.

수많은 인파 틈에서 예수 앞에 한 번 나아가보고자 했던 중풍병자의 경우, 예수 그리스도가 있는 건물 지붕의 기와를 벗겨내고 사람과 침상이 들어갈 수 있을 정도의 구멍을 뚫어 그 안으로 매달려 내려가 예수의 눈에 주목되기도 했다. 물론 군중의 마음은 믿음과는 거리가 먼 기적을 보기 위함이었을 것이다.

예수 그리스도는 하나님의 뜻에 따라 스스로 저주의 육신을 입고 연약한 자가 되어 대속의 죄를 감당하셨다. 그러나 수많은 유대교인들을 비롯한 대중을 뒤흔들었던 그분은 이미 세상에서 가장 유명한 자였다. 모든 것을 판단하는 하나님의 선한 아들이었다.

◆ 신학자들에게 있어 영광된 꿈은 주석서 편찬일 것이다. 앞으로는 원어 성경 해석서 편찬이 신학자들의 수준을 평가하는 기준이 되는 날도 올 것이다. 답습의 개념은 영원한 것이지만, 시대가 발전할수록 학자들의 수준은 이전의 이상을 하나하나 실현해나가야만 한다.

나는 이렇게 중요하면서도 위험한 성경 해석 작업을 하면서 무분별하게 수식어를 남발하는 신학자를 본 적이 있다. 그는 번역가를 자처했지만, 아이러니하게도(번역가는 스스로 제2의 윤문을 해나가는 일) 문장의 조합과 윤문을 하는 나를 필요로 했다. 나는 그의 청을 거절했다. 이 시대는 가짜가 진짜 되고, 진짜가 가짜 되는 혼돈의 시대이다. 학자들의 게으름은 들판의 마른 풀들까지도 통곡하게 만드는 비극이다.

◆ 단상에서의 설교는 위대한 한편의 공연과도 같다. 단상 설교, 대중 설교 집회는 살아 있는 하나님의 감흥을 전하는 심각한 의미를 내포한 신령한 대중예술이자 공간예술이다. 이미 한국 대형 교회에서는 이러한 부

분을 잘 활용한다. 더구나 공간예술은 성령의 임재가 대기를 가득 채우는 느낌을 인식할 수 있는 자가 느낄 수 있는 은혜와 결부된다. 나의 이러한 이론에는 신비주의가 결탁한 것은 아니다. 내가 신성한 설교를 대중예술 또는 공간예술로 표현하는 것에 많은 목회자가 반대 의견을 낼 수도 있는 부분이다.

교회 예배당 단상을 하나의 무대로 볼 때 마이크로폰을 통해 스피커로 울리는 설교자의 음성은 설교 내용 이전에 일차적인 감흥을 만들어내는 역할을 한다. 그렇다면 여기서 중요한 것이 무엇이겠는가? 바로 음향이다. 그러나 이러한 것들은 하나님 말씀을 전하는 데에 있어서는 언제나 부수적인 요소에 불과하다. 마이크로폰을 사용하지 않고 수백 명 정도 모인 곳에서 찬양할 때면 나는 언제나 고대 로마의 원형경기장에서 외치는 자의 모습을 마음속으로 각인한다. 이러한 식으로 찬양할 때 사실 그 은혜는 배가된다.

◆ 내가 생각하는 것에 있어 설교자들의 인지도는 크게 세 가지로 분류된다. 첫째는 마치 설탕물을 마시듯, 노래에 있어 선율이 구슬픈 노래만을 부르듯, 사람들에게 자신감과 행복을 줄 수 있는, 기도하면 다 이뤄진다. 믿으면 다 된다는 식의 신비주의적 이상을 아우르는 구절만을 인용하며 설교하고 안수하는 목회자의 분류, 둘째는 주석을 달 듯 본문 내용을 이지적으로 해석해나가며 설교하는 부류, 셋째는 본문과 설교 내용이 전혀 맞지 않는 엉뚱한 이야기를 하는 부류이다. 하지만 한국 교회에 있어

한 시대를 이끌었던 설교자들은 대부분 첫째 영성에 해당하는 목회자들이다. 대중의 귀는 예수 그리스도 시대나 지금이나 언제나 같다. 성공한 설교자는 대중의 마음을 그만큼 잘 읽어내는 천재들이다.

◆ 세례 요한의 부친은 헤롯이 유대 왕으로 있을 당시 제사장 직무를 맡았던 '사가랴'였다. 그는 아비야 분단에 속해 제사장 역할을 수행하던 자였다. 그의 아내는 아론의 후손인 '엘리사벳'이다. 성경은 이 두 부부가 신실한 자들이었다고 묘사한다. 연로했던 이들 부부에게는 자식이 없었다.

사가랴의 분단은 성소에 올라가 분양하는 순번이 되었고, 사가랴는 제사장들의 관례에 따라 제비를 뽑아 성소에 들어가 분향하는 임무를 맡게 되었다. 그는 성소에 들어가 분향하는 과정(예배자는 밖에, 제사장은 성소 안에)에서 천사를 만나 세례 요한의 출생에 관한 예언을 듣는다. 요한은 이미 탄생 이전에 하나님으로부터, 나면서부터 큰 인물이 될 것이라는 축복을 받은 자였다. 성경은 요한이 엘리사벳의 배 속에서부터 성령이 충만했다고 언급한다. 천사의 이러한 말을 그대로 믿지 못했던 사가랴는 한시적으로 벙어리가 되어 생활해야만 했지만, 훗날 아이의 이름을 짓는 과정에서 서판에 '요한'이라고 쓰자 그의 입은 풀린다. 나는 이 사건을 그리 중요한 시각으로 바라보지는 않는다. 사가랴의 벙어리 사건도 신학적으로는 분명한 해석이 있지만 게재하지는 않고자 한다. 에스겔 선지자도 하나님의 영광을 위해 한시적으로 벙어리가 된 적이 있다. 하늘의 방식이니 굳이 그 의미를 찾으려고 애쓰지 않겠다는 말이다. 엘리사벳은 산 달, 석

달 정도를 예수 그리스도의 모친인 마리아와 함께 지냈다.

나는 세례 요한의 출생 과정을 다이나믹한 역사적 사건으로 생각한다. 더구나 예수 그리스도의 제자 누가의 기록은 그 묘사성에서 뛰어난 기술을 지녔다고 평가한다. 요한에 대해 성경은, 하나님의 사랑과 자비로 인해 떠오른 태양이 어둠과 죽음의 그늘에 앉아 있는 자들에게 빛을 비추고, 사람들의 발을 평강의 길로 인도할 것이라고 말씀한다. 그는 그렇게 경건한 심령을 형성하며 자라갔다. 하지만 사람의 아들 중에 이렇게 큰 자가 어떻게 광야로 들어가 스스로 외치는 자가 되었을까? 그것은 지금도 의문이다. 요한은 하나님의 역할극에 철저하게 충실했던 사람이다.

안나스와 가야바가 유대의 대제사장 직분을 맡을 무렵 요한에게 하나님의 말씀이 임했다. 요한의 구체적이고 공개적인 외침은 아마도 이 시점부터 진행된 것으로 본다. 이러한 요한의 외침은 회개를 촉구하며, 구원을 이루시기 위해 이 땅에 오실 예수 그리스도의 대속의 역사에 부합하는 민중들을 만들어 놓기 위한 적극적인 애씀이었다. 그것을 성경은 '그의 길을 예비하는 자!'라고 호칭한다.

광야에서 요한이 한 행동은 사람들에게 독사의 자식들이라고 말하며 회개를 촉구한 것, 좋지 않은 열매를 맺는 나무마다 다 찍혀 불에 던져지게 될 것이라고 말한 것, 두 벌 옷을 지닌 자가 마땅히 옷을 지니지 못한 사람에게 옷을 주는 선행을 베풀어야 한다는 것, 먹을 것을 지닌 사람이 주린 자와 나누어 먹어야 한다는 것, 규정된 세금 이외의 세금으로 갈취하는 행위를 하지 말라고 세리들을 훈계한 것, 남을 위협해 돈을 뜯어내거나 무고한 사람에게 죄를 뒤집어씌우지 말고 오로지 나라의 봉급만으로 만족한 생활을 하라고 군인들에게 언급한 것, 나는 예수 그리스도의 신발 끈을 풀어드릴 자격조차 없는 사람이라고 말한 것, 예수 그리스도는 알곡과 쭉정이를 가려내어 알곡은 곳간에 모으고, 쭉정이는 영원히 꺼지지 않는 불에 태우실 것이라고 말한 것이다.

야인처럼 살았던 그의 삶은 그리 위대해 보이지는 않는다. 적어도 내 눈에는 말이다. 그러나 성경은 그를 사람의 아들로서는 높은 자로 칭한다. 훌륭한 성인들 대다수가 요한처럼 살았던 것을 보면 사람의 아들로서 이러한 부분은 큰 존경의 기틀이 아닌가 하는 생각도 든다. 이 시대를 살아가고 있는 우리는 무엇을 크다고 여기는가?

◆ 예수 그리스도께 한 율법사가 찾아와 물었다. 그의 질문은 "사람이 영생을 얻기 위해서 무엇을 해야만 하는가?"였다. 예수는 오히려 그에게 "모세의 율법에는 뭐라고 기록되어 있느냐?"라고 되물었다. 그러자 그는 "너의 마음을 다하고, 목숨을 다하고, 뜻을 다하여 주 너의 하나님을 사랑하고, 네 이웃을 너의 몸과 같이 사랑하라."라고 명시되어 있다고 대답했다. 예수 그리스도는 그에게 옳다고 말씀하며 그렇게 행한다면 영원한 생명을 얻을 수 있을 것이라고 대답했다. 그러자 그 율법사는 자기 의로움을 드러내고자 예수께 "선생님이 말씀하시는 그 이웃은 누구를 지칭합니까?"라고 되물었다. 이 율법사가 드러내려고 했던 의는 인정할 수 없는 예수라는 선생과 이웃으로 대화하는 것을 자신의 의로 여기는 영적 교만일 수도 있다. 아니면 그의 주변에 있는 몇몇 이웃들에게 그간 베풀어 온 자

기중심적 선행 즉, 자기가 사랑하는 사람에게만 행하는 그 마음을 이웃으로 승화해 예수를 떠보는 것이었을 확률이 높다고 본다. 이에 예수 그리스도는 그 율법사를 향해 하나의 비유를 설명한다.

한 사람이 예루살렘에서 여리고로 내려가던 중에 강도를 만났다. 강도에게 모든 것을 빼앗긴 가여운 사람은 오히려 얻어맞아 죽기 직전의 모습으로 길가에 쓰러져 있었다고 했다. 이때 유대인 제사장이 그곳을 지나다 길가에 쓰러져 있는 한 사람을 보고 놀라 허겁지겁 그 자리를 피해버렸다. 잠시 후, 한 레위 사람이 길을 가던 중, 강도에게 얻어맞아 쓰러진 자를 보고 그냥 지나친다. 마지막으로 그 길을 가던, 유대인에게 천대받는 한 사마리아 사람이 길가에 쓰러진 사람을 보고 지니고 있던 포도주로 맞은 상처를 소독해주고, 그 위에 올리브 기름을 바른 후, 자기 나귀에 태워 인근 민박집으로 데리고 가 밤새도록 그를 보살폈다. 다음 날, 사마리아 사람은 길을 떠나며 민박집 주인에게 돈을 건넨다. 그러고는 강도 만나 쓰러져 있던 사람을 민박집 주인에게 선처한다. 혹시 상처가 깊어 그가 이곳에 며칠 더 유할 것 같으면 그를 허락하시고, 돌아오는 길에 초과한 잔금을 치르겠다는 선처였다. 이 비유는 예수 그리스도가 율법사에게 건넨 비유였다. 그는 예수의 말씀을 이해하고 돌아섰다.

이 시대에는 다양한 부류의 사람과 이념이 공존한다. 오늘을 돌아본다. 과연 나는 주변 이웃 몇몇에게 선행의 모습을 보였는가? 자기중심적인 손을 내밀며 선행의 명분을 다했다고 만용을 일삼지는 않았는가? 아니면 진정 사마리아 사람처럼 끝까지 책임과 선처를 다하는 복된 선행을 지향하는 하루를 보냈는가 말이다. 예수 그리스도의 강도 만난 자의 비유는 어찌 보면 오늘을 살아가는 현대인들에게 있어 가장 필요한 말씀일지도 모른다.

◆ 뜨거운 태양이 연일 지속된다. 평년 기온과 전혀 다른 이 여름의 더위는 사람은 물론이거니와 가축들, 심지어 종류별 곤충들의 출몰 시기까지, 사슬 구조까지 바꿔 놓고 있는 것 같다. 아니나 다를까, 물웅덩이 형성이 어려우니 모기조차 서식할 여력이 없는지 이번 여름은 모기 구경 또한 쉽지 않다.

최근 나는 인생에 있어 어려운 귀로에 직면해 있다. 누군가 도와줄 수 있는 범위도 아니며 나는 그렇게 괴로움의 사람이 되어버렸다. 그것은 한탄스럽고, 가슴 아프며, 평생의 슬픔으로 남을 일이다. 과연 인생들 중, 어느 누가 나와 같은 탄식의 단지를 온전히 품을 수 있겠는가! 이것이야말로 기가 찬 노릇이다. 세상에 다시는 이러한 일이 없어야 할 것이다.

오늘은 회사 당직실에 앉아 성경 필사를 이어간다. 참으로 숭고한, 박복한 나의 삶에 기적과도 같은 유희이다. 나 같은 딴따라 가수에게 있어서는 말이다. 내가 청소년 시절에 중세 수도사를 보고 필사에 관심을 갖게 된 것을 감사하게 생각하는 저녁이다. 이것이 오랜 세월 유일한 나의 낙이 될 줄은 몰랐다.

필사하기 위해 정해진 분량의 순번에 따라 성경을 펴들자 바로 그 시작의 말씀이 나에게 주시는 하나님의 말씀이었다. 찬란한 하나님의 은혜이다. 가련한 인생에게 베푸는 은혜야말로 주저함이 없는 것이다. 오늘 저녁 나에게 주시는 말씀은 누가복음이었다.

"저희가 길 갈 때에 예수께서 한 촌에 들어가시매 마르다라는 이름의 한 여자가 자기 집으로 영접하더라. 그에게 마리아라 하는 동생이 있어 주의 발 아래 앉아 그의 말씀을 듣더니, 마르다는 준비하는 일이 많아 마음이 분주한지라. 예수께 나아가 가로되 주여 내 동생이 나 혼자 일하게 두는 것을 생각지 아니하시나이까? 저를 명하사 나를 도와주라 하소서. 주께서 대답하여 가라사대 마르다야 네가 많은 일로 염려하고 근심하나 그러나 몇 가지만 하든지 혹 한 가지만이라도 족하니라. 마리아는 이 좋은 편을 택하였으니 빼앗기지 아니하리라 하시니라."

제자들과 여행하던 예수 그리스도는 한 마을에 이르렀고, 그 마을에 거주하는 '마르다'라는 여자의 초대를 받아 그녀 집으로 향하셨다. 마르다에게는 마리아라는 여동생이 있었다. 마리아 그녀는 예수의 발 아래 앉아 말씀을 경청했다. 호기심도 많고 믿음도 형성된 여자였다. 그녀는 언니 집에 오신 예수 그리스도가 마냥 신기했을 것이다. 그러자 이것저것 분주하게 준비하던 마르다는 예수께로 다가와 "주님, 바쁘고 일이 많은데 동생은 한가로이 주님 앞에 앉아 이야기나 듣고 있습니다. 언니인 제 말은 안 듣고, 이렇게 바쁜 저를 보면서도 눈치 없이 행동하니 동생에게 언니 일을 좀 도와주라고 말씀해주십시오."라며 청을 올리고 있는 것이다. 마르다가 무엇 때문에 분주한지는 성경에 구체적인 언급은 없다. 내 생각에 진상(進上)을 올리기 위해 준비하고 있었던 것만 같다. 마르다는 손이 모자라 고심했던 것이다. 이러한 상황에서는 당연히 언니 일인과 동시에 동생 일이기도 했다. 그러나 두 자매의 모습은 대조적이다. 마르다는 예수 그리스도를 위한 진상 준비로 바쁠 수 있었겠지만 '주님'이라는 호칭에서 예수를 영접한 여인이라는 것이 증거되고 있다. 그녀가 이전에 예수를 육안으로 보았는지, 어느 고을에서 그의 기적 행하심이라도 목격했는지는 알 수 없다. 그러나 그녀가 주님이라고 한 말의 의미는 깊은 것이다. 마르다의 모습은 예수 그리스도를 영접(더구나 직접 육으로도)하고 입으로 시인하나 세상의 근심과 염려로 말씀의 능력(받을 기회)을 체험으로 적용하지 못하는 안타까운 사람을 가리킨다. 이에 반해 동생 마리아는 예수의 발 아래 앉아 말씀을 경청하고 있다. 이것은 세상의 고뇌와 수많은 어려움 속에서도 굳건히 말씀을 붙드는 이상적이고 온전한 믿음, 복된 심령의 소유자를 은유적으로 표현하고 있는 것이다. 결국 예수는 여러 가지 일로 마음 쓰느라 염려가 많다며 언니 마르다를 책망하신다. 그리곤 세상에서 관심 가져야 할 중요한 일은 동생 마리아가 찾은 바로 그것 하나뿐이라고 말씀했다. 그러나 예수를 위해 진상을 준비하던 마르다도 복된 여인임에는 분명하다.

생각해본다. 오늘날 나의 모습은 주님을 앞에 두고서도 무엇을 할지 고민하는 마르다의 모습일 수도, 분주한 현실 속에서도, 세상 속으로 달려나가야 할 시점임에도 온전히 말씀에 착념하는 마리아의 모습을 좇아가는 자아일 수도 있다는 것을 말이다. 삶에 있어 지향해야 할 부분, 무엇이 옳은 것인가에 대해 예수 그리스도의 비유를 통해 직접적으로 들을 수 있는 오늘 저녁이었다. 예수 그리스도는 구하는 자에게 열어주시나, 무엇을 구해야만 할지 모르는 아둔하고 불운한 자에게도 그분이 원하시는 범위 내에서 열어 제시하시는 분이시다. 나는 이 확신으로 내일을 살아가겠다.

◆ 길을 걷던 중, 한 전도자를 만났다. 그는 나에게 자신의 간증이 쓰여 있는 전도지를 건넸다. 그는 마른 체격에 큰 키를 지닌 남성이었다. 생각해보니 그 종이를 받아 주머니에 넣을 공간이 없었다. 그렇다고 받자마자 버리는 것은 그에게 슬픔을 주는 못된 행위라고 생각했다. 나는 정중히 예수 믿는다고 대답했다. 그러자 그는 내 등 뒤에서 예수 믿는다고 다 천국 가는 것이 아니라고 바로 반문했다. 그의 말이 불쾌했다.

예수 그리스도가 성전에서 독사의 자식이라고 외쳤던 것은 당시 환경적으로 충분한 이유가 있다. 예수는 성전에서 장사하는 상인들을 향해 채찍을 휘두르며 환전상의 상을 뒤엎기도 했다. 과격한 행동이었다. 물론 그 이후 항의하는 사람들이 몰려오지만, 이것은 성전의 권위, 성전의 주인으로서 예수 그리스도 스스로 어떠한 구속됨 없이 그 주권을 행사한 것이었다. 내 집에 들어와 주인 행세하는 이들을 향해 독사의 자식이라고 외치는 것과 자신이 기분 나쁘다고 거리 다수의 사람에게 넌 지옥으로 갈 것이라며 그 입술에 독을 품는 것과는 다른 차원의 말이라고 생각한다.

외치는 자의 소리를 자처하는 전도자가 길에서 신자를 만난다면, 광장에서 천사의 얼굴을 한 스데반의 모습과 같이 오로지 '아멘'이라는 이 한마디 말로 화답해야 하는 것이 올바른 전도자의 모습이 아닐까 생각한다. 스데반은 앞서 언급한 전도사와는 차원이 다른, 자신에게 돌을 던지는 사람들에게 용서와 본향을 향한 드리움이 무엇인가를 드라마틱하게 입증해 준 순교자였다. 하물며 전도지를 받지 않았다고 오기에 열정을 더해 아름다운 포장지에 쌓인 말을 감정적으로 발산하는 자가 진실한 전도자일까? 교회를 다닌다며 전도지를 외면한 자가 구원을 받는지, 못 받는지에 대해서는 하나님의 치리하심으로 겸허히 돌리는 것이 겸손한 전도자의 모습일 것이다.

하나님은 획일적이며 장난을 좋아하시는 분이 결코 아니라고 믿는다. 전도지는 받아도 사람들이 길 가다 버릴 수 있는 것이다. 그때마다 독사의 자식들아 너희들은 지옥으로 간다며 저주할 수도 없는 노릇 아니겠는가? 하나님의 모든 일에는 인간의 화가 결부되어서는 안 될 것이다. 열정이 지나치면 기만을 낳는 법이다.

◆ 행복이 다가올 때 그것이 진실이건 거짓이건 사람마다 느끼는 기쁨의 강도는 동일하리라고 본다. 한국 기독교에서 정죄한 이단들, 그들 스스로가 느끼고 있는 감화라는 것은 어찌 보면 정상적인 기독교인들이 느낄 수 있는 은혜와 비교했을 때 그들 스스로에게는 결코 덜함이 없을 것으로 본다. 결국 이러한 거짓 은혜가 그들을 옭아매고 있는 것이 아니겠는가? 그들은 모두가 충만해 보인다. 그들은 광명의 천사의 옷을 입은 미혹의 영을 보는 것이다. 그래서 세상은 어렵다.

역사적으로 위대한 신학자들의 주석에 대해 생각했다. 칼뱅, 츠빙글리, 매튜 헨리 등 그 외에도 종교개혁 이전 위대한 가톨릭 영성인(성인을 제외한 신학자 및 주교)들의 교리서에 대해서도 잠시 생각했다. 오늘날 우리의 문화적 산물이 아닌 성경을 올바르게 이해하기 위해서는 신학자들의 주석(원서 포함) 또한 그 기본 이념으로 우리의 생각에 정립되어 있어야만 한다. 그러한 단단한 기초가 없는 자생 종파는 신비주의적 양상으로 많은 이들을 오늘날까지 가증스러운 충만으로 몰아가고 있다. 내가 말하는 신학자들의 주석은 성경 원전을 기초로 한 고전을 의미한다.

지난 수 세기 동안 수많은 위대한 영성 신학자와 석학들이 그들의 목숨을 담보하면서까지 연구하고 깨달아 입증한 성경은 결코 봉함이 없다고 본다. 다니엘서와 같은 경전도 상징적으로는 봉함의 책이었지만, 이미 역사적으로는 모든 텍스트의 해석이 완성되었고, 그 묵시적 예언도 이미 성취된 상태이다.

계시록도 현 시대에서는 더 이상 미래를 점치는 묵시록의 개념이 될 수 없다. 우리가 해야 할 일은 겸손히 하나님 그분을 알아가는 것이다. 세상에서 그분에 관해 새로운 것을 만들어내는 것이 아니다. 이 글을 읽는 이단들은 나의 말을 배척하고, 행여 이러한 생각을 지닌 나에 대해 이를 갈겠지만, 적어도 내가 그들보다 명석한 사람이라는 것은 부정할 수 없는 사실이다.

◆ 거리의 무지한 불량배도 기독교인은 세속인과는 달리 선량하게, 진실하게 살아야 한다는 자의적인 개념을 지니고 있다. 이것은 교회 다니는 사람은 착한 사람이라고 보는 상식적인 관점과도 같다. 기독교인에게 있

어서는 여간 불편한 인식이 아닐 수 없다. 목회자라는 직함을 드러내놓고 다니는 사람이라면 더할 나위 없이 행동에 제약이 따를 것이다.

예수를 믿는 자는 한정적이나 복음적 가치관은 그간 수많은 외침으로 말미암아 세상 어느 곳에나 존재해왔다. 그러니 기독교인이 사사로운 단점만 보여도 예수쟁이라는 비아냥거림의 비난을 받는 것은 당연한 일인지도 모른다. 그 본질의 속성을 사람들 누구나 너무나도 잘 알고 있기 때문이다.

예수 그리스도의 존재와 그리스도인과의 관계 속에 곱지 않은 시선들이 난무하는 것에 대해서는 오직 성령 하나님의 섭리로만 돌려야 할 것이다. 인간의 판단이 결부된 결과에는 언제나 모순이 따르기 마련이다.

◆ 예수 그리스도를 '나사렛 예수 그리스도'라고 호칭한다. '나사렛'이라는 동네 이름은 바로 예수 그리스도의 고향이기 때문이다. 예수 그리스도의 나사렛 일화가 성경에는 구체적으로 명시되어 있다. 나사렛으로 들어가신 예수 그리스도는 회당으로 들어가 예언자 이사야의 두루마리를 펼쳐 읽어내려갔다. 오늘날 유대교 랍비들의 '토라 스크롤'과 같은 두루마리였을 것이다. 예수 그리스도가 읽어내려간 말씀에 모인 군중 대부분은 은혜를 받았다. 그것은 예수 그리스도의 부드러운 음성(창조주였기에, 신이었기에) 때문일 수도 있지만, 그들이 받은 은혜는 존경하는 위대한 이사야 선지자의 말씀이기 때문이었다. 사실 이곳에 모인 사람들은 이사야의 말씀보다는 오히려 예수가 '가버나움'에서 행한 기적에 더 관심이 있었을 것

이다. 예수 그리스도는 예언자 엘리야의 일화 중, 시돈 땅에 있는 사렙다 과부를 도운 일을 비유로, 삼 년 육 개월 동안이나 땅에 비가 내리지 않고 도움이 필요한 과부들이 시돈 땅에 넘쳐났지만, 엘리야는 오직 이방인 과부 한 사람만을 도운 것을 설명했다. 또한 그의 제자 엘리사는 이스라엘 땅에 나병 환자들이 수두룩했음에도 오직 수리아 사람 나아만만을 고쳐 주었다고 말씀했다. 예수 그리스도의 말씀을 들은 모인 자들은 격하게 화를 내며 결국 벼랑 끝으로 예수를 끌고 가 죽이려고 했다. 이것은 한 동네에서 나고 자란 녀석이 감히 동네 어른들을 기만하느냐는 뜻으로 행한 그들의 못된 심보였다.

성도들 중에는 예수 그리스도의 "선지자가 자기 고을에서 환영받지 못한다." 하는 말씀으로 인해 오히려 그 감성적이면서도 사실적인 성경적 원리를 자신이 출석하는 교회 목회자에게 적용하는 이들도 있다. 말 잘하는 부흥 강사는 대통령이요, 출석 교회 목회자는 장관 정도로 여기는 예는 주변에서 흔하게 일어난다. 우리는 소싯적 친구가 목회자가 되건, 친동생이 부흥 강사가 되건, 이 모든 사람 세움이 하나님께로 말미암은 것이라는 사실을 인정해야만 할 것이다. 사람은 출신을 막론하고 오로지 실력으로만 평가되어야 한다. 나는 종종 가족들에게 이러한 말을 한다. "나는 만인의 사람, 물과 같이 모든 이들의 가슴에 스며드는 사람"이라고 말이다. 사실 이것은 내가 기도로 받은 소명이다.

많은 곳을 다니며 두루 사람들을 만나야 할 소명이라지만, 지금까지 한 곳에 정착한 삶을 살아가고 있다. 역행이지만, 나는 무분별한 안수와 스스로가 인식하는 소명의 여지를 신뢰하지 않는다. 나에게는 지금까지 두

가지의 소명이 있었다. 하나는 목회자(구체적으로는 신학교에 몸담는)가 될 것과 위에서 언급한 것과 같이 많은 곳을 다니며 사람들에게 선한 영향력을 주는 자가 되는 것이다. 그렇지만 이러한 것들을 나는 하나님의 음성으로 여기지 않는다. 오직 그분의 음성은 내가 읽어내려가는 성경을 통해, 또한 나를 사랑하는 출석 교회 목사님의 인도를 통해서만 언급될 것이기 때문이다. 한 일화를 추억한다면, 대학교 4학년 무렵이었을 때 교회로 부임한 현 중부장로교회 김미열 목사님께서는 한시적이지만, 몇 개월을 진중하게 나를 목양실로 데리고 들어가 신대원에 입학할 것을 권유했다. 물론 나는 한사코 목사님의 귀한 소명적 권유를 거절했다. 목사님은 부족한 나에게 목사라는 직업이 비록 세상에서는 종교인이라는 개념으로 천하게 여김을 받을 수도 있지만, 읽고 싶은 책 마음대로 읽을 수 있는 어찌 보면 창신 형제에게는 참 좋은 직업이 될 수 있을 것이라는 말씀까지 하며 나를 설득하며 격려했다. 결국 나는 인생에 그물이 많은 사람이라고 말씀을 드리며 몇 개월 동안의 권유를 한사코 거절했다. 목사님의 마지막 답변은 "신학교에는 그렇게 그물이 많은 사람들이 오는 곳"이라는 말씀이었다. 나는 자신이 없었다. 하지만 나이가 들수록 나라는 부족한 사람을 쓰임 받는 사람으로 성장시키려 했던 그분의 뜻을 감사하게 여기고 있다. 소명은 이것이 진실인 것이다. 나는 그 진실을 거부한 사람인 것이고 말이다. 그분은 순수한 열정, 목회자의 참된 성품, 그러한 모든 '다움'의 기준과 기질을 지닌 훌륭한 분이다.

나는 작가인 내 삶에 만족한다. 단, 소명의 의지가 있다면, 찬양을 잘하는 사람이 되어 사람들에게 은혜를 전하고 싶다. 목회자의 소명은 이미 어린 시절부터 부모와 자신의 서원으로 인해 이루어 나가는 것이라고 여긴다. 찬양의 가사로 말씀을 전하는 것도 하나님의 음유시인이 되는 길이라고 생각한다. 나는 지금 이 순간에도 이미 만인의 사람이다.

◆ 명성이 높고, 사람들에게 큰 목회자라 칭함을 받는 분의 설교를 들었다. 그것도 바로 앞자리에 앉아서 말이다. 나는 언제나 목사님들의 설교를 들으며 연설가의 개념을 생각한다. 과연 이분이 훌륭한 연설가 즉, 설교자의 자질을 타고난 목회자일까 하고 말이다. 물론 그러한 설교에는 성경 본문의 정확한 이해와 전달, 영성을 지닌 은혜의 아우라가 있어야만 할 것이다.

위대한 설교자는 어떻게 만들어지는가? 가장 중요한 것은 그에게 있어 엘리사가 엘리야 선지자를 바라보듯 롤모델이 존재해야 한다는 점이다. 성공한 목회자를 통해 전해지는 아름다운 영성 전반을 충실한 모방 훈련을 통해 배워 익히고, 나아가 하나님으로부터 받은 영성을 분명하게 말로 표현할 수 있는 지적 능력과 쇼맨십이 겸비되어야만 한다. 그리고 그 과정이 끝나면 자신의 이상을 정확하게 논리화시켜 하나님의 대언자로서 자신이 처한 환경에서 사랑의 사역을 이끌어나가는 것이다. 이것이야말로 최고의 기술을 습득하는 가장 빠른 길이라고 본다.

◆ "만일 우리가 죄 없다 하면 스스로 속이고 또 진리가 우리 속에 있지

아니할 것이요, 만일 우리가 우리 죄를 자백하면 저는 미쁘시고 의로우사 우리 죄를 사하시며 모든 불의에서 우리를 깨끗케 하실 것이요, 만일 우리가 범죄하지 아니하였다 하면 하나님을 거짓말하는 자로 만드는 것이니, 또한 그의 말씀이 우리 속에 있지 아니하니라."

오늘 나는 사도 요한이 짧은 구문을 통해 언급하고 있는 죄와 우리, 나아가 하나님과의 관계에 대해 상고해보고자 한다. 사도 요한은 우리가 '죄' 없다고 주장한다면, 우리는 자신을 속이며 결국 우리 안에 진리가 없는 것이라고 말한다. 나아가 우리가 죄를 지은 일이 없다고 주장한다면, 우리를 죄인으로 여기시는 하나님을 거짓말쟁이로 만드는 것이고, 하나님의 말씀이 우리 속에 있지 않은 것이라고 말하고 있다.

요한을 비롯한 모든 사도들은 사람의 죄에 대한 결과를 언급한다. 하지만 이들이 살아가던 시대가 예수 그리스도의 대속 사역과 맞물리는 시기적 요소를 지닌다는 점에서 사도들을 비롯한 요한이 언급하는 죄는 원죄의 개념보다는 예수 그리스도에 대한 대속의 은혜를 부정하는 구원론에 입각한 죄성의 규정으로 보고 있다는 것이 나의 개념이다.

요한의 구문에는 중요한 두 구절이 나온다. 첫째는, 사람이 자신의 죄를 부정할 때 그 사람의 마음에는 진리가 없다는 것이다. 둘째는, 하나님의 말씀이 그 사람에게 없다는 것이다. 진리와 말씀은 참으로 사람이 받을 만한 것 중, 가장 좋은 것임에는 분명하다. 그러나 죄가 없다고 주장한다면, 이 좋은 것들과는 아무런 상관이 없는 사람이 되고 만다는 것을 요한은 설명하고 있다. 사람이 죄를 직시하고 예수 그리스도 대속의 은혜를 가슴에 담는다는 것은 세상에서 가장 위대한 비밀이요, 승화된 경험이다.

나는 개인적으로 '칭의'와 '성화'라는 구원의 표징에 대해 다소 부정적인 견해를 지녀온 사람이다. 더구나 이런 단어들을 쉽게 언급하려 들지도 않는다. 남발하며 사용하는 단어로 보지를 않는다는 말이다. 오늘날 우리는 칭의와 성화가 만연한 시대를 살아간다. 모든 이단들은 걸핏하면 칭의와 성화를 앞세워 자신들을 포장한다. 예수 그리스도가 대속의 피를 흘리신 것으로 우리는 죄 씻음을 받았지만, 그 이후로 우리가 죄 없는 사람이 되어 기쁨으로 세상을 살아가며, 구원의 확신을 가지고 오직 소망의 믿음으로만 살아간다고 스스로 생각하는 것에는 위험한 문제가 따른다. 이것은 죄 씻음의 본질을 잘못 이해하고 있는 것이다. 예수 그리스도 십자가 앞에서 죄는 소멸되었어도 사실상 사람은 썩어질 육신의 옷을 입고 있는 그 자체가 신령 된 하나님 앞에서는 씻을 수 없는 근원적인 죄의 요소를 지닌다는 점이다. 이것은 모든 더러움의 총체이다. 오늘날 많은 성도들은 죄의 본질에 대해 다소 어긋난 관점을 지닌다. 이것은 다시 말해 한국 교회에도 그 책임이 있다는 말이다.

나는 죄의 개념을 근원적인 죄와 행위의 죄로 나눈다. 근원적인 죄는 신령되지 못한 것, 거룩함에 이르지 못한 것, 냄새가 날 수 있는 더러움의 육신을 지닌다는 것(예수님의 사람 되신 육신은 큰 비밀을 내포함, 그것은 사망에 이르는 죄의 속성을 입으셨다는 낮아지심의 표징), 생각이 하나님과 같을 수 없는 인간이라는 점, 스스로 온전한 빛을 지니지 못한다는 점, 세상과 완전히 분리되지 못한다는 점이다. 아울러 행위의 죄는 살인이나 도둑질하는 것, 십계명을 어기는 것, 시기와 질투, 다툼, 미움을 자행하는 것 등의 인간 본성에 기인한 속성의 죄이다.

　나는 늦은 저녁 홀로 책상에 앉아 회개를 통한 눈물로 이 일기를 기록한다. 추후 누군가가 이 글을 읽음으로 논란의 여지를 만들고 싶지 않기에 죄에 대한 나의 개념을 자세하게 언급하는 것은 삼가려고 한다. 그러나 나는 이 부분에 대해 본질적인 양상을 논하며 많은 고민을 해왔다. 결과적으로 나는 분명한 신앙적 소신을 지니고 있다. 그것은 구원론에 입각한 신학적 개념이다. 다시 말해 소신이지만, 신학적인 범주에 빗대어 결코 벗어남이 없는 '예정론'에 입각한 부모와 자식 간(하나님과 인간)의 신의적 인연을 구원의 명분으로 해석한다는 것이다. 사실 이것은 단순하지만 어려운 부분이다. 다윗을 연구하면 이 부분에 있어서의 해답은 금방 찾을 수 있다. 그러나 분명한 것은, 우리는 지속적으로 회개에 이르러야만 한다는 점이다. 이것은 중요한 원리이다. 하나님께서 나와 같은 죄 된 소생에게 가만히 책상에 앉아 이 원리를 이해하게 지혜를 주심은 눈물로 감사해야만 될 큰 은혜이다.

　◆ "사환들아 범사에 두려워함으로 주인들에게 순복하되, 선하고 관용하는 자들에게만 아니라 또한 까다로운 자들에게도 그리하라. 애매히 고난을 받아도 하나님을 생각함으로 슬픔을 참으면 이는 아름다우나, 죄가 있어 매를 맞고 참으면 무슨 칭찬이 있으리오. 오직 선을 행함으로 고난을 받고 참으면 이는 하나님 앞에 아름다우니라."

구약시대를 제외한 신약시대에 이르러 성경에 등장하는 그리스도인 대부분은 가난하거나 세상적으로 명예나 물질 면에서 부족한 자들로 언급된다. 베드로가 전하고 있는 위의 구문 또한 주인에게 순종해야만 하는 종의 입장에서의 순응이라는 권면에 관해 설명한다.

그리스도인은 하나님을 생각하며 참아야 하며, 죄가 있으면 매도 맞아야 하고, 모든 고난도 참고 인내하라고 베드로 외에도 나아가 신약 전체에서 아울러 언급하고 있다. 베드로의 깊은 의중은 성도가 참지 못하고 주인의 눈 밖에 나 혹, 힘든 시기에 신앙생활마저 타인으로 인해 방해를 받을까 마음속 깊이 성도를 걱정하며 일러주는 일종의 큰 지침이라고 생각해 볼 수도 있다. 오히려 이와는 반대로 성도가 세상 사람들에게 관용을 베푸는 고위직이 되고, 심지어 타인, 당시 기준으로 그리스도인들을 배척하는 이들에게 생활적인 부분에서 고통을 줄 만큼 권력을 남용하는 자가 되라는 구절은 성경 어디에도 없다. 물론 나름의 권위라고 한다면 대제사장이나 백부장 정도는 등장한다. 여기에서 구약시대의 사사들이나다윗, 솔로몬과 같은 시대적 권력형 성경 인물들은 내 일기 주제와는 결부되지 않기에 굳이 언급하지 않겠다.

최근 한국 교회에서 목회자들이 강조하는 부분 중 하나가 바로 세상에서 영향력 있는, 선한 영향력을 행사하는 그리스도인에 대함이다. 하지만 일부 세상에서 권력을 지닌 이들이 교회 내에서도 그 권력에 버금가는 대우를 받는 예는 더러 있다. 대형 교회들에 있어서는 병폐적인 부분이라고 할 수도 있을 것이다. 이들은 세상 사람들을 판단하면서도, 때에 따라서는 교회 내의 목회자에게까지 그들의 권력을 남용한다.

세상에서의 선한 영향력이라는 것은 어찌 보면 순종하고자 하는 숙명을 지닌 이들에게 있어 희망 사항이 될 수도 있을 법하다. 그러나 예나 지금이나 변한 것은 없다고 본다. 하나님은 시대의 활용은 허락해도 그분의 방법론에서는 결코 변함이 없으시다.

나는 그리스도인들이 어디에서건 말 잘하는 논객이 되기를 바라지는 않는다. 단, 바라는 것이 있다면, 소유가 많은 이들이 가난한 자들의 마음을 진정으로 이해하는 기적적이며 극적인 마음을 받아 물질적으로 도움을 주는 것으로 오병이어의 기적을 만들어내는 행위가 많아지기만을 바랄 뿐이다.

예수 그리스도는 치료하고, 먹이고, 입히는 것에 인색함이 없으셨다. 정확히 필요한 것으로만 주신 분이었다. 내가 주장하는 선한 영향력이라는 것은 그리스도인이 높은 감투를 쓰는 것이 아닌, 기막힌 이론을 지닌 세상에서 인정받는 학자가 되는 것이 아닌, 가난한 자들을 살필 줄 알아 혹, 그것이 천사가 한 것인지, 저 사람이 천사인지 구분이 안 될 정도로 사람들에게 하나님을 증거하는 그 모습이다.

우리는 예수 그리스도 주변에 모여든 군중 대부분이 단순한 사람들이었다는 사실을 직시해야만 한다. 이것이 오는 날 한국 교회가 풀어나가야 할 가장 큰 숙제일 것이다. 결국 나는 일기를 쓰면서 한국 교회를 논하는 어처구니없는 말을 하고 있지만, 이것은 사실이다.

◆ 모세가 시내산에서 이스라엘 백성에게 율법의 계명을 선포할 때 그

는 송아지와 염소 피를 우슬초와 붉은 양털에 묻혀 물과 함께 언약의 책과 백성에게 뿌렸다. 또한 장막과 제사 의식에 사용하는 모든 기물에도 그 피를 뿌렸다. 율법은 모든 것이 피로써 깨끗하게 된다고 명시한다. 피 흘림이 없이는 죄 사함도 없는 것이다.

예수 그리스도는 죄에서 사람인 우리를 건지기 위해 대속의 피를 흘리셨다. 그로 말미암아 사람인 우리가 약속의 유업을, 영원한 유업을 받기에 이른 것이다. 하늘 세계에 준거한 피의 개념은 사람인 나로서는 알 길이 없다. 사실 그렇다. 번제의 의미를, 하나님의 선하신 받음의 이유를 어찌 알겠는가. 굳이 안다는 것은 하나님의 명령함을 준행하는 인간의 모습일 뿐이요, 그분이 좋아하시는 언약 이행의 수단이다.

대속의 모습, 피 흘림, 영과 육을 초월하는 하나님 스스로의 절대적 모습. 이론적 배경에 입각해서는 모든 것을 분석해낼 수 있다. 그러나 희생의 피, 번제물의 죽음으로서 인정되고 결정되어지고, 그것으로 완성되었다고 하시는 하나님 심연의 원리는 아무리 묵상해도 알 재간이 없는 나이다.

◆ "마지막으로 말하노니 너희가 다 마음을 같이하여 체휼하며, 형제를 사랑하며, 불쌍히 여기며, 겸손하며, 악을 악으로, 욕을 욕으로 갚지 말고 도리어 복을 빌라. 이를 위하여 너희가 부르심을 입었으니, 이는 복을 유업으로 받게 하려 하심이라. 그러므로 생명을 사랑하고 좋은 날 보기를 원하는 자는 혀를 금하여 악한 말을 그치며, 그 입술로 궤휼을 말하지 말

고, 악에서 떠나 선을 행하고, 화평을 구하여 이를 좇으라. 주의 눈은 의인을 향하시고, 그의 귀는 저의 간구에 기울이시되, 주의 낯은 악행하는 자들을 향하시느니라 하였느니라."

바울 사도의 말이 논리적, 이성적, 나아가 철학적 견해를 지닌다면 야고보 사도의 말은 직설적이며 단호하다. 사도들 저마다의 성격이 그들의 서신에서는 그대로 드러난다. 아울러 베드로 사도는 엄중하고 현실적이며, 성도들의 삶에 오늘내일 그대로 적용되는 바가 크다.

베드로는 성도들 서로가 한마음을 품고, 서로 동정하며, 형제처럼 사랑하고, 겸손하라고 말한다. 나아가 악을 악으로 갚거나, 모욕을 모욕으로 갚지 말고, 오히려 모욕하는 자에게 복을 빌어주라고 말한다. 아울러 베드로는 우리가 하나님께 복을 받아 누리도록 부르심을 받았기에 위의 모든 것을 신실하게 수행해나갈 때 우리가 분명한 복을 받을 것이라고 설명한다.

구절 후반부에서 베드로는 삶을 사랑하고, 좋은 날 보기를 원하는 사람은 혀를 함부로 놀려 악한 말을 뱉지 말고, 입술을 크게 벌려 거짓말을 하지 말라고 권면한다. 개인적으로 나는 베드로가 성도의 입술을 제어한 부분이 시대적으로 성도의 목숨이 담보되어 유린되는 상황에서 그리스도 오심의 소망을 품고 안일의 나날을 희망하라는 뜻에서 말조심하라는 뜻인지, 성도들의 마땅히 행할 거룩한 심령을 갖추는 것에 대해 단도리를 시키는 말인지는 구분하기가 어렵다. 그 이후에 베드로는 악에서 떠날 것과 선을 행할 것, 화평을 추구하며 그것을 힘을 다해 이루라고 말하고 있다. 가톨릭 교부서에 단골로 등장할 법한 위의 구문은 사실 현 시대를 살아가는 성도들에게 있어서는 너무나도 어려운 물음을 제시한다.

무분별한 은혜의 홍수 속에서 생활하고 있는 우리는 서로를 동정할 필요도, 사랑할 이유도, 겸손할 필요도, 복을 빌어줄 이유도, 입술을 제어할 필요도, 진실을 말해야 할 이유도, 악을 멀리할 필요도, 선을 행해야 될 이유도, 화평을 추구해야만 할 필요도 느끼지 못하는 왜곡의 시대를 살아가고 있다. 이러한 그리스도인의 삶에 대한 베드로의 지침이 하나하나 선행되어 나갈 때 비로소 우리의 기도는 막히지 않을 것이라고 베드로 사도는 말한다.

베드로의 그리스도인에게로 향한 이 권면은 사실 어려운 요구 사항이다. 적어도 나에게는 그렇다. 나는 오늘도 위의 구문 묵상과 함께 홀로 책상에 앉아 창밖으로 사람들의 일상을 바라보며 회개로 나아간다. 더군다나 베드로 사도의 권면을 단 하나도 제대로 실천하지 못하고 있다는 점에서 나 스스로 탄식의 시간을 보낸다. 죄에 대해서 나는 대단한 사람이요, 죄로만 사람을 논한다면 범법한 자들에게 있어서 나는 그들에게 매일 인사를 받아 마땅할 만큼 부끄러운 사람임에는 분명하다.

아! 얼마나 오랜 세월을 이렇게 보냈던가. 하나님이 부여하신 양심과 내 의지로 말미암은 이성의 다툼은 내 구원의 푯대를 흔들 만큼 나를 괴롭히는 전쟁이다.

◆ "너희 단장은 머리를 꾸미고, 금을 차고, 아름다운 옷을 입는 외모로

하지 말고, 오직 마음에 숨은 사람을 온유하고 안정한 심령의 썩지 아니할 것으로 하라. 전에 하나님께 소망을 두었던 거룩한 부녀들도 이와 같이 자기 남편에게 순복함으로 자기를 단장하였나니, 사라가 아브라함을 주라 칭하여 복종한 것같이 너희가 선을 행하고 아무 두려운 일에도 놀라지 아니함으로 그의 딸이 되었느니라. 남편 된 자들아 이와 같이 지식을 따라 너희 아내와 동거하고, 저는 더 연약한 그릇이요, 또 생명의 은혜를 유업으로 함께 받을 자로 알아 귀히 여기라. 이는 너희 기도가 막히지 아니하게 하려 함이라."

사람의 아름다움은 꾸미는 겉모양에서 오는 것이 아니라고 베드로 사도는 말한다. 그는 성도가 머리를 꾸미거나, 보석으로 치장하거나, 화려한 옷을 입는 것으로 외면에 치중하지 말고, 세월이 흘러도 빛바래지 않는 온유하고, 정숙한 내면의 갖춤을 '속사람'이라는 표현을 들어 강조한다. 아울러 베드로는 소망을 두고 살았던 옛 여인에 대해 언급한다. 그녀는 속사람을 단장함으로써 남편에게 순종하였다고 말한다.

베드로가 언급하는 사라는 남편인 아브라함을 '주'라고 칭했다. 순종의 실토이다. 순종 속에서 여자는 세상의 어떠한 험한 일을 만나도 두려워하지 않고 선의 순명을 이루어 나갈 수 있기 때문이다. 마지막으로 베드로는 남편이 아내를 대할 때 남편 자신보다 아내를 더 연약한 그릇으로 여겨 아내를 이해하며 살아가야만 한다고 말한다. 이러한 모든 관계가 형성될 때 남편과 아내는 영원한 은혜를 함께 상속받는 반려자가 되고, 그들의 기도가 막힘없이 응답받는 은혜를 누릴 것이라고 축복의 방법론을 설파한다.

남편과 아내, 더구나 아내가 순종함으로써 받는 축복은 너무나도 큰 것이다. 막힘이 없는 응답이라는 사실에 세상 많은 아내들은 주목할 필요가 있다고 나는 생각한다. 초급하고 불손한 세대에 귀중하게 적용될 수 있는 구문이다. 베드로는 바울 사도와는 달리 결혼 생활을 영위했던 사도였기에 아내에 대한 가치관을 동역자의 개념으로 비중 있게 인식하고 있는 것 같다. 우리는 부부 관계에 있어 상대에게 밑지는 것을 생각하기 이전에 순종의 개념이 무엇인지를 제대로 인식하고 있어야만 한다.

◆ "무리가 옹위하여 하나님의 말씀을 들을새, 예수는 게네사렛 호숫가에 서서 호숫가에 두 배가 있는 것을 보시니, 어부들은 배에서 나와 그물을 씻는지라. 예수께서 한 배에 오르시니 그 배는 시몬의 배라. 육지에서 조금 떼기를 청하시고 앉으사 배에서 무리를 가르치시더니."

구문 자체로만 이해하면 낭만적인 광경이 연출되고 있다. 잔잔한 호숫가에 모인 사람들과 작은 나무배 위에 올라앉아 강론하는 예수 그리스도의 모습. 당시에는 확성기도 없던 시절이니 호숫가에서, 더구나 육지에서 조금 멀어진 배 위에 올라앉아 말씀하시는 예수 그리스도의 강론이 사람들 귀에 어떻게 전달되었는지 상상이 된다. 예수 그리스도의 모습에서 진정한 강론의 환경적 시뮬레이션을 이해할 수 있을 것만 같다. 복음서 전체를 볼 때 예수 그리스도는 회당 강론 외에 이러한 야외에서 군중,

또는 개개인에게 말씀하시는 경우가 잦았다. 이것이야말로 예수 그리스도에게 있어서는 개인적인 활동이자 그분이 만들어내는 크고 역사적인 사건이었다.

이 시대에는 많은 목회자가 배출되고 있다. 그들 각자가 모두 교회를 개척한다면 적어도 한국 교회의 수는 동네 피아노 학원 수를 능가할 것으로 본다. 아마 지금도 충분히 능가하고 있는지는 모를 일이다. 온 세상이 복음화가 된다는 것, 높은 고지에 올라 도심을 바라볼 때 십자가가 많이 보인다는 것만큼 믿는 신앙인들에게 있어 기분 좋은 일은 없을 것이다. 하지만 그만큼 사역자의 공급은 많지만 신앙을 찾는 이들의 수요는 줄어들고 있는 시대를 그리스도인들은 살아가고 있다. 전도사 시절을 거치며 강도사, 목사 안수를 받고 한 교회에서 부교역자로 사역하다가 담임목사의 추천 또는 본인의 지원으로 기존 교회로 부임하는 목회자들은 어찌 보면 운이 좋은 예일 것이다. 대부분 목회자들이 큰 사명감으로 신학을 시작해 달리 말해 사역지를 찾지 못하는 경우를 주변에서 쉽게 본다. 내가 어린 시절에는 구문 속의 예수 그리스도처럼 야외에서 강론하고 전도하는 이들이 많았다. 그러나 요즘은 이단들이 난무하는 시대이기에 좀처럼 이러한 방식으로는 예수 그리스도를 전하기 어렵게 되어버린 것 같다.

구문 속 예수 그리스도의 모습에서 나는 자비량 선교 즉, 독립 선교의 모습을 그려본다. 일상에서 평신도 누구나 자신의 환경에 준한 사역을 감당하는 것이다. 삶 속에서의 사귐을 통해 예수 그리스도의 향기를 전하는 것이다. 목회자로서 만 명이 출석하는 대형교회를 구축하지는 못하더라도 단 열 명의 사람들이 모인 자리라면 예수 그리스도처럼 강론할 수 있는 그 자리가 진정한 독립 선교, 은혜의 장이 될 수 있을 것이라고 조심스럽게 생각한다. 평신도 제자 훈련과 같은 부분도 결국에는 이러한 이들의 양육을 그 목적으로 하고 있는 것이다.

내가 좋아하는 포르투갈 파두 음악의 매력은 기타 한 대만 있으면, 어느 장소를 불문하고 기타 선율에 맞춰 노래하며 사람들에게 음유 시, 노랫말의 감동을 선사할 수 있다는 것이다. 지극히 아날로그적 문화유산이다. 나도 기타 하나로 노래하는 것을 즐긴다. 강론도 이와 다를 바 없다고 본다. 사람 몇몇이 앉을 자리만 있다면, 강론은 어디에서건 할 수 있다. 사명 있는 자에게는 오히려 그러한 작은 공간이 더욱 매력 있게 다가올지도 모른다. 우리는 카페에서나, 직장에서나, 방 안에서나, 길을 걸으면서나, 차 안에서나, 조촐한 점심을 함께 나누면서나, 그 어디에서나 예수 그리스도를 알리는 일을 감당해낼 수 있다.

◆ 우리는 예수 그리스도를 통해 분명히 하나님을 보게 되었다. 하나님께서는 끊임없이 우리에게 말씀하신다. 그러나 들을 귀 있는 사람은 듣고, 못 듣는 사람은 아무것도 알지 못한다.

사도 시대 이후로는 예수 그리스도 또한 볼 수 없고, 하나님께서 선지자를 통해 하늘에서 불벼락을 내려 인간이 섬기는 우상을 불살라버리는 이적도 볼 수 없었다. 직접 계시를 통해 인간이 하나님을 볼 수는 없었지만, 하나님께서는 그와 동일한 효과를 줄 수 있으면서 자신을 온전히 계시하시고자 하는 방법으로 책을 만드셨다. 그것이 바로 성경이다. 그래서 기독교는 책의 종교이다.

나는 개인적으로 종교가들이 '기독교, 기독교' 하는 것을 그리 달가워하지 않는다. 이유로, 기독교는 종교가 아니기 때문이다. 기독교가 아닌, 그리스도인 되는 것은 생명을 얻는 것이다. 타 종교와 대등한 위치에 놓기 위해 그들은 기독교, 불교, 힌두교, 이슬람교라고 말한다. 세상 종교는 육체를 연습해 승화에 이른다. 세상 삶 속에서 자신을 괴롭게 함으로 큰 자족을 얻고, 그 자족으로 인해 육신에 평안함을 얻는다. 그 육신적 평안함이 인간 영혼을 건드릴 때 인간은 그것에 신성을 부여한다. 불가에서 행하는 사마타(奢摩他) 수행과 아나빠나삿띠(Anapanasati)는 이러한 심신의 변화를 종교적 차원으로 계승·전승해 연마하는 대표적인 수행법이다.

사람을 현혹하는 다른 길에도 영적 결과가 나타난다는 것은 언제나 위험한 부분이다.

◆ 불가 수행에서는 위빠사나(Vipassana) 호흡을 통해 사물에 대한 인식의 알아차림을 경험하면 사람 마음에 큰 자족을 얻게 된다고 말한다. 사실 나는 이십 대 시절 위빠사나에 깊은 관심을 지닌 적이 있다. 나는 이 부분에 대해 온전하고 깊은 것을 느낌으로는 분명하게 인지하고 있다. 만약 누군가 내가 알고 있는 부분에 대해 나와 대화를 나눈다면 그는 내가 알고 있는 상식에 놀랄지도 모른다. 하지만 분별을 흐리게 하는 지식에 대해서는 아무리 자랑해도 나에게 덕이 없는 것이니 나는 자랑할 수 있다.

위에서 말하는 자족은 사람이 모든 잡욕을 떨쳐버리게 되는 전반적인 완성 단계의 수행을 일컫는다. 이 잡욕의 욕구가 모두 소진된 육적, 영적인 상태의 결과로 나타나는 것이 바로 '무소유'이다. 하지만 성경의 원리로는 수행 없이 이것이 가능하다. 말씀이 눈으로 들어와 머리로 인식하고, 그것이 다시 마음으로 들어가 심령을 쪼개고 영을 변화시키며, 그것이 육신에 운동력으로 그대로 작용하는 것이다. 이것은 성령의 능력이며, 인간의 힘으로 되는 것이 결코 아니다. 사람이 문자를 통해 영과 육이 변화된다는 원리는 고차원적이다 못해 이 세상의 원리가 아니다. 문자를 읽어마음은 변할 수가 있다. 하지만 골수를 쪼개는 그 말씀이 사람의 육신에관여할 수 있다는 것은 하나님 세계에서의 능력이다. 사람이 스스로 몸을괴롭게 함으로 자아를 통찰하려 하는 것은 노고가 수반되며, 그 고생스러운 절제에 따라 육체적인 능력은 일시적으로 맛보지만, 내세에 아무런 소망이 없다.

히말라야에서 고행하는 이들 중, 평생을 누워 잠을 청하지 않는 이들,한 종류의 음식으로만 생활하는 이들, 이들 모두 극도의 금욕 생활과 자신의 봄을 스스로 괴롭게 함으로 업과 윤회(輪廻), 해탈로 나아가려 한다.성경이 단번에 행하는 영으로의 평안을 이들은 다른 곳에서 평생을 괴롭게 살며, 스스로 자신을 위한 헛된 충만을 극도의 자족(自足)을 통해 얻으려 하는 것이다.

◆ 간절히 갈망하는 자는 누구나 이루어짐의 기적을 소망한다. 가련한나의 삶에 이변이 일어나 지금의 부정적인 모습을 변화시켜 줄 수 있는

그 기적. 기적이라는 말은 긍정과 힘이 융합된 좋은 단어이다.

"기적적으로 죽었고, 기적적으로 몰살했다."라는 표현은 없다. 이 시대를 살아가면서 기적을 가장 많이 접할 수 있는 텍스트를 살핀다면 어떠한 것이 있을까? 나는 성경이라고 말하고 싶다. 성경 속에는 수많은 기적이 신본주의적 관점에서, 때로는 인본주의적 관점에서 행해지고 하나의 역사로 굳어졌다. 오히려 많은 이들이 성경을 믿지 못하는 이유 또한 성경에 게재된 불가사의한 기적들 때문일지도 모른다.

개인적으로 나는 기적, 아니 불가사의한 현상이라고 하는 것이 맞을지도 모르겠지만, 지난 1917년 5월 13일 포르투갈 산타렝주 파티마 마을에서 일어난 파티마의 기적(The Miracle at Fatima)을 한 세기 동안에 일어난 가장 기적다운 기적으로 꼽는다. 이것이 사실이라면 말이다. 그러나 영적으로 검증이 필요한 부분이다. 나는 이 역사적인 사건이 공중의 권세 잡은 세력, 광명의 천사 옷을 입은 세력의 존재함을 가장 적나라하게 보여주는 예라고 본다.

파티마의 기적은 가톨릭 영성에 있어 대표적인 근대 기적이다. 이 놀라운 사건을 나는 적그리스도적인 개념으로 해석한다. 그러나 이것이 기적의 범주로 포함되는 이유는 이미 수많은 사람이 그것을 실제로 목격했으며, 신비한 영적 현상으로 말미암아 오히려 하나님에 대한 존재성을 역설적으로 증명하는 격이 되어버렸다는 점이다. 무신론자들은 하나님을 부인함과 동시에 영의 세계를 함께 부정한다. 이들에게 있어 인간의 육신은 짐승의 육체와 같은 맥락으로 치부된다. 세상에 살면서 자신들의 배만 위하다 죽으면 그만이라고 생각하는 것이다.

파티마 이야기는 세계대전으로 유럽이 전쟁의 소용돌이에 있을 때 파티마의 '코바 다 아리아'에서 양을 치던 루치아, 프란시스코, 히야친타 앞에 성모 마리아가 발현한 사건이다. 성모 마리아는 세 아이에게 앞으로 5개월(1917년 5월 13일~10월 13일) 동안 매월 13일에 너희들 앞에 나타나 평화를 기원하겠다는 메시지를 남겼다. 성모 마리아가 나타날 때에는 하늘에서 신비한 빛의 가루가 날리며 아이들을 황홀경으로 몰고 갔다. 처음에는 아무도 이 아이들의 말을 믿지 않았다. 결국 그해 10월 13일 수많은 인파가 그것을 증명하기 위해 성모가 발현한다는 곳으로 몰려들었다. 모인 군중은 세 아이를 세우고 모두 하늘만 쳐다보았다. 그때 하늘의 구름이 갈라지면서 어둠이 내렸다. 찬란한 빛이 하늘로부터 내려왔다. 아이들 말에 의하면 성모님이 내려오셨다고 한다. 성모님이 성체 발현한 것까지는 확인할 길이 없으나, 한 가지 분명한 것은 하늘이 이상한 현상을 보였던 것이다.

일식이 일어나듯 하늘이 변하고 태양이 이글거리며 춤을 추는 듯한 현상을 수많은 인파가 목격했다. 같은 시각에 태양을 보는 타 국가나 타 도시에서는 태양이 변하는 이상 현상을 경험할 수는 없었다. 그러나 파티마 인근 지역에서는 태양의 이상 현상을 분명히 목격할 수 있었다. 잉카 유적에서 태양을 형상화한 그림은 동그란 원반이 아닌 출렁이는 모습이다. 그 이유를 성경 고고학자들은 노아 홍수 이전 지구에 물 층이 덮여 있어 지상에서 보는 태양은 마치 물속에 있는 것처럼 굴곡져 보였다고 말한다. 여기서 신기한 현상은 사람들이 태양을 똑바로 바라봐도 전혀 눈부시지 않았다는 점이다. 하늘에서는 대성당의 스테인드글라스 유리와 같은 빛을 지상에 떨구었다. 그 빛은 회전하며 노란색 점으로 변하였다. 사람들의 의복과 모자를 수놓았다. 사람들은 눈물을 흘리거나 거룩한 기도를 올렸다. 세상에서 가장 신기한 기적을 경험하는 순간이었다.

세 아이는 하늘을 바라보다가 예언을 받았다. 이들은 환상을 보며 비명을 지르기 시작했다. 결국 이곳은 성지가 되어 파티마 대성당이 지어졌다. 아이들이 비명을 지른 이유는 무시무시한 예언을 받았기 때문이었다.

또 다른 것은 남아프리카에서 있었던 성체 발현 사건이다. 일반적으로 사람이 서서 하늘을 바라보는 약 백여 미터 거리의 공간에 아주 강한 십자가 빛이 나타난 사건이다. 십자가는 오색의 빛을 발했다. 이 사건으로 말미암아 시가지 일대 사람들은 일제히 비명을 지르며 공포에 떨어야만 했다. 하늘에 나타나 지속적으로 떠있던 십자가는 자연현상이라고 보기에는 억지와 같은 신비스러운 모습이었다. 기적이라고 하면 적어도 이 정도는 되어야만 규모가 있는 것이 될 법하다.

시성을 위한 목적으로 1949년과 1951년에 각각 히야친타와 프란체스코의 유해를 발굴했다. 프란체스코의 유해는 부패한 반면 히야친타의 유해는 부패하지 않은 상태였다. 루치아 수녀는 여러 가지 비밀을 간직한 채, 아흔일곱 살의 나이로 지난 2005년 2월 13일 타계했다.

나는 어린 시절 환상을 경험한 적이 있다. 사실 이 이야기는 혼자만 간직하고 있던 것이다. 환상 속에서 나는 어머니와 크고 넓은 기도원에 서 있었다. 우리는 상복과 같은 흰색 옷을 입고, 허리에는 동아줄과 같은 것을 두르고 있었다. 그곳은 마치 실내 농구 경기장과도 같이 넓고 큰 공간이었다. 이곳에는 약 500여 명 정도 되는 사람들이 같은 옷을 입고 듬성 듬성 모여 무릎을 꿇고 기도하고 있었다. 사람들의 통성기도로 말미암아 실내는 웅성거렸다. 갑자기 좌측 단상에 놓인 높은 벽에서 황금색의 강한 십자가 빛이 사람들에게로 비치자 모든 사람이 일제히 비명과 함께 울며 쓰러지기 시작했다. 나는 그 빛을 조금 보자마자 즉시 기절했다. 당시 나는 계단 난간에 있었고, 쓰러지는 사람들을 잠시 보다가 놀라 십자가를 보았기에 그곳의 분위기와 대기의 느낌을 분명히 알 수 있었다. 쓰러진 후, 의식은 조금 있었지만 몸에는 아무런 힘을 줄 수가 없었다. 하지만 기절하는 순간 쓰러지면서 그 십자가를 잠시 볼 수 있었다. 지금도 잊을 수 없는 것이, 아무리 십자가의 빛이 밝아도 결코 눈부시지 않았다는 점이다. 그 빛을 묘사하자면, 반짝이는 황금에 고운 석회를 섞은 색이었다. 나는 그것까지만 보았다. 십자가가 빛을 발할 때 순간 대기가 평온함에 둘러싸였고, 이상한 온기 같은 것이 느껴졌다. 온도가 올라가는 것과는 전혀 다른 기분이었다. 말로는 설명이 어렵지만, 공기 중에 피부로 느낄 수 없는 포근한 습도 같은 것이 있어 정화되고 대기가 달라지는 현상을 분명히 경험했다. 그때부터 나는 목회자의 설교나 찬양이 이뤄질 때 그때 느꼈던 공간의 평온한 기운을 경험하고자 애를 쓰곤 했다. 하지만 그러한 경험은 두 번 다시는 없었다. 더구나 나에게는 너무나도 두려웠던 기억이었기에 달리 경험하고 싶지도 않다.

기절하는 순간 온몸에 모든 힘이 소진되었다. 기겁을 먹어 혀가 굳어져 입술이 말을 듣지 않았다. 비명을 지를 겨를도 없이 땅에 엎드려 쓰러졌다. 기도하던 사람들이 십자가 빛을 보고 기절하는 그 모습과 깨어났을 때 울고 있던 내 모습을 이십칠 년이 지난 지금도 정확하게 기억한다. 나는 이 환상을 본 이후 하나님께서 살아계신다고 확신했다. 그러나 내가 그만큼 신앙인으로 하나님의 뜻에 순종하는 삶을 살지 않았다는 점을 생각하면 간혹 이 환상을 떠올릴 때마다 마음에 큰 괴로움을 느낀다. 참으로 재미있는 일이다. 나와 같은 사람이 이렇게 이단적인 경험담을 피력하고 있다는 사실이 말이다. 하지만 이것은 평생 나 혼자 간직해야만 할 신앙의 비밀이었다.

고등학교에 진학해서는 한 수련회에 참석해 찬양하며 모닥불을 피우고 통성기도를 하는 도중 불이 올라와 나를 삼키려고 하는 환상을 경험했다. 순간 내 귀에는 아무것도 들리지 않았고, 나는 바닥에 엎드려 기절하기 직전 몸부림치며 그 순간 일어나는 현상을 의지로 벗어날 수 있었다. 그 불빛은 어린 시절 환상으로 본 십자가상의 색과 똑같이 변해 갔다. 정신을 차리니 나는 그 자리에 가만히 앉아 손을 모으고 있었다. 아무도 나를 이상한 행동을 하는 사람으로 여기지는 않는 듯 보였다. 그때 내 눈은 사물을 정확히 응시할 수 있었지만 내 귀에는 다른 친구들의 그 어떠한 소리도 들리지 않았다. 나는 비록 돌발행동을 했지만 남들이 볼 때 가만히 앉아 기도를 하고 있었는지, 남들 눈에도 내가 겁을 먹어 피하는 행동을 하는 것으로 보였는지는 모르는 일이다. 나는 분명 피하는 행동, 공포에 질려 뒤로 넘어가는 부끄러운 행동을 했지만, 의식을 찾았을 때는 가만히 앉아 기도하고 있었다. 내 옆 사람도 모르는 듯 보였다. 그리고 그 수련회 기간 동안 나는 겁을 먹어 웃지를 않았다. 부끄러운 이야기지만, 그 이후로 지금까지 나는 어디에서건 모닥불을 피워도 넌지시 불씨를 바라보지 않는다.

하나님께서는 내가 순수한 마음을 지닌 아이이자 청년이었기에 내가 감당할 수 있는 범위 내에서 당신의 마음을 보이셨던 것 같다. 이미 나는 글에서 이 부분을 언급하고 있지만, 단순하게 설명했을 뿐, 자세한 부분은 군이 설명할 필요가 없다고 본다. 누구에게나 개인적인 체험은 있기 마련이다. 오히려 부끄럽게 생각한다. 이렇게 나는 유·청소년 시절 세 번의 환상을 경험했다. 마지막 하나는 나만의 비밀로 기록하지 않겠다. 개인적인 생각이지만, 살아가면서 다시는 이러한 것을 경험하고 싶지 않다. 성년이 된 지금 이와 같은 현상을 경험한다면, 감히 감당하지 못할 것 같다는 생각이 든다. 사실 이것은 자랑도 아니며, 오히려 사랑으로 헌신하는 많은 성도들에게 군이 떠들 필요가 없는 미친 자의 말 같아 오히려 송구스러울 따름이다. 하지만 지금까지도 생생한 그 경험들을 떠올리면 내가 목회자가 되어 하나님의 일을 하지 않는 것이 오히려 중한 죄를 범하고 있는 것은 아닌가 생각도 든다. 하나님께서 그렇게도 보여주셨는데 말이다. 나는 비록 사역자는 아니지만, 세상 모든 사역자는 나와 같은 남들에게 말 못 할 표식이 분명 한 가시씩은 다 있을 것으로 확신한다.

기적은 이러한 신비한 체험을 수반하여 정의되는 것이 일반적인 세상에서의 관점이다. 하지만 무지한 인간으로 하여금 성경이 쓰이고, 그것이 수천 년의 세월을 거쳐 사람과 사람 사이에 전해지게 된 것 또한 위대한 기적이다.

제자들이 표적을 보여달라고 예수 그리스도에게 간청했다. 표적을 달라는 말은 믿을 만한 증거를 엘리야나 엘리사처럼 하늘에서 불이라도 내려 보여달라는 것이었다. 하지만 예수 그리스도는 선지자 요나의 표적

외에는 달리 보여줄 표적이 이 세대에는 없다고 말씀하신다. 선지자 요나의 표적이란 무엇을 말하는가? 물고기 배 속에 들어가 며칠을 살다가 나온 진기한 현상일까? 예수 그리스도는 요나의 물고기 배 속 일화를 두고 하신 말씀이 아니었다. 선지자 요나의 억지 된 외침으로 말미암아 니느웨 사람들이 회개한 기적과도 같은 일, 말씀이 전파되어 개인이 아닌, 민중이 회개하여 하나님께로 돌아오는 일 자체만을 가장 큰 기적으로 보신 것이다. 여기에는 아주 놀라운 비밀이 숨겨져 있다. 왜 예수 그리스도는 죽은 사람이라도 살려내는 표적을 보여주지 않고 오래된 선지자 요나 이야기만을 하셨을까? 보험회사 직원이 월 납입금 만 원에 십억을 받을 수 있는 상품이 나왔다고 한들 기적이 일어났다고 말하지는 않을 것이다. 하지만 하루 동안 백 명의 고객을 유치했다면 비록 종신보험은 아니더라도 이것은 충분한 기적이 될 만하다. 보험 업계의 표적이 될 만한 일이다. 예수 그리스도는 지상에서 수많은 표적을 행하셨다. 그러나 표적을 구하는 무지한 인간들에게 있어 진정한 표적은 예수 그리스도 자신이었다. 곧 말씀이 성육신이 되었다는 것 외에는 아무것도 표적이 될 수 없었다. 하지만 굳이 표적을 구하는 사람들에게 말할 수 있는 사실은 하나님의 복음이 전해지고 진정한 참회가 민중적으로 일어난 그 사건만이 예수 그리스도에게는 표적이요, 하늘에서 번개를 떨구는 행위는 인간 세계에서는 몰라도 하나님의 세계에서는 표적으로서의 아무런 가치가 없는 행위였기 때문이었다.

예수 그리스도가 제자들에게 했던 모든 말씀은 철저하게도 완벽한 하나님 세계에 대한 투영이다. 복음서에서도 예수 그리스도의 말씀을 제자들이 이해 못하는 예가 더러 기록되어 있다. 이것은 비록 예수 그리스도 자신은 지상에 계시지만, 천국 세계(하늘 세계)의 원리만을 설명하고 계시기에 다른 차원의 진실을 그대로 보여주었던 것이다. 제자들은 무지한 인간이었기에 예수 그리스도의 의중을 자신들의 잣대로만 해석할 수밖에 없었다. 여기서 잠시 요나를 논한다면, 얼마나 많은 사람이 참회했으면 요나가 질투가 나 드러누워 있었겠는가 말이다. 요나는 하나님의 사랑을 질투했지만, 그 연모로 인해 그는 하나님에게 큰 사랑을 받은 선지자였다. 미워서 하는 질투는 없기 때문이다. 그러니 그 기적이야말로 참다운 진실을 입증하고 있는 셈이다. 말씀은 연약한 인간의 입과 손을 통해 전해진다. 말씀 자체가 온전한 기적이기에 말씀이 전해지는 길 자체가 곧 기적의 길이다.

기적에 대해 올바르지 않은 개념을 지닌 사람들은 성령을 빙자해 각종 거짓된 술수를 자행한다. 그것들은 모두 기적으로 포장되어 사람을 현혹한다. 아픈 사람이 훌륭한 의사를 만나 좋은 약을 처방받는 것은 기적이다. 하지만 검증되지 않은 안수를 통해 병을 치료하고자 하는 행위는 생명만 단축할 따름이다. 하나님은 오직 성경 말씀을 통해 개개인의 가슴에 당신의 뜻을 속삭이신다. 말씀이 육신이 되는 것으로 나에게 기적을 체험시키신다. 세상 사람들은 표적을 구하나 보여줄 수 있는 표적은 선지자 요나의 외침 외에는 정말 없었던 것이었는지도 모른다.

◆ 원전 성경을 공부하는 것은 소중하면서도 가치 있는 일이나, 나는 마

음이 간사해 일반 성경과 대조하다가 모든 시간을 허비한다. 하지만 공부란 그렇게 하는 것이다. 작은 관점을 꾸준히 쌓아올려 결국 마지막 점을 찍는 것. 그러나 나에게는 그만큼의 열정은 존재하지 않는다. 시간적인 기회가 된다면 원전 성경을 꼭 한 번은 필사해보고 싶다.

◆ 성경 속에서는 다양한 인물들이 그들의 모사(謀事)를 성취하기 위해, 선한 계획을 이루기 위해 기회를 활용했다. 그 가운데 이들은 어려운 고비를 헤쳐나갔다. 성경 원칙주의(성경적 가치관 및 세계관)로 일관하는 신앙인들에게 있어 기회라는 것은 오로지 하나님의 절대적 주권 아래에서만 얻을 수 있는 은혜이다. 인간이 여러 모사를 도모한들 그 기회를 성공적으로 이끄는 것 또한 하나님의 크신 개입하심이 있기에 가능한 것이다. 이것은 성경 원칙주의자들의 기본 교리가 될 것이다. 나는 이러한 절대적 개념에 적극적으로 순응해왔다.

모든 인간의 생사화복은 하나님께서 주관하신다. 이 때문에 사람이 넘어지고 일어서는 부분조차 하나님의 허락하심이 없이는 구동력이 없다고 보는 것이 나의 견해이다. 내가 분명한 신앙인, 천국 소망의 확신을 품은 신앙인이라고 말할 수 있는 것은 행위를 단정하는 안목의 판단에 있는 것이 아닌, 나의 말에 있다. 기회, 운수, 재수, 계획, 앞으로의 꿈과 같은 말은 나와는 거리가 멀다. 불투명한 미래에 대한 개인의 노력이 수반된 의지의 표명, 아니면 우연히 이뤄질 수 있는 가설 등과 같은 현상에 대해 나는 신뢰하지 않는다. 이러한 부분만 봐도 나는 내세의 소망을 품은 그리스도인이 맞는 것이다. 똑같은 음식을 먹고 같은 모습으로 생활하는 사람이지만, 모든 인생이 가장 좋게 여기는 희망, 꿈, 미래, 계획이라는 표현을 적극적으로 배제하는 삶을 살아간다는 것은 하늘과 땅 차이의 다름이 있다. 그리스도를 영접하지 않은 사람들은 선민사상과도 같은 오만한 마음을 품은 듯한 나의 발언에 일침을 가할 것이다. 그러나 하나님을 사랑하고, 구원에 확신을 지닌 이들은 모두 나와 같은 생각을 무의식 속에, 때로는 의식 속에서 쌓아가고 있다.

사람의 생각은 영의 반영이다. 말은 영의 거울과도 같다. 그러나 행동은 인간 불안전으로 말미암아 그 사람의 모든 것을 평가하기에는 다소 부족함이 따른다. 우리는 스스로 인생의 기회라고 여기는 현상을 만날 때 그것이 한순간의 베팅으로 당첨되는 카지노와 같은 우연으로 받아들일 것이 아닌, 모든 삼라만상을 주관하는 하나님의 깊은 관여하심이 함께했다는 사실로 직시해야만 한다.

◆ 도움은 사람에 의한 인적 도움과 구조 속 원리에 의한 도움으로 나눌 수 있다. 인간적인 도움을 논한다면 가장 일차적으로, 사람은 부모로부터 도움받는다. 생명을 가진 모든 것들의 소생 중 가장 나약한 것이 사람의 소생이다. 태어나자마자 바로 일어나 걷는 동물들과는 달리 사람은 걸음마까지 오랜 시간이 소요되기 때문이다. 그 이후 우리는 친구나, 지인들로부터 도움받는다. 하지만 사람이 정말 가치 있는 도움을 받는 것 중, 주변 가족이나 지인이 아닌 엉뚱한 사람에게서 도움받는 경우도 우리 주변

에는 무수히 많다. 그러니 인생을 살아가는 우리는 모든 이들과 화친하며 대인관계를 원만히 이행해야 할 필요가 있다.

우리는 하루에도 주변인들을 통해 여러 가지 도움을 받는다. 무슨 도움을 그리 많이 받고 사는지에 대해서는 굳이 말하지 않아도 내가 오늘 어떠한 도움을 받았는가를 생각하면 적어도 한두 가지쯤은 받은 도움에 관해 이야기할 수 있을 것이다.

세상에서 인간이 인식할 수 있는 모든 도움은 하늘로부터 오는 은혜이다. 성경을 통해 하나님을 알고, 그분을 인격적으로 느낄 수 있는 은혜를 입은 사람이 인지할 수 있는 기본 축복이야말로 여러 방향으로부터 다가오는 도움이다.

하나님은 우리를 돕는다. 그리고 당신께서 사랑하시는 인생 돕는 것을 즐기신다. 단, 누가 도움을 주었는지 분명히 알기를 원하신다. 우리가 그 도움의 주권자를 바로 인식할 때 그분은 우리의 의지가 관철될 수 있는 기회를 주신다.

◆ "그런즉 육신으로 우리 조상된 아브라함이 무엇을 얻었다 하리요. 만일 아브라함이 행위로서 의롭다 하심을 얻었으면 자랑할 것이 있으려니와 하나님 앞에서는 없느니라. 성경이 무엇을 말하느뇨. 아브라함이 하나님을 믿으매 이것이 저에게 의로 여기신바 되었느니라. 일하는 자에게는 그 삯을 은혜로 여기지 아니하고 빚으로 여기거니와 일을 아니할지라도 경건치 아니한 자를 의롭다 하시는 이를 믿는 자에게는 그의 믿음을

의료 여기시나니, 일한 것이 없이 하나님께 의로 여기심을 받는 사람의 행복에 대하여 다윗이 말한바 그 불법을 사하심을 받고, 그 죄를 가리우심을 받는 자는 복이 있고 주께서 그 죄를 인정치 아니하실 사람은 복이 있도다 함과 같으니라."

바울 서신은 중요한 가치를 지닌다. 더구나 위의 구문인 로마서와 같은 서신은 바울신학의 대표적인 교리가 가득 담긴 책이다. 바울신학 즉, 바울의 사상은 여러 개의 중요한 구문을 통해 그 위대함이 드러난다. 언제나 듣고, 읽고, 배워왔던 위의 구절이 내 마음을 강하게 요동치게 만든 것은 그리 오래지 않았다. 위의 구문은 적어도 삼 년 이상 교회 출석을 했다면 누구나 들어 그 개념을 알 법한 교리이다. 그러나 성경에 있어 가장 어려운 일반 교리이기도 하다.

그리스도인이라는 범주 내에서 율법은 행위의 완성이다. 행위로 말미암은 완성은 아름답게 우리 눈에 비친다. 그 얼마나 거룩하며 존중할 만한가. 인간으로 태어나 행위의 완성을 이룰 수 있다면 그는 거룩함의 표상이 될 것이다. 율법도 법 있게 쓰면 좋은 것이라고, 굳이 행위를 고찰하며 나아가는 신앙인들에 대해 나는 비난하지 않는다. 오히려 존중하고 닮아가고자 하는 바이다.

교회 출석을 하는 성도는 크게 두 가지 부류로 나눌 수 있다. 하나는 큰 믿음의 소유자, 다른 하나는 초심자이다. 초심자들은 자기 신앙, 자기 믿음에 확신이 없고 혹, 어렵게 받아들인 신앙에 혼란과 번뇌가 수반되는 것이 싫어 애써 배울 점이 많은 신앙인들에게 적극적인 찬사를 보내기도

한다. 더구나 이들에게는 절대 거룩함과 신비주의적(예수 믿으면 사업이 번 창함) 신앙이 결합되어 유독 자신들의 기준에 미치지 못하는 신자들을 정 죄의 대상으로 삼기도 한다. 바울은 초심자들에 대해 단단한 식물을 먹지 못하는 자들로 여겨 혹, 그들이 마음에 상처를 받을까 포도주와 고기 먹 는 행위를 다시는 하지 않겠다고 선언한 바 있다. 만약 우리 주변에 교회 장로가 술을 마시고 상갓집에서 절을 올린다면, 초심자는 고사하고 전 교 인이 그를 비난의 대상으로 삼을 것이다. 더구나 그의 행위로 초심자들의 신앙도 흔들리게 될지도 모르는 일이다. 그러나 이러한 행위도 죽은 자에 게(가족들에게 전하는 도의상) 하는 것이니 하나님의 권위 아래에서는 행위 의 정죄 대상이 될 수 없다. 단, 존재하는 귀신의 영(신접한 무속인을 통한) 이라면 상황은 달라진다.

행위와 의에 관한 바울의 발언은 대범하며 권위 있다. 행위로 완성을 이 루려는 자들에게는 독침을 가한 것이다. 행위만은 신뢰치 못하고, 경건의 모양은 부족하나 살아계신 하나님의 진실을 인정하는 이들에게는 고차원 적인 면죄부를 주는 격도 된다.

바울이라는 자는 누구의 권한으로 행위의 완성에 대한 부정적인 견해 를 저렇게 권위 있게 말할 수 있었겠는가? 마치 종교개혁 당시 구원은 오 직 말씀으로, 진정한 회개는 사람이 중보하는 것이 아닌, 거룩한 보혈의 피를 흘리신 예수 그리스도를 통해서만 이룰 수 있다고 말한 마르틴 루터 와 다를 것이 없다. 나는 바울의 신앙적 견해를 이해하기 위해 시대를 거 슬러 올라가 당시 유대인들의 수장이었던 대제사장이 되어보고자 한다.

"우리 유대인들에게 있어 행위의 완성은 민족 신앙의 근본이자 돌계단을 다듬어 하나하나 쌓아 하늘 위로 올리듯 수고하고 노력하는 사람들의 모든 것이다. 그런데 바울이란 작자가 나타나 우리 믿음의 조상인 아브라함의 행위를 들먹이며 자신의 구원론을 피력하고 있다. 아울러 불경건한 자가 행위의 변화됨 없이 그 마음이 하나님을 신뢰하는 것만으로 의에 이른다는 말을 하고 다니니 이것은 우리 민족 신앙의 뿌리를 뒤흔드는 이단 괴수의 망령된 선전인 것이다. 그러니 바울을 죽여 없애야 한다. - 대제사장 김창신"

내가 역할극으로 대제사장의 마음이 되어 보니 바울은 죽어 없어져야 할 사람이 되어버렸다. 큰 중죄를 범하는 자인데, 만약 내가 대제사장이었다면 그가 사람들을 선동하는 범위에 따라 바울에게 죄의 값을 부여해 사형이나 징역형을 결정했을 것이다. 나는 분명 그렇게 했을 것이다. 그러나 바울은 훌륭한 심리학자이자, 이상적인 천재이며, 거룩한 영성가이다.

교회에 출석하는 성도를 크게는 믿음이 좋은 사람, 초심자로 앞서 분류했다. 그럼, 이러한 분류를 더 세분화해 네 가지 유형으로 다시금 나누어 보겠다. 우선, 믿음이 좋고 교회 내에서 맡은바 무엇이든지 소임을 다하는 부류이다. 두 번째로는 행위와 상응하는 믿음을 지니지는 못했지만, 교회 생활을 사회 활동의 한 부분으로 여겨 많이 나서려고 하는 부류이다. 세 번째로는 신앙관도 형성되어 있지 않고, 교회 생활에도 열심을 다하지 않는 부류이다. 마지막으로는 큰 믿음의 확신을 지녔음(주로 모태 신앙)에도 불구하고 교회 생활에 있어 나타냄이 없거나 열심을 다하지 않는 부류이다. 나는 이 네 부류에 대해 생각할 때 가장 위태로운 부류는 세 번째 부류라고 본다. 모든 것이 시작이라는 상황에서는 큰 장점을 지녔지만, 이들의 신앙이 곧은 잣나무처럼 형성될지, 꼬여버리는 호박 넝쿨처럼 형성될지는 미지수이기 때문이다. 하지만 이들이 비판받을 아무런 이유는 없다.

그럼, 교회 내에서 오직 거룩함을 좇는 행위 경건주의자들의 지탄의 대상이 되는 부류에 대해 살펴보자. 그들은 바로 네 번째 부류가 될 것이다. 거룩한 설교와 함께 인생 전반에 있어 많은 은혜로 확실한 체험의 삶을 살았지만, 삶의 부재와 어려움으로 인해 교회 출석을 등한시하거나, 때로는 세상 유혹의 끈을 놓지 못하는 성도, 목회자 또는 장로의 자녀로서 훌륭한 신앙의 교육을 받았고, 하나님을 신뢰하지만(흔히 신자들은 기본 신앙이라고도 부름), 남이 볼 때 열심을 다하지 않는 성도, 이러한 부류의 사람들에 대해 많은 이들은 비난을 퍼붓는다. 그러나 하나님의 위대함, 큰 대속의 은혜가 세상의 유혹과 맞설 수는 아니, 그리 대단할 것도 없는 유혹이 하나님의 큰 대속의 은혜와 나란히 놓일 수는 없는 것이다.

쉬운 예를 들어 술을 마신다고, 담배를 피운다고 구원받지 못하며, 그것을 안 한다고 구원받는다는 개념은 무지한 발상이자 크신 하나님을 오히려 기만하는 행위가 되고 만다. 만물의 주인이신 꾸준한 하나님이 담배와 술로 인해 자신의 역사를 이랬다저랬다 하시겠는가?

분명한 구원의 확신과 믿음은 지녔다고 보는데 욕설을 종종 한다. 그가 욕으로 인해 경건해 보이지는 않아도 예수 그리스도 대속의 은혜가 욕하면 떨어지고, 천사의 말을 하면 들어오는 것처럼 가벼운 것이 아니기에 이러한 행위가 하나님의 권세에 결코 맞서는 것이 되어서도 아니 될 것이다. 그러나 많은 무지한 성도들은 자신들의 기준으로 행위의 결과를 하나님의 저울 위에 올려놓으려고 한다.

분명 함께 신앙생활을 하는 남편이다. 남편이 운전하면서 신호 위반을 하는 다른 운전자에게 욕을 한다. 옆에 앉은 아내가 전인격적이고 근원적인 남편의 신앙관까지 들추며 믿는 자로서 할 행위가 아니라고 몰아붙인다. 아내의 말에 비록 욕은 했지만 나도 하나님을 믿는 사람이라고 말하는 남편에게 아내는 자기 의가 강한 자라고 호칭했다. 나는 '자기 의(義)'라는 말을 사용하지 않는다. 그러나 행위의 완성을 좇는 이들이 남을 판단할 때 자주 사용하는 자기 의라는 표현은 바로 이러한 아내를 두고 하는 말이다. 스스로가 거리끼는 양심에 받치어 마음으로 품을 수 없는 상대의 마음을 오로지 남을 판단하는 것으로 사용하는 그럴싸하게 포장된 말이 상대를 자기 의가 강하다고 정죄하는 것이다. 어찌 보면 이 말은 상대의 기본 인격을 신뢰하는 말 같으나 실로 가장 악한 발언이다.

한 사람의 목회자가 있다. 믿음으로 아들을 양육했다. 아들 또한 성실히 아버지의 말씀에 순종하며 성장했다. 고등학생이 된 아들이 친구들과 어울려 노래방을 갔다. 옆 방 여학생들과 합방을 하게 되었다. 즐겁게 어울려 놀다가 호기심에 가볍게 맥주도 홀짝였다. 그리고 옆에 앉은 여학생을 보고 음란한 마음도 품어보았다.

이 아이에 대해 나는 율법주의자가 되어 하나님께 신원(伸冤)하려고 한다.

"하나님, 목사 아들이라는 자가 경건치 못하게 노래방이나 출입하고, 그것도 모자라 여학생을 보고 음란한 마음을 품었습니다. 더구나 술도 마셨고요. 저 자가 죄를 지었으니 구원에 이르지 못하게 하시거나 아니면 단단히 벌을 주세요."

그러자 하나님께서는 이렇게 말씀하셨다.

"그 아이는 내 아들이다. 자식이 잘못하면 야단치는 부모는 있지만, 그 자식을 죽이는 부모는 없지 않느냐. 내 아들이 마시지 말라 한 술을 마셨다고 나의 법대로 그 손을 자르면 나 또한 내 아들의 손보다 한 잔의 술을 더 중히 여기게 되는 것이 아니냐. 한 잔의 술보다는 내 아이의 손이 나에게는 더 중하노라."

◆ 세상을 사는 성도는 하나님께 영화를 돌리기 위해 말씀과 기도로 무장한다. 그리고 하나님과 동행한다. 사실, 그리스도인에게 있어 하나님과 지속적인 관계를 형성하는 방법은 오직 말씀과 기도 외에는 없다. 하나님과 동행한다는 것은 출애굽 당시의 불기둥과도 같이 사람에게는 든든한 보증수표와도 같은 역할을 한다.

나는 서른다섯의 생을 살아오면서 하나님과 동행하는 삶에 큰 소망을 두고 공고(功苦)한 경건 생활을 추구해왔다. 하지만 그 동행은 여러 번 단절되었다. 개인적인 인생의 실수로 말미암아 떳떳하지 못한 사람이 되어 버린 것이다. 마치 코린도의 왕위를 놓고 동생 살모네우스와 싸움을 벌이고, 제우스의 사주를 받은 헤르메스를 통해 영원히 바위를 굴려 올려야 했던 시시포스(Sisyphos)와 같이 단절 이후에는 또다시 시작해야만 하는 어리석음을, 인간의 치명적인 나약함을 나 또한 반복적으로 범하고 말았다. 이것은 하나님 앞에 큰 죄악이며, 개인적으로는 원초적인 불행이라고 생각한다. 그래서 찬양하고, 말씀 보고, 기도하며, 회개하는 것이다. 오직 회개 외에는 밥 먹고 할 것이 없다. 그러나 나에게 이러한 실수가 없었다면 나는 분명 교만한 사람이 되었을 것이다.

많은 이들은 나를 어떠한 사람으로 생각하는지는 모르겠으나, 나는 많은 것을 할 수 있는 재주를 지닌 사람이다. 그것도 그러한 것을 행하면서 사람들에게 감동을 줄 수 있을 만큼 말이다. 하지만 이제는 그러한 모습을 보일 필요가 없게 되었다. 나는 세상에서, 삶에서 분명한 가시를 지닌 사람이 되었기 때문이다. 그것도 아주 굵은 장미 가시 말이다.

◆ 겸허하고 낮은 마음으로 성경을 대하다 혹, 그 풀이에 이해가 막힐 때 조용히 홀로 말씀에 손을 얹고 기도하면 간절한 심령에 동화되신 하나님께서는 그 뜻을 풀어 알게 해주실 것이다. 그러나 사모함이 없고, 부지런히 살피는 정신이 부족하여 앞선 신학자들, 특히 요즘 유행하는 자유주의 신학자들의 저서만을 뒤적인다면 그가 읽는 성경 말씀은 아버지의 편

지도, 사랑하는 이가 보낸 소중한 연애편지도, 나에게 발신되는 중요한 서신도 아닌, 그저 독서하며 문장을 풀이하는 수준 밖에는 지나지 않을 것이다.

성경 말씀을 대함에 있어 기본적으로 내 마음에 들려오는 그분의 음성을 분별하는 것에 그리스도인은 소신과 충만한 자신감을 지녀야만 한다. 어찌 보면 이것은 개인적인 것이라 위험의 요소도 따른다. 그 뜻의 이해함이 엉뚱한 방향으로 흘러가 사탄에게 간섭할 수 있는 기회를 제공할 수도 있기 때문이다. 그러나 이것은 양 무리를 충실히 인도하고자 하시는 하나님의 성실함에 의지하고 맡겨야만 할 부분이다.

조금 더 깊게 들어가 나는 말씀을 대하는 그리스도인이 좋은 주석(매튜 헨리 주석 추천)을 살필 것을 권한다. 주석은 한 신학자의 일생을 두고 연구되고, 그 과정 속에 수많은 눈물과 기도가 뿌려진 것이다. 가히 살필 만한 중요한 문헌이 된다. 아울러 한가한 때를 틈타 외경을 통한 역사적 배경을 맞추어 나가볼 것도 권한다. 이것은 큰 의미는 없다만, 재미있는 과정이 수반된다. 마지막으로는 신뢰성을 겸비한 학자가 번역한 원전 성경을 공부하는 것이다. 나와 같은 평신도에게는 매우 즐거운 시간을 선사해 줄 것이다. 그러나 아직까지 한국에서 원전 성경 번역(교수들의 학술적 연구는 제외)은 자비출판의 범주를 벗어나지 못하고 있다.

말씀을 말씀으로 풀어내는 것, 한 구절을 붙들고 씨름하는 이러한 개념을 나는 스물여섯 살 시절 '정암 박윤선' 박사의 저서 필사를 통해 이해하게 되었다. 나 같은 음악인이 감히 신학자의 자세를 언급함에 있어 하나는 저러하고, 다른 하나는 어린아이와 같은 깨끗한 심성이라며 논할 수 있었던 것은 바로 박윤선 박사를 빗대어 한 말이었다. 그 시절 나는 지나칠 정도로 성경을 읽고 공부하던 시절이었다. 나는 정암 박윤선 박사의 저서를 통해 참된 목자의 모습이 무엇인가에 대해 부분적으로나마 이해하게 되었다. 그는 순수한 사람이었다.

◆ 그리스도인에게 있어 믿음이란 무엇인가? 나는 이 포괄적이면서도 광범위한 물음에 답하고자 한다. 아마도 이 형이상학적인 물음에 있어서는 동서고금을 막론하고 많은 크리스천 지성인들, 석학들이 논했을 것으로 안다.

믿음이란, 주체가 되는 분명한 대상을 지니며, 그것이 신심을 담은 신앙적 개념으로 승화될 때 현실에서 과거를 주목하는 양상을 보인다. 모든 종교적 개념이 그렇듯, 종교에 대한 믿음은 과거의 한 절대적 대상을 발견해나가는 과정에서부터 출발한다. 만약 신흥종교를 찬미하는 것이라면, 논점은 다소 빗나갈 수도 있겠지만, 믿음을 논함에 있어, 살아계시는 하나님을 향한 믿음을 제시하는 것에는 생명이라는 절대적 관점에서 과거와 현재, 미래는 모두 하나가 되는 것이다. 추앙하는(기독교 찬미) 신앙적 존재가 살다가 죽은 것이 아니기 때문이다.

신을 대상으로 하는 믿음은 앞서 말했듯이 큰(우주적) 포괄성을 지니지만, 성경 속에서는 믿음이라는 것이 무엇인가에 대해 많은 인물들을 통해 분명히 제시하고 있다. 그러나 이러한 제시는 실질적으로 인간이 받을 수 있는 은혜의 분량에 따라 사람 마음에서, 이성에서 작용하는 범위는 극히 제각각으로 나타난다. 성경은 본질을 논함에 있어 큰 믿음과 작은 믿음 사이의 경계를 순수성, 즉 어린아이와도 같은 받아들임의 차이로 구분 짓고 있는지도 모른다.

자, 그렇다면 예수 그리스도 시대로 돌아가 보자. 광장에 서 있는 그리스도는 병든 자들에게 이적을 베푼다. 오병이어의 기적도 행한다. 여기서 나는 한 가지 중요한 사실을 발견한다. 우선, 그리스도의 제자들을 주목해본다. 그들은 모든 삶을 내어버리고 그리스도를 좇을 만큼 지혜로울지는 몰라도, 세상에서 그리 덕망받는 위치에 놓인 자들은 아니었다. 더군다나 그리스도 옆에 언제나 붙어다니는 베드로라는 자는 어부의 직업을 가진 학식 없는 사람이었다. 또한 그리스도가 가는 곳마다 그를 둘러싸는 인파들 대부분은 소외되고, 가난하고, 병든 자들이었다.

이제 다시 현실로 돌아와 축제가 벌어지는 한 행사장으로 향한다. 품바공연을 하며 약을 파는 약장수이자 마술사 앞에 섰다. 그는 별다른 지식과 학문을 겸비한 자는 아니다. 더군다나 모인 군중 대부분은 호기심 많은 서민들이 전부이다. 다소 미련한 것이지만, 어린아이와 같은 심성을 지닌 노인들은 호기심 끝에 그들이 파는 약을 집어 들고 만다. 여기서 나는 그리스도와 약장수를 비교선상에 놓고 저울질하는 것은 결코 아니다.

군중이 바라보는 대상의 특성은 절대적으로 다른 것이지만 모인 군중, 그들에게 발동된 군중심리는 동일한 것이었다. 그들의 심리는 대상을 향한 믿음보다는 그 대상의 행위 결과에 대한 순수한 받아들임이 우선시되었던 것이다.

우리는 고난을 겪을 때 이보다 더 큰 질고를 감당하신 예수 그리스도를 생각하며 현실을 넉넉히 이겨낼 수 있는가?, 우리는 감옥에 들어갈 때 옥중에서 기도하고 찬양하는 바울을 생각하며 현실을 이겨낼 수 있는가? 우리는 삶이 지치고 힘들 때 사울을 피해 달아나는 다윗을 마음에 두고 세상과 사람에게 담대할 수 있는가?

믿음이란, 아무런 의심 없이 나의 현실과 성경의 모든 범위를 적용해 나갈 때 비로소 성장해가기 시작한다. 거기서 마음으로 바라는 것들의 실상이 펼쳐지고, 보이지 않는 어떠한 소망의 결과가 증거로 제시되는 것이다.

◆ "내 형제들아 너희가 여러 가지 시험을 만나거든 온전히 기쁘게 여기라. 이는 너희 믿음의 시련이 인내를 만들어내는 줄 너희가 앎이라. 인내를 온전히 이루라. 이는 너희로 온전하고 구비하여 조금도 부족함이 없게 하려 함이라. 너희 중에 누구든지 지혜가 부족하거든 모든 사람에게 후히 주시고 꾸짖지 아니하시는 하나님께 구하라 그리하면 주시리라."

그리스도인은 세상을 살아가는 동안 여러 가지 인생 시험을 만나며, 그 시험은 하늘로부터 오는 것이라고 말한다. 그리스도인들은 마치 일상적인 푸념처럼 시험에 들었다는 표현을 사용한다. 그러나 시험의 발신자를 하나님께로만 돌리는 것도 성경의 이차와는 다소 거리가 있다. 하나님은 아무도 시험치 않으신다는 구문으로 볼 때 나약한 인간이 스스로 시험에

드는 원인은 욕심과 죄, 나아가 지혜의 부족함 때문이다.

성경에서 일컫는 시험의 원리를 추론하자면 시험이란, 하나님의 계획 하심 하에 사랑하는 자녀들에게 선한 결과를 주기 위한 어려움이 수반된 일련의 극복 과제를 내리심이다. 시험의 난이도 또한 개인이 감당할 수 있는 범위 내에서 제각각 다르게 주어진다.

성경은 신자가 시험당할 때 그것을 순전한 기쁨으로 여기라고 강조한다. 이유는, 시험을 통해 인내가 형성되기 때문이다. 온전한 인내는 성숙을 낳고, 성도로 하여금 모든 일에 부족함이 없는 자로 만든다는 것이다.

위의 성구는 성도에게 용기와 희망을 주는 구문이다. 그러나 야고보는 이어 지혜가 부족한 자는 후하게 부어주시는 하나님께 지혜를 간구하라고 말씀한다. 위의 구문에서 사실상 핵심은 지혜이다. 앞서 언급했듯이 하나님께 받는 시험이라는 개념은 불의 시험 즉, 인간에게 있어 부정적인 현상의 통과의례로 성경은 언급한다. 물론 성도가 받는 시험의 최종 목적은 하나님의 의를 이루기 위함이요, 하나님 당신께서 사랑하시는 성도에게 축복의 은총을 주고자 함의 의미가 더 크게 내포되어 있다. 하지만 사람에게 있어 하나님의 시험은 상당 부분 번뇌를 수반한다.

야고보는 성도에게 지혜를 간구하라고 언급한다. 이 모든 시험을 넉넉히 이겨낼 수 있는 지혜로 무장해 그것을 이겨내라고 강조한다. 더구나 지혜는, 원하는 자에게 후하게 주시는 예측불허의 무한한 하나님의 은혜로 표현한다.

무지한 자는 시험을 당할 때 자신을 원망하고, 남을 원망하고, 세상을 원망하고, 하늘을 원망한다. 그러나 신실한 자는 시험을 넉넉히 이길 수 있는 지혜를 달라고 살아계신 하나님께 간구한다. 그렇다. 사람이 받는 모든 시험은 지혜의 길 안에서 그 해답을 찾아야만 한다.

우리는 기억해야만 한다. 예수 그리스도가 광야에서 사탄에게 시험받을 때 오직 지혜의 말씀으로 사탄의 모든 시험을 물리쳤다는 사실을 말이다.

◆ "하나님 아버지 앞에서 정결하고 더러움이 없는 경건은 곧 고아와 과부를 그 환난 중에 돌아보고 또 자기를 지켜 세속에 물들지 아니하는 이것이니라."

하나님 보시기에 선한 일, 세상에서 바른 일로 여김 받는 행위, 예수 그리스도도 말씀한바 있는 참된 가치를 부여받은 선행을 언급하라고 한다면, 나는 위의 구문이 사람 마음이 동화된 선행을 표현함에 있어 가장 적법한 아름다움을 지닌 언급이라고 생각한다. 또한 사람이 할 수 있는 선행 중에서는 온전히 그리스도를 닮은 모습을 표현할 수 있는 으뜸이 되는 선한 행위를 위 구문이 바로 제시하고 있다고 본다. 성경은 이것을 경건한 심성에서 나오는 사람의 모양으로 단정한다. 물론 우리는 하나님 앞에서 마구잡이식의 행위가 중심이 되는 신앙인의 모습을 경계해야만 할 것이다.

살아오면서 나는 어려움 가운데 놓인 고아와 과부를 돌아본 적은 없다. 고아원을 방문해 단체 속에 섞이어 봉사라는 명분을 실천해본 적은 있어도, 남들처럼 특정 고아를 후원해본 경험도 없다. 또한 과부에 대해서는 도움을 주어야 될 만큼 어려운 이들을 만난 적도 없다. 모두가 자기 방식으로 노력하며 삶을 살아가기 때문이다. 더군다나 내가 그들을 도울 수 있는 방법은 물질로도, 마음으로도 그 아무것도 없었다. 그러나 성경은 왜 고아와 과부(역사적으로 성경 시대의 과부는 어려움이 많았음)에 대한 선행의 모습을 자주 언급하고 있는가? 나는 이 부분을 놓고 고심했다. 결국 그 이유를 사람의 가장 근원적인 마음의 움직임 속에서 발견하려고 노력했다.

사람이 부족함을 얻어 부러움을 느낀다는 것, 그것으로 인해 하나님께 복받친 감정으로 신원할 마음의 동요가 발동하는 것, 본인의 의지와 무관하게 세상의 불공정 속에서 참담함을 고뇌해야만 한다는 것, 바로 이것이었다. 평생 있고 없고의 차이를 당해보지 않은 사람은 상대의 마음을 헤아릴 수 없는 것이다. 이 부분에 있어 나 또한 예외는 아니다.

창조주 하나님은 정의와 공평의 하나님이시기에 그분의 눈은 언제나 마음으로 억눌린 자들을 향하신다. 이것이 이 구절에 대한 나의 해석이다.

바울은 세상 유혹 속으로 들어가는 과부들에 대해서도 권면한다. 요즘 시대로 본다면, 그 개념은 더욱 명확해진다. 시대가 변해도 인간의 근성은 결코 달라지는 법이 없다.

부끄럽지만 나는 아직까지 이러한 선행을 실천해본 기억이 없다. 그러나 내가 스스로에게 바라는 점이 있다면, 과부까지는 아니더라도 고아들을 돌아볼 수 있는 결심의 마음을 지닌 사람이 되기를 소망하는 그것이다.

◆ 이 시대를 살아가는 우리는 많은 것을 보고 듣는다. 그러하기에 결국 많은 것을 만들어내지 못한다. 이것이야말로 이 세대의 쇠퇴이자 치명적인 치부이다. 그럼 무엇을 많이 보고 있다는 말이며, 무엇을 많이 듣고 있다는 것인가? 아울러 만들어내지 못하고 있는 것은 무엇이라는 말인가? 그것은 많은 인생들의 생각을 보는 것, 많은 입술의 말을 듣고 있다는 말이다. 이 때문에 저마다의 이념을 만들어내지 못하고 있다는 뜻이다.

나는 위의 생각을 설명하기 위해 바울을 언급하고자 한다. 그는 역사적 시점 속에서 예수 그리스도를 육체로 만난 적이 없는 사람이다. 그러나 그는 자신의 신학적 이념을 세상에서 가장 고차원적이고 아름다운 신앙으로 승화시킨 사람임에는 분명하다. 그의 서신들을 살펴보면 고대 사람이라고는 믿기 어려울 만큼 근대인적인 사고방식을 다양한 곳에서 표출하고 있다. 그의 서신은 많은 신학자들의 연구를 통해 신학의 옷을 입은 것이 아니다. 바울 스스로 애절하면서도 단호한 신학적 이념으로 독창적인 신학 문서를 기록한 것이다.

바울은 지금의 터키 사람이다. 당시 지명으로는 소아시아의 길리기아 지역 사람이다. 혈통으로는 유대인이며, 사회적인 영향력을 행사할 수 있는 보수적 복음주의자를 자처했던 사람이기도 하다. 당시 길리기아가 그리스 문명권에 있었기에 아마도 바울은 고전적인 철학 이념과 유대교적 율법 교육을 함께 받았을 것으로 생각된다. 율법에 대해서는 가말리엘에게서 예언서를 비롯한 율법 해석, 나아가 수사학까지 섭렵했을 것으로 판단된다. 그러나 훗날 바울은 유대 전통인 율법을 비판하며 자신의 신학을 계승해나간다.

나는 시대를 거슬러 올라가 고대 그리스 철학이 세상을 지배하던 그 현장을 경험하고자 한다. 철학과 종교, 무수히 많은 신들이 존재하는 시대였지만, 바울이 살 당시 세상은 많은 것을 볼 수 있는 시대가 아니었다. 아울러 말하는 많은 입술들 또한 다양함을 말하지는 않았던 시대였다. 자신들이 섬기는 신들에 대한 철학적 이념이 전부였을 것이며, 그것들을 찬미하는 시나 노래가 난무했을 것이다. 그러나 오늘날 바울이 오직 예수 그리스도를 표현하기 위해 많은 이념을 그의 서신을 통해 정의할 수 있었던 것은 그가 많은 것을 보고자 한 것이 아닌, 많은 것을 듣고자 한 것이 아닌, 오직 예수 그리스도만을 보고 듣고자 했기에 가능할 수 있었던 것이다.

진정한 가치 하나를 온전한 진리로 붙들고 좇는 이념의 삶은 시대를 뛰어넘어 다양한 것을 만들어낸다. 그것이야말로 사람이 할 수 있는 지상에서의 가장 완벽한 소명이다. 우리는 많은 좋은 것의 홍수 속에서 하나를 사랑하므로 그 하나로 새로운 하나를 만들고, 그 만들어진 하나로 인해 다른 모든 하나들이 생성되는 그러한 이념의 세계를 창조해내야만 한다.

◆ 예수 그리스도는 원수를 사랑하고 나를 미워하는 자에게 선을 행하라고 말씀했다. 또한 나를 저주하는 자를 위해 복을 빌고, 해를 끼치는 자를 위해 기도하고, 심지어 한쪽 뺨을 맞으면 다른 쪽 뺨을 돌려 대라고까지 말씀했다.

가난한 자가 겉옷을 달라고 하면 속옷까지도 주고, 달라는 자에게 묻거나 따지지 말고 건네고, 내 것을 가져가면 쫓아가 되찾으려고 하지도 말고, 남들이 나에게 해주기를 바라는 대로 나도 그렇게 남에게 해주는 사람이 되고, 되돌려 받을 수 없는 돈인 것을 알면서도 꾸어달라는 자에게 돈을 건네주라고 말씀했다. 참으로 어려운 예수 그리스도의 성도를 향한 명령이다. 이러한 모습을 실천할 때 우리는 하늘에서의 큰 상급과 함께 하나님의 자녀가 될 것이라고 예수 그리스도는 말씀한다.

예수 그리스도는 선의지의 과정을 설명하면서 하나의 당위성을 제시한다. 그것은 하나님께서 은혜를 모르는 사람에게나, 악한 사람에게도 인자함을 베푸신다는 것과 하나님이 자비로운 분이시니 너희도 자비로운 자가 되라는 바로 그것이다. 사람으로서 지키기 어려운 부분이니 예수 그리스도는 인생들을 향해 합당한 명분을 제시하신 것이다.

오늘날 나의 모습은 어떠한가. 가난한 사람들과 진정으로 나누는 삶을 살아가는가? 내 힘과 능력으로 어려운 이웃에게 어떠한 도움을 주어보았는가? 하나님도 이러하니 너희들도 이러해야만 한다는 명제는 실존주의자들에는 비난받기에 충분한 발언이나, 나는 하나하나 신한 의지의 사람으로 거듭나기를 간구한다.

◆ 스스로 죄인임을 자복하고 온전한 회개의 길로 나아가는 사람이야말로 자비하신 하나님께 긍휼과 온전함에 이르는 축복을 받은 것이다. 세상 어떤 이들은 자기들만의 숙련된 이념으로 스스로를 의인으로 치켜세운다. 또한 예수 그리스도의 한 번의 대속으로 말미암아 그들은 의인화된

논리를 명분으로 앞세운다.

　사람은 인생의 길을 걸어가면서 수많은 넘어짐 속에 하나님과 동행한다. 고뇌의 수렁에서 또 다른 하나님의 사랑을 체험한다. 이렇듯 조건 없는 사랑을 경험한 죄인이 회개에 이르고, 죄악 된 길에서의 유혹을 스스로 벗어던질 만큼의 고양된 힘을 얻는다면 그는 인간 만사의 모든 좋고 나쁨을 충분히 알게 된 자일 것이다. 그러나 회개 또한 하나님의 선물이다. 아담과 하와를 예로 들자면, 그들은 선악과나무의 열매를 따 먹고 하나님의 위세에 굴복할 수밖에 없었다. 그러나 이들 부부는 결코 후회하거나 회개하지 않았다. 오히려 자신의 아내, 나아가 간사한 뱀을 핑계 삼았다. 에덴동산에서 추방된 이들은 그냥 그렇게 자기 힘으로 생활해나가야만 했다. 이것이야말로 불복종 행위에 의한 인류 역사의 기원이다. 회개는 이렇게 창조의 출발과 함께한 드러나지 않는 관념이다.

　오래전 일이다. 내가 다니는 회사에 타 회사에서 정년으로 퇴직한 이가 입사했다. 그는 작은 키에 점잖은 어른이었다. 나와는 금세 친해졌다. 그는 보청기를 착용해야만 내 말을 쉽게 알아듣는다는 것 외에는 모든 일상에서의 소통이 용이했다. 나는 그를 좋아했다. 그는 유쾌한 사람이었고, 친구였다. 더구나 사회 경험이 많은 진실한 사람이었다. 그는 내 안목에 신실한 사람이었다. 가톨릭 신자였던 그는 퇴근 시간이 무섭게 성당으로 향해 신도들과 기도 모임을 갖곤 했다. 나는 그와 신앙에 관련된 이야기를 나눈 적이 한두 번 있었다. 어느 날, 그에게 "선생님의 신실한 모습을 보면 저도 도전이 되고 선생님처럼 열심히 신앙생활을 하고 싶습니다."라고 말했다. 그러자 그는 신앙생활을 지속하고, 이렇게 기도회 모임에 적극적으로 참여하는 이유는 자신의 죄를 회개하기 위한 행동이라고 나에게 설명했다. 그의 말인즉슨, 공무원으로 근무하면서 정년 전까지 해외 출장을 삼백여 회를 다녀왔다고 했다. 그렇게 한 번씩 해외 출장을 나갈 때마다 술과 여자에 미쳐 온갖 추악한 행위를 모두 경험하고 다녔다고 말했다. 심지어 중국 상하이에서는 이 여자 저 여자와 재미를 보다가 그만 술에 만취가 되었고, 현금을 찾지 못해 야쿠자 사무실로 끌려가 장기 적출을 당할 뻔했던 일화도 이야기해주었다. 더구나 태국이나 필리핀과 같은 동남아 지역 출장을 떠나면 남자 한 사람당 미모의 여성 서너 명을 거느리고 호텔 방에서 무분별한 성행위를 자행했다고 설명했다. 동남아를 가본 적이 없는 나로서는 상상이 안 가는 말이었다. 그는 나에게 서너 번 이러한 이야기를 들려주면서 이것보다 더 심각한 이야기가 많지만, 지금의 자신의 행실에 있어 굳이 덕이 되지 않는 이야기니 삼가겠다고 말하곤 했다. 그의 이야기를 들을 때면 나는 그가 행하는 신앙과 회개에 대해 납득의 개념을 갖고 그를 이해할 수 있었다. 그의 모습은 온전했다. 회개에 임하는 모든 정신이 하나님 앞에 신실했다.

회개하는 자는 돌아가는 자다. 올바른 길, 하나님과 자신에게로 돌아오는 자 말이다. 인간이 죄를 범하는 것은 원론 상으로 타락의 징후는 아니다. 죄를 지었다고 슬픔이나 죄책감에 사로잡혀 스스로를 자책하고 지낸다면 테슈바(회개)의 진정한 실현을 이루었다고 볼 수 없는 것이다. 사실 인간의 죄와 회개의 문제는 하나님께서만 판단하실 수 있는 영역이지만, 가학적 초자아나 자기학대적인 모습은 유대교의 관습적인 회개의 목적과는 거리가 멀다. 나는 회개의 개념에 있어서는 구약의 당위성을 충실히 따르는 유대교의 전승이 어느 정도 그 관념에 있어 바른 명분을 제시한다고 대학생 시절부터 생각해왔다. 이것은 예수 그리스도 시대까지도 변함은 없었다. 사실 예수 그리스도가 제시한 회개의 개념도 이러한 전승 사상을 결코 무시하지는 않았다. 하지만 유대 사상에 있어 대속의 개념은 그들이 지닌 회개의 본질을 매우 혼탁하게 만드는 충분한 요소가 되었을 것이다. 이 중간은 많은 차이가 형성된다.

나에 대해 고찰해본다. 죄 많은 나는 얼마나 진실하고 부지런히 회개의 문을 두드리며 살아왔는가? 과연 나의 삶 속에 고착화된 악습은 회개를 통해 승화된 변화를 이루어 왔는가? 공무원이었던 동료가 수많은 서양 여성들을 겁탈하던 과거를 진실로 회개하고, 매일 저녁 쇠고랑을 찬 사람처럼 지친 몸으로 교회를 나가는 것과 내가 매일 저녁 책상에 앉아 성경을 필사하는 것, 무엇이 다르겠는가 말이다. 오늘도 회개의 마음이 요동친다.

◆ 안식일을 맞아 예수 그리스도는 회당을 찾았다. 예수는 설교했고, 모인 사람들 중에는 오른손이 오그라든 이도 있었다. 사람들은 모두 자리에 앉아 예수 그리스도의 말씀을 경청했다. 손이 오그라든 사람도 치유하고자 하는 간절한 희망을 품고 앞줄을 차지하고 앉았다. 그는 예수 그리스도가 자기를 불러 줄 기회만을 기다렸다. 나도 어렸을 때 손이 오그라든 사람을 본 적이 있다. 내가 본 오그라든 손은 일반적인 다른 쪽 손에 비해 성장이 멈춘 듯 작고 말라 있었다.

그럼 성경으로 돌아가 보자. 이날 회당에는 바리새파 사람들과 교법사가 예수 그리스도가 하는 일에 빌미를 잡고자 설교를 경청하고 있었다. 당시에는 예수 그리스도가 많은 병자를 치유하고 다닐 시기였고, 더구나 안식일이었던 그날 회당 안에 있던 손이 오그라든 사람은 바리새파 사람들과 교법사에게 좋은 기회를 제공하는 이용거리가 되었을 것이다. 그들의 생각을 알고 있었던 예수 그리스도는 손이 오그라든 사람을 앞으로 불러냈다. 그 사람의 손을 고치기 전에 먼저 안식일에 선한 일을 하는 것이 옳은가? 아니면 악한 일을 하는 것이 옳은가? 사람을 살리는 것이 옳은가? 사람을 죽이는 것이 옳은가? 모인 사람들을 향해 여쭈었다. 아무도 대답이 없었다. 사람들을 잠시 둘러 본 예수 그리스도는 손이 오그라든 사람에게 손을 펴라고 명했다. 그러자 즉시 그의 오른손이 회복됐다. 그 광경을 지켜본 바리새파 사람들과 교법사는 크게 화를 내며 예수 그리스도를 죽이고자 그 자리에서 의논하기 시작했다.

나는 이날 사건을 통해 많은 것을 생각한다. 위에서 언급했듯이 어렸을 때 나는 손이 오그라든 사람을 실제로 본 적이 있다. 얼핏 보기에도 여느 사람의 손과는 전혀 다른 손 모양이었다. 그러한 사람의 손이 많은 사람들 앞에서 치유받은 것이다. 의심할 아무런 여지가 없었다. 당시 이스라엘에는 병을 치료한다는 이적이 선지자를 통한 전설로 전해지는 것 외에는 주술적 개념만 난무하던 시절이었다. 그러한 환경 속에서 살아온 바리새파 사람들과 교법사가 눈앞에서 본 광경은 그들에게 어떠한 의미로 다가왔을까? 무엇이 이들을 그리도 고집스러운 사람으로 만들었을까? 무엇이 이들의 양심을 비뚤어진 심사로 붙들고 있었는가 말이다. 예수 그리스도이기에 가능했던 부분이지 그 시대에 어느 누가 이러한 이적을 베풀 수 있었겠는가. 사백 년 동안이나 하나님의 계시가 없던 시대가 있었다. 그 시대에 누가 그렇게 앉은 자를 일으키고, 소경의 눈을 뜨게 하고, 죽은 자를 살릴 수 있었겠는가 말이다.

바리새파 사람들과 교법사는 역으로 이해할 때 큰 은혜, 선택된 자리에 초대받은 사람들이나 다름이 없었다. 하지만 독단적인 그들의 아집은 끝내 그 신령스러운 장소를 살인을 공모하는 자리로 만들고 말았다. 믿음은 오로지 하나님께서 은혜로 주시는 선물이다.

◆ 하나님을 경외하는 그리스도인이 그분을 향한 순종의 발로로 드릴 수 있는 것 중, 물질에 입각한 유일한 것을 꼽으라면, 나는 그것을 헌금이라고 생각한다. 즉, 돈이다. 어린 시절 나의 헌금은 천 원이었다. 주일 아침이면 어머니께서 손수 챙겨주시는 천 원의 헌금. 나는 그 헌금으로 종종 도넛을 사 먹곤 했다. 이러한 사실을 알게 된 어머니는 회초리를 들고 나를 꾸중하셨다. 여담이지만, 어린 시절 나는 부모님께 많이 맞고 자랐다.

당시 교회 내에서는 예배 중간에 '연보 바구니'를 돌리며 성도들에게 헌금을 받았다. 요즘은 이러한 방식으로 헌금을 받는 교회가 많지 않은 것 같다. 어느 날부터인가 예배당 초입부에는 나무로 만든(오히려 성경적) 연보함이 놓였다. 편리함 때문에 바뀌게 되었는지, 아니면 호주머니에서 돈을 꺼내게 만드는 행위에 좋지 않은 시선이 부가되어 바뀌게 되었는지 알 길은 없다. 하지만 시골 교회에서는 지금까지도 연보 바구니를 돌리는 예가 적지 않다. 사실 이러한 광경은 정겨운 모습이다.

내가 어릴 때 부모의 믿음이 좋은 집안 아이들은 헌금에 대한 교육을 따로 받고 자랐다. 그것은 주일 전에 미리 헌금을 받아 곱게 보관하는 일이었다. 어린 시절 나는 부유하게 성장했어도 부모에게 따로 용돈을 받아 써본 기억은 없다. 필요에 따라 그때그때 충족되었기 때문이다. 하지만 당시에도 돈에 대한 개념을 자녀에게 정립시키고자 하는 부모들은 어린 자녀에게 용돈을 주고, 그 용돈 안에서 헌금의 분량을 반강제적으로 책정해 떼어놓도록 교육했다. 지금 생각해보면 현명한 교육 방식이었다. 이러한 부모의 의지는 자녀에게 있어 경제관념은 물론이거니와 하나님 경외함에 대한 실천적인 교육이 되었을 것이다. 자녀 교육에 있어 부모로서는 얻는 것이 많았으리라고 본다.

바울은 갈라디아 지역에 있는 여러 교회에게 헌금에 대해 언급한바 있다. 아울러 고린도 교회에도 헌금에 대한 견해를 서신을 통해 밝히고 있다. 바울이 말하는 것은 수입의 일부를 매주 첫째 날 별도로 떼어 모아 두어 바울 자신이 그곳에 방문했을 때 성급히 헌금을 모으느라 성도들이 애쓰는 일이 없도록 미연에 대비책을 강구하는 의미의 헌금이었다. 더군다나 그는 교회에서 성도들이 애써 모은 헌금을 받는다는 것에 대해서도 스스로 누가 된다고 여기는 사람이었다. 성도들이 돈을 모으고자 이리 뛰고 저리 뛰는 모습을 보면 심적으로 많은 부담감을 느낄까 싶어 이러한 이야기를 했을 것이라고도 판단된다. 주일 아침에 내는 헌금의 개념과는 다소 다른 부분도 있지만, 헌금을 충성스럽게 내지 못하는 삶을 살아온 나로서는 부끄러울 따름이다.

◆ 에베소에는 철학적 개념, 신종교적인 개념에 빗대어 바울에게 반기를 든 사람이 많았다. 그러나 바울은 이러한 문화적인 양상으로 말미암아 "에베소에는 복음 전할 수 있는 길이 활짝 열려 있다."라고 확신했다. 그렇다. 사명을 지닌 이들에게는 모든 환경이 최적의 요소가 된다.

◆ 예전에는 가보고 싶은 성지순례 장소 우선순위로 이스라엘을 꼽았다. 적어도 그리스도인이라면 이스라엘 정도는 다녀오고, 성경 속 배경의 착상을 적절히 뇌리에 각인시켜야만 성지순례를 다녀왔다고 말할 정도가 되었을 것이다. 어느 때부터인가 이러한 순례 여행은 테러로 말미암아 이스라엘에서 터키로 그 경로가 바뀌게 되었다. 결국 터키도 안전한 나라는 못 된다는 판단에 오히려 중세의 지독했던 영적 전쟁의 발상지였던 이탈리아나 독일(종교개혁)로 성지순례를 다녀오는 이들이 넘쳐나기 시작했다. 최근에는 성지순례와는 거리가 멀지만 바울의 행보와 같이 오히려 타신을 섬기는 종교 국가로 그 발걸음을 달리하고 있는 추세이다. 미얀마나 몽골 같은 국가가 대표적이다.

성지순례의 장소가 변화하고 있는 추세라면, 나는 러시아 정교회가 전체 인구의 약 75%를 차지하는 러시아로의 순례를 적극 추천한다. 전도 여행의 개념이다. 그러나 이곳은 다소 위험할 것으로 생각된다. 아직 러시아로 선교를 떠나는 교회를 본 적은 없지만 한국 기독교의 러시아 선교는 그 역사가 깊다.

◆ 나는 신학을 공부한 사람은 아니지만 성경적 가치관, 성경적 세계관에 대해 논할 때면 언제나 청교도적인 복음주의야말로 이 세대에게 있어 가장 필요한 이념이자 처음과 나중이라고 주장한다. 성경은 해석에 앞서 그 심연(성경은 생명과 운동력을 지녔기에)에 흐르는 가치관을 정확하게 들추어내는 작업이 필요하다고 본다. 하지만 최근 자유주의 신학자들은 이러한 가치관을 그들의 지식이라는 세상 도구를 이용해 신학 외에 또 다른 개념적 학문으로 정립하려는 태도를 보인다. 그러나 결코 새로운 것은 없을 것이다. 과거의 이념을 그대로 답습할 뿐이다. 그들에게 복음주의는 다소 유치한 것이며, 식상한 것이 된다. 그러나 그들이 정립하려는 텍스트는 오로지 종교적 안목에 기인한 과거의 이념을 이 시대의 텍스트와 결부시키려하는 서속한, 시대에 뒤떨어진 행위이다. 최근 이들에게서 주제가 되고 있는 유대교 경건주의를 표방하는 신앙 운동은 교수들 여럿이 모여 연구되어져야 할 부분은 아니라고 본다. 그렇다면 이러한 부분을 문제 삼아 유대교 경건주의자들의 행위를 살펴보자.

나는 탈무디스트(Talmudist)에게서 배울 수 있는 것이란, 오로지 계승되고 전수된 토라 스크롤(Torah Scroll)을 만드는 거룩한 이념적 구습 행위 외에는 아무것도 없다고 본다. 나는 십 대 시절부터 이 행위를 지금까지 지속해오고 있다. 그것은 이 시대, 이 세대를 살아가는 나에게 있어서는 선인들의 관습에 기인한 학습 활동이자 반복적 요소일 뿐이다. 또한 그들이 주장하는 기독교 인문주의라는 용어도 나는 오로지 복음적 가치관에서 파생된 거창한 수식어로 여긴다. 성경은 인문주의의 원론이 된다. 그래서 성경에 인문주의를 얹으려 하는 행위는 결국 혼선된 이데올로기적 가치관을 이 시대에 안착하고자 하는 지적 야망에 불가한 것으로 판단한다.

예수 그리스도가 천사의 연못에 들어가기를 갈망하는 삼십팔 년 된 병자를 고치기 위해 홀연히 병자들 틈으로 걸어가 그를 일으켜 세우신다. 성경적 세계관은 성경 속에 모든 것이 담겨 있기에 '세계관'이라고 명칭한 것이다. 누가 지었는지 참 좋은 말이다. 이 시대를 사는 우리는 무엇을 해야만 하는가? 유대교 경건주의자들의 토라 연구법을 분석하며 이 세대를 비판하겠는가? 예수 그리스도가 병자와 이야기하고 거지를 먹였던 일이야말로 이 시대의 자유주의 신학자들이 매일 실천해야만 하는 가장 크고 방대한 연구 과제인 것이다.

◆ 예수 그리스도의 부활 속에서 그리스도인은 세상에서의 최종적인, 바라는 모든 소망의 진실을 발견할 수 있다. 부활이라는 것은 하나님을 믿는 자들에게 있어서는 세상을 향한 가장 큰 비밀을 담고 있는 사건이다. 이 시대에 이르러서는 역사적인 거룩한 증표가 된다. 마지막 날, 그리스도 재림의 나팔소리가 울릴 때 우리가 단번에 변화되는 그것은 십자가의 도와 밀접하게 연관지어 볼 수 있다. 심지어 죽은 자가 흠 없는 자로 변화되어 일어나는 현상은 부활 예수의 구원 사업에 귀속된다.

육신의 변화는 하나님 당신께서 거룩하시기에 우리가 갖추어짐의 옷을 입는 과정을 거친다. 썩어질 몸은 영원히 썩지 않을 몸을 입어야 하고, 죽어질 몸은 영원히 죽지 않을 몸을 입어야 한다고 성경은 명시한다. 절대적인 거룩함을 지닌 하나님 앞에서 사람의 살과 피로는 결코 하나님 나라를 상속받을 수 없다.

육신을 가지고는 결코 하나님 앞에 나아갈 수도 없다. 하나님은 육이 아니시다. 굳이 차원을 논한다면, 우리는 육신을 입고 매일 조금씩 죽음으로 다가서는 썩어져가는 형상을 붙들고 있지만, 하나님은 측량할 바가 못 되는 우주의 주관자이시다.

그의 나타나심은 빛이요, 손으로 만지고 싶어도 만져질 수 없는 영혼의 존재이다. 하루를 씻지 않으면 냄새나고, 죽은 후 하루가 지나면 몸에 벌레가 생기는 육신을 입은 우리 인간에게 예수 그리스도의 부활이 없었다면, 우리는 아프리카의 원숭이나 개울가의 물고기와 다를 바가 없었을 것이다.

예수 그리스도의 십자가의 도를 믿는다는 것은 인간에게 있어 고차원적인 것이나, 우리는 모두가 십자가 안의 사람들이요, 모든 세상, 천하 만물이 십자가를 분명하게 인식하고 있다는 사실을 기억해야만 한다. 천하만물이 인식하는 그 인식은 다름 아닌 십자가를 모르는 것이 아닌, 외면하는 그것이다.

◆ 하나님과 온전하게 동행했던 사무엘과 다윗. 하나님과 함께했던 이

들의 삶은 드라마틱한 대역사였다. 사무엘은 엘리 가정에서 길러지며 어렸을 때부터 하나님 제단 섬기는 일을 배우고 익힌 선지자였다. 하나님을 경외하는 것에 있어 조기교육을 가장 잘 받은 대표적인 인물이라고 생각한다.

엘리 제사장의 두 아들인 홉니와 비느하스는 불량배였다. 이들은 실로에 사는 백성이 고기(번제물)를 가지고 제단 앞에 나아오면 제사장의 시중 보는 사람을 시켜 커다란 삼지창으로 냄비나 양푼, 가마솥에 찍어 넣어 나오는 고기는 무조건 제사장 몫으로 돌리게 했다. 제단 앞에 선 사람이 고기의 기름을 떼어내고 나머지 살코기를 불살라 하나님께서 흠향(歆饗)하시도록 하고자 하면, 제사장은 생고기를 좋아하니 제사는 나중에 드리고 불사르기 전에 좋은 부위의 고기부터 먼저 제사장 몫으로 주고, 나머지를 가지고 제사를 지내라며 백성들의 제물을 강탈했다. 어떻게 어린 사무엘이 이러한 자들과 함께 생활하면서 불량한 영향력을 전혀 받지 않았을까? 하나님께서 크게 지키고 보호하셨던 것이었을까? 나는 이들이 어린 사무엘과의 나이 차로 인해 부딪칠 일이 거의 없었을 것으로 추측한다. 다시 말해 도적질과 계집질에 파묻혀 사무엘과 같은 어린아이는 신경쓸 겨를도 없었을 것이다.

사무엘이 하나님과 동행한다는 것을 알았다면 그들은 사무엘에게 해코지를 했을는지도 모르는 일이다. 하나님에 대한 두려움도 없지만, 요나보다 더 큰 질투를 냈을지도 모르는 일이다.

사무엘과는 반대로 다윗의 인간적인 면모는 성경 이곳저곳에서 많이 등장하지만, 결국 하나님을 향한 그의 성실한 사모함이 하나님과의 동행을 가능하게 만들었다. 다윗은 모든 것에 있어 하나님을 경외했다. 심지어 그는 삶 속에 녹아 있는 단점들까지 하나님을 경외하는 그 회개 속에서 풀어나가려고 애를 썼다.

사람의 의지로는 하나님을 만날 수 없다. 하지만 사람이 사모하는 마음으로 말씀 속을 두드린다면, 하나님은 다윗과 같이 분명히 그 사람을 만나주실 것이다.

◆ "너희 중에 누구든지 살인이나, 도적질이나, 악행이나, 남의 일을 간섭하는 자로 고난을 받지 말려니와 만일 그리스도인으로 고난을 받은즉 부끄러워 말고 도리어 그 이름으로 하나님께 영광을 돌리라. 하나님 집에서 심판을 시작하는 때가 되었나니, 만일 우리에게 먼저 하면, 하나님의 복음을 순종치 아니하는 자들의 그 마지막이 어떠하며, 또 의인이 겨우 구원을 얻으면 경건치 아니한 자와 죄인이 어디 서리요. 그러므로 하나님의 뜻대로 고난을 받는 자들은 또한 선을 행하는 가운데 그 영혼을 미쁘신 조물주께 부탁할지어다."

"성도는 사람을 죽이거나, 도둑질하거나, 악행을 저지르거나, 쓸데없이 남의 일에 참견하는 것으로 헛되이 고난을 겪는 일이 없도록 해야만 한다."라고 베드로 사도는 말한다. 나아가 그리스도인이라는 이유만으로 고난을 겪는다면, 조금도 부끄러워 말고 당당하게 하나님께 영광을 돌리라고 권면한다.

하나님의 심판이 믿는 우리로부터 먼저 시작된다면, 의인이 겨우 구원을 얻는 것이 된다면, 복음에 순종치 않는 불신자들에게 있어 심판이란, 처절한 두려움이 될 것이다. 더군다나 믿는 사람들마저도 어렵게 구원을 받는다면, 경건치 못한 이들과 죄인들이야말로 어떻게 그들의 말로를 구원이라는 명분으로 보장받을 수 있겠는가 말이다.

피조물인 사람은 하나님 앞에 미약한 존재이다. 구원 앞에서 내세울 만한 것이 아무것도 없다. 우리는 그저 고난 가운데 확신과 소망을 두고 선한 본분을 끝날까지 지속해나가는 것뿐이다.

◆ 예수 그리스도는 바리새파 사람들을 두고 외식(外飾)하는 자들이라고 질책했다. 바리새파 사람들도 경이롭고 찬란한 그들의 삶에 있어 예수 그리스도를 통해 외식이라는 말을 가장 많이 들어보았을 것이다. 바리새파 사람들은 유대 경건주의 신봉자들로서 그리스도 이전부터 이스라엘 고유문화의 붕괴를 우려한 민족주의자들이었다. 이들은 그리스 로마의 헬레니즘 문화를 배척함과 동시에 모세오경(Torah)의 문자적 · 실천적 전승을 매우 중요시했다. 오늘날 유대교 신학의 계승은 이들의 지고(至高)한 공덕이라고 나는 생각한다. 시대적으로 이들은 유대교의 경건주의 분파에 속해 중간계급 평신도 경건주의를 표방하던 자들이었다. 이들은 천사와 부활이라는 부분에 대해서도 긍정적으로 수용했다. 바리새파 사람들은 신약성경에 언급(예수의 질책)되고 있는 모습으로 인해 기독교 내에서는 부정적 인식이 강하다. 내가 언급하는 부정적 인식이란, 학자들이

논하는 유대교의 구원론에 입각한 사실을 말하는 것이 아닌, 일반 성도들이 인식하는 스스로 된 거만함의 개념이다. 그러나 초대 교회 이후 시대 성도들의 경건 생활에 있어서 이들이 큰 기여를 한 것만은 사실이다. 이것은 어디까지나 초대 교회로만 국한되는 부분이다.

나는 바리새파 사람들의 외식의 형성 과정을 완성된(정립된) 율법에 기인한 지적 교만에 의함이었다고 생각한다. 나아가 이들은 자신들의 전승 사상을 엄격히 준수한다는 철저한 교육적 성과에 힘입어 대부분 바리새파 사람들이 자신들의 위상, 마음에 존경의 그릇을 차고 다녔던 것이다. 그들은 사람들에게 인사를 받거나 존경받기를 원했다. 스스로 선생의 직함을 자처했다. 예수 그리스도 입장에서는 집주인도 아닌 세입자들이 서로 집 벽을 허물고 다시 세우는 것을 두고 의견 대립하는 것을 보고 "다들 내 집에서 나가!"라고 여기는 것과 같다고 볼 수 있겠다. 예수 그리스도는 율법의 주인이기 때문이다.

현대 사회는 다원화되었다. 수많은 인종, 문화들, 지식들, 정보들, 현상들, 이념들, 가치관들까지 방대하나. 이러한 다양함 가운데 사회가 인간에게 제시하는 최고의 이념은 '인격'이다. 바른 사람, 훌륭한 교육을 받은 사람, 잘 갖추어진 사람 말이다. 이러한 사람만이 온전히 대접받고 사는 시대에 사람들이 가장 쉽게 할 수 있는 것이 있다면 바로 스스로 포장하는 것이다. 즉, 외식이다. 사람들은 자신을 감추고 알고 있다고 양심이 말해주는 좋은 것으로 옷 입는다. 가진 자로, 배운 자로, 유쾌한 자로, 온유한 자로, 온정이 가득한 자로, 성품이 곧은 자로, 강한 자로, 믿음이 좋은 자로, 선행을 베푸는 자로, 사랑이 많은 자로, 때로는 약한 자로, 소유함이 없는 자로, 슬픈 자로 외식한다. 종교인들도 다를 것은 없다. 물질론에 있어 근본이 다른 기독교와 불교만을 봐도 구원론과 해탈에 있어 물질 관념은 지극히 상반된다. 사실 이 부분에 대해서도 나는 분명한 소신을 지니고 있지만, 내용이 너무 깊어 굳이 이 글에 진술하지는 않으려 한다.

시원한 바람이 분다. 여름이 다 지나갈 모양이다. 야근을 마치고 아침 일찍 귀가해 키우는 오골계에게 잡곡을 갈아주었다. 짐승도 사람 정이 그리웠는지 '구구' 하며·나를 알아본다. 도올 김용옥 교수의 『계림수필』을 읽고 나도 그이처럼 닭을 키워보고 싶다는 생각을 했던 것이다. 물론 그의 수필집은 닭 키우는 내용의 책은 아니었다. 닭을 키우며 얻은 지혜를 세상을 관조하는 시대정신으로 승화시켜 해석한 고차원적인 물음과 고뇌였다. 나는 가축의 근본이 되는 닭을 통해 좀 더 인간다운 삶의 환경을 구성하고 싶다는 생각을 했다. 그것은 시골 사람들의 모습, 전원으로의 귀의(歸依), 이상적인 평온한 삶에 대한 동경의 의식이라고 여겼다. 저 녀석이 내 아들로 태어났다면 더 좋은 것으로 줄 수 있었을 텐데 생각했다. 나도 닭으로 태어날 수 있었다는 운명, 예정론에 준수해 하나님의 사람으로 태어남에 은혜를 느꼈다. 나와 닭과의 오늘의 만남은 예정론을 들먹이며 서로를 연민으로 바라보는 것으로 끝이 났다.

창밖을 바라보았다. 날이 서늘해서인지 참새가 유난히도 많다. 외식함에 대해 생각했다. 나는 외식함이 서린 자인가? 나는 직설적이고, 장난치기를 좋아하고, 욕을 잘하며, 인생에 있어 실수와 처절함이 많다. 숨길 것도 없이 모든 것이 온전하게 그대로 드러나는 사람이며 또한 괴팍하다. 어머니 말씀으로는 착하면서도 어릴 때부터 말을 잘했고, 첫돌 지났을 때

전축(오디오) 재생 신호가 세 번 깜빡이고 점등되면 내가 눈을 세 번 깜빡이고 길게 눈을 뜨다가 감았다고 한다. 이 모습을 보고 주변 어떤 이는 "아기가 너무 영리해 잘 키우지 못하면 훗날 지능범이 될 수도 있으니 조심히 키워라." 하는 말까지 했다고 한다. 요즘 시대에서는 큰일 날 소리이다. 초등학생 때는 미운 자식 떡 하나 더 준다는 담임 선생님의 가르침에 손들고 일어나 "우리 시대에는 예쁜 자식 떡 하나 더 주지, 절대로 미운 자식 떡 주는 시대가 아닙니다."라고 말해 담임한테 명분 없는 회초리질을 당하기도 했다.

나는 지능범이 되지는 않았지만 처참한 사람은 되고 말았다. 나를 아는 여럿의 사람들은 나를 세상에서 가장 어리석은 놈으로 여길지도 모른다. 만약 내가 이 세상을 바리새파 사람처럼 살았더라면 오늘의 내 모습은 어떠했을까? 진정한 사유(思惟) 없이는 그것도 힘들었을 것이다.

◆ "감추인 것이 드러나지 않을 것이 없고 숨은 것이 알려지지 않을 것이 없나니, 이러므로 너희가 어두운 데서 말한 모든 것이 광명한 데서 들리고, 너희가 골방에서 귀에 대고 말한 것이 집 위에서 전파되리라."

위의 구문은 마지막 때 그리스도의 재림하심과 깊은 연관이 있다. 그러나 나는 이 구절을 좀 더 현실적인 일상에 적용해보고자 한다. 물론 위의 구문과는 다소 빗나간다.

개인적으로 생각건대 세상을 움직이는 모든 모사와 그 원동력, 위대한 창작의 결과물은 골방에서부터 이뤄지는 것이다. 홀로 앉아 선인과 대화하고 세상을 향해 원대한 포부를 품을 수 있는 것이야말로 모든 경이로운 탄생의 출발이자 마지막이다. 찰스 디킨스(Charles John Huffam Dickens, 1812~1870)는 시궁창 속 철장 위로 보이는 별을 보며 척박함 속에서의 모사로 세상을 끌어안고자 하는 포부에 대해 언급한 바 있다. 아마도 그는 성경의 이러한 구절을 개념적으로 이해하고 있었는지도 모른다.

예수 그리스도시여, 속히 오시옵소서! 세상 모든 감추인 것, 거짓으로 인해 드러나지 못했던 모든 비밀을 주님 오심으로 이 땅 위에 나타내소서!

◆ "사람이 너희를 회당과 정사 잡은 이와 권세 있는 이 앞에 끌고 가거든 어떻게 무엇으로 대답하며 무엇으로 말할 것을 염려치 말라. 마땅히 할 말을 성령이 곧 그때에 너희에게 가르치시리라."

예수 그리스도는 성도가 하나님을 섬김으로 회당이나, 위정자들이나, 권력자들 앞에 끌려가게 되면 그때 무슨 말로 자신을 변호할까 염려치 말라고 말씀했다. 그 이유는, 성령께서 끌려간 성도가 마땅히 해야 할 말을 일러줄 것이기 때문이다. 이 구문을 읽고 큰 은혜를 경험한다.

믿는 자가 회당이나, 위정자들이나, 권력자들 앞에 붙잡혀 간다는 말은 곧 순교를 뜻한다. 그때 성도는 배교할 수도 있고, 예수를 부인할 수도 있다. 하지만 변호할 말을 생각하기 전에 성령이 마땅히 해야 할 말을 일러주신다는 것은 순교의 순간에 성령께서 두려워하는 우리 마음에 큰 담력을 주사 성령의 감화로 담대하게 예수 그리스도를 증거하고 순교할 수 있는 세상 그 어떠한 마음도 할 수 없는 큰 용기로 위로하신다는 것이다. 그것이야말로 부드러운 그분의 손길로 우리의 눈물을 닦으시는 안위함이다. 이러한 위대함을 어떠한 말로 표현하랴. 그러므로 예정된 구원 앞에 순교의 영광으로 주의 상급을 받게 하려 하시는 무한한 그분 은혜의 비밀이 나타나는 것이다. 믿는 자가 스스로 죽을 용기가 없어도 하나님은 그를 건지시고자 담대히 증거하고 죽을, 마음의 큰 사랑을 주신다는 것이다. 나는 위의 구절을 이렇게 이해한다.

◆ 예수 그리스도는 "너희 목숨을 위하여 무엇을 먹을까 너희 몸을 위하여 무엇을 입을까 조금도 염려하지 마라."라고 말씀하셨다. 오늘은 2012년 8월 3일 무더운 한여름 밤이다. 그간의 세월 속에서 나는 얼마나 많은 염려를 하고 살아왔던가. 그렇다고 그 염려대로 해결된 것 또한 무엇이었을까? 그렇다. 아무것도 염려치 말았어야 했다. 물론 당시에는 힘들고 괴로운 일들이 많았지만 달리 생각해보면 먹고 입는 것과는 모든 것이 별개의 부분이었다는 것을 깨닫는다. 내가 만약 미래를 예견하는 사람이라면, 정말로 아무것도 염려치 말고 살아올 걸 그랬나 싶다. 사람은 누구나 먹고 사는 문제가 해결되지 않으면 그의 환경에 있어 가장 나중으로 무너지는 것이 신앙이다. 그러나 다른 관점으로 보면 그 마지막이라는 신앙으로 붙들고 일어서는 사람도 많다. 일반적으로 교회 내에서 믿음이 좋다고 말하는 사람을 일컫는 것이겠다.

오늘 우연히 은퇴 목회자, 또는 지하나 상가 개척교회 목회자들의 눈물을 보았다. 한 목회자는 삼십 년 이상을 하나님을 위해 헌신했지만, 결국 돌아온 것은 독거노인이 된 현실 속에 월 이십만 원 정부 보조금으로 살아가는 암담함뿐이었다. 그는 견딜 수 없다고 울부짖으며 신앙심마저도 흔들리고 있다고 말했다. 가슴 아픈 현실이었다. 그런 분들에게 올리브 종지로만 연명하며 수도했던 성 필립보 네리(San Filippo Neri, 가톨릭 오라토리오회 창시자, 1515~1595)와 같이 살아가라고 말할 수는 없는 것이다. 필립보 네리는 매우 긍정적이고 낙천적인 사람이었다. 그는 온종일 올리브만 먹고도 지나는 길가에 아이들을 보면 찬송하면서 그들과 놀아주고 복음을 전했던 사제였다. 이것은 타고나는 은혜라고 본다.

내가 자세한 말로 떠들 수는 없지만 이스라엘 민족, 유럽 민족, 미국 민족들보다 십자가 세우는 것에 열정적인 한국 교회의 제도(구조적 문제와 포화)에 있어 이러한 사역자들이 속출되어서는 안 된다고 보는 것이다. 예수 그리스도가 언제 오실지는 아무도 모르는 것이지만, 앞으로 미래의 개혁은 통합 목회와 자비량 선교의 개념으로 치닫게 될지도 모른다.

◆ 군중 앞에서 말씀을 마친 예수 그리스도 앞에 한 바리새파 사람이 다가왔다. 그는 자기 집에서 음식을 대접하고 싶다며 예수께 청했다. 신약성경 대부분에서 명시하고 있는 것처럼 예수 그리스도는 바리새파 사람이 초대하는 식사 자리는 마다함이 없으셨다. 그 이유는, 결국 성경을 완성하고자 하신 예수 그리스도의 원론적인 깊은 뜻이 있었기 때문이었다.

바리새파 사람, 무명의 그 바리새파 사람은 성경 즉, 예수의 가르침으로 기록되기 위해 준비된 자였다. 바리새파 사람으로서 예수를 자신의 집으로 초대한 이들 대부분은 부자였다. 아니, 모든 이들이 부자였다. 부자가 세상으로부터 이목이 쏠리는 사람을 자신의 집으로 초대하는 관례는 지금도 많은 곳에서 이뤄진다. 유명인이 온다면 그들은 유명인과 함께 시간을 보내고자 저녁 파티를 준비한다. 그 접대는 물질적으로 여유 있는 사람이 주로 맡는다. 굳이 파티가 아니더라도 가벼운 술자리 정도를 준비할 수도 있다. 그것은 연령층에 따라 다르다. 유명인이 점잖은 대학교수라면 초대하는 사람도 그 격식에 맞는 구색을 갖출 것이고, 어린 연예인이라면 클럽이나 바를 빌려 젊은 사람들끼리 모여 추억을 만드는 경우도 많다. 그리곤 자신의 친구들을 초대해 유명인과 함께 어울리고 식사를 나누며, 마지막 잠자리의 경우 유명인이 호텔 예약을 하지 않았다면 자신의 집으로 초대하는 예도 흔하다. 굳이 기독교의 관례를 언급한다면, 부흥 목사가 해외로 초청 설교를 나갔을 때 설교 후, 예정된 수석 장로의 집으로 초대되어 저녁을 함께하는 것과 같은 맥락이다. 이것은 어디까지나 보편적 부자들의 특징이다. 나는 성경에 등장하는 바리새파 부자들의 이야기를 대할 때면 위와 동일한 상상을 할 때가 많다. 시대가 변해도 사람의 습성은 결코 변함이 없는 것 같다.

성에서 바리새파 부자가 유명한 예수를 자기 집으로 초대해 함께 식사하고자 함은 예수의 흠을 잡기 위함도 타당한 해석이지만, 나는 조금 다른 시각으로 이들의 마음을 관조한다.

바리새파 부자들은 예수라는 유대교 전승 사상에 어긋나는 대인인 예수를 초대함으로써 동일한 유대 교도들에게 있어 우월함을 과시하고자, 동시에 그들에게도 당위성을 만들어 함께 예수를 모사하고자 멍석을 만들기 위함이었을 수도 있다고 본다. 더 직관적으로 해석하자면 호기심과 신기함 때문이었을 것으로도 본다. 예수와 대화하면서 베일에 싸인 예수라는 사람의 실체도 알고 혹, 도움이 될 만한 진리라도 설파된다면 들어 손해 볼 일 없고, 그러다 자신들의 전승 사상과 도에 어긋나면 가차 없이 비방하기 위함이었을 수도 있다. 그렇지만 가장 유력한 이해는 호기심이었다고 본다. 오늘날 부자들과 근본이 다르지 않다. 단, 그가 유대교 전승 사상을 지극히 추앙하는 괴수(나의 입장에서)라면 다소 입장은 달라질 수 있다. 그러나 부자는 어디까지나 부자의 동일한 습성이 있다는 것을 나는 안다.

예수 그리스도가 바리새파 사람의 집으로 들어와 식탁에 앉았을 때 초대한 바리새파 사람은 예수가 손을 씻지 않는 모습을 보고 놀라움을 금치 못했다. 손을 씻는 것은 그들의 전승 사상이자 율법이었다. 여기서 그가 놀랐다는 것은 바리새파 사람도 예수를 자기들과 성정이 같은, 지극히 유대인 선생 중 하나로 보고 있었다는 증거가 된다. 이 사람들에게 있어 예수는 철저히 선생 그 이하 그 이상도 아니었다는 뜻이다. 하지만 죽은 자도 살려내고, 병자도 고치고, 자신들과 같은 바리새파 사람들에게 과격하게 말하는 유명인이니 돈을 들여서라도 얼마나 예수 그리스도를 만나보고 싶었겠는가 말이다. 바리새파 사람들과 예수의 관계는 달리 생각하면 깊은 유대 관계의 형평성도 지닌다. 그들은 예수를 비방하기에 앞서 언제나 무엇인가에 대해 갈망하는 자들이었다. 예수에게로 다가오는 자들이었다.

예수는 그들에게 가차 없는 말씀을 전하면서도 언제나 예수의 온전한 설파는 바리새파 사람들에게 있어서는 직설적이었다. 큰 미움은 역으로는 큰 관심이다. 옆에서 욕 많이 먹는 사람이 결국 욕하는 자에게 관심 받는 세상 원리와 무엇이 다를까. 그렇다면 예수도 바리새파 사람들을 사랑했다는 말인가? 한국의 자유주의 신학자 더러는 바리새파에 대해 긍정적인 이해도를 지닌다. 나아가 그들의 사상을 현 복음에 접목하려 애쓰는 모습도 보인다. 그러나 결국 예수 그리스도가 십자가에 대속되는 사건에 있어 바리새파 사람들의 역할도 지대했다는 사실은 자명하다. 현재까지도 유대교 사상에 있어 만인이 인정하는 '열심 당원'은 바리새파 사람들이다. 그들의 흔들림 없는 열심, 법 있게 쓰면 좋은 율법에 대한 완전함으로 다져지는 정의. 한국의 신학자들을 유혹하기에는 충분하리라고 본다.

손을 씻지 않는 예수를 이상히 여기는 바리새파 사람의 마음을 아신 예수는 그에게 "바리새파 사람들은 접시와 잔과 같은 기물들은 깨끗하게 하려 하지만 정작 당신들의 속사람은 탐욕과 사악힘으로 가득 차 있소."라고 다소 과격한 발언을 한다. 바리새파 사람의 집에는 한 율법사도 있었다. 예수 그리스도가 이들을 앞에 두고 식탁에 앉아 하신 말씀을 모두 나열하고자 한다.

"어리석은 자들, 겉을 만드신 분께서 속도 만드셨다는 것을 깨닫지 못하는 아둔한 자들, 정결한 마음으로 가난한 자들에게 구제를 베풀어야만 깨끗하게 될 자들, 박하와 운향과 온갖 채소들의 십일조는 바치면서 정작 정의와 하나님께 대한 사랑에 대해서는 태만하기 이를 데 없는 자들, 높은 자리에 앉기를 좋아하고 시장에서 사람들에게 인사받기를 즐기는 만용이 가득한 자들, 무덤이지만 마치 평평한 무덤인 양 사람들이 머리 위를 밟고 다녀도 떳떳한 거짓 위선자들, 율법을 가르친다고 스스로 선생이라 자처하지만 화를 당해야만 될 자들, 무서운 심판을 받을 자들, 사람들에게 힘든 짐을 지고 스스로 가라고 말하면서도 정작 자신들은 손가락 하나 움직이기 싫어하는 화를 당할 자들, 조상들이 죽인 선지자와 예언자들의 무덤을 만들어 놓고서 그것을 꾸미기에 정신없는 화를 받을 자들, 거짓된 조상과 똑같은 일을 자행하고 있는 자들, 하나님께서 예언자들과 사도들을 보내면 언제나 그들 죽이기를 도모하는 자들, 세상 시작부터 하나님의 종들이 흘린 모든 피를 책임져야만 하는 자들, 아벨의 죽음부터 제단과 성소 사이에서 죽임당한 사가랴의 죽음에 이르기까지 그 피에 대해 반드시 책임을 물어야만 하는 자들, 지식의 열쇠를 가로채 그것을 온전히 받으려는 사람의 의지를 막는 추악한 자들."

예수 그리스도는 바리새파 부자의 초대를 받아 식사가 시작되기도 전에 그에게 이러한 말씀을 하셨다. 옆에서 듣던 율법사는 예수께 따져 묻기 시작했고, 곧 바리새파 사람 여럿이 몰려와 예수 그리스도의 식사는 그리 유쾌하지 못한 것으로 끝나고 만다. 생각은 자유겠지만, 나는 이 사건을 통해 많은 부분을 묵상한다.

◆ 먼저 된 자의 나중 되고, 나중 된 자의 먼저 되는 것에 대한 무시무시하면서도 직설적인 예수 그리스도의 비유는 신앙이 없는 사람들도 한 번

쯤은 들어보았을 법한 유명한 구절이다. 대부분의 사람은 어떠한 일을 행함에 있어 일률적으로 일을 진행해나가기에 먼저 된 자가 먼저 되고, 나중 된 자가 나중 되는 보편적 현상을 경험한다. 그러나 조금만 집중해 주변을 살핀다면, 나중 된 자가 먼저 되는 것을 그리 어렵지 않게 발견할 수 있다.

세상에는 배워도 모르는 자가 있는 반면 안 배워도 아는 자가 있다. 또한 가르쳐서 아는 자가 있는 반면 가르치지 않아도 스스로 깨달아 아는 이가 있다. 나는 이 세상에서의 처음 됨과 나중 됨을 굳이 시간의 공들임과 꾸준한 노력의 산물로만 여기지 않는다. 한 가지를 가르쳐 열 가지를 아는 사람은 열 가지를 하나하나 가르쳐 아는 이와 많은 부분에서 다르다.

◆ 안식일에 예수 그리스도는 한 바리새파 지도자의 집에 식사 초대를 받게 된다. 그곳에는 바리새파 지도자 외에 여러 사람이 더 있었다. 사람들은 예수가 무슨 말을 하려고 하는지, 바리새파 지도자와 율법에 관해 어떠한 진지한 대화를 나누려고 하는지 궁금했다. 그리곤 예수를 주목했다. 마침 그 자리에는 온몸이 붓는 수종병(체액이 비정상적으로 유출되는 질환) 환자가 한 사람 와 있었다. 바리새파 지도자가 수종병 환자를 왜 집에 들였겠는가? 안식일에 예수라는 자가 병자를 치료하고 다닌다는 것에 힐문하고, 환자 고치는 과정도 자세히 살피고, 더더욱 병자를 고친다면 거룩한 안식일을 범하는 것이니 예수를 싸잡아 정죄하고자 함이었다. 예수는 "오늘과 내일은 귀신들을 내쫓고 사람들을 고치겠지만, 사흘째 되는 날에

나의 일을 다 마칠 것"이라고 말씀한 것처럼 수종병 환자를 그 자리에서 치료했다.

창밖에는 빗방울이 떨어진다. 저녁까지 이대로 날이 흐렸으면 좋겠다. 하늘의 구름도 보고, 저 너머 산도 바라본다. 사람에게 내일이 있다는 것, 기대하는 내일의 희망이 용솟음친다는 것이야말로 얼마나 행복한 것인가.

창밖을 바라보며 바리새파 지도자에 대해 묵상했다. 인간의 완악함이라는 것, 간계와 술책들, 고집의 마음을 생각했다. 수종병 환자가 바리새파 지도자의 집에서 어떠한 과정으로 치료를 받았을까? 그의 몸에는 예수 그리스도의 말씀 하나로 어떠한 변화가 일어났던 것인가? 곧바로 부기가 빠지고 유출되는 체액이 멈추었는가? 아니면 병의 근본 즉, 세포들이 정상적으로 돌아오는 체내 변화만 있고 환자 육신의 변화는 다음 날부터 서서히 나타났을까?

이 시대의 우리는 모든 영의 능력을 체험할 수는 없다. 그러나 예수 그리스도 앞에서 모든 것을 주목해 본 바리새파 지도자와 모인 사람들은 완악한 고집으로 인해 스스로 가여운 자를 자처했다. 사람의 고집은 곧 죄의 거울이다.

◆ 한 부자가 예수 그리스도를 저녁 식사 자리에 초대했다. 식사를 시작할 즈음 예수께서는 부자에게 "저녁 식사 자리에 사람을 초대하려거든 친구나 이웃을 초대하지 마시오."라고 말씀했다. 그 이유는, 친구나 이웃은 얻어먹은 것을 되갚을 것이기 때문이었다. 이어 예수께서는 "잔치를 베

풀 때는 오히려 가난한 사람들, 병든 사람들, 절름발이들과 맹인들을 초대하시오."라고 말씀했다. 그렇게 할 때 베푸는 자는 복을 받고 비록 초대된 가난한 자, 병든 사람들, 절름발이들과 맹인들은 얻어먹은 것에 대해 되갚지는 못하겠지만 의인들이 부활할 때에 하나님께서 되갚아 주실 것이라고 말씀했다. 너의 선한 발로에 대한 보상을 하늘의 하나님께 온전히 맡겨 그 선행의 푯대가 사람에게로 향하는 것이 아닌, 하늘 하나님의 일하심 속에 귀속되기를 인식시켜주는 예수 그리스도의 말씀이었다. 지금까지 살아오면서 나는 구제 현장에서의 봉사자들을 많이 보아왔다. 요즘의 구제 방식은 대부분 기관에서 주최한다. 그 때문에 일반 봉사자들은 그곳으로 후원금이나 물품을 보내는 방식으로 구제를 진행하는 경우가 잦다. 위의 성경 구문처럼 한 부자가 어려운 자들을 집으로 초대해 먹이는 일은 그리 쉽게 볼 수 있는 광경은 아니다.

내가 서른 살 초반 때의 일이다. 기독교 방송국이 주최한 행사가 고수부지에서 진행된다는 소식을 듣고 취재를 나섰다. 도착하자마자 나는 그곳에서 벌어지는 일을 보고 놀라지 않을 수 없었다. 가난한 자, 병든 자, 소외된 자, 거지라고 일컫는 자들은 모두 그곳에 모여 있었기 때문이었다. 적어도 대략 이천오백여 명 정도는 족히 넘어 보였다. 당시 그곳에는 진귀한 광경이 펼쳐졌다. 고수부지 곳곳에는 드럼통 바비큐 화덕이 대략 서른 개 정도가 놓여 있었다. 수천 인분이 넘는 돼지 목살과 삼겹살이 무제한으로 제공되었다. 추운 겨울이었다. 나는 없어서, 가난해서 초대받은 자는 아니었다. 양복을 입고 노숙인들 틈에 끼어 그들과 함께 삼겹살을 먹기가 다소 미안스럽고 민망했다. 사람들은 나에게도 고기 몇 조각을 권했다. 사람들이 권하는 것이니 두 조각 정도 입에 넣고 군중 옆으로 비켜나와 서 있었다. 잠시 후, 쌀 삼천 포대를 이곳에 모인 이들에게 모두 나눠주겠다는 소리에 사람들은 벌떼같이 그리로 몰려들었다. 그 중간에는 한 여성 탤런트가 서 있었다. 사람들이 먹고 받은 고기와 쌀은 모두 이 여성 탤런트가 준비한 것이라고 소개되었다. 이 여성은 큰 키에 기품 있는 모습이었다. 나는 가까이 다가갔다. 그녀는 소외된 자, 노숙자들에게 둘러싸여 쌀을 나눠주었다. 그녀를 바라보는 내내 예수 그리스도를 생각했다. 내 눈앞에 그녀는 예수 그리스도의 모습이었다.

◆ "허다한 무리가 함께 갈새 예수께서 돌이키사 이르시되, 무릇 내게 오는 자가 자기 부모와 처자와 형제와 자매와 및 자기 목숨까지 미워하지 아니하면 능히 나의 제자가 되지 못하고, 누구든지 자기 십자가를 지고 나를 좇지 않는 자도 능히 나의 제자가 되지 못하리라."

예수 그리스도가 활동했을 당시 그분의 이적과 능력을 보고 제자 되기를 갈망하는 사람이 많았다. 사람 마음의 중심을 관철하신 그리스도는 이들에게 부모나 처자식, 형제자매, 심지어 자기 목숨보다 더 그리스도 자신을 사랑하지 않는다면 누구든 제자가 될 수 없다고 말씀했다.

사람들 대부분 기독교라는 타이틀을 타 종교와 동일선상에서 바라본다. 이것은 종교를 갖고자 열망하는 자가 그 채택 과정에 있어 기독교를 불교, 이슬람교 등과 같은 종교적 개념, 심신의 안녕(安寧)을 위한 선택적 사항으로 인식하는 예도 많다는 것이다. 대부분 종교는 신이라는 존재를 대상으로 그 절대적 대상에게 다가감에 있어 인간 승화의 정신을 중시한다. 이것은 개인적 수행에 노고의 혁신을 이루어 한 걸음 한 걸음 신에게로 다가서는 것이다. 이처럼 인간이 수고를 통해 신에게로 나가기 위해서는, 신이 거하는 곳 문전에 이르러 노크하기 위해서는 철저한 규율에 입각한 자기애가 필요하다. 이것이 곧 절제와 고행이다. 그렇다면, 단번에 만날 수 있지만 자기를 부인해야만 하고, 부모나 처자식도, 심지어 자기 목숨까지도 버려야만 하는, 믿는다고 특별히 만사가 잘 풀리거나, 아픈 것이 치료되는 것도 아닌, 신이라고 이해되는 절대적 대상만을 오로지 앙망해야만 하는 이 종교는 어떻게 이해되어야만 하는가? 도대체 그 너머에 무엇이 존재하기에 이렇게 자신만만한가? 인간 승화나 이성의 혁신을 원하지도 않는, 오로지 회개하는 심령만을 불쌍히 여겨 구제의 개념으로 인간을 치부해버리는 이 종교는 도대체 무엇인가? 왜 이러한 개념을 만사에 제시하는가?

흔히 부자나 특권 계층 중에 인격적으로 성숙한 이들은 자신들에게 아첨의 말이나 자신들을 특별히 여겨주지 않는 자에게 더 큰 호감을 느낀다. 마음이 끌리어 그런 자에게 자신의 장점을 높이 드러내고자 하는 의지가 발동하는 것이다. 마치 "내가 최고의 미인인데 저 남자는 무엇이 저렇게 잘나서 나를 한 번도 처다봐주지 않는 것이지? 은근히 저 남자가 뭔가 특별해 보인다."라고 생각하는 여성의 발상과 비슷한 것이다. 만약 자신이 부자이거나 특별 계층의 사람으로 어떠한 이유에서건 종교를 갖고자 한다면, 돈 한 푼 없이도 많은 부자에게 뻔뻔했던 예수라는 자에게 관심 한 번 가져보기를 바라는 바이다. 생명, 바로 그것을 위해 …….

◆ 진화론에 밀려 뚜렷한 증거까지 기밀문서처럼 발표해오던 창조 과학자들도 최근에는 다양한 매체를 통해 창조론에 입각한 그들의 고고학적 연구 성과를 지속적으로 발표해오고 있다. 창조론에 입각한 학계 이론은 방대하다. 이들의 노력은 많은 사람에게 신뢰를 얻는다. 하지만 이들의 주장과 증거로 얼마나 많은 사람이 성경을 믿게 되는지는 미지수이다.

창조론에 입각한다면, 사람은 창조된 바에 합당한 목적성을 지니고 있어야만 한다. 그 목적성은 인간에게는 주체성이 없다. 오히려 창조의 주가 되는 절대자의 의지에만 목적성과 동기가 발현된 결과가 부여되는 것이다. 그렇다면 신의 의지대로, 신의 성품을 미묘하게 배양 받은 애처로운 인간의 창조 목적은 무엇일까? 그것은 창조주인 하나님 스스로가 사람에게 영화(榮華)로움 받기를 원하셨기 때문이다. 사실, 이것은 성경에서 말씀하고 있는 인간 본연의 사명(使命)이다. 소명(召命)을 받은 자들은 하나님을 전하므로 그를 영화롭게 할 것이다. 평범한 신자들은 그들의 생활 속에서 일로나, 육체적인 성과로나, 참다운 사랑이 수반된 하나님의 마음을 전하는 행위로 하나님께 영화로움을 전할 것이다.

◆ 인간은 고행을 통해, 극도의 자족하는 마음을 기반으로 삼매에 이른다. 이것은 삼매의 과정을 단순하게 설명한 것이다. 그러나 육신의 고통

을 잊는 것이나, 은혜로 희락의 부요함을 얻어 깊은 자족의 은혜로 들어가는 것이나, 그 느낌은 같다고 본다. 하지만 마지막 구원의 문제에 이르러서는 심각한 영적 번뇌를 경험해야만 할 것이다. 진짜와 가짜는 이 세상에서 분명히 서로를 제시하고 있다. 단지 그것을 알고자 하는 인간의 지혜가 미흡할 뿐이다.

◆ 하나님께서 우리 인간에게 자신을 계시하시고자 고안한 것이 바로 책인 성경이다. 하나님은 자신의 형상을 특별한 계시로 보이지 않으시기에 인간을 통해 문자를 기록하고, 구전으로 전수되고, 후에는 책으로 읽혀 그분을 알게 하는, 하나님의 개념에 있어서는 가장 미련한 방법으로 자신 드러내기를 기뻐하셨다. 이 때문에 복음이라는 성경을 전하기 위해 목숨을 담보하면서까지 전도하러 다녔던 이들은 모두다 하나님의 일꾼들로서 담대히 세상으로 나아갔다.

◆ 이스라엘은 성경 속 절대적인 실존의 역사를 아우르는 거룩한 땅이다. 이후 로마를 비롯한 종교개혁 이후의 독일 등 중세의 기축을 이룬 국가들에게 있어 기독교 역사와 문화는 삶과 피로 얼룩진 생존 투쟁이었다. 해당 국가의 국민들에게는 큰 세기의 역사가 모태에서부터의 삶의 근본이 되는 것이었다. 실로 이러한 국가들은 성경 속 역사와도 밀접하게 연관되어 찬란하고 원숙한 그들의 문화를 이룩했다. 그러나 이와는

다르게 몇몇 선교사들의 지고한 발걸음으로부터 시작된 한국 기독교 역사는 구제 사업과 그 맥락을 함께했다고 보아도 무방하다. 옷 한 벌, 성경 한 권 달랑 들고 온 이방인 선교사가 무지한 동방의 민족을 향해 구제사업을 펼쳤으면 그 도움이 얼마나 대단했겠는가 싶냐마는, 이방인 선교사가 우리 민족에게 금과 은은 주지 못했어도 많은 문화적 차원의 계몽을 이루게 한 것만은 사실이다. 한 예로, 외국인 선교사가 카메라를 들고 사진을 찍으면 한국 즉, 조선 사람들은 선교사들이 살아 있는 사람의 눈을 빼내어 저 신기한 기계를 구동하는 것으로 여겼다고 한다. 심지어 사진에 자신의 모습이 찍히면 사람들은 마치 자신들의 영혼이 사람의 눈을 먹은 저 끔찍한 악마의 기계에 유린당한 듯한 자멸감을 느꼈다고 한다. 또한, 선교사들과 연관성은 없지만, 기차가 기적 소리를 내고 지나가면, 그 소리로 인해 땅의 신이 노하여 재앙이 올 것이라 하여 기차를 부숴버리는 일까지 자행했다고 한다. 선교사들의 눈에 비친 조선인들의 행위는 애통한 모습이었을 것이다. 더구나 이들 선교사들은 목숨까지도 위협받는 상황이었다.

조선에 들어온 선교사들이 모든 사물에 대해 고도로 학습된 통찰력을 지녔을 것이라고는 생각지 않는다. 그러나 이들이 낯선 조선 땅에서 만능꾼으로 살아야만 했다는 것은 민간인들의 의식 개혁에 미친 영향만 봐도 익히 가늠할 수 있다. 외국인 선교사들은 조선인들에게 여러 가지 저변적인, 그들의 앞선 문화를 가르쳤다. 결론적으로는 하나님을 가르침으로 세상에서 가장 값진 구제를 한 격이 되었다.

오늘날 한국 교회는 그 규모가 커질수록 구제 사업의 범위 또한 확대해

나가고 있다. 이것은 여러모로 보나 좋은 현상임에는 분명하다. 사실 기독교계에 있어 구제 활동이라는 것은 성경의 선한 지상 명령 이전에 포교의 목적이 더 크다. 그러나 이들은 기독교의 근본 목적이 영혼 구원에 있지 선을 행함으로 교회의 덕을 쌓는 것에 있지 않음을 분명히 알고 있을 것이다.

◆ 하나님은 자비의 아버지, 모든 삶의 위로자이다. 하나님은 믿는 당신의 자녀들이 온갖 환난을 겪고 있을 때 그들을 풍성히 위로하신다. 그래서 하나님께서 넘치도록 주시는 위로의 은혜를 경험한 자는 마찬가지로 큰 환난을 겪는 이들에게 선한 위로를 전가한다. 그로 말미암아 그리스도를 통해 받는 위로는 그분을 의지하는 소망 품은 자들에게 풍성히 넘쳐난다.

나는 언젠가 믿음이라는 신앙적 결과에 대해 논한 적이 있다. 그것은 발견되는 모든 상황을 순수하게 삶에 적용해 위로받는 것이라고 정의했다. 사실, 현 시대를 살아가는 우리가 이것 말고 무엇을 더 하나님 앞에 행할 수 있겠는가? "내 믿음이 좋고 나쁘다."라고 말하는 정의는 그리스도의 어떠한 향기로 구현할 수 있겠는가? 단지 착한 행실 속에 지니고 다니는 등록 교인이라는 명부만으로 믿음이 있다고 말하기에는 그것 또한 추상적인 것이다.

바울은 사도직을 수행하는 자기들이 큰 환난을 받는 것에 대해 성도인 우리가 똑같은 세상 환난을 당할 때 자기들을 생각하며 그 고난을 기꺼이 견뎌낼 수 있도록 하기 위해 선고난을 당하는 것이라고 말했다.

지금까지 나는 그리 평탄한 삶을 살아오지 못했다. 남들은 나의 삶을 두고 기가 차다고 말하겠지만 굳이 따지고 든다면, 그리 유별난 삶도 아니었다. 하지만 생활 속에서 어려움이 닥칠 때마다 나는 성경 속 선인들을 통해 깊은 위로를 받았다. 그것이야말로 하나님께서 주시는 값진 선물이었다.

◆ 일반적으로 성도들은 은혜라는 부분을 논할 때 축복의 개념을 먼저 떠올린다. 더구나 축복이라 함은 마음의 흡족함을 드러낼 수 있는 결과라고 여기는 경향이 있다. 오로지 선한 결과만이 진정한 은혜라고 볼 수도 없지만, 진정한 은혜는 아픈 환자에게 있어 아스피린과도 같은 역할을 한다. 지속적으로, 평생, 반복적으로 사용되어야만 하는 개념으로 말이다. 이것이야말로 이 시대를 살아가는 그리스도인이 추구해야만 하는 은혜의 개념이 아닐까 생각한다. 그것은 예배 시에 전개되는 목회자의 설교를 일컫는 것과도 같은 맥락이다.

모든 설교는 성도들의 삶 속에 있어 말씀이 들어갈 수 있는 적용점을 분명하게 제시한다. 다르게 말한다면, 목회자가 어떠한 주제로 설교 본문을 인용하든 그 말씀이 모인 성도 어느 누군가에게는 분명한 감화를 끼친다는 말이다. 우리가 흔히 한 목회자의 설교를 들을 때 은혜가 있는지 지루한지 평가하는 기준이 바로 이 적용점을 정확하게 제시하느냐 못하느냐의 차이이다. 하지만 이것은 사람이 하는 것이 아니기에 감히 인생이 이렇다 저렇다 논할 수 있는 부분은 아니다. 앞서 개념을 언급했듯이 목회자가 휴가 이야기만 하고 단상을 내려와도 어느 누군가에게는 그것이 은혜가 될 수도 있기 때문이다. 마치 휴가를 못 가는 사람들에게 위안을 주듯이 말이다. 오로지 사람들의 두루뭉술한 잣대가 모든 것을 대단하지 않게 만들고 만다.

◆ 눈에 보이지도 않고, 귀로 들을 수도 없고, 손으로 만질 수도 없는 대상을 믿는다는 것, 어찌 보면 이것은 추상성을 겸비한 이념을 따르라는 억지처럼 들린다. 도무지 현대인들에게 납득될 수 없는 원리이다. 이것은 옛 시대에도 마찬가지였다. 그러나 인간은 하나님께 다양한 축복을 받았다.

성도는 보이지도, 들리지도, 만져지지도 않는 대상을 믿어야 한다는 이유만으로도 세상 살아갈 동안에 하늘로부터 시험을 받고 있는 것이나 다름없다. 그러나 성경은 말씀이 육이 되는 하늘의 섭리를 아울러 하나님에 대한 모든 실체를 정교하면서도 분명하게 드러내고 있다.

이 위대한 신의 모습을 문서 즉, 책을 통해 알아가야만 한다는 것은 미련하고 애석한 일이겠지만, 인간 입장에서는 기적이다. 하나님께서 스스로 낮아지시어 무지한 인생들의 수준에서 종이를 통해, 잉크를 통해 그것도 대언자들을 통해 텍스트를 기록하게 하시고, 그것을 사람 손에서 손으로 전하게 하셨다는 것은 놀라운 드라마이자 기적이다. 더구나 전하기도 어디 쉬웠던가 말이다. 목숨을 담보로 하는 모든 행동과 마음의 길 위에

장엄하고도 위대한 역사였다.

나는 종종 하나님을 모르는 사람은 무엇을 통해 위로받고, 무엇을 의지하며 살아갈까를 생각한다. 내세의 소망이 없으니 죽음이라는 것 앞에서 불안할 것이며, 의지하는 것이라고는 돈과 주변 사람들 외에는 없을 것이다. 세상에 비리와 청탁이 난무하는 이유도 결국은 사람을 의지하는 이들이 많기에 생겨나는 병폐이다.

정확한 통계인지는 모르겠다. 한국 사회에 속한 기독교인 수가 전체 인구의 25%라고 한다. 열 명 중, 두 명이 그리스도인이라는 분석이다. 내 판단에는 절대적으로 부족한 비율이다. 열 사람 중에 일곱 사람은 돈과 인생, 자신의 신념, 마음의 법과 나름의 경험 철학을 의지한다는 말이 된다. 사람들에게 성경을 알려야만 한다. 성경을 모르는 자는 대학교수라 해도 지구는 평평해 계속 항해하면 결국 절벽으로 떨어진다고 믿는 부재를 겸비한 지식과도 같고, 그나마 성경을 아는 자는 비록 학식이 적은 자라도 비행기를 타고, 유람선을 타고 둥근 지구 속에서 세계를 여행하는 자와 같다. 나의 견해는 많은 이들에게 조롱과 비판을 들을 법하다. 하지만 성경이 모든 만물의 초석이자 결과임을 부정할 수는 없는 노릇이다.

◆ 장로교회에서는 그리 거창하게 진행하는 사안은 아니지만, 감리교나 일부 침례교단에서는 구제 사업에 노력을 기울인다. 장애인 복지 사업이나 요양원을 만들어 운영하는 것은 최근 기독교계의 구제 사업에 있어 마지막 단계라 인식할 정도로 대형 교회들의 숙원 사업과도 같이 되어

버렸다. 이러한 현상이 생기기 전에는 대부분 학교 운영이 대형 교회들의 이상이었다. 나는 교회들의 구제 사업에 대해 긍정의 시선을 보낸다. 그리스도인이라고 자칭하는 기독교인들이 예수의 향기를 그들의 산업을 통해 드러내는 것은 유익한 일이다. 하지만 우리가 알아두어야 할 것이 있다. 구원이라는 부분은 결코 행위로 이뤄질 수 없다는 것이다. 눈이나 귀로 하나님의 말씀을 받아 그것을 가슴에 새기고, 성령님의 극적인 도우심으로 말미암아 심령이 변화되고, 그 변화를 느낀 후, 성령을 좇아 행하는 삶 속에서 그리스도의 향기를 드러내 그의 입이 신령한 증언을 뱉어내야만 한다. 그것이 사람이 표출할 수 있는 구원의 증표이다.

내가 언급한 위의 문장에서 중요하게 여기는 것은, 심령의 변화도 물론 필요하지만 성령님의 극적인 도우심이다. 사람은, 나아가 믿는 우리는 하나님의 심성을 지녔기에 어떠한 과정으로도 심령의 변화를 겪는다. 그러나 말씀을 듣고 행하는, 이해하는 행위 이후의 심령 변화에 대해서는 이것이 하늘로부터 온 것인지, 자신이 받은 분량만큼의 영성에 기인한 것인지, 정말로 성령님의 적극적인 인도하심으로 말미암아 이끌림을 받은 것인지 분간할 필요가 있다.

이밖에도 나는 교회 내 사랑의 형성 과정에 대해 공고히 살펴보았다. 한국 교회가 성경적 가치관에 입각해 어떻게 예수 그리스도의 핵심 모티브인 '사랑'이라는 것에 대해 실천하고 그 결실을 맺는지에 대해 여러 해 동안 고심했다. 이것은 목사도 아닌, 한 사람의 작가인 내가 해야 할 고민의 범주는 아니다. 그러나 직시하는 현실에 있어 나는 교회라는 구성원들의 공동체를 하나의 작은 사회로 인식하고 있었기 때문에 가능한 고민은 아니었나 생각한다. 공동체는 그 형성 과정 속에서 의식이 통합되어야만 한다. 그 의식이라는 것에 있어서는 분명한 명제가 따른다. 나는 그 명제를 '사랑'이라고 말하고 싶다. 그것은 내 생각이 아닌 예수 그리스도가 완성하고자 했던 근본이기 때문이다.

교회를 처음 출석하는 초심자들이나 타 교회에서 신앙생활을 하다가 교회를 옮기는 신자들에게 주로 나타나는 현상은 새로운 교회 내에 공존하는 성도들의 분위기를 살핀다는 점이다. 물론 이들은 목회자의 말씀을 좋아온 성도들이다. 그 분위기라는 것은 새 신자들의 신앙생활에 있어 매우 크게 작용한다. 그 때문에 이러한 기존 성도들의 분위기에 압도되어 새로운 교회에 적응하는 것에 거부감을 느낀다면 마음이 약한 성도들은 그것을 '시험'이라 표현할 것이며, 냉철한 성도들은 더 이상 그 교회에 출석하지 않으려 할 것이다.

사람들은 성도 수가 많으면 교회 내에 사랑이 식어간다고 말한다. 그러나 이러한 판단은 단순한 현상만을 보고 결론 내리기에는 다소 근거가 없는 소리이다. 감리교와 장로교를 놓고 비교했을 때 대형 장로교회에서는 성도들 간 사랑의 부재가 나타나는 예도 있지만, 그것은 장로교, 큰 틀로는 그리스도교의 구원을 이루는 교리와 무관하다고 볼 수는 없다.

성도들에게 있어 가장 근본적인 신앙생활의 이유는 구원에 있다. 구원을 이루기 위해서 중요한 것은 바로 믿음이다. 하나님만을 전적으로 신뢰하는 믿음, 조건 없이 100% 절대자를 인정하는 의지의 믿음이다. 신앙생활을 하며 수반되는 선행과 구제는 사실 구원과는 하등의 관계가 없다. 인간의 어떠한 행위는 자신의 덕을 쌓게는 만들지만, 그것으로 하나님께 나아가는 것은 역부족이다. 선교사가 선교지에서 물에 빠져 허우적거리는 사람을 건져낸 다음 "예수 믿으세요."라는 한마디의 말을 하지 않았다면 그것은 사역이 아닌 인간 선행만 되고 말 것이다. 조난 구조자와 같이 영성이 없는 행위라 말할 수도 있다.

인간이 만들어낼 수 있는 선은 하나님의 거룩함 앞에서도 죄의 본질적 특성을 지닌다. 그것은 절대 거룩과 인간 행위의 차이라고 말할 수 있다. 쉬운 예로, 씻지 않은 손으로 선을 행했다고 하자. 그 손에서는 냄새가 날 것이다. 착한 일을 한 손일지라도 말이다. 하지만 하나님의 손은 거룩하기에 세상의 냄새가 서릴 수 없다. 인간의 손은 아무리 좋은 일을 한들, 하나님의 거룩한 손 앞에서는 부끄러운 손일 수밖에 없다. 유독 장로교에서는 내가 강조하는 것과 같은 이러한 부분에 대해 쉽게 언급하지는 않지만, 교리에 있어 그 범주를 크게 벗어나지는 않는다. 그 때문에 오직 구원에 대해 강조하고, 인간 행위에 대해 그 당위성을 배제하는 교회는 구제에 대해 등한시할 수밖에 없으며, 성도들 또한 여차히 교회의 습성에 충실히 따라갈 수밖에 없다.

나는 교회 성도들 간 사랑의 실천에 대해 생각하다가 오늘날 한국 교회의 냉담함과 개인주의가 어디에서부터 발단하였는가, 그 폐단에 대해 고심했다. 이러한 고심은 그리 오래지 않아 답을 얻을 수 있었다. 그것은 목회자의 인성과 밀접한 관계가 있다. 목회자의 특권은 설교이다. 설교는 모든 성도를 아우를 수 있다. 성도는 양 무리이다. 더딘 것 같아도 결과적으로는 목회자 한 사람을 닮아간다. 설교에는 부족함이 많아도 사랑을 강조하는 목회자가 시무하는 교회 성도들은 서로 위하며 사랑하는 빈도가 높다. 그러나 만약 목회자가 노회에서 자리싸움을 일삼는 자라면, 그 성도들 또한 권위적일 수밖에 없을 것이다. 그것은 마치 타성처럼 만들어져 굳어버리는 결과로 나타난다. 성도 모두가 봉사의 일념을 다하는 데에 있어 열심을 경쟁하는 것도 때로는 위험을 자초한다. 이것은 '열심히'라는 허울이 좋은 명분은 되나 그 속에서 시기심이 도출되기 때문이다. 이것은 교회 내에서 한 세대가 흘러가며 뒤바뀌고 있다는 증거이다.

기막힌 성경 해석과 교리를 설파하는 설교자가 언제나 가난한 사람들을 위해 눈물 흘린다면, 그 교회 모든 성도들은 부흥하는 역사를 보는 것과 동시에 목자를 닮아 성도 돌보는 일에도 서로서로 앞장설 것이다. 세상이 각박해도 우리는 듣는 귀가 있어 목자를 닮아가야만 하고, 나아가 진정한 목자인 예수 그리스도를 닮아가야 하지 않겠는가 생각한다.

◆ 성경을 시대적으로 나누라고 한다면, 나는 직접 계시의 시대와 성령의 시대로 구분한다. 그렇다면 이 시대를 살아가고 있는 우리는 순차적으로 당연히 성령의 시대, 다시 말해 은혜의 시대를 살아간다고 말할 수 있다. 어떤 이들은 말세 즉, 예수 재림의 시대를 살아간다고 말한다. 다 좋다. 그러나 분명한 사실은 우리가 은혜의 시대를 살아간다는 것이다. 나는 이러한 은혜, 그리스도인들이 즐겨 사용하는 은혜라는 표현에 대해 가끔 홀로 앉아 묵상할 때가 많다. 그 묵상의 의미는 형성되어 있는 관념에 다소 불만이 있었기 때문이었다. 나름대로 내가 은혜에 대해 내린 결론은, 우리 주변에는 너무나도 많은 은혜가 사람들의 말로 인해 무분별하게

남용되고 있다는 사실이다. 이 은혜라는 것이 분명히 하늘에 속한 것이면 남용되고 성도들 사이에서 간증으로 증거되는 것에 더할 것이 없겠지만, 개인적인 신앙관과는 은혜에 대해 논하는 정의가 다소 다른 방향으로 흘러만 가는 것 같아 안타까울 때가 잦았다.

나는 출석 교회 목사님께 헌금 특송에 관련한 청을 하나 올린 적이 있다. 목사님께서는 나의 청에 대해 어떠한 느낌을 받으셨는지는 모르겠으나, 사실 나는 이 부분에 대해 이미 더 오래전부터 혼자 고심해오던 것을 시간적 기회를 만들어 용기 있게 올린 청이었다. 내 의견은 이러했다. "일부 대형 교회에서는 헌금 시간에 성악가를 권면해 봉헌송을 시키는데, 그것이 적잖은 은혜가 되니 우리 교회도 성악가들을 권면해 돌아가면서 봉헌송을 시키면 우선 예배에 있어 은혜를 더할 것이고, 나아가 노래하는 이들 스스로도 돌아오는 주마다 준비하여 몸과 마음을 하나님께로 단정케 할 것이니 노래하는 이들에게는 다소 힘들고 부담이 되어도 이들 또한 받는 은혜에 있어서는 많은 유익이 있을 것"이라고 말씀을 올렸던 것이었다. 사실 나는 봉헌송을 맡으면 해당 주간이 긴장과 준비로 큰 스트레스를 받기 때문에 봉헌송을 그리 달가워하지는 않는다. 큰 부담인 것이다. 더구나 지금 생각해보면 매주 봉헌송을 할 만한 사람도 딱히 없었을 것이라는 생각도 든다.

내가 성가대에서 찬양하는 이유 또한 처음에는 어머니의 실추된 믿음을 고취해주고자 함이 내 신앙보다는 더 큰 이유였다. 물론 내가 찬양함으로 말미암아 하나님께 영광 돌리는 것은 원론적인 이유이기에 굳이 언급할 필요는 없다고 본다. 이러한 내가 스스로 자처해 봉사하겠다고 한 것은 나로서는 도무지 있을 수 없는 일이다. 나는 사람들 앞에서 노래하는 것을 그리 좋아하는 사람이 아니다. 충격적인 말이겠지만 나는 어디 나서서 노래하는 것을 싫어한다.

목사님께서는 내 의견을 거절했다. 이유는, 우선 노래하는 성도들이 성가대 봉사를 하지 않는다는 것과 그것으로 말미암아 아무 성도나 성악가라고 해 단상 앞에 세우게 되면, 그의 신앙의 척도가 불분명한 상태에서 검증이 안 되는 것이기에 성도들 사이에 불만이 표출될 수 있다는 것이었다. 물론 당시에는 나도 성가대 봉사를 하지 않을 때였다. 현명한 목사님의 답변이었다. 목사님께서는 명분을 중하게 여기셨던 것이다. 바로 이것이다.

오늘날 우리는 검증되지 않은 무분별한 은혜의 홍수 속에 살아간다. 검증되지 않은 자가 목소리만 좋아 거하게 찬양을 올렸다고 하자. 그가 지난밤에 무엇을 하고 다녔는지 우리는 알 길이 없다. 내가 이러한 말을 하면 의로운 인생들은 나를 두고 "당신은 얼마나 찬양 전에 깨끗하게 몸과 맘을 정돈하기에 그러느냐."라며 마치 나를 바리새인 대하듯 비난할 것이다. 하지만 나는 은혜의 진정성에 대해 논하는 것이다.

은혜는 받을 만한 저마다의 그릇에 담긴다. 그것은 하나님을 알고 그리스도를 주라고 시인하며, 말씀이 성육신으로 들어온 자들에게만 실토될 수 있는 거저 주어지는 특권이다.

세상의 기준으로 대중들을 은혜의 장으로 인도하기는 너무나도 쉽다. 여기서 말하는 은혜는 그들 기준의 은혜를 말한다. 그것은 스피커 볼륨을 올리면 바로 해결된다. 성도들 오천 명을 광장에 모아 놓고, 풍성한 사운

드로 감미로운 찬양을 기막히게 연주하면 이들은 그곳을 나오면서 모두 "은혜를 받았다."라고 시인할 것이다. 아마도 눈물을 흘리며 소리치는 자도 있을 것이다. 그러나 하나님께서 인간이 고안한 기계를 이용해 스스로 영광을 받으셨는지는 알 도리가 없다. 또한 어제 폭음한 자의 찬양을 누군가가 듣고 회개에 이르렀다면 이것이야말로 하나님의 은혜가 아니라고 누가 부정하겠는가? 사람이 단정하기에는 어려운 부분이다. 그러나 분명한 것은 사람이 사람으로 하여금 은혜를 받았다는 마음의 실토를 유발하기는 쉽다는 것이다. 남들은 몰라도 적어도 나는 그렇다. 그것은 군중의 마음을 알면 바로 해결된다. 하지만 은혜의 결과는 충실하게 이행되는 심적 수반의 과정 속에서 빛을 발한다는 것을 알아야만 한다. 그 때문에 아무나 나서서 목소리만 좋다고 봉헌송을 불러서도 안 된다는 이유가 성립되는 것이다.

대부분 사람들은 흥미는 아니더라도 쉽게 받는 감동을 선호하고, 그것을 은혜로 여긴다. 사람들의 마음은 교회 내에서도 자극적인 변화에 쉽게 동화된다. 마치 연예인들이 한두 해 주를 알고 간증 집회 인도자로 자처하다가 목회자가 되는 것처럼 말이다.

진정한 은혜는 말씀을 논할 때 일어난다. 은혜는, 고상하고 숭고한 찬송가를 부를 때 역동하는 소망으로 우리의 온몸을 감싼다. 이것이야말로 교회 내에서의 고전의 힘이다.

◆ 복음을 들고 나아가는 우리의 발걸음은 앞선 내일을 향해 전진해야

만 한다. 우리의 가치관과 이성은 언제나 성경의 옛 역사에 빗대어 그것을 되짚어 올라가는 헌신적인 노력이 필요하다. 이 세상에는 많은 것들이 죄와 결부해 좋은 것으로 포장되어 인생들을 유혹한다. 그래서 변질되고, 거짓이 진실이 되는 혼돈의 시대가 도래한 것이다.

성경으로 돌아간다는 것, 과거를 거슬러 발견하려 애쓰는 모든 것은 이 시대에 가장 진정성 있는 공부이자 모든 이들이 마음먹어야만 하는 숙원 사업이다.

신앙인이라면, 굳이 할 수만 있다면 모두가 학자가 되어, 학자의 마음이 되어, 학자의 눈이 되어, 학자의 귀가 되어, 학자의 행동이 되어 과거와 현재와 미래를 바라보아야만 할 것이다.

◆ 하나님께서 사람을 생각하시어 종이에 불과한 책을 통해 자신을 계시하시고, 사람으로 하여금 당신을 경험할 수 있게끔 선택해주셨다는 것, 이것은 진정한 기적이자 성경이 지닌 힘이다. 중세시대에 아무나 쉽게 볼 수 없는 성직자들의 전유물이었던 성경.

인간이 구원에 이르는 길은 성경을 읽고 하나님을 믿는 것이다. 예수 그리스도가 나를 대속해 십자가에서 죽으셨다는 것을 들음으로써 알고 믿는 것이다. 인간이 찾는다고 하나님의 음성을 들을 수 있는 것은 아니지만, 두드린다면 하나님께서 성경을 통해 분명히 계시해주실 것이다. 그리고 내 생각이 변화되고, 행동이 바뀌고, 회개가 선행되고, 내 입이 하나님 즉, 예수 그리스도를 시인하며 하나님께서 나를 아시는구나, 나를 사랑하시는구나, 확신할 수 있다면 우리는 구원에 이른 것이다. 내가 구원에 이르러 천국에서 눈을 떴을 때 성경은 죽은 자를 살리는 기적을 나에게 보여준 몽학 선생으로 구제받은 내 영혼 곁에 함께 할 것이다.

◆ 어느 기고문에서 기도에 관한 짤막한 글을 읽은 적이 있다. 내용인즉슨, 기도라는 것은 인간이 이룰 수 있는 능력(최대치로 현상을 초월하는) 가운데 가장 위대한 현상을 만들어낼 수 있는 초자연적인 무기라는 것이다. 그 원리를 말하자면, 기도하면서 당사자가 뇌파를 사용하게 될 때 그 파장은 순식간에 우주 공간을 휘돌아 우주 생명체(창조주, 하나님을 뜻하는 것은 아님)에게 전달된다는 내용이었다. 아울러 인간을 창조한 고차원적 생명체가 기도 응답을 허락하면 그 기도는 강력한 파장으로 변해 다시금 기도 행위자에게 큰 능력으로 전달된다는 것이다. 그러나 기도 행위자가 그 기도 응답에 합당치 못한 자라면, 그가 올리는 기도는 지구를 감싸고 있는 오존층과 같은 층에 막혀 우주로 상달되지 못한다는 내용이었다. 그럴 싸한 표현이었다. 그리스도인인 나의 입장에서는 인간의 기도를 응답하는 대상을 화성인처럼 인식한다는 점에서 그리 달갑지는 않지만 기도가 하늘로 상달되고, 기도 행위자의 자질에 따라 하늘에서 그 기도가 막힌다는 설명은 얼핏 성경과 유사한 점도 있어 씁쓸함은 덜했다.

사도 바울이 아덴(현 그리스 아테네)에 들어갔을 때 그나마 타 지역인 고린도나 에베소 지역 사람들보다는 더 신사적이고 종교성이 강한(플라톤의 이상주의, 에피쿠로스 향락주의, 스토익의 금욕주의가 유행, 훗날 헬라교의 중심지) 아덴 사람들이 제단에 "알지 못하는 신에게!"라고 새긴 글귀를 보고 여러분이 알지 못하는 신이라고 하는, 그 바르게 알고자 열망하는 신(여호와 하나님)을 자신이 알려주겠노라고 말한 대목이 떠올랐다. 바울 스스로 이 낭만적인 글귀를 하나님을 전할 수 있는 드라마틱한 아름다운 매개체로 보았는지는 따로 알 길은 없다. 마치 "아! 나는 누구를 만나서 사랑을 나눌 수 있을까!"라고 말하는 멋진 여인을 보고 길을 가던 한 남성이 "그 사랑 제가 나누어 드리면 안 될까요?"라고 말하는 것과 유사하게 꽤나 감성적으로 해석될 수도 있다. 하지만 시인 페트로니우스(Petronius)는 "아덴에서는 사람을 만나기보다 우상을 만나기가 더 쉽다."라고 말한 바 있듯, 실제 역사적으로 발굴된 유물에 있어 아덴에는 최소 삼만 이상의 신상이 있었을 것으로 추정한다. 그러니 바울의 말처럼 이들이 얼마나 신심(다신론, 아레오바고 종교 재판소), 종교성이 강한 사람들이었겠는가 말이다. 이들은 모든 종교를 철학적 사유와 연관지어 포용했다. 단, 그것은 호기심 때문이었다.

이들이 세긴 이름 모를 신이라는 표현은 아덴에 많은 신이 존재했기에 혹, 실수로 신을 모시는 자가 어느 신의 존재를 빠뜨리는 잘못을 저질렀을 시, 자신이 받을 복을 온전히 받지 못할까 싶어 언급이 안 된 많은 신들을 아울러 염원한다는 의미로 새겨 넣은 비문일 확률이 높다. 그 이름 모를 이들의 신은 아크로폴리스(Acropolis), 미네르바(Minerva) 여신, 아고라(Agora), 제우스(Zeus)의 사촌 정도는 되었을 것이다.

바울은 아덴 사람들의 습성을 알고 이곳에 하나님을 끼워 넣어 복음을 전하려 했다. 분명 이러한 행위를 하는 바울의 모습은 아덴 사람들에게 새로운 신을 소개하려는 흥미로운 말쟁이로 보였을 것이다.

기도를 올리면 외계인이 듣고 응답한다고 말하는 사람들이나, 아멘 사람들이나 다를 것이 없다고 본다. 오늘날 우리는 세상을 향해 무엇을 외쳐야만 하는가? 그리고 세상이 주는 그 기회 속에서 어떠한 방식으로 복음 전할 틈을 얻어야만 하는가? 바울을 보며 잠시 생각에 잠겨본다.

◆ "태초부터 있는 생명의 말씀에 관하여는 우리가 들은 바요, 눈으로 본 바요, 주목하고 우리 손으로 만진 바라."

사랑과 변증의 서신으로 불리는 사도 요한의 서신 첫 구문이다. 이 구문은 요한이 경험한 예수 그리스도를 지칭한다. 태초부터 있어 왔고, 우리가 귀로 들었고, 눈으로 주목하여 보았으며, 손으로 직접 만져 본 이것, 곧 생명의 말씀에 관해 말하고자 한다며 서신의 문을 여는 요한이다. 이 짧은 도입 구문을 통해서도 그가 얼마나 섬세하고 명석한 사람이었는가 하는 사실은 적극적으로 증거되고 있다.

눈물이 날 정도로 놀라운 이 구문은 요한의 친밀한 성격을 그대로 반영한다. 나는 이미 이십 대 시절 복음서를 통해 요한의 꼼꼼함을 인지한 후, 크게 놀라고 감동한 적이 있다. 적어도 위의 구문만큼은 사도 요한 그가 베드로 사도보다 자존감과 예수 그리스도 사도로서의 아우라가 큰 사람이었다는 사실을 여실히 증명해주고 있다. 복음서만 봐도 요한의 복음서는 타 복음서에 비해 완벽한 체계성을 지닌다. 그것은 요한 자신의 개인적 관찰력과 정확성에 기인한다고 판단한다. 이것은 필사가로서 내 손과 눈으로 느껴온 부분이다.

　사도 요한을 알아가고 싶다. 하지만 지혜와 지식이 부족하며, 전문적으로 신학을 공부한 사람이 아니기에 많은 부분에서 우매함이 잦은 나이다.

　◆ "씨 뿌리는 자가 그 씨를 뿌리러 나가서 뿌릴새 더러는 길가에 떨어지매 밟히며 공중의 새들이 먹어버렸고, 더러는 바위 위에 떨어지매 났다가 습기가 없으므로 말랐고, 더러는 가시덤불 속에 떨어지매 가시가 함께 자라서 기운을 막았고, 더러는 좋은 땅에 떨어지매 나서 백배의 결실을 하였느니라."

　예수 그리스도는 말씀을 듣기는 하였지만 아무런 믿음을 갖지 못해 구원에 이르지 못하는 자, 말씀을 들을 때는 기쁨으로, 마치 신실한 사람의 모습으로 듣지만, 시험을 만나면 바로 세상 사람들과 같은 모습으로 일관하는 자, 말씀을 듣고 공감은 하나 세상 재물과 삶에 대한 걱정에 믿음과 신앙을 나누어 받아들이는 자, 착한 심성을 지니고, 있는 그대로 말씀을 받아 백배의 결실을 이루는 자에 대해 언급하고 있다.

　나는 이 구절이야말로 나를 비롯한 주변 모든 성도에 대한 포괄적인 판단의 범주라고 생각한다. 우리는 모두 예수 그리스도가 비유로 설명하신 위의 말씀에 정확히 부합하는 모습으로 살아가고 있다. 예수 그리스도는 세상 사람들의 부류를 이렇게 네 가지로 나눈 것이다. 비유상의 모순은,

아무렴 씨 뿌리는 농부가 길가나 가시덤불에 씨를 뿌리겠는가 하는 것이다. 하지만 이것은 듣는 자들의 지적 수준을 고려해 말씀하신 예수 그리스도의 재치라고 생각한다. 사실 이러한 비유에 속하는 부류의 성도는 사람들이 볼 때 유관으로도 분명하게 드러난다. 교회에서는 거룩한 모습이지만, 세상에서는 술자리 모임이 많은 사람도 같은 맥락으로 이해할 수 있겠다. 그러나 나는 성도가 성도의 믿음에 대해 판단하는 것을 온전한 모습으로 여기지 않는다. 가시덤불 속에서 자란 씨앗 같은 사람의 마음속에 어떠한 예수 그리스도가 자리 잡고 있는지 우리는 사람의 깊은 것을 감찰(鑑察)하기 어렵기 때문이다. 그러하기에 위의 예시는 오직 예수 그리스도(하나님)만이 할 수 있는 마음의 관조이다.

내 주변 어떤 이는 만나기만 하면 남을 비방한다. 심지어 기회만 주어지면 옆에 있는 나까지도 비방하고 판단을 일삼는다. 그 사람과 함께 있을 때면 나는 여지없이 가시덤불이나 바위 위에 떨어진 씨앗이 된다. 그러나 사람이 어찌 상대의 마음속에 있는 깊은 것까지 모두 통찰할 수 있겠는가. 그것은 인간이 단정 지어야 할 영역이 아니라고 본다. 사람은 오직 눈에 보이는 대로 생각하고 판단한다. 그러나 상대의 진정성을 읽어내려고 하는 노력은 훌륭한 그 사람의 장점이 될 것이다. 여차여차 남에게 판단은 받을지언정 비방을 일삼는 사람은 되지 말아야 한다.

◆ 바람이 심하게 부는 날이다. 몸 상태가 좋지 않다. 종교개혁 주간을 맞아 '마르틴 루터'에 대해 잠시 상고한다. 심각한 파장을 일으킨 루터의

반박문은 실질적으로 교황청에 반기를 든 영주 계급의 적극적인 도움으로 거둔 성공이다. 당시 루터의 반박문이 개혁의 출발점이 될 것이라고는 그 아무도 확신하지 못했다. 더군다나 반박문이라는 조항 자체도 구교(개혁 이후의 개념)에 대한 모순된 개념을 바로 잡으려는 의지의 발로, 그것이 전부였다. 루터의 행위가 훗날 거대한 종교개혁이라는 타이틀로 역사에 남을 것이라고는 정작 그 자신도 예측하지 못했을 것이다. 더구나 이러한 루터의 의지가 신흥 교리에 대한 출현을 알리는 것은 더더욱 아니었다. 루터의 주장은 훗날 칼뱅주의의 출현으로 중산계급과 농노들에게 큰 지지를 얻는다.

루터는 엄격한 부친의 영향으로 권위주의적인 성격을 지닌 인물로 성장했다. 그는 미완성된 자아를 지닌 인물이었다. 수도원장과 교황의 권위에 대해 반항심을 내포한 지속적인 동경을 지닌 인물이기도 했다. 이것이야말로 그를 이해할 수 있는 내적인 이면이다.

성직자이기에 앞서 고독감, 무력감, 죄악감, 번뇌로 얼룩진 그에게 유일한 긍정은 바로 구원에 대한 끊임없는 물음과 갈망이었다. 그는 사람들로부터 존중받기를 원했다. 그는 천민 계급의 사람들을 가슴으로 품었던 인성의 소유자는 아니었다. 하지만 자기 삶의 부정, 극도의 회의, 내면적인 고독감이 그를 독특한 시대의 용사로 만들어버리고 말았다. 이러한 점으로 미루어 볼 때 루터도 성경 속 옛 위인들과 다를 것이 없는 인간적인 부재가 다분했던 사람이었음에는 분명하다. 하나님의 사람 사용하심에는 인간 심연에 내재된 근성이 중요하게 발동한다는 사실에 대해 잠시 생각해본다.

◆ 현대 사회에 있어 기도의 대상은 무수히 많다. 종교의 수만큼이나 기도 대상은 위로자, 절대자라는 명분으로 인간 앞에 존재한다. 다신론적 구조에 있어 성경은 유일신적 산물로써 분명한 신본주의의 결과를 드러낸다. 더구나 기도는 예나 지금이나 수많은 종교에서 그리스도교와 유사한 모습과 개념으로 행해지고 있다. 이러한 기도라는 행위도 결국에는 사람이 하는 행위이니 분명 불완전한 요소를 지니고 있다고 본다. 다시 말하자면, 성경 말씀은 텍스트 속에 영·육신을 아우르는 능력이 있는 반면, 신의 이성을 담은 성경과는 달리 총체적 기도의 개념으로 볼 때에는 자기 독백이나 아덴 사람들처럼 알지 못하는 신에게 올리는 기도가 될 확률이 크다는 점이다. 이것은 기독교인에게 있어 중요한 문제이다.

나는 한국 교회에 만연한 성도들의 잘못된 기도 행위에 대해 독설을 퍼붓는 사람 중 하나이겠지만, 내가 너무나도 감사하게 여기는 것이 있다면, 나는 목회자도 아니고, 신학을 공부한 자도 아닌, 오로지 성악만을 전공한 가수라는 점에서 비판받을 소지가 없다는 것에 감사할 따름이다. 중세 시대처럼 종교재판에 회부될 일도 없을뿐더러, 미친 소리라고 생각하면 아무런 배움이 없는 미친 자가 떠드는 것이고, 바른말을 한다면 홀로 열심히 공부한 만학도로 남을 것이다. 그러나 나는 내 소신을 확신한다. 작가인 나는 모든 것을 상고해야만 할 소명을 지녔다고도 생각한다.

하나님께 올리는 기도는 소소한 다윗의 노랫말 기도부터 우리와 성정이 같은 엘리야가 기도했을 때 삼 년 육 개월 동안이나 땅에 비가 오지 않게 한 초자연적 확장형 기도까지 광범위하게 나눌 수 있다. 그러나 성경 속에 등장하는 믿음의 위인들에게 있어 공통점은 모두 하나님과 일대일의 관계 속에서 직접 계시를 기반으로 소통(기도)했다는 점이다.

십자가 사건 이후 인간에게 주어진 직접 계시는 하나님께서 당신의 인격을 부여한 성경 하나로 모두 완성해 놓으셨다. 그 때문에 기도 행위자는 우선적으로 응답을 바라기 전에 내 앞에 놓인 성경의 권위를 신뢰하고, 성경을 통해 기도하며, 하나님의 응답을 말씀의 적용을 통해 깨닫기 위해 끊임없이 간구해야만 한다. 그럼, 하나님의 온전하고 거룩하신 성경 말씀을 초석 삼아 기도하지 못하고, 불확실한 자의 인식을 하나님과 신령한 교통으로 여기며 기도하는 이들의 병폐에 대해 언급하고자 한다.

첫째로는, 자기 주권으로 기도하는 것이다. 모든 부분에 있어 기도의 능력은 신뢰하지만, 목자와 양 무리를 떠나 기도하는 자를 말한다. 이것은 홀로 골방 기도를 하는 것과는 다른 부분이다. 여성들에게 있어 이러한 예가 많이 발생한다. 검증되지 않은 기도원 출입이 잦다거나, 심지어 사당을 세우듯 교회 내 예배를 떠나 홀로 기도원을 운영하는 행위이다. 여기에 영적 능력을 내세워 치료 행위까지 한다면 그것은 지극히 잘못된 기도로 말미암은 사악하고 변질된 신앙이다. 명분은 하나님의 교회이지만, 자기 교회를 세우는 자도 이에 포함된다. 사람은 종종 기도 행위를 통해 심신의 평온과 내적 충만함을 경험한다. 이것은 거짓 종교도 같은 현상으로 나타난다. 그러나 정당한 그리스도인조차 말씀에 기초하지 않으면 그의 기도는 참선 행위와 다를 바가 없게 되는 것이다.

둘째로는, 평신도들 사이에서 마치 유행처럼 사용하는 '기도해보고!'라는 표현이다. 이 말은 얼핏 들으면 신앙적이며 아름다운 말로 들린다. 하지만 하나님의 응답을 전해 듣는 것에 있어 기도 행위 당사자가 그분의 대언자이자 입술이 되는 특별 은혜를 받기 전에는 마음에 드는 깨달음 하나만으로 그것이 주님의 음성이라고 속단키는 어려운 부분이다. 언제나 기도 행위자는 온전하고 좌로나 우로나 치우침이 없는 성경 말씀 하나만을 통해 하나님의 음성을 들을 수 있는 현명한 귀를 단계적으로 훈련·개발해야만 한다. 자신이 올리는 기도 응답이 큰 깨달음으로 오는지, 가시적 현상으로 오는지, 타인의 말로 오는지, 꿈으로 오는지 등 응답을 바라고 귀와 눈을 일차적으로 주변 환경에 두는 태도는 지극히 오만한 행위이다. 사실 이렇게 말하는 나도 인생에 있어 선택의 부분을 놓고 기도하지 않아 큰 파국을 맞은 경험이 있다. 나의 부재이다. 완벽하지 못한 어리석음이다. 이것이야말로 크나큰 나의 흠이다. 내가 굳이 완벽이라는 단어를 사용한 것에는 역으로 표현하고자 하는 나만의 변명이 있다. 그렇지만 결코 교만에서 비롯된 마음의 말은 아니다. 나는 예술인이다. 많은 부분에 있어 사람들과는 내막이 다른 단점이 드러나는 사람이다.

우리는 기도하기에 앞서 신실하고 부지런한 하나님께서 우리에게 필요한 것을 기도 전에 미리 알고 일하신다는 사실을 믿어야만 한다. 그리고 예수 그리스도가 가르쳐주신 기도를 묵상하며, 겸손하고 낮은 마음으로 품은 소망을 믿음으로 아뢰어야만 한다.

친한 성도가 보증을 서달라고 청탁하면 "기도해보고!"라는 말을 하기에 앞서 보증 설 것 같으면 잘못될 것을 염두에 두고 서주든지, 단호히 거절하든지 처신해야만 할 것이다. 기도해보고 응답이 오면 따르겠다는 말을 통해 자신의 신실함을 드러내 하나님 앞에서 상대를 낮추는 교만한 행위를 하며, 스스로 중보자가 되는 중한 죄를 범해서는 안 될 것이다.

하나님은 공의로운 분이다. 그 사람도 기도해보고 나서 하나님이 당신에게 보증을 서라고 말씀하신다며 청탁할 수도 있는 노릇이다. 그렇다면 당신은 무조건 그 사람의 말을 신뢰해 믿음으로 따를 것인가? 아마도 하나님께 다시 여쭈어볼 것이다. "하나님 정말 그런 말씀을 하셨습니까? 왜 저한테는 아무런 말씀 없이 혼자 그렇게 정하셨나요?" 사람이 하나님을 우슬초에 이슬 젖듯이 가지고 노는, 입맛에 맞게 짜깁기해주는 존재로 여겨서는 결코 안 된다. 그것은 그럴싸함으로 포장된 고차원적 죄이다.

◆ 큰 범주로 볼 때 많은 기도의 응답은 이미 성경 속에 감추어져 있다. 진정한 제사장은 사람이 원치 않아도 하나님께서 세우셨지만, 거짓 제사장은 스스로 원해 제사장이 된 자들이라는 사실을 결코 잊어서는 안 된다.

◆ 사람이 기본적으로 하나님께 받은 영의 모습도 큰 영이요, 귀신의 영도 큰 영이요, 만물을 창조한 하나님은 더 큰 영의 주관자라는 사실을 망각해서는 안 된다. 그러니 기도 행위자는 기도 시간의 여유가 있어 할 수만 있다면 올바른 영을 분별할 수 있는 능력을 달라고 우선적으로 간구해야만 한다.

인간의 귀에는 세상 만물도 그럴싸하게 말하고, 귀신도 분명한 논리로 꾸밈없이 말하며, 하나님도 말씀하신다는 사실을 반드시 명심해야만 할 것이다.

◆ 올바른 기도에 대한 나름의 견해를 전한다면, 기도는 교회 공동체의 틀을 벗어나지 않는 범위 안에서 마음을 다해 올리는 것이 가장 이상적인 형태라고 본다. 이렇듯 온전한 기도는 중보의 능력을 빌어 그 응답을 얻을 수 있고, 목회자나 장로들을 통해 나누고 기도하는 가운데 소망의 응답을 얻을 수 있다. 그리고 마지막이 홀로 주님께 아뢰는 진실한 기도이다. 나는 이러한 기도 방식이 가장 빠른 응답의 길이라고 여긴다.

기도의 올바른 길은 언제나 성경 속에서만 바르게 제시된다. 역사적으로 신약시대에 들어 그들이 기도했던 행위는 이 시대에 가장 필요한, 가장 완벽한 기도 방식이라고 생각한다. 홀로 기도하고, 모여서 합심해 기도하고, 장로들을 초대해 기도하고, 목자가 중보로 기도하는 것. 이것은 시대를 초월하는 변치 않는 하나님의 가르침이다.

◆ 교회 공동체를 벗어난 기도원장과 같은 부류는 기독교 역사에 있어 가장 사악한 행위자이다. 그것은 옛 수도 공동체 규칙(성 베네딕트 수도 규칙)에 빗대어도 결코 용납될 수 없는 불순종의 모습이다. 성도는 양 무리라는 사실을 명심하고 울타리 밖을 넘나들어 늑대를 만나는 행위를 해서는 결코 안 된다. 사람이 산으로 들어가 열심히 기도하면 어떠한 이는 응답을 받아 내려오고, 어떠한 이는 스스로 마음이 높아져 거짓된 평안함에

싸여 그곳에 사당을 짓고 싶어 하는 것이다. 이것이 인간의 마음이다. 그리고 자신이 만든 기도하는 집으로 사람들이 모이기를 바라며, 결국 그들에게 안수하기까지 이르고 만다. 기가 찬 일은, 이들에게도 거짓의 영이 역사함으로 말미암아 심지어 오는 이의 과거를 맞춘다거나, 미래를 하나님의 말씀과 빗대어 제시하기도 한다는 점이다. 그렇다. 사람이, 무지한 인간이 무엇을 알겠는가. 그것이 혹, 진정한 하나님의 계시인지, 그를 통해 응답하시는 말씀인지 사람이 어떻게 과학적으로 영의 일을 입증하겠는가. 사울이 죽은 사무엘을 땅속에서 불러내어 그에게 미래를 물었던 일, 악의 영이 거룩한 사무엘의 모습으로 올라와 사울에게 진실을 고했던 일, 모든 것이 귀신 놀음인 것이다.

◆ "이는 하나님을 알만한 것이 저희 속에 보임이라. 하나님께서 이를 저희에게 보이셨느니라. 창세로부터 그의 보이지 아니하는 것들 곧 그의 영원하신 능력과 신성이 그 만드신 만물에 분명히 보여 알게 되나니, 그러므로 저희가 핑계치 못할지니라."

세상이 창조된 이후로 하나님의 보이지 않는 성품, 곧 하나님의 영원하신 권능과 신성은 그분이 지으신 만물 가운데 분명히 드러나 있다. 이것은 사람이 보고도 깨달을 수 있을 정도의 일차원적인 안목과 이성의 합의 일치이지만, 다른 한편으로는 신비로운, 차원이 높은 범주이다.

로마서 1장 19절에서는, 하나님은 자신에 대해 알 만한 것들을 사람들에게 밝히 나타내 보이셨다고 기록하고 있다. 그것은 과거이면서도 현재 진행형이다. 20절로 가면 하나님을 알만한 모든 것이 세상 곳곳에 드러나 있기에 사람은 그것을 보고 충분히 신의 모습을 깨달을 수 있고, 그로 말미암아 훗날 하나님을 몰랐다고 핑계 댈 수 없을 것이라고 기록한다. 나는 이 아름다운 구절들을 묵상하며 잠시 상념에 잠겨본다. 신의 성품을 닮은 사람에게 부여된 '양심'이라는 부분을 가지고 인간 이성에 빗대어 이 구절을 해석하기 위해 하나님께 지혜를 구했다.

　하나님께서는 당신께서 사랑하시는 자녀들로 하여금 마음으로 당신을 인지할 수 있는 분별의 영을 허락하셨다. 이러한 은혜가 막힘은 우리 스스로가 세상과 타협함이며, 마음이 완악해졌기 때문이다. 우리가 만약 충만함 가운데 거한다면, 본인이 하나님과의 일대일의 관계를 온전히 유지하고 있다고 확신한다면, 성령께서 양심을 통해 말씀하시는 음성에 귀 기울여야만 할 것이다. 그렇다면 만물에 서린 하나님 영광의 모습을 분별할 수 있는 그 양심의 발로는 어떻게 사람에게서 드러나는가? 그 답은 의외로 간단하다. 무엇을 보고 느끼던 간에 마음에 감화가 일어 찬양이 나온다면 그는 로마서 1장 19절을 받은 은혜의 사람인 것이다. 이것은 어디까지나 자의적인 해석일 수도 있다. 하지만 사람이 은혜 아래에서 할 수 있는 것이 찬양 말고 또 무엇이 있단 말인가. 은혜를 받을 때 찬양하는 것만큼 자연스러운 것은 또 없다.

　그럼, 본래의 주제로 돌아가 바울이 로마서에서 말한 만물에 분명히 드러나 있는 하나님의 실체는 과연 무엇을 의미하는가? 그것은 가시적인 현상일 수도 있다. 태양이 뜨는 것과 달이 지는 것, 별이 빛나는 것, 지구의 주기가 나뉘어 있다는 것, 이성을 아우르는 모든 과학적인 것이다. 분명 모든 이들에게 지극히 일상적인 모습이겠지만, 믿음 없이는 하나님의 감추어진 숨결을 인식하기 어려운 것이다.

◆ 아담과 하와는 낙원에서 무방비한 모습으로 생활했다. 먹고 자는 것 외에 이들은 순수한 모습 그대로를 유지했을 것이다. 돌로 사냥할 필요도 없었고, 말 그대로 이슬만 먹고 사는 어느 화장품 광고처럼 지식도, 그렇다고 지혜도, 역사도, 물질적 가치도, 사유의 아무런 이유도 느끼지 못한 채 완성되지 않은 이성으로 하나님만을 세상의 모든 존재 가치로 여기며 생활했을 것이다. 이들은 서로의 벗은 몸을 보아도 성적 욕구가 일어나지 않았을 것이다. 이렇게도 백지와 같이 순수한 모습으로 살아가는 아담과 하와 앞에 한 그루의 선악과나무가 있고, 그것을 먹는 순간 선과 악을 알게 되는, 인간 실존의 근원, 나아가 밝은 이성에로의 눈을 뜨게 만드는 나무라고 간교한 뱀은 설득한다.

선과 악을 모두 알게 된다는 말은 이들이 선악과를 먹기 전에는 본성이 선한 존재였다는 해석도 된다. 본래 선했기에 그 선을 선이라 여기지 못했지만, 선악과를 먹는 순간 하와는 하나님께 뱀을 고하고, 아담은 하나님께 하와를 고했다. 이것은 중요한 의미가 있다. 인간 근본 이성이 어떠한 발단의 과정으로 시작되었는가를 명확하게 보여주는 사건이기 때문이다. 회개도 없는, 오로지 변명만을 외쳤던 것이 하나님 앞에 드러난 첫 번째 인간의 마음이다. 그리고 그들은 보통 인간이 되었다.

◆ "여호와 하나님이 그 땅에서 보기에 아름답고 먹기에 좋은 나무가 나게 하시니 동산 가운데에는 생명나무와 선악을 알게 하는 나무도 있더라."

아담과 하와 앞에 우뚝 솟아 있는 이 신비한 나무는 마치 상징적 조형물 같기도, 하나님의 짓궂은 장난 같아 보이기도 한다. 아무것도 몰랐던, 거부라는 것을 몰랐던 이들이 간사한 뱀에게 농락당해 불복종의 범주에 갇히게 되었으며, 그들 스스로의 양심은 죄의 화인을 맞아 하나님의 손바닥 안에 숨어버리게 되었다. 이 순간부터 우리에게 선과 악을 알 수 있는 이성이 생김과 동시에 양심이라는 하나님의 성품이 임하게 되었다. 아담과 하와가 오히려 하나님의 온전한 성품을 그대로 부여받게 된 시점도 바로 이 선악과 사건 이후이다. 이 시기에 처량한 아담과 하와에게 들어온 인간의 마음은 걱정과 근심이었다.

◆ 세월이 흘러도 변하지 않는 것 중 하나로 전도 방식에 대해 생각했다. 외치는 자의 소리는 기독교인에게 있어 가장 이상적인 전도 방식이다. 그만큼 용기가 필요한 거룩한 의무이다. 결코 아무나 할 수 있는 일이 아니다. 구약시대 선지자들은 확성기만 없었지, 전도 방식은 이와 동일했을 것이다. 전도 방식은 구약시대나 신약시대나, 이 시대나 달라진 것이 거의 없다고 본다.

나는 세련됨을 논하고 싶다. 우리는 사랑하는 일에 열정만 있지 노련함과 세련미, 멋스러움에 얼마나 많은 비중을 두고 있는가를 한번 생각해봐야만 한다. 예수를 전도한다고는 하지만 우리는 거지 임금을 홍보하고 있는 것은 아닌지 생각해 볼 부분이다. 하나님의 아들 예수 그리스도를 세상 사람들에게 외치면서 요즘 같이 좋은 시대에 자기 단장(丹粧)도 하지 않는다면 그것 또한 게으름이다. 이 시대의 전도자는 세련미를 갖출 의무가 있다. 어디까지나 남에게 호감을 주는 인상은 큰 장점이다.

◆ 세상 속에서 유일하게 하나님의 숨결을 인식할 수 있는 사람 이성에 있어 가장 우선시된 기능은 바로 양심이다. 우리에게는 하나님의 성품을 닮은 양심이라는 영혼의 거울이 있다. 사람은 그것으로 하나님을 인지한다. 마음의 소리, 양심이 전하는 소리에 귀를 기울이면 누구나 하나님의 성품을 가늠할 수 있다.

만물이 발하는 하나님의 모습은 인간에게 부여된 양심을 통해 구분할 수 있는 것이다. 하지만 사람이 마음에 하나님 두기를 싫어하기에 나눠진 인간의 양심은 세상 속에서 스스로 방임된다.

하나님 두기를 싫어한다는 것은 하나님을 두어야 하는 가설을 전제로 하고 있는 것이기에 알고 저지르는 죄이다. 마음, 즉 양심은 바르게 말하지만 이성이 그것을 가로막는 것이라 하겠다.

◆ 하나님은 생존하신다. 지금도 역사하신다. 세상에 속한 사람은 마음에 하나님 두기를 싫어해 세상 유희를 좇는 삶을 살아간다. 술도 죽기 전

에 마음껏 마시고, 여자와의 연애도 기회만 된다면 늙기 전에 마음껏 즐기고자 하는 마음의 결심, 남을 속일지언정 절대 속고는 못 사는 세상, 죽으면 그만인데 될 수 있으면 많이 누리다가 가야지 작정하는 마음, 이것이 하나님을 모르고 세상의 타락을 사랑하는 사람의 마음이다.

선한 일을 도모하고, 많이 베풀기 위해 애쓰는 삶, 억울한 이의 가슴을 풀어주는 용기 있는 마음, 거짓 앞에 진실을 말하고 지탄받을 수 있는 대범한 마음, 이것은 양심과 화친하는 진실함이요, 하나님의 마음으로 다가가는 유일한 길이다.

◆ 신앙생활을 하는 이가 금전적으로 어려움을 겪으면, 대부분 성도는 생계를 위해 돈을 우선으로 좇는 자와 힘들어도 교회 일에만 전력을 다하는 자, 두 부류로 나뉜다. 하지만 돈을 좇는 자를 잘못된 자라 말하지 않고, 교회 일에만 열심을 다하는 자를 미련하다고 나는 생각지 않는다. 어려워도 하나님만을 부여잡을 수 있는 자는 가장 큰 긍휼의 은혜를 입은 것이요, 돈을 좇는 자에게 교회에만 충성하라고 권면하는 자 또한 상황에 따라서는 미련한 자로 일컬어질 수 있기 때문이다.

우리는 무엇이든지 인간의 잣대로, 자기 기준으로 상대를 평가하고 권면한다. 그러나 권면은 때로는 넘지 말아야 할 수위를 지나친다. 하지만 어려워도 하나님만을 부여잡을 수 있는 행동은 가장 큰 은혜라는 것에 우리는 주목해야만 한다.

◆ 음악 목사라는 소명적 직업이 한국 대형 교회에는 존재한다. 하지만 그 역사는 한국 내에서는 짧다. 내 견해이지만, 교회가 인식의 변화를 통해 음악가를 교회 내에서 고용한다면, 교회 음악의 문화적 양상은 역동적으로 발전할 것이라고 본다. 그러나 함께 찬송가를 불러도 누구는 돈을 받고 부르고, 누구는 봉사자의 신명으로 부른다면 인간의 원초적인 시기로 말미암아 돈을 받는 연주가는 사람들의 눈총을 못 이겨 해당 교회를 떠나고 말 것이다. 이것은 해당 교회의 등록 교인이면서 사례비를 받는 경우를 말하는 것이다.

한국 교회 대부분은 영입 연주자에게 최대 30만 원의 사례금을 지급하고 있다. 지휘자의 경우 60만 원 선이다. 나도 한때는 서울 중·대형 교회에서 사례금을 받고 노래했던 소중한 경험이 있다. 매번 찬양할 때마다 하나님께서 하사하시는 돈을 받는다는 생각에 성가 활동이 영광스럽고, 자존감이 충만했다. 그러나 100만 원을 받고 전적으로 모든 찬양을 도맡아 하는 것도 아닌, 굳이 20만 원을 받고 봉사라는 명분하에 찬양하는 것은 사람들 눈총에 못 이겨 결국에는 못 할 짓이라 여기고 말았다.

교회 내에서의 음악 사역은 구조적 부분과 명분이 정확히 규정되어야 할 필요가 있다. 그렇지만 하나님께 영광 돌리는 연주가가 돈만 따지는 것에도 다소 병폐는 있다고 본다. 오래전 나는 친분이 있는 모 교수가 어느 교회에서 80만 원의 사례금을 받고 지휘자로 봉사하다가 적은 사례비를 이유로 지휘자 자리를 사임했다는 소식을 듣고 다소 실망한 적이 있다. 명분과 덕은 언제나 복잡한 부분이다. 모 교수는 그 자리에 있어야만 할 사람이었다. 그렇다고 연주인들에게 봉사만 강요하는 현실은 불합리한 조건이다. 대형 교회에서는 검증된 신앙인 연주자에 한해 엄격한 오디션을 통한 사례비가 책정되어야만 할 것이다. 마치 르네상스 시대 연주가들처럼 말이다. 교회 내에서의 연주는 봉사와 신앙이 명분이지만, 만약 사례금의 개념을 지닌 이들에게는 금전적인 부분이 명분이 될 수 있다. 그러나 이것으로 신앙 유무를 판단해서는 결코 아니 될 것이다.

◆ 자신의 학문에 있어 정점을 보고, 원숙한 지성을 갖춘 신학자는 부드러우면서도 온화한 지성인이 되거나, 아니면 어린아이가 된다. 이 두 가지에 해당 사항이 없는 신학자라면, 그는 아직 하나님을 이해 못하는 학생이다. 물론 문서로만 접했지만, 내가 아는 신학자, 책으로 아는 신학자 중, 어린아이의 순수라는 것에 가장 가까웠던 분은 정암 박윤선 박사이다.

◆ 열심을 다해 하나님을 믿고 섬기나, 하나님에 대한 두려움이 없는 신자들이 있다. 그분의 규례에 자유할 수 있는 그리스도인에게 있어 하나님은 두려움의 대상이 아니다. 그러나 하나님을 두려워해야만 하는 이유는 분명히 존재한다. 그것은 나로 인해 파생되는 것이다. 오늘 나는 누구의 마음을 아프게 했는지, 누구를 속였는지, 누구를 멸시했는지 잘 따져보아야만 한다. 내가 아무리 섬김에 열정이 있다고 한들 나로 인해 억울함 당한 이가 하나님께 나를 신원한다면, 그 응보는 홀연히 나 자신에게 임할

것이다.

우리는 언제나 나의 무심코 저지른 행위로 말미암아 타인이 하나님께 신원 올리는, 억울함을 호소하는 일이 없도록 살펴야만 한다. 그리고 그것을 두려워하고 회개와 용서로 나아가야만 한다.

◆ 영리를 목적으로 교회 등록을 하는 성도들이 있다. 그렇지만 교회에서는 이러한 성도들의 사업장을 충실히 홍보해준다. 나는 개인적으로 교회가 성도들 사업장을 홍보하는 행위에 대해 부정적인 견해를 갖지 않는다. 그리고 요즘은 더더욱 영리를 목적으로 출석하건 하루 교회 나오다 자신의 사업체만 홍보하고 사라지건, 교회가 성도들의 사업체를 적극적으로 홍보해주는 것은 잘하는 일이라 생각한다. 신앙공동체 속에서 성도들은 모두 다 통일된 성경의 법을 마음에 지니고 살아가는 성실한 사람들이다.

세상 사람들도 양심이라는 거울을 통해 마음에 법이 확고한 사람은 그나마 인생을 바르게 살아간다. 하지만 세상에 속한 어떠한 사람들은 남을 속이는 것에 담대하다. 교회는 성도가 세상 사람들로 인해 피해당하는 것을 최소화해 줄 수 있는 책임도 어느 정도는 지니고 있다고 본다. 물론 이것은 구원론과는 무관하다. 가게를 하는 성도가 세상 사람들을 상대로만 장사함으로 곤경에 처한다면, 그 자리를 성도 고객으로 채우는 것도 그리 나쁜 것이 아니라고 본다. 하지만 교회를 사람 대상의 영리 목적으로 등록하는 자는, 성전에서 비둘기를 파는 자와 다를 것이 없다. 예수 그리스도는 이들을 독사의 자식이라고 명했다는 것을 기억해야만 할 것이다.

◆ 사무엘서에 등장하는 엘리 제사장의 아들인 홉니와 비느하스는 불량한 자들이었다. 그들은 이스라엘 사람들이 번제물로 드릴 고기를 가지고 오면, 불에 사르기 전 사람들을 위협해(말로 협박하고 설득해) 제사장께 구워 드리고자 한다며 생고기를 갈취했다. 더구나 그들은 성막에서 일하는 여인들과 음행하던 자들이었다. 이스라엘에 무성한 소문이 퍼지자 엘리는 아들들에게 경고한다. "사람 사이의 일은 하나님께서 심판하시지만, 사람이 하나님께 죄를 지으면 멸망 외에 무슨 방도가 있겠느냐." 하고 말하며 아들들에게 주의를 준다. 엘리 집안은 모든 후손이 젊어서 단명하는 저주를 받는다. 엘리의 충고에도 불구하고 이들이 저주를 받은 이유는 회개가 없었기 때문이다. 하나님께 올리는 제사를 경솔히 여겼기 때문이고, 정작 엘리 자신도 끝까지 아들들을 징계하지 않았기 때문이다.

우리는 어떠한 일이 잘못되었다고 확신한다면, 그리고 그 확신의 선상에 내가 주최자로 있기에 바꿀 능력이 된다면, 사생결단의 각오로 옳은 것을 사수해야만 하는 굳은 의지를 지녀야만 한다. 만약 내가 엘리였다면, 두 아들이 무릎 꿇고 울면서 용서해달라고 애원할 정도로 매질을 했을 것이다. 우유부단함은 이렇게 모든 것을 멸망시키는 죄악이 되고 말았다.

◆ 성경에는 수많은 위대한 인물들이 등장한다. 삼손과 같이 다소 불완전하지만, 하나님의 일을 인생 마지막까지 성실한 죽음으로 수행했던 사사부터 하나님의 영을 힘입어 초자연적인 능력을 보여준 엘리야와 같은 선지자까지 실로 다양하다. 그렇지만 나는 이 시대의 목회자 개념으로 볼 때 가장 이상적인 선지자는 역시 사무엘이라고 생각한다. 그는 어린 시절 엘리 제사장 밑에서 섬김의 자세를 배웠고, 제사장 역할을 수행하기 전, 속인의 모습을 경험하지 않은 구별된 인생으로 하나님 일을 시작했던 선지자였다. 더구나 그는 평생을 이스라엘의 기름 부은 왕들과 함께했다. 어찌 보면 다분히 정치적 성향도 지녔을 법하다. 목회자의 정치적 성향을 두둔하는 것은 아니다. 그는 모든 부분에 있어 이상적인 롤모델임에는 분명하다.

◆ 지인 한 분이 이러한 말을 건넨다. "괴롭고 힘든 나날들이 많았을 것으로 아는데 어찌 그리 매일같이 즐거울 수 있을까?" 하며 그러한 부분이 나의 평소 모습 속에서 신기하게 느껴졌다고 한다. 나에 대해 잘 안다고 생각하는 이가 이러한 말을 하니 뭐라 할 말이 없었다.

나는 낙천적인 성향을 지닌 사람인가? 실없는 사람인가? 타인에게 인식되는 나의 외형은 성장 배경에 기인하는 것 같다. 하지만 사람의 천성은 삶을 통해 변화될 수도 있다. 적어도 나는 이렇게 확신한다. 나를 어디까지나 본래 성품으로, 세상의 모든 풍파가 내게 닥쳐도 나를 보호해 그 모든 것을 그냥 있는 그대로 간직할 수 있게끔 해주는 것은 하나님의 말씀 때문이라고 말이다. 주변 사람들이 볼 때 나는 오로지 말씀을 붙들고 있기에 살아간다는 인상을 주는 것, 그것이 하나님의 영광을 나타내는 것이 아니고서야 또 무엇이겠는가. 하지만 알 수 없는 유쾌함으로 보인다는 말에 조금은 씁쓸한 생각이 든다. 그 이유는, 내가 하는 일에서, 내 주변 환경에서 애씀과 노고, 힘겨운 일들을 적잖게 만나기 때문이다.

대학 1학년 무렵으로 기억한다. 작곡과 친구네 집을 방문해 하루를 묵은 적이 있다. 집안 분위기를 언급한다면, 친구의 여동생은 믿음이 좋은 자매였다. 그 자매는 귀신을 보는 영안으로 괴로워하는 여성이었다. 그 친구의 부친은 경희대학교 법대를 졸업하고 집안에서 소일하며 지내는 분이었다. 또한 친구 모친은 동네에서 작은 미용실(서울 이문동)과 돈가스 가게를 운영하며 친정어머니, 시어머니까지 모시고 생활하는 분이었다. 생활은 고되고 힘들었지만 친구 모친은 매일 말씀을 묵상하고, 은혜받은 말씀을 종이에 적어 가족들에게 전하는 일을 지속했다. 그분의 삶 속 에너지는 말씀의 능력이었다. 나는 친구 모친에 대해 친구에게 별다른 말을 한 적은 없다만, 당시 그분의 신실함에 대해 깊게 생각했다. 그 이후에도 나의 뇌리에는 친구 모친의 모습이 떠나지를 않았다. 지금 그 친구와는 연락이 끊긴 상태이다.

흔들리지 않는, 쉽게 변화되지 않는 것이 장점이자 능력이라면, 나는 그 능력의 비결을 중단하지 않고 계속하는 것이라고 생각한다. 내가 하나님을 섬기는 데에 있어 나름 갈망하고 사모하는 것은 매일 보약과도 같은 그분의 말씀을 먹는 일이다. 이것은 즉, 성경을 읽고 쓰며 묵상한다는 말이다. 열아홉 살부터 지금까지 나는 매일 성경을 쓰고 읽어왔다. 하나님을 매일 만나는 것에서 능력이 나는 것이라고 확신한다.

◆ 지금까지 신앙생활을 해오며 나 스스로 어려운 부분이라고 느껴왔던 것이 하나 있다. 그것은 바로 온유한 심성의 사람으로 거듭나는 것이다. 물론 나도 오랫동안 신앙생활을 했다고 하는 모태 신앙인이지만, 나의 심성을 하나님의 사람으로 맞추어나가는 일은 세상에서 가장 어려운 일인 것 같다. 나는 추악한 본성으로 인간의 굴레를 살아가고 있는 사람이다. 나는 그간 인본주의자들을 비판하지 않았지만, 최근 인본주의에 입각한 자유주의 신학자들의 만용과 시대적으로 뒤떨어진 그들의 분투를 보면서 점차 신본주의적 복음주의자가 되어가고 있다. 나는 모태 신앙으로 성장해 무신론 사상가들에게 이념을 배웠고 복음주의자가 되었다. 그러한 과정을 경험할수록 내 앞에는 하나님과 나의 자아만이 남게 되는 것을 경험한다. 내 삶을 털어서 나오는 것은 오로지 먼지 외에는 없다. 나는 회개와 친해져야만 할 사람이다. 회개가 없는 나는 나무토막과도 같은 가여운 인생이 될 것이다. 그리고 온유한 심성을 간구해야만 하는 절실함을 느낀다.

◆ 인간은 태어남과 동시에 죄의 본성을 지닌다. 죄의 본성이라는 본질은 우리 인간이 수긍과 받아드림의 논제와는 상반되는 거부함과 불복종의 상태를 수반한다는 점에서 이해해 볼 수 있는 부분이다. 일반적으로

원죄라고 부르는 이러한 죄의 습성, 우리는 순결한 어머니의 자궁에서 처음 세상을 맞이하는 아이를 통해 많은 부분을 추론해 볼 수 있다.

아이는 태어남과 동시에 울음을 터트린다. 우는 순간부터 아이는 세상과 단절되어 어머니의 자궁으로부터 분리된 자신을 인식하고 방어한다. 다시금 고립의 상태로 돌아가려는 아이는 자연스럽게 울음으로 세상과 합류되는 자신의 육신에 대해 거부한다. 이것은 어디까지나 나의 비유이다.

아이가 우는 것은 과학적으로 다른 입증이 설 수도 있다. 하지만 인간 본연의 모습이 선한 것이라면 어머니의 자궁에서 분리되어 세상으로 나오는 아이는 결코 울어서도, 무엇을 쥐어서도 안 된다. 성립될 수는 없겠지만, 아이라고 할지라도 자아 의지가 내포된 행위, 본능적인 행위 현상에 있어 스스로를 위한 모든 원초적인 행위는 자아 의지를 표출하는 것으로 이미 이기적 산물의 결과이다.

나를 위한 그 어떠한 욕심이 배제된 상태야말로 가장 이상적인 인간의 선을 드러내 줄 수 있는 것이다. 예수 그리스도가 우리를 향해 지녔던 그 마음은 오직 하늘의 하나님만을 위한 것이었다. 그것이야말로 절대적인 선이며 아무런 죄가 없는 대속의 역사였다.

인간은 자궁에서 태어나는 것과 동시에 살기 위해 주먹을 쥐는 순간 죄의 본성에 놓이게 된다. 세상 어떠한 신학자나 철학자도 나와 같은 주장을 한 이는 없을 것이다. 그러나 나의 말은 원초적인 죄의 본성을 표현하는 데에 있어 가장 이해도가 높은 비유가 된다고 생각한다.

◆ 교회 내에서는 가정생활의 일률적 소명을 존귀하게 여긴다. 가정이라는 것을 두고 그 깊이를 논한다면 수백 권의 책으로도 다 담기 어려울 것이다. 또한 가정생활의 화평은 하나님께서 인간에게 부여한 지상명령으로 나는 안다. 기독교와 가정, 가정 사역, 부부의 신앙, 자녀 양육 등 이런 범주로 들어가면 가정을 이루는 것과 신앙생활이라는 것이 얼마나 중요하게 상호작용을 하는지 굳이 논할 필요도 없다.

교회 내에서 특별한 경우를 제하곤 독신으로 사역하는 목자는 없다. 한국 교회 내에서 사역자의 결혼은 의무사항이다. 왜냐하면, 온전함을 좇기 위함이다. 결혼하지 않아 하나님 일을 하는 데에 있어 좌로 우로 치우침을 방지하기 위함이고, 결혼을 통한 하나님의 역사하심, 가정을 세우고 자녀들을 통해 뜻을 이루어가는 그분의 섭리를 온전히 나타내시기 위함이다. 사실 가정 사역, 목회자의 결혼에 대해 간단히 말을 했을 뿐이다. 자세히 기록한다면 온종일을 써도 모자랄 것이다. 그러나 크게 틀을 바꾸어 생각하면, 결혼하고 세상에서 가족들과 얽히며 살아가는 것이 때로는 신앙생활에 있어 큰 방해 요인으로 다가올 때도 잦다. 어찌 보면 나 또한 감히 사도 바울과 같은 말을 하는 것처럼 들릴 수도 있겠지만, 남자가 음욕에 빠지는 것만 멀리할 수 있다면 하나님을 섬기는 데에는 결혼보다는 독신이 더할 것 없이 좋을 것으로 판단한다.

내가 하나님께 그나마 감사할 수 있는 것은 나 또한 온전한 짝을 만나지 못하고 있는 사람이니 지금까지 마음이 둘로 나뉘어본 일이 없다는 것이다. 결혼해 아이를 낳아보면 책임감과 의무감이라는 또 다른 마음이 자리 잡게 될지도 모른다. 그렇지만 홀로 하나님만을 생각할 수 있다는 것은 행복한 특권이다. 나는 이러한 생활을 사랑하는 사람이다. 하나님께서는 나의 길을 적절한 방향으로 인도하실 것이다.

◆ 그리스도인에게 있어 복음이라는 것은 삶이자 생명이다. 나는 그리스도인이다. 비록 미완성품인 그리스도인이지만 엄연한 그리스도인이다. 그리스도인에게 있어 복음을 전한다는 것은 큰 과업이자 숙제이다. 더 큰 개념으로 본다면 사명이다. 그리스도인에게 있어 복음을 전하지 않는다는 것은 무책임한 회피일지도 모른다. 그러나 모든 성도가 다 복음 전함에 헌신하는 것은 아니다. 주변을 둘러볼 것도 없이 내 가족을 생각해보자. 나는 남에게 복음을 외치면서 정작 복음을 모르고 지내는 내 가족은 없는지 말이다.

복음이라는 단어는 거창하게 들리기에 전한다는 개념과 아울러 받아들인다는 입장에서는 당연히 부담감이 형성된다. 그러나 가까이 지내는 내 가족에게 복음을 진하지 않는다는 것은 생각만 해도 끔찍한 일이다. 나는 복음에 있어서는 부지런한, 꾸준한 사람이 되고 싶다.

◆ 체험 신앙이라는 말은 교회 내에서 파생된 말이다. 나는 신학을 공부한 사람은 아니다. 더군다나 신학대학에서 체험 신앙에 대해 논함이 있다고도 생각지 않는다. 역사신학이나 조직신학, 바울신학 등 신학 원론은 비판적 관념에서 믿음을 완성해나가는 과정으로 본다. 이 때문에 체험 신

앙이라는 말은 광범위한 의미를 내포하고 있는 간증적 논리이다.

많은 그리스도인이 체험 신앙을 얻기 위해 달음질한다고 해도 과언은 아니다. 물론, 갈망하는 자에 한해서 말이다. 체험 신앙에 있어 기본적인 덕목은 말씀과 기도이다. 적어도 이러한 하나님의 임재를 경험하는 기적을 체험하기 위해서는 매일의 묵상과 매일의 기도가 반드시 수반되어야만 한다. 그러나 이것은 사람이 가르쳐서 되는 것이 아니다. 거룩하고 놀라운 은혜로 받는 선물이다. 하지만 이러한 선물도 갈망하는 영혼의 목마름 없이는 아무것도 얻을 수 없다.

예전에 한 대학에서 신학대 학생을 만나 담소를 나눈 일이 있다. 내가 그를 기억하는 것은 나의 기대와는 다르게 그는 모든 성경을 철저한 비판적 관점으로 바라보고 있었기 때문이었다. 내가 그와 대화를 나눈 이유는, 그에게 신학대 학생들이 학습하는 이론을 듣고 도움과 질정(質定)을 얻기 위함이었다. 그에게 나는 훗날 목회자가 되고자 하는가 조심스럽게 물었다. 그러자 그는 신학과에서 목회자로 나아가는 학생 수는 생각보다 그리 많지 않다고 말했다. 아울러 그는 학부 생활 내내 성경에 대한 비판적 소견으로 이미 믿음을 버렸고, 많은 학생들이 자신과 같은 마음의 담합을 형성하고 있다고 설명했다. 순간 그에게 필요한 것이야말로 체험 신앙이라고 나는 생각했다.

사람들은 너무나도 많은 것을 보고 배우며 살아간다. 그리고 세상에는 똑똑한 사람들이 많다. 그들의 생각은 이리 튀고, 저리 튄다.

◆ 교회를 다녀온 어머니는 나에게 한 가지 말씀을 전했다. 물론 어머니 입장에서는 단순하게 생각해 이른 말씀이었다. 이르기를, 교회 성도들과 어울림을 갖고 세상에서도 성도들과 교제하면 굳이 세상 사람들을 사귀기 위해 애쓰지 않아도 그것 이상으로 충분한 즐거움과 모든 유익을 그 속에서 다 얻을 수 있다는 말씀이었다. 어머니의 의중은 선민사상을 지니고, 마치 세상 밖으로 나가 존재하는 사람들처럼 교인들과만 어울리라는 말씀이 아닌, 그만큼 성도와의 교제를 더욱 굳건히 하라는 의미로 해석했다.

나는 교회 내에서 성도들과 예의를 갖추고 반갑게 악수하는 모습을 지속하며 지내왔지만, 교회 밖에서 따로 성도를 만나 교제하는 일은 없었다.

진정한 신앙 공동체는 무엇인가? 교회 내에서 획일적인 모임과 교육에 참여하는 것으로 공동체적 모습을 지향한다고 할 수 있을까? 식탁 교제와 함께 즐기는 스포츠, 함께 어울려 중보기도 하는 모든 모습 속에서 성도는 신앙 공동체를 더욱 굳건히 다져나갈 수 있게 될 것이라고도 생각한다.

◆ 인간은 육신의 몸을 입고 세상에 존재한다는 것 자체만으로도 의에 이를 수 없는 충분한 사유를 지닌다. 성결과 거룩함, 말씀과 기도로 의에 이른다고는 성경에서도 명시하나, 그것은 어디까지나 하나님의 대속 사업과 인간 구원을 아우르는 기적과도 같은 적극적인 그분의 온전한 인간 사랑하심의 표현이다. 우리가 지니고 있는, 우리가 행하는 모든 동기의 결과로 빚어지는 것은 결코 아니다. 그 때문에 처녀가 남자를 모르는 순결의 몸을 지녔다고 해서 거룩하게 되고, 나아가 그 의를 인정받는다는

것은 엄밀히 말해 우주적 신의 세계에 속한 개념에 있어서는 아무런 무기가 될 수 없다. 고로, 우리의 구원은 세상이 두 쪽 난다고 해도 불변하는 엄청난 빚이다. 변제할 수 없는 채무라고 하겠다.

◆ 스스로 의인이라고 여기는 자들도 구원의 확신을 지닌다. 그 개념을 가지고도 나름의 화평과 기쁨을 누릴 수 있다. 하지만 이것은 다소 심각한 개념으로 생각해 볼 요소이다. 의인이라고 칭함을 받았다 여기고 나름 성령을 받았다고 여겨 마음에 큰 화평이 왔다고 하자. 의인이 되었기 때문에 하나님께 내세의 큰 소망을 선물로 받았다고 자족할 것이다. 너무나도 단계적이고 아름다운 순리이다. 그러나 썩어서 냄새나는 육신을 지닌 모든 자는 결코 살아서 성결에 이를 수 없다. 적어도 죄에 있어서만큼은 매일 죽었다고, 매일 통곡으로, 매일 땅을 기어 다녀도 우리는 그 죄를 다 씻지 못할 것이다. 아직도 유럽의 대성당 앞에는 무릎으로 딛고 기어서 기도처로 들어가는 이들이 있다. 순례자들의 이러한 행위는 매일 회개의 끝없는 발로이다. 그러나 하나님 앞에서 의인은 존재할 수 없다. 혹, 의인이라고 칭함을 받은 아브라함도 하나님께서 당신을 스스로 낮추어 그를 보듬어주신 표현이라는 사실을 결코 잊어서는 안 될 것이다.

◆ 오지로 전도를 떠나는 성도들의 파송식을 보며 여러 생각이 스쳤다. 내가 아는 분들, 장로님, 집사님. 이 중에서도 장로님들은 어르신으로 표

현하겠다. 참으로 존경스러운 분들이다. 내가 굳이 어르신이라고 표현한 이유는, 이분들은 평생을 교회 일에 헌신해 오셨기 때문이다. 내가 어렸을 때도 그랬고, 청년 때도 그랬고, 성인이 되었을 때도 그것은 현재 진행형이었다. 노년에 이르러서도 봉사하는 이분들의 헌신을 보면 내 평생에 있어 어르신들의 모습을 통해 발견할 수 있는 것들이 많다고 느낀다. 교회 출석을 하면서 나는 어르신들의 이러한 모습을 줄곧 봐왔다. 또한 이분들의 신실함에 대해 홀로 묵상할 때도 많았다. 학교 교사로 근무하면서도 교회 아이들의 교육에 있어 그 소중함을 인식해 정성을 기울이신 분, 넉넉지 못한 시간과 바쁜 회사 생활을 하면서도 모든 청소년 활동에 참여해 오신 분.

대부분의 작가들이 그렇듯이 나는 예능을 전공한 사람이지만 실로 다양한 직업을 전전했다. 공장 경비원으로 시작해 가장 오랫동안 근무한 신문사 기자, 물론 처음에는 잡지사를 창간해 기독교 잡지를 만드는 일도 했다. 그 이후에는 미국으로 반이민을 가 이모부 회사에서 미국인들과 용역 일도 했다. 피시방도 잠깐 운영했었고, 특수 보안원(자격 취득)으로 국가 보안시설을 지키기도 했다.

언제나 교회 어르신들을 보면 존경의 마음과 함께 나는 언제 저렇게 의미 있는 일을 하며 살 수 있을까를 고심하곤 했다. 옛 시절을 회상해보니 이분들이 교회 반사나 성가대원으로 봉사를 시작하게 된 시기는 내가 초등학교에 다니던 시절부터였다. 그렇다면 적어도 서른 중반 지금의 내 나이 때부터 헌신의 삶을 살아오셨다는 것이다. 이것은 실로 대단한 것이다. 어디까지나 핑계일 수는 있겠다만, 교회에서 나는 성가대 봉사하는 것도 도무지 시간이 허락지 않아 온전한 봉사의 사명을 이루지 못하고 있는 실정이다. 진정 하나님께서도 나에게 참된 봉사의 기회를 허락하시기를 간절히 바랄 뿐이다.

◆ 우리가 가르침을 받고 개인적으로 공부하며 사모하는 성경은 실질적으로 삼라만상을 아우르는 진리의 책이다. 여기서 실질적이라는 표현을 쓴 이유는, 성경은 생명이기 때문이다. 성경은 모든 현상의 시작과 끝을 근원적으로 다루고 있다. 수많은 석학의 외면과 불신에도 세대를 넘어 증거되는 심각한 보물이다.

세상에는 두 부류의 사람이 있다. 그것은 예나 지금이나 변함이 없다. 성경을 아는 이와 모르는 이다. 성경은 그것을 신앙의 눈으로 바라보던 아니던, 생명의 근원과 인간 이성의 출발을 분명하게 제시한다. 그 때문에 성경을 아는 자와 모르는 자 사이에는 건널 수 없는 수준의 깊은 강이 놓여 있기 마련이다. 이것은 불경과 같은 이교도들의 경전을 알고 모르는 차원과는 감히 비교할 수 없는 것이다.

세상 모든 사람은 저마다 삶에 대해 논할 수 있을 만큼 해박하다. 더구나 나름의 분명한 철학적 소신을 지니고 살아가는 사람도 많다. 그래서 이들은 궁극적으로 성경과 마주했을 때 자신들이 쌓아온 세상의 지식을 성경과 견주려고 애쓴다. 결국 성경이 일반 경전화되고, 세상 지혜와 동등하게, 또는 그보다 더 못하게, 취하면 얻고, 버리면 그만인 고전으로 치부되곤 한다.

위에서 언급한 것과 같이 세상은 두 부류의 사람이 섞여 살아간다고 했다. 아는 사람과 모르는 사람이 섞이고 공존하며 살아간다는 말이다. 이것은 사실 물과 기름이다. 하지만 믿는 자들은 이들에게 증거해야 할 소명을 지니고 있는 것이다. 이 세상에서 성도는 너무나도 어려운 전쟁을 치르며 살아가고 있다.

◆ 이스라엘 민족의 광야 생활 사십 년은 하나님의 온전한 계획하심에 의한 시험이었다. 시험을 받던 이스라엘 민족 그들은 고집스럽고 다소 완악한 마음을 하나님 앞에 쉽게 버리지 못했다. 이것은 그들의 신앙에 의거한 하나님에게로 향한 불만이었다. 이들이야말로 사십 년 동안 두 눈으로 똑똑히 하나님의 일을 목격했다. 그것은 실로 처절한 것이었다.

광야에 거하던 이스라엘 민족은 하나님의 법도를 잊고 말았다. 결국 이들은 약속의 안식처로 들어가지 못했다. 불신의 마음이야말로 가장 무서운 죄이다. 우리는 서로 권면하고, 격려함으로 하나님 앞에서 죄의 유혹에 빠져 마음이 완고해지는 일이 없도록 자신을 돌아보아야만 한다. 이것이 오늘날 성경이 말씀하는 것이다. 나는 오늘날 하나님 앞에서 무엇을 내려놓아야만 하는지 고민해본다.

◆ 출애굽 당시 모세의 인도를 받아 광야 생활에 접어든 이스라엘 민족은 하나님의 음성과 역사를 직접 경험했음에도 온전히 하나님을 가슴으

로 품지 못했다. 그것이야말로 하나님을 향한 철저한 거역이었다. 그 이유는, 광야에서 그들은 하나님과만 직통했기 때문이다. 아무것도 없는 광야에서 그들은 하나님만 볼 수밖에 없었기 때문이다. 그러한 그들이었기에 불신앙은 처절한 배도, 친밀함을 거부하는 거역이 되고 말았다.

광야 생활 사십 년은 수십 년간의 시험으로 간주되지만, 엄밀히 말해 사십 년간의 하나님의 진노였다. 믿는 자에게 있어 순종은 언제나 최상의 무기이다. 종합해 볼 때 모세와 함께했던 이스라엘 민족이 약속의 땅에 들어가지 못했던 것은 결국 이들의 불신앙 때문이었다.

◆ 모세가 이끌었던 이스라엘 민족의 출애굽은 신앙적으로 볼 때 여러 가지 시사하는 바가 있다. 사십 년이라는 여정을 광야에서 생활해야만 했던 이스라엘은 하나님께 순종치 않았다. 하늘로부터 전해지는 기쁜 소식은 그들에게 아무런 유익함이 되지 못했다. 믿음이 없었기 때문이었다. 하나님 앞에 고집을 부린 이스라엘은 결국 처음부터 예비된 안식처에 들어갈 수 없었던 것이다. 자신의 판단만을 크게 신뢰하고 하나님 앞에 꺾이지 않는 고집이야말로 자신도 모르는 사이 큰 죄악의 속성을 드러내고 마는 것이다.

현 시대를 살아가는 사람이 하나님 앞에 고집부릴 것이, 마음을 완악하게 할 것이 무엇이겠는가 하겠지만, 사람 대부분은 자기 고집으로 살아가고 있는 것이다.

일상에서의 사색

◆ 교육사상가 장 자크 루소(Jean Jacques Rousseau, 1712~1778)는 자신의 집필 활동 외에도 악보 필사를 통해 생계를 유지했다. 더구나 그가 유일하게 즐겼던 취미는 식물도감을 만들며 다양한 식물을 채집·연구하는 것이었다. 이 부분은 그의 저서 『고백록』에 상세히 기술되어 있다. 루소는 식물 채집 외에도 직업으로 삼고 있는 악보 필사 일에 대해 "아무리 해도 결코 지루함이 없는 일"이라며 만족감을 표하기도 했다. 그러나 그가 애써 유희를 만끽한 분야는 바로 식물을 채집하고 관찰하는 일이었다.

만물의 영장인 인간은 자연에 순응하는 숙명적인 삶을 살아간다. 하나님이 피조물들에게 부여한 거룩한 임무이다. 어린 소나무를 철사로 동여매고 강제로 조여 성장을 막아 사람들에게 미니어처로 판매하는 행위에 대해 대학 시절 교양학부 교수였던 사학자인 어느 노교수는, "분재(盆栽)를 만드는 행위는 자연의 미(美)를 파손하는 무식한 짓"이라며 수업시간 때 여러 번 비판했다. 정작 본인은 내장탕도 먹지 않는다고 했다. 내장탕과 소나무 분재가 무슨 상관관계가 있는지는 모르겠으나, 자연의 소산물(所産物)에게 고문하는 행위를 하지 않고 불결한 음식을 먹지 않으며, 음식점에서 남은 소주를 보관하는 자신의 행동이 교양인의 남다른 모습이라는 것을 역설적으로 소개한 것은 아니었나 싶다. 여담이지만, 한국의 희석식 소주는 남으면 상을 닦는 용도로 사용할 것이지 증류식 소주가 아니기에 그 가치상으로 보나 장기간 보관하는 술이 아니다. 증류주는 병속에 술이 남았을 때 병 속으로 유입된 공기와 접촉해 술의 풍미와 맛이 부드럽게 변하는 예가 더러 있다. 오히려 내장탕을 먹으며 향미가 좋은 증류식 소주를 한잔 곁들인다면 이것이 그들에게 있어 더 품위 있는, 품격에도 어울리는 동양인의 정서가 아니었을까 하는 아쉬움도 남는다.

자연의 소산물을 학대하는 교양 없는 행동을 하던, 내장탕을 먹지 않는 고상한 행위를 하던, 산을 옮겨 방안에 두려는 사람의 욕망은 이기적일 수도 있다. 그러나 그것을 좋아하는 사람에게는 지극히 아름다운 것이 될 것이다. 거대한 자연을 나의 작은방으로 초대하고 싶은 인간의 욕망은 노교수도 비판하는 것이지만, 그 멋은 사람의 마음을 빼놓기에 충분하다. 하나님은 웅장한 자연을 만들고 인간은 미니어처를 만든다. 세상의 주인인 그리스도인은 세상을 축복함과 동시에 세상을 누릴 수 있는 것에 가장 최상의 방법이 무엇인가 또한 알아야만 한다.

◆ 다양한 취미들이 공존하며 많은 이들이 애정을 가지고 몰입하는 분야가 있다. 그것은 바로 식물을 키우는 유희라고 생각한다. 식물 키우는 것을 즐기는 이들은 주변에 많다. 나 또한 국화를 키운다. 여성들은 화분을 집안에 들이고 안목을 만족시키는 식물과 화분 모으는 것을 목표로 삼

는다. 이 부분에서 남자들은 좀 더 전문적으로 공부하고, 사랑을 가지고 한 종류 또는 두 종류의 식물들에게 집요한 애착을 두곤 한다. 나의 어머니께서도 식물을 좋아해 부모님이 거주하는 곳에는 다양한 화분들과 철마다 피는 꽃나무들이 즐비하다. 이곳에는 여러 마리의 새들이 자유롭게 날아다니며 생활하고 있다. 최근에는 야생화에서 다육식물로 그 관심도가 옮겨졌다.

다육식물은 성장이 빠르고, 뿌리 내리는 조건이 수월해 많은 여성이 즐긴다. 더구나 신기한 꽃이 올라오거나 거래되는 품종이 고가인 다육식물은 일부 직장인들 사이에서도 최대 삼백만 원까지 유통되는 현상을 보인다.

고상함이라는 것에 대해 생각한다. 사람이 즐기는 유희, 나아가 취미라고 영위하는 것이 그만큼 정서적이며 고상한 것이면, 삶에 있어 그보다 즐거운 것은 또 없을 것이다. 나름대로 삶의 가치까지 부여할 수 있는 의미 있는 생활을 만들기에 충분하리라고 본다. 그러나 나는 인생에게 있어 가장 고상한 것을 논하라면, 당연히 예수 그리스도를 아는 지혜라고 말하고 싶다. 사람의 고상함은 행동으로 나타나는 것을 우선으로 하기보다는, 내면에서 형성되는 사색과 지혜를 우선해야 함이 마땅하다.

◆ 인간은 아이나 어른이나, 유희의 단맛은 금방 분간하고 즐기려 하는 강한 근성, 즐거운 것에 대한 빠른 알아차림을 본능적으로 지닌다. 다시 말해 어른이나 아이나, 놀고 즐기는 것과 피곤한 일은 가르치지 않아도

쉽게 구분한다는 말이다.

개인적으로 나는 문학 작품이나 경전(經典)을 필사(筆寫)하는 행위를 나의 환경에서 가장 고상한 즐거움으로 여긴다. 손에 감기는 펜을 들고 정갈한 서체로 필사해나가는 일은 내가 청년 시절부터 지금까지 아무리 해도 질리지 않는 유일한 유희이다.

인간 누구나 지니고 있는 이러한 취미는 사람에게 있어 소중한 것이다. 또한 사람이 살아가는 동안 자신의 흐트러진 자아를 품을 수 있는 인간만이 고수하는, 하나님으로부터 부여받은 유일한 선물이다.

하나님은 세상을 창조하고 만족하셨다. 인간은 누구나 하나님께서 창조하신 세상 모든 만물에 대해 사랑하고 소유하고자 하는 본성을 지닌다. 그것은 아마도 신의 성품을 닮은 인간의 당연한 습성일지도 모른다.

◆ 사람은 세상을 살면서 누군가를 만나고 교감한다. 하지만 우리는 그러한 인간사의 규정과는 달리 동물들과도 교감하며 살아간다. 맹수를 제하곤 모든 동물이 세상과 인간 앞에 연약하다. 내가 반려할 수 있는 동물을 만났다면, 그 동물 또한 세상에서 유일하게 나를 만난 것이다. 내가 그 동물을 선택했다면, 나를 만난 그 동물에게 사랑으로 반려라는 임명장을 줄 수 있어야만 한다.

동물은 하나님의 성품으로 창조된 사람에게 하나님께서 자신의 형상놀음을 할 수 있게 부여해주신 피조물이다. 이 때문에 인간은 신의 성품대로 반려동물들을 관리하고 애정과 사랑을 주어야만 한다. 짐승으로 태어나 사람에게 학대당하는 것은 실로 가슴 아픈 일이다.

◆ 어니스트 헤밍웨이(Ernest Hemingway, 1899~1961, 소설가)는 "남자가 무인도에서 여자 없이 홀로 산다면, 그는 성욕을 잊고 살아갈 수 있다."라고 말했다. 우리의 군대를 생각한다면 헤밍웨이의 말이 정말 옳은 것인지는 판단하기 어렵다. 헤밍웨이는 시각적으로 자극되는 일차적인 부분을 충족 욕구의 기본 요소로 생각했던 것 같다.

성도는 사탄과의 전쟁에서 언제나 승리해야만 한다. 그러나 사탄의 최후 전술은 성적 방종으로 우리를 유혹하는 것이다. 성으로부터 자유함은 의지를 발한 인간이 할 수 있는 행위 중 매우 어려운 범주에 속한다. 사람이 성으로부터 자유로울 수만 있다면, 그는 온전한 사람이다. 물론 이 부분은 일차적인 것이다. 본능적인 것이다. 원초적인 것이다. 그래서 어려운 부분이다. 아내와의 성적 나눔은 하나님께서 인간에게 부여하신 값진 유희이다.

◆ 외로움이란, 극복 의지에 달린 자아의 문제이다. 특정 사물이나 대상이 없어 외로움을 느낀다면 수도원에서 생활하는 수도사는 더없이 외로워야만 한다. 하지만 신의 성품에 참예하고 세상 모든 것에 무소유의 일념(一念)을 지니며, 오직 노동과 기도, 거룩한 독서(Lectio Divina, 가톨릭 영성에 있어 중요한 덕목으로 수도원 규율 중 엄격한 제1 규율)로 생활하는 그들

에게 외로움이란, 수도원에서 지급되는 맥주 한 잔으로도 떨쳐버릴 수 있는 문제일 것이다.

외로움이라는 부분이 이렇게 수도승에게로만 적용된다면, 그들만의 방식에 대해 일반적인 우리가 굳이 관심을 둘 이유는 없다. 하지만 문제는 이 시대를 살아가고 있는 그리스도인이 경험하는 외로움, 나아가 공허함에 대한 부분이다.

나는 많은 청년들이 이단 교리에 빠져드는 가장 큰 이유 중 하나를 외로움과 공허함, 근본에 대한 갈망으로 본다. 무엇인가 해결되지 않은 갈급함은 청년의 때에 있어 건실한 정신임에는 분명하다. 하지만 그 어린 사람들의 인생에 있어 무엇이 그리도 이들을 외로움과 공허함으로 사색하게 만들었는지는 알다가도 모를 일이다. 그러나 내가 제안할 수 있는 것은 마음이 외롭고 공허할 때 제대로 된 일대일의 관계 속에서 하나님의 말씀을 찾으며 위로를 얻으라는 것이다. 하나님은 사람의 마음에 참된 위로를 주시는 분이시다. 물론 그 위로를 온전히 붙들고 가는 것 또한 사람에게는 어려운 숙제이다. 견디며 나아가는 가운데 우리는 외로움과 공허함의 세월을 초연하게 될 것이다.

◆ 현대인들에게 있어 외로움이라는 문제는 여러 가지 현상으로 말미암아 파생되는 감정의 돌출(突出)이다. 외로움이라는 정신의 염증은 우울증을 일으키기에도 충분한 요인을 지닌다. 사람은 누구나 외롭다. 결국 인간의 죽음이란, 꺼져가는 외로움의 촛불을 맞이하는 것이기에 사람은

살면서 촛불의 심지를 소모하며, 외로움이라는 홀로서기의 세계로, 미지의 세계로 더욱 가깝게 다가가고 있는 것이다. 하지만 외로움을 자각하는 순간부터 인간은 그것을 극복하기 위해 마치 동전을 삼키고 구역질하는 신체의 한 부분처럼 즉각적인 자각증상을 보인다. 어찌 보면 이것은 자기방어의 한 부분이다. 스스로 감정이 도태(陶汰)되는 것을 본연의 감정으로 되돌리려고 하는 지극히 생체적인 현상이다.

사람이 외롭게 되는 것에는 위에서도 언급했듯이 여러 가지 원인으로 규정할 수 있다. 이별, 사별, 돈 등 다양한 원인으로 나타날 수 있다. 옆에 누군가 있다가 없어도 외로움을 느끼는 것이 인간이다. 오히려 그러한 감정 속에 공허함이라는 약도 없는, 규명할 수 없는 마음을 추가해 인간은 자신의 처지를 더욱 안쓰러운 모습으로 몰고 간다.

현대인들은 외로움의 범주 안에서 살아간다. 작은 실수로 인해 외로워질 수도, 타인에 빗대어 성격적인 요인으로 말미암아 외로워질 수도 있다. 그러나 문제는 외로움의 근본적인 해결책이 아닌, 일시적 해결책으로 많은 이들이 사적인 유희를 찾는다는 것에 있다.

내가 살아오면서 외로움을 가장 쉽게 극복할 수 있었던 방법은 하나님의 말씀에 착념하는 것이었다. 이것은 은혜로만 가능한 것이다. 인간적으로 판단할 때에는 하나님의 말씀을 사모하는 마음이 있어야만 가능한 것이라고 여긴다. 결코 아무나 실천할 수는 없는 특권이다. 나와 같은 즐거움을 만끽하는 이들이 세상에는 많다. 믿음, 성령의 영감은 아무나에게 주어지는 것이지만, 그것에 온전하게 몰입하는 심성은 어디까지나 선택된 복임에는 분명하다.

◆ 대부분의 사람은 취미생활을 영위한다. 물론 환경적인 요인이나 물질적인 부재, 성격 탓으로 별다른 취미 없이 인생을 살아가는 이들도 있다. 인간이 고안하고 즐길 수 있는 취미라는 행위는 저속하게도, 때로는 고상하게도 여러 종류로 나뉘어 인간 생활에 깊게 투영(投影)된 유희이다.

우리가 일반적으로 고상한 취미라고 평하는 유희적 행위에는 어떠한 것들이 있을까? 내 견해로 본다면 붓글씨를 쓰거나, 요즘 유행하는 캘리그라피(Calligraphy)를 연습하는 이들, 영국산 홍차 찻잔을 수집하는 컬렉터다운 생활, 만년필을 수집하는 취미, 악기를 배우고 연주하는 생활, 서적을 아끼고 독서하는 일상, 향수를 수집하거나 보석류를 사들이는 행위 등 다양한 부분들이 사람에게 취미라는 명분으로 즐거움을 주고 있다.

나의 이상적인 취미는 오래전부터 하나님의 말씀을 필사하는 것이다. 사실 이것을 취미로 구분한다는 것 자체는 다소 모순이 있다. 취미라고 하기에는 구원과 직결되는 심각한 깊이를 지니기 때문이다. 그것이야말로 삶 자체의 깊은 관조(觀照)이자 생명이다. 구원이란, 생명을 관여하는 진지한 문제가 내포되어 있는 것이다. 말이 좋아 취미이지, 엄밀히 말하자면 매일 울면서 행하여도 다함이 없는 숭고한 의무이다.

◆ 길을 걷다 우연히 뇌리에 스치는 한 구절이 있었다. 신랑 복 없는 여자 자식 복도 없다고 말하는 속담 같지도 않은, 세상 사람들로 하여금 구전되어 전해지는 구문에 대한 생각이었다. 내가 길을 걷다 왜 이러한 구문이 떠올랐는지는 알 수 없다.

신랑 복 없는 여자 자식 복도 없다는 말을 어린 시절 나는 어머니를 통해 종종 듣곤 했다. 나의 어머니는 우리 형제들을 혼내실 때 회초리로 나와 동생들을 때리며 이러한 말씀을 종종 하셨다. 어머니가 매섭게 화내실 때 신랑 복 없는 여자라 당신을 칭하는 것만으로 자식들이 아버지의 부재를 가늠하고 논할 수 있는 것은 아니었다. 그러나 어린 나이에도 나는 그 의미가 무엇을 말하는지, 말 그대로의 판단으로는 그 뜻을 어느 정도 가늠할 수 있었다.

어머니가 이러한 말씀을 하실 때면 나 자신이 어머니가 생각하는 그러한 부족한 아버지보다 더 못난 내가 되어 어머니를 두 배로 속상하게 만들어버리는 것 같아 어린 나이임에도 불구하고 그 소리가 듣기 싫었다. 다행히 성장하면서는 이러한 말을 어머니로 하여금 듣고 자란 적은 없다. 나는 나름 성실한 학창 시절을 보냈다.

성장하고, 성인이 되면서부터 남들이 신랑 복 없는 여자 자식 복도 없다는 말을 하고 다니는 것을 들을 때면, 이 오래된 구전이 도무지 납득이 가시 않았다. 아니, 이 말의 뜻을 정확히 이해하기 어려웠다. 신랑은 신랑이고 자식은 자식이지, 왜 하필 신랑의 부재를 자식에게까지 전가하는가 싶었다. 하지만 오늘날까지도 이어져 온 이러한 의문에 대해 알려고 하니 얼핏 그 말의 의미를 헤아릴 수 있었다. 생각을 잡고 그 이치를 숙고(熟考)했다. 누구나 쉽게 하는 말임에도 말의 의미가 깊어 참된 뜻을 추론하기가 어려웠다. 이러한 말의 뜻을 경험으로 알 만큼 인생 경험이 많은 나도 아니었다. 왜 사람들은 신랑 복 없는 여자를 두고 자식 복도 없다고 치부했을까?

이 말이 파생된 근간에는 일차적으로 눈에 보이는 가시적인 평가가 우선시되었을 가능성이 크다. 어느 세월에 어느 누가 남편 복이 없어 보였다. 사람들 시선에는 그가 자식 복도 없는 것처럼 보였던 모양이다. 아니면 정말 자식들이 모두들 망나니로 성장했던지 말이다. 안타까운 일이다. 나는 내가 경험한 모든 삶 속에서 그 말에 대한 해답을 찾고자 고심했다. 그것은 아버지의 빈자리로 말미암은 교육의 부재로 결론지었다.

◆ 여자는 남자를 만나 가정을 이룬다. 결혼 후, 자식을 낳아 아내와 엄마라는 존재로 헌신과 모성애를 형성하며 살아간다. 한 가정의 중심은 남자인 가장을 기점으로 잡혀나간다. 아버지라는 존재는 어머니만큼 자식과는 친밀하지 못하나, 그 절대성은 가정 내에서 실로 큰 것이다. 존재만으로도 기여도는 파생된다. 아버지의 분위기로 집안 기운이 형성되며, 자녀들은 아버지를 통해 직·간접적으로 가정 내에서의 모든 것을 배운다.

아버지를 통해 배우는 것은 말로 들어 학습하는 것도 있지만, 보고 배우는 것이 범위상으로는 더 크다. 하지만 이러한 아버지가 생존해 계시지 않거나, 자녀들이 어린 시절에 어머니와 이혼했다고 가정해보자. 집안 가세는 기울 것이고, 어머니는 자식들 공부라도 시키기 위해 일터로 나서야 한다. 아이들은 줄지에 한부모 가정의 구성원이 되어버린다. 이러한 가정의 아이들은 아버지가 더 이상 어머니와 자신들을 돌볼 수 없음으로 말미암아 세 가지를 잃게 될 확률이 높다. 첫째는 아버지요, 둘째는 어머니의 보살핌이요, 셋째는 가정교육이다. 그러나 부지런하고 훌륭한 어머니는 자기 종아리에 스스로 매질을 하면서까지 사랑하는 자녀를 성공의 길로 인도한다.

◆ 아이들은 초등학교 3학년 무렵이면 영악스러운 자기방어적 기질을 드러낸다. 그 때문에 때로는 매도 필요하나 어른이 사력을 다해 매질하는 것은 결국 관심을 위장한 폭력이다. 다음 날 웃으며 샤워실로 들어가는 아이의 다리에 피멍을 보고 자식을 사랑한다고 어찌 말할 수 있겠는가. 언젠가 동생인 작곡가 슈퍼창따이는 이런 말을 한 적이 있다. "세상 모든 아이들은 행복해야만 한다."라고 말이다. 폭력은 세상 어느 곳에서건 그 당위성을 인정받지 못한다. 아이는 세상에서 가장 약한 사람이다. 아이를 겁먹게 하거나 두려움에 떨게 만들어서는 결코 이성적인 인간이라고 볼 수 없다.

나는 아이들을 그리 좋아하는 사람은 아니다. 때문에 영악스럽거나, 나를 피곤하게 만드는 아이에 대해 거부감의 마음을 지닌 적도 잦았다. 그러나 이것이 올바른 행동은 아니었다는 것을 서른 살 후반에 이르러서야 서서히 알아가고 있다. 나는 아이를 낳아 본 경험이 없기에 부성애라는 것을 모른다. 그러나 어릴 적 내가 경험했던 기억을 더듬어 모든 아이들이 그러한 심리적 변화를 거친다고 생각한다. 나의 옛 모습처럼 말이다. 어른은 그것을 존중해주어야만 한다.

◆ 자녀에게 있어 아버지의 역할은 아무리 강조해도 지나침이 없을 만큼 중요하다. 한 가정에 아버지가 계시지 않는다고 한다면 아이를 양육하는 어머니는 아이들을 먹여 키우는 것도 필요하지만, 아버지의 역할까지 감당하면서 아울러 어린 자녀를 교육해야만 한다. 가정 내에서는 마치 나무가 곧게 자랄 수 있도록 부목을 세우듯 자녀들이 올바로 성장할 수 있도록 누군가는 부목과도 같은 지탱의 역할을 해주어야만 할 것이다. 때로는 그것이 악역을 감당하는 일이라 할지라도 사랑하는 자녀를 위해서는 반드시 필요하다. 가정 내에 아버지가 존재하지 않는 경우 어머니는 이 두 가지를 모두 실천해야만 한다. 이것은 모성애만으로 되는 것은 아니고, 반드시가 함양된 냉철한 이성이 결부되어야만 가능해지는 것이다. 하지만 이 시대의 젊은 엄마들은 사랑과 방관을 같은 개념으로 생각하는 것만 같다.

◆ 나에게 책을 의뢰한 성공한 사업가 한 사람이 있었다. 나이 서른 무렵 공무원이던 신랑을 뇌졸중으로 먼저 보내고, 우유 배달을 하면서 자식 둘을 키워왔다. 훗날 그녀의 두 자녀는 모두 의사가 되었다. 자신도 우유 사업(훗날 대리점 인수)으로 크게 성공한 사람이 되었다. 그녀는 어려웠던 젊은 시절 불행한 형편에도 불구하고 아이들 공부시키는 것에 있어서는 놀라울 만큼 헌신적인 노력을 다한 독특한 어머니였다. 아이들이 다니는 학교 앞으로 집을 옮겨 다니며 매일 함께 공부하고, 훗날 자신도 중학교 졸업장만 지니고 살아가는 사람이었기에 딸과 고등학교를 함께 다니

며 같은 반에서 공부했다고 한다. 결국 그녀는 숭고한 노력으로 학사모를 쓰기까지 이른다.

그녀가 늦은 나이에도 고등학교에 입학해 학업에 정진하는 모습은 지역신문에서도 대서특필로 다룰 정도였다고 한다. 맹자 어머니가 따로 없었다. 나는 그녀의 교육 이념을 기록하며 많은 부분을 느끼고 공감했다. 그중에서 가장 크게 내 마음을 요동치게 만든 것은 바로 열정과 헌신이었다. 열정적으로 가르치고자 했던 그녀만의 소신이었다.

사람을 교육함에 있어 중요한 것은 교육적 사고의 틀과 범위를 행위자가 얼마나 올바르게 인식하고, 그의 사고에 참된 이론적 행위를 정립시키고 있느냐는 것이다. 아이들은 공들인 만큼, 부모가 생각과 마음을 담은 만큼 성장한다.

◆ 여성은 한 남자를 자신의 몸으로 받아들이고, 그 남성으로 하여금 자식을 출산하는 과정에서 가정을 이루는, 마음의 틀과 모성애를 아우르는 성품의 기초를 형성한다. 우리는 흔히 이해하기를 남성이 가정을 이루고 세우는 것이라고 말하지만, 생리적인 구조로 볼 때 가정은 여성의 자궁에서부터 형성된다. 이렇듯 여성의 역할이 가정 구성에 있어 중요한 만큼 아이의 아빠를 선택(역으로 내 아이의 엄마, 내 아이를 저 여자를 통해 낳고 싶다)하는 부분에 있어서도 여성의 안목이 큰 책임하에 일차적으로 작용한다는 사실이다. 그러나 남자가 결혼함에 있어 아내를 잘못 들이는 예도 많지만, 여성이 비인격적인 남성을 선택함으로 인해 가정이 파괴되고,

나아가 그 여파가 아무런 죄 없는 자식에게까지 전가되는 일은 우리 주변에서 흔하게 자행되고 있다. 이것이야말로 사회주의 정권보다 더 무서운 만행을 가족 구성원들에게 저지르고 있는 셈이 되는 것이다. 무책임과 방임으로 이 시대에 멍들고 있는 아이들이 얼마나 많은가. 모든 것은 부재를 자행하는 젊은 사람들을 낳아 기른 부모들의 잘못이요, 이들을 지도한 이성적이지 못한 교사들의 잘못이요, 내 자식 배만 부르게 먹이고 기르게 만든 이 사회 환경의 잘못이다.

◆ 예전 어느 회사에 근무할 때였다. 선임이라고 하는 한 사람이 처음 입사한 나를 붙들고 자신은 비록 고된 일을 하지만 내 자식만큼은 누구보다도 잘 먹여 체격이 건장하다고 자랑삼아 말한 적이 있다. 처음에는 그를 책임감이 깊은 좋은 아버지로 여겼다. 신기하게도 그는 흥부 집안 콤플렉스를 지니고 있었는지 시종 나를 따라다니며 자신의 아이를 잘 먹이며 살아왔다는 말만 일삼았다. 그의 이야기를 여러 차례 들으면서 나는 그를 무지한 인간으로 여겼다. 어찌 사람이 먹고 먹이는 것으로 삶의 정당성을 입증할 수 있겠는가. 많은 이들을 넉넉히 먹이고, 심지어 먹고 남게 풍성히 주는 것은 세상을 이끄는 대장부가 하는 행동이라지만, 아비가 자식을 살찌우게만 하는 것을 자랑삼아 이야기한다는 것은 실로 미련한 행동이었다.

◆ 대학 석·박사 출신이 불량배를 사랑할 확률은 희박할지도 모른다. 그러나 몸 파는 여성이 건달을 온전한 남자로 볼 확률은 높다고 본다. 불량배를 남자 또는 신랑의 기준으로 여기는 여성이 어찌 자식에게 선한 것을 지도할 수 있겠는가. 나는 적어도 그렇게 생각한다. 세상은 공평한 것이다. 자신이 잘못 선택한 남자로 인해 가정을 파탄에 이르게 한 여성이야말로 신랑 복이 없는 여자이다. 이러한 여성이 자식을 참되게 지도해 자식 덕을 보고 살 수 있을 것이라는 확률은 정말이지 한석봉 어머니처럼 자식 교육에 혼신의 힘을 기울이지 않고서는 결코 쉽게 이루어질 수 없는 일이다.

여자 형제만 있는 경우에는 큰언니가 어느 정도 가장의 역할을 하겠지만, 이것도 어머니의 교육 여하에 따라 자녀 성공 여부는 달리 나타난다. 아버지가 계시지 않고 어머니 홀로 아들을 키우는 가정은 그 심각도가 더 크다. 아들은 성장하면서 가정 내에 아버지가 존재하지 않는다는 사실에 고삐 풀린 망아지처럼 어머니에게 제멋대로 굴지도 모른다. 남자아이들은 성장하면서 가정 내에 주권 형성이 여자아이들보다는 빠르게 나타나기 때문이다. 결국 어머니는 더욱 빨리 아들의 불손함마저 의지하게 될 것이다.

여성 혼자 남자아이들을 통제한다는 것은 어려운 일이다. 어머니는 어디까지나 지고한 모성애로 아들을 감싸겠지만, 아들은 스스로 생각하는 것을 행동함에 있어 집안에서 아무런 방해 요소가 없기에 의식은 일찌감치 어머니의 손아귀를 벗어나고 만다. 아버지가 알코올 중독자가 아닌 이상, 집안에는 아버지가 존재하는 것이 여러모로 자식들에게는 유익을 주는 것이다.

◆ 여성들이 남편 없는 상태에서 홀로 아이들을 키우고, 그 자녀를 사회적으로나 신분적으로 성공시키기 위해서는 생활 속에서 자식들을 감동시킬 만큼 애절한 눈물의 노력이 수반되어야만 한다고 본다. 이러한 노력 없이는 가여운 편모 가정의 아이들은 일반 가정의 아이들에 반해 사회 구성원으로서의 성공 요소가 보장되기 다소 어렵다고 생각한다. 이렇듯 앞에서 언급한 안타까운 구조는 자체 규정의 틀 속에서 성장하는 보육원의 아이들보다 더 위험한 환경적 요인을 지닌다. 나의 견해는 다소 비난받을 소지가 있다. 왜냐하면 세상에 이러한 환경에 처한 모든 아이들이 불행한 삶을 살고 있는 것은 아니기 때문이다. 고아라도 성공한 사람은 얼마든지 많다. 그냥 나의 보수성에 기인한 생각과 사람 경험으로 인해 굳어진 사고라고 여기면 될 것 같다. 그러나 이러한 이치를 벗어날 수 있는 해결책이 있다면 그것은 바로 어머니의 엄한 가정교육이다.

◆ 남편에게는 아무런 희망이 없으니 바라볼 것이라고는 자식 말고는 없는 이 시대의 가여운 여성들. 이러한 집안의 아이를 바른 인성을 지닌 아이로 키워내기 위해서는 자식이 가엽다고 생각되는 그 이면에 열심을 다해 그 자식을 교육해야만 하는 인고의 노력이 필요하다. 그래야만 신랑 복 없는 여자라는 허울로 세월에 당한 응어리를 자식 덕에라도 풀어

볼 수 있을 것 아니겠는가? 하지만 이것도 못한다면 그 여자는 그렇고 그런 무지한 여자이거나, 그 자녀에게도 별다른 희망을 기대할 수 없을 것이다.

◆ 신랑 복 없는 여자가 왜 자식 복도 없는가? 그것은 자식을 교육할 신랑이 없기에 망나니로 키운 자식이 훗날 예를 알고 어머니 가여운 것을 스스로 알아 홀어머니에게 효를 다할 리 전무하기 때문에 나온 말이다. 아버지는 한 집안의 방패요, 거울이요, 그림자이다. 자녀의 성공은 아버지의 교육 여하에 따라 일차적으로 나뉜다. 아버지로서 그러한 위치가 못 된다면 어머니라도 나서야 하는 것이 공짜 없는 세상의 이치겠다.

사람은 성장하는 과정에서 좋은 스승과 참된 벗을 통해 배우는 것이 많다. 그렇지만 무엇보다도 아버지로부터 받는 사랑과 교훈, 그리고 모범이 자녀들에게 있어서는 가장 훌륭한 교육이다. 아버지 없이 어머니와 성장한 사람인데, 오늘날 나는 사회적으로 온전한 삶을 살아가고 있으며, 나를 키워주신 어머니에게 좋은 자녀로서 효를 다하며 살아간다고 생각한다면, 나를 인내와 희생으로 키워주신 어머니에게 깊이 감사하는 마음을 지녀야만 할 것이다.

◆ 지금까지 나는 여성으로서 한부모 가정이라는 사회적 낙인을 지니고도 열정적으로 자녀들을 교육시키고 성실히 살아온 훌륭한 여성들을

여럿 만나왔다. 그것은 내 직업의 일부였다. 나는 오랫동안 사람들을 만나고 그들을 글로 세상에 알리는 일을 해왔다. 더구나 그러한 여성들을 통해 깊은 감동을 받은바 또한 적지 않다. 내가 말하는 이러한 여성들은 일반적인 여성들이 아니다. 자녀들을 홀로 키워 모두 석·박사로 만들었거나, 정작 여성 자신도 큰 부를 이루고 사는 이 시대의 대단한 어머니들을 두고 일컫는 말이다. 그것은 젊은 이삼십 대 시절 나의 인생에 큰 경험이었으며, 내가 조금이나마 삶의 이치를 올곧게 알아가는 데 크게 기여했다.

◆ 음악대학을 졸업한 학생들은 졸업과 동시에 전공 분야를 통한 취업의 문을 두드린다. 하지만 넓게는 100%의 전공자 중 상위 1%만이 자신의 연주로 수익을 창출한다. 나머지 극소수의 학생은 교사나 음악 학원, 연주 단체에 들어가는 것 외에 대부분 다른 일을 전전하게 된다. 이러한 점에서 음악대학 성악과를 졸업한 나는 쓸쓸함을 금할 길이 없다. 그래도 음악을 하겠다고 나서는 아이들은 매년 줄지 않는다. 이 찬란한 의지는 시대를 초월해 변함이 없다.

내 생각은 이렇다. "학교는 수많은 예능인들을 만들어내지만, 세상은 오로지 한두 사람의 예술가만을 원할 뿐"이라고 말이다. 그렇지만 이렇게 넘쳐나는 예능인들이 교회로 유입되어 하나님을 위해 연주할 수 있다는 것은 유익한 일이다. 아마도 우리나라의 국립 음악대학은 모두 신학교의 부설 음악 교육기관이라고 해도 과언이 아닐 것이다.

◆ 음악을 전공하는 학생 대부분은 전문 연주가를 꿈꾼다. 공부하는 도중 자신보다 연주력 수준이 높은 학생을 시기하기도 한다. 좌절을 맛보기도 한다. 결국 그는 최고 연주가가 되지 못하고 다른 일을 찾아 나선다. 만약 이 학생이 음악을 공부하기 위해 투자한 돈을 다른 자기 개발에 사용했더라면 어떠한 결과를 맞았을까? 나는 개인적으로 음악을 하는 학생들이 시대를 잘 활용해 음악이라는 대단한 분야를 남을 이기고 우뚝 서는 경쟁의 장이 아닌, 진정으로 즐길 줄 아는 유희의 분야로 인식해주기를 소망한다.

믿거나 말거나이지만, 나는 이미 지난 1993년도인 고등학생 시절에 유튜브라는 것의 개념을 인식하고 이 이야기를 넌지시 주변인에게 흘린 적이 있다. 당시에는 인터넷이라는 것이 없던 시절이었다. 컴퓨터 글씨는 모두 초록색이던 시절이었다. 내용은 이렇다.

"앞으로 세월이 더 흐르면 개인이 방송을 하는 시대가 오는데, 저는 음악인들이 성공하기 위해 많은 연주를 할 필요가 없다고 생각합니다. 그 이유는, 개개인이 자기 방송을 통해 연주하고 이것을 사람들과 공유하는 시대가 오기 때문입니다. 공연장에서 천여 명의 관객이 제 노래를 듣는 것과 컴퓨터 영상으로 스피커를 통해 천여 명의 사람들이 듣는 것과 결국에는 동일한 것으로 인식되는 시대 말입니다."

어찌 보면 이것은 음향, 오디오를 좋아하는 나의 의중이 담긴 말이기도 했다. 내 말을 듣고 주변인은 아무런 대답이 없었다. 관심이 없었던 것이다. 그때가 고등학교 1학년 시절이었다. 그렇다. 나는 많은 학생들이 자기 음악을 표현할 수 있는 방향을 찾아 나서기를 바란다.

성악을 하는 사람들은 상대적으로 노래로 수익을 창출할 수 있는 자리가 부족하기에 그들이 노래를 사랑한다면 우선적으로 노래를 즐길 수 있는, 효과적으로 즐길 수 있는 방법이 무엇인가를 찾아야 할 필요가 있다. 그것은 노래하는 사람으로서 사람들과 내 노래를 공유하고 음원이라는 기록을 통해 체계적인 예술가의 입지를 다져나가는 것이다. 이 좋은 세상 나는 유학을 마치고 들어온 음악인들에게 대학교 강사 자리를 얻기 위해 사투를 벌일 것이 아니라, 녹음실에 들어가 디지털 싱글 녹음에 관심을 가지라고 말하고 싶다. 녹음을 통해 학생들, 나아가 음악인이 배우는 것은 참으로 많다.

음악은 표현의 범주와 악수하는 것이다. 내가 어떠한 예술적 표현으로 사람들에게 그 말을 전달할 수 있을까에 대한 생각은 이 시대 음악인들에게 있어 절실히 요구되는 사안이다.

◆ 개인적으로 나는 한국 부모들이 자신의 아이들을 예능이라는 치열하고 끔찍한 전쟁터로 내보내는 것에 대해 부정적인 견해를 지닌다. 최고가 아니면 결코 성공할 수 없는 예능 분야에 사랑하는 자녀를 내몰아 허황된 꿈을 꾸게 만들고, 자신감과 열정이라는 그럴싸한 포장지로 스스로를 속이게 만드는 예능의 바다는 잔혹한 세계이다. 그러나 자신의 실력을 갖추고 이것을 즐길 줄 아는 사람은 예술을 향유할 줄 아는 진보적 문화

인이다.

◆ 순수 예술을 배우는 일은 경이로운 일이다. 배워서 함께 연주하기도
하며, 나름의 활동도 진행한다. 그러나 진정한 예술가가 되기를 원한다면
자신의 타고난 예술가적 자질을 분명히 인지해야만 한다. 혹, 자녀가 음
악가가 되기를 희망한다. 하지만 부모 판단에 비춰볼 때 자녀가 타고난
재능이 없다고 인식된다면 굳이 전문 연주가를 만들기 위해 애쓸 필요는
없다.

제도화되어 있는 음악대학의 정책은 사실, 전문 연주인을 양성해 내기
위한 프로그램이 아니다. 적어도 대학원 이하 학사까지의 교육은 그렇다
고 본다. 음악 정규교육을 받고 졸업 이후 그것을 생활에서 향유하며 삶
의 저변을 풍성히 만들어 문화적 인격체를 창조해내는 데에 음악대학 본
연의 교육 목적이 있는 것이다.

만약 예능을 배우는 학생이 스스로 더 발전하고 싶고, 이 분야에 있어
전문가, 직업인이 되고자 원한다면 대학원이나 유학까지의 노력을 진행
하면 된다. 이것은 오로지 스스로의 실력에 대한 바른 인지에서 오는 결
과이다.

◆ 소유가 많음에도 없는 자에게 돈 만 원 손해 보는 것에 인색한 이들
이 있다. 푼돈이라도 귀히 여기는 태도가 많은 배울 점을 시사하고는 있

으나, 없는 자에게 돌아간 돈을 그리워하는 마음에서 사특함이 묻어나는, 돈 만 원을 종용하는 일은 주변에서 흔히 벌어진다. 이것은 어디까지나 단돈 만 원을 이야기하는 것이 아니다. 큰 이치에 대한 비유일 뿐이다.

어린아이가 단돈 백 원을 아끼기에 어른에게 칭찬을 듣고, 훗날 부자로 살 것이라는 칭호를 입는다. 아이에게 미덕이 되는 것이다. 부자가 쌈짓돈 천 원을 아끼면 많은 이들에게 귀감이 되고 그를 따라 검소함을 실천하는 이들도 생긴다. 그러나 검소함이 지나쳐 억대 부자가 장터에 나가 상인에게 천 원 깎는 것을 미덕으로 여겨 오백 원짜리 푼돈 장사를 하는 상인과 싸운다면 훗날 그의 돈은 남이 다 사용하고 말 것이다.

◆ 사람이 속마음을 털어놓을 때 듣는 자 입장에서 말을 들을 자격이 되든 안 되든 간에 어렵게 꺼내는 상대의 말을 경청하고 고심해 정성껏 답변해주는 사람이 있다. 반면에 상대가 다소 단점 섞인 속마음을 털어놓는다고 해 뒤돌아 들은 말을 떠벌리고 비아냥거리며 오히려 전보다 말하는 상대를 더 못난 자로 여기는 사람도 있다.

우연한 기회에 타인의 속마음을 듣게 된다면, 말하는 사람이 스스로 바보가 되기 위해 뱉는 말이 아니기에 듣는 자는 그 말을 귀담아 경청해주어야 하는 의지가 선행되어야만 한다. 오히려 부족한 나를 상대로 자신의 부재를 이야기해주는 것에 대해 고맙게 생각해야만 될 부분이다. 만약 듣기 싫다면 정중히 거절하고 뒤돌아서면 된다. 간절히 말하는 사람을 두고 돌아서는 이것도 물론 어려운 부분이지만 말이다.

스스로 우스운 자가 되려고 속마음을 떠벌리는 사람은 없다. 그러나 듣는 자가 마치 비루한 인생처럼 상대가 속마음을 꺼낸다고 이를 우습게 여긴다면, 말하는 자는 자신의 정금 같은 속마음을 양아치에게 쏟는 꼴이 되고 만다.

남의 속마음은 무시하라고, 우습게 여기라고, 비아냥거리라고 듣는 것이 아니다. 듣는 내가 상대에게 사람으로 보이기에 들려오는 것이다. 우리 사회에 많은 속물들은 상대가 속마음을 이야기하면 그를 우습게 여겨야만 한다고 생각한다.

◆ 직장 생활을 시작하면서 동기가 있거나, 연령대가 비슷한 동료 그룹이 다양하게 형성되어 있다면 직장 생활을 활기차고 즐겁게 운용해 나아갈 수 있다. 서로 간 경쟁을 지향하는 구조 속에서도 약동하는 생동감이 있을 것이다. 그러나 일부 어떠한 회사는 어린 사람 혼자 나이 많은 사람들과 일해야 하는 예도 있고, 더러는 나이 많은 자가 어린 사람들을 데리고 일해야만 하는 상황도 있다.

개인적으로 나는 어린 사람이 나이 많은 이들과 함께 일할 수밖에 없는 경우를 유익한 직장 생활의 구조라고 본다. 나이 많은 자들에게서는 분명히 배울 점이 있다.

◆ 나이 많은 이가 인생을 바르고 성실하게 살아왔다면, 어떠한 일을 하

든지 그가 젊은 사람들에게 줄 수 있는 경륜의 빛은 다채롭게 형성될 것이다. 그것은 돈으로도 환산할 수 없는 가치이다.

사람이 때로는 한 조직 내에서 막내가 될 수 있다는 것도 행복한 경험이다. 막내의 시절은 지나간다. 모든 이들에게 평가를 받는 시기, 모든 이들에게 관심을 받는 시기, 심지어 실수해도 100%의 책임감이 수반되지 않는 시기, 도약할 기회를 받는 시기라는 점에서 막내 생활은 직장의 꽃이 될 수 있다. 중요한 경험이다.

◆ 현대인들의 가장 큰 문제는 모두가 신념을 지니고 살아간다는 데에 있다. 저마다 신념을 지니기에 얼핏 그 사회가 병들지 않고 건전한 인간사를 지향하는 것 같으나, 저마다 지적 수준이 다르기에 수많은 신념은 칼과 방패가 되고 만다. 신념이 고집에 기인하는 것이다. 지혜로운 자의 신념은 굽은 길을 곧게 하지만, 무지한 자의 신념은 그럴싸하게 보이나 실제로는 자기 고집에 기인한 허사이다.

◆ 사람의 말을 온전히 글로 옮기는 작업은 어려운 일이다. 생각을 글로 표현하는 것은 더욱 어렵다. 느낌을 글로 표현하는 것은 그보다 더 어렵다. 기사보다는 수필이 어렵고, 수필보다는 시가 더 어려운 개념과도 같을 것이다. 하지만 이 모든 것을 아우르는 것이 있으니, 그것은 바로 사실대로 기록하는 것이다. 사실을 기록한 문장 앞에서 독자들은 작가의 말을

들을 수 있다. 작가의 생각을 이해하게 될 것이다. 작가가 느끼는 감성을 동일하게 느끼게 될 것이다.

지금까지 나는 신문기자와 대필작가로 다양한 집필을 해오면서도 '사실'이라는 개념을 늘 마음속에 각인하며 업무에 임한다. 사실 속에 감동을 불어넣는 작업은 묘한 흥분을 주는 유쾌한 작업이다. 모든 정황을 있는 그대로 표현하는 것보다 훌륭한 문학은 없다.

◆ 학문하는 자에게 있어 최고의 호칭은 학자이다. 학자는 두 분류로 나뉜다. 공부를 많이 해 학자가 된 자, 다른 하나는 타고 난 천재성을 지니고 학자가 된 자이다. 공부를 많이 해 학자가 된 자는 올바른 이론을 제시해 사람을 개화하고 존경받는다. 그러나 천재성을 겸비해 학자가 된 자는 세상을 감동시키고 후세에 남는다. 요즘은 돈을 많이 들인 자가 학자도 되는 세상이다. 많은 졸업장과 인맥은 누구나 학자를 만들어준다. 이것이야말로 불공평한 세상 이치이다.

얼마 전 이어령 교수의 서재를 보았다. 그는 세상 모든 사람은 천재로 태어나는 것이라고 말하며 자기 개발에 기인한 인간 승화를 낙관적인 견해로 이야기했다. 결국 사람은 자기가 맡은 숭고한 본분에서 꾸준히 연구·개발해 나아가는 가운데 진정한 천재로 거듭난다는 말이었다.

그의 서재와 책상에는 컴퓨터 모니터가 여러 대 놓여 있었다. 모든 문서 작업을 위해 그의 컴퓨터는 쉴 틈 없이 동시적으로 구동되고 있었다. 그는 노년의 나이지만 자신이 요즘 젊은이들처럼 문명에 발맞추어 살아가고 있다는 것에 나름 큰 자부심을 느끼는 것 같았다. 나는 이 시대의 진정한 학자를 보았다. 존경할 분이다. 시대적으로 옛 중국의 린위탕이나 독일의 알프레드 아들러, 에리히 프롬, 영국의 버틀런드 러셀, 한국의 정약용과 같은 이들이 시대에 그들의 족적을 남겼다.

◆ 가족 구성원의 기능에 있어 가족이 같은 음식을 먹는다는 것은 구성원 기능의 기본이자 총체이다. 아버지가 먹는 것을 자식이 먹지 못하고, 자식이 먹는 것을 아버지가 먹지 못한다면 그것은 가족 구성원에 있어 큰 부재이다. 사실 이 말은 나의 아버지가 종종 사용하던 말씀이었다. 나는 오늘날 그것이 무슨 말인 줄 안다.

◆ 배움이 없고 무지한 자들을 많이 배우고 권력을 지닌 이들이 다루기는 쉬운 일이다. 하지만 많은 배움과 권력을 지닌 이들이 무지한 이들 앞에 엎드려졌을 때는 동일한 권력을 지녔던 백 명의 사람들에게 받는 수모보다 더 큰 처절함의 그물로 옭아지는 것을 경험하게 될 것이다. 이렇듯 경험은 두 가지 형태로 나눌 수 있다. 경험하지 않아도 아는 것과 경험해 봐야만 알게 되는 그러한 것이다.

◆ 직업에는 귀천이 없다지만, 사람의 가치에는 천함과 고귀함이 분

명히 존재한다. 그 때문에 고상한 자가 천한 자와 마음을 공유하는 것에는 주의가 필요하다. 또한 천한 자는 덕망 있는 자와 벗을 삼아 스스로 간신배가 되는 것에 주의해야만 한다. 지하철 거지가 하수구 거지로 자리를 옮긴다고 해도 그 거지가 그 거지이겠지만, 부자가 거지가 되어 지하철 거지로 나앉을 때에는 모든 것이 다르게 작용할 것이다. 오히려 주변 거지들에게 천하다고 여김을 받지는 않을까 염려되는 것이다. 나는 지금까지 이러한 비천함에 처하게 되는 이들을 종종 보아왔다. 그러는 가운데 내가 느낀 것은 바로 위와 같은 부분이었다.

◆ '긍정의 힘'이라는 말은 참 좋은 말이자 현대인들에게 있어 무엇인가 그럴 듯한 메시지를 주는 주제 문구이다. 조엘 오스틴(Joel Osteen)이라는 목사가 쓴 저서의 제목도 '긍정의 힘'이었다. 다소 식상한 내용이라고 생각되어 끝까지 읽지는 않았다. 이 책은 한때 베스트셀러가 되기도 했다. 하지만 현대인들은 부정의 힘을 신뢰할 필요가 절실할지도 모른다. 그 이유는, 모든 왜곡된 정의들이 긍정의 탈을 쓰고 진실한 사람들을 속이기 때문이다. 그 때문에 신앙인들은 항상 깨어서 기도하며, 부정의 힘을 빌려 정확하고 분명한, 옳고 그릇된 것을 의심해보고 분간할 수 있는 능력을 키워야만 한다.

◆ 이기주의와 개인주의가 다르듯 간섭과 관심은 다른 개념이다. 정당

한 간섭은 그에 따른 상응한 지원이 수반되어야만 하며, 관심은 마음의 향함이 지속되는 것이다. 그런데 간섭에 있어 상응한 지원이라 함은 곧 물질을 의미한다. 어찌 보면 간섭이나 갑질, 이 모든 것은 물질의 범위 내에서 자행되는 병폐이다. 만약 관계에 있어 물질의 유동성이 없다면, 이러한 자행은 사람과 사람 사이에 모두 불법이 되고 마는 것이다.

◆ 훌륭한 성악가는 좋은 소리를 내기 이전에 노랫말 전달을 분명하게 해야만 한다. 발음이 좋은 성악가를 나열하자면 Giuseppe di Stefano와 Jose Carreras가 가사 전달에 있어서는 완벽하다고 본다.

성악가는 노래할 때 바보스러운 몸짓과 표정, 입 모양으로 노래해서는 안 된다. 마치 대중 가수가 정확한 발음을 구사하며 자연스럽게 노래하는 것처럼 공명을 얻어 말하듯 가곡을 연주할 수 있어야만 한다. 대부분 성악가는 노래 부를 때 애씀과 무리함으로 인해 둔탁한 모습과 일그러진 표정을 연출한다는 점에서 대중성을 잃는다. 모든 표정은 사랑스러움을 자아내게 연출되어야만 한다. 이것이 그들에게는 대중성이다.

둔탁하게 턱을 떨구는 연습생들에게 있어 정확한 발음의 교정이란, 마치 축구에서 패스 연습과도 같은 기초적이면서도 전반적인 훈련이다. 먼저 공명이 아닌, 이 과정의 진행 속에서 공명점을 찾아가며 무리하지 않는 기술을 습득해야만 한다. 물론 대중들은 대포 소리와 같이 큰 소리를 내는 성악가에게 열광하지만, 대중들은 듣는 귀가 열린 시대를 살아가면서 성악가들에게는 작은듯하나 정확한 '딕션(발음)'으로 멀리 가는 소리가 좋은 소리라는 사실을 본인들의 귀를 통해 알아가고 있다.

◆ 사람의 마음속에는 노란색의 마음, 빨간색의 마음, 하얀색의 마음, 검은색의 마음, 때로는 에메랄드 녹색과도 같은 마음이 일곤 한다. 내면에서 느껴지는 이러한 마음의 색 그대로를 완벽하게 노트에 옮길 수 있는 작가가 훌륭한 작가이다. 여기에서 말하는 작가는 작곡가도 포함된다.

노란색, 빨간색과 같은 원색적인 마음을 단순한 인간의 마음으로 비유한다면, 에메랄드 녹색과도 같은 물감을 희석해 얻는 색은 이지적인 마음으로 비유할 수 있겠다. 모든 사사로운 감정들은 인간의 마음속에서 매 순간 생겨났다 소멸한다. 소멸하는 내 자아의 색을 그대로 표현할 수 있다면, 그것이야말로 숙련된 전문가의 기술이다. 이것은 사람들이 훌륭하다고 일컫는 창작가의 기본 사항이다. 우리가 흔히 대가라고 부르는 창작가들은 바로 이러한 자기 감성의 표현을 정확하게 그려낼 수 있는 탁월한 재능을 겸비한 자들이었다. 하나님의 위대하심은 바로 이러한 이들을 보면서 느끼게 되는 것이다.

◆ 소 잃고 외양간 고치는 사람이 있는 반면, 소 잃고 외양간 고치는 것에만 마냥 열심을 다하는 사람도 있다. 공고히 주목해보니, 외양간은 열심과 혼신의 힘을 다해 고쳤지만, 그 외양간에 소 들어오는 경우가 없는 예도 허다하다. 사람 지혜의 척도가 한 끗 차이다. 결국 한 치의 앞도 모

르는 무지한 인간사이다. 사람은 오늘 저녁과 내일의 일을 계획하지만 그 주관은 오직 하나님께만 있는 것이다. 세월과 계획에 집착은 언제나 미지의 바다를 향해 돛을 펼치는 것과 같다.

◆ 맹수를 제하곤 대부분의 짐승들이 세상과 인간 앞에 연약하다. 내가 반려할 수 있는 짐승을 만났다면, 그 짐승 또한 세상에서 유일하게 나를 만난 것이다. 하나님께서 피조물을 창조하시고 부지런히 그것을 운용하심은 실로 경이로운 것이다.

◆ 물건 볼 줄 모르면 비싼 것을 사라. 이 말은 물건 볼 줄 아는, 좋은 물건의 가치를 아는 경험 많은 사람들이 하는 말이다. 비싼 물건에서 물건 유형의 가치를 배울 수 있다는 말이기도 하다. 하지만 명품보다 좋은 것이 있다면 만인이 애용하는 범용이다. 그러나 비싼 물건 중에 금방 질려 버리는 물건은 이 세상 범용보다 더 많다.

◆ 남을 위해 헌신할 수 있는 삶, 자아 고취를 위해 스스로 노력할 수 있는 희생, 이러한 개념을 우리는 '봉사'라는 단어로 일축한다. 봉사라는 것은 정의할 수 있는 것보다 그 행위로 표현되는 의미가 더 넓다.

많은 물질을 가진 자가 기상천외한 물량으로 배고픈 자들을 먹인다. 그와는 반대로 소소하게 나이팅게일(Nightingale Florence, 1820~1910)의 정신을 본받아 일대일의 친밀한 관계 형성을 통해 선행이 실천되기도 한다.

나는 이십 대부터 지금의 삼십 대 청년의 삶을 살아오기까지 참으로 많은 봉사자들의 모습을 글로써 표현했다. 더구나 이들의 산업에 적지 않은 도움도 주었다. 내가 봉사자들의 모습을 다룬 미담 사례는 전국에 있는 많은 초등학교 학생들의 조사 과제물이 되기도 했고, 다양한 분야의 봉사자들에게 수많은 전화로 홍보 요청을 받기도 했다.

봉사자들의 모습은 여러 형태로 나뉜다. 부족한 형편에도 어려운 이들을 위해 주기적으로 헌신하는 이들, 라면 몇 박스를 주면서도 현수막까지 제작해 와 아이들을 세우고 기념촬영을 하는 이들, 인·허가를 겨우 받은 일반 가정집에서 여러 명의 고아를 데리고 살며, 아이들에게 강낭콩만 먹이며 정부 보조금을 타내려는 몹쓸 사람들까지 실로 다양하다. 자선과 사업의 관계는 그만큼 모호하다. 사실 내가 경험이라는 표현을 쓰면서 어디 몇 사람 만난 것으로 생각할 수도 있을 것이다. 그러나 내가 만나 개인적으로 봉사 현장을 촬영하고, 그곳에 대해 글을 쓰면서 만난 이들은 개개인으로는 수백 명에 이른다. 그들 주변 봉사자들까지 합산한다면 수천 명에 다다른다. 더구나 이백만 명이 넘는 블로그 팔로워를 통해 내가 작성한 봉사 현장의 일화들은 지금까지도 전국으로 소개되고 있다. 나는 상호를 걸고 하는 지역 봉사단체는 안 가본 곳이 없다. 그곳의 장은 모두 만나보았다고 해도 과언이 아니다. 그렇지만 내가 직접 봉사하고 다닌 것은 아니었다.

세 명의 아이들을 먹이기 위해 가마솥에 강낭콩이 그렇게도 많이 삶기고 있던 모습은 지금도 잊을 수 없다. 그곳을 나와 나는 아이들에게 햄버거와 피자를 사다 준 기억이 있다. 아무리 배고파도 강낭콩만을 아이들에게 주는 모습은 충격이었다. 요즘 세상에 얼마나 맛좋은 간식들이 넘쳐나는가. 그 아이들도 분명 햄버거나 피자를 먹고 싶었을 것이다. 아이들의 마음은 시대를 넘어 언제나 동일하다.

당시 내가 보았던 아이들은 사회인이 되었을 것이다. 이들이 친구들과 삼겹살에 소주 한 잔을 마시고, 때로는 자신들이 하루 종일 먹었던 강낭콩을 기억하며 소싯적 보호자들에게 얼마만큼의 감사를 표할 수 있을는지는 미지수다. 이제는 그 아이들도 어른의 도움 없이 삶을 개척하며 살아가야 할 나이인 만큼 아이들 스스로가 하고 싶은 모든 것을 하고, 먹고 싶은 모든 것을 먹으며 세상을 살아갈 것이다.

나는 서른 살이 넘어 처음으로 여자를 사귀었다. 짧게 만난 여자가 있었다. 그때 그녀는 주기적으로 고아원을 방문해 아이들을 돌보는 것 같았다. 과자를 준비해 함께 가자는 청에 그녀와 고아원을 방문했던 기억이 있다. 고아원 문을 열고 들어서자 누워 있던 아이들이 하나둘씩 일어나 나에게 안기기 시작했다. 슬픈 시간이었다. 그 이후로 나는 고아원 봉사 활동 홍보를 적극적으로 신문에 게재하곤 했던 기억이 있다. 그녀는 분명 훌륭한 엄마가 되었을 것으로 믿는다.

봉사는 마음을 들여 행하는 것이다. 더구나 먹을 것을 주는 것에 있어 우리는 가진 것을 나눔으로 상대에게 기쁨을 선사해야 할 책임도 있다. 배불리 먹이고 만족을 줄 수 있는 선행, 바로 그것이다. 봉사하겠다고 나서는 사람들에게 나는 이러한 것을 기대한다.

생각해본다. 왜 하나님께서 고아와 과부를 돌아보라고 하셨는지 말이다. 다른 것이다. 그것은 다른 부분이다. 단순하게 없는 것을 주는 것으로 생각할 수 있겠지만, 인간의 근본적인 이성을 어루만지는 행위가 될 수 있는 것이기 때문이다. 엄마가 바람이 나 도망간 아이에게 옷을 주는 것과, 엄마가 날 때부터 없는 아이에게 옷을 주는 것은 받아들이는 아이에게 있어서는 입장이 다르다는 것을 알아야만 할 것 같다.

◆ 일상 대부분의 문제는 사람들과의 관계에 있어 나의 마음과 행동, 나아가 말로 인해 생겨난다. 바늘에 찔려도 스스로 안 아프다고 여긴다면 그것 또한 아픔이 아닐 것이다. 조금 따갑다고 생각하면 그냥 따갑고 만 것이다. 혹, 아프다고 소리 질러도 그 아픔은 잠시일지도 모른다.

사람은 마음을 어떻게 단정하느냐에 따라 자신의 상황을 변화시킨다. 오늘 죽을 것처럼 난동을 부려도 하늘의 구름은 변함없다. 속상한 마음에 주먹으로 벽을 친들 내일의 해가 안 뜨는 것도 아니다. 사람이 마음을 다스리고 모든 환경에서 온전할 수 있는 비결은 적어도 내 경험으로 볼 때 하나님 말씀을 가까이 두는 것 외에는 없다고 본다.

◆ 존경받는 천재가 일반인들과 어울려 겸상하며 사적인 마음을 드러내는 순간, 그는 어울리는 대부분의 사람들에게 흠모의 대상은커녕 질투의 대상이 되고 말 것이다. 모든 것을 드러내는 것은 그만큼 큰 실추의 위

험을 감안해야만 한다. 나는 다수의 이들이 이러한 경험을 했으리라고 생각한다. 겸손한 자는 언제나 배움의 자세를 갖추지만 마음이 완악한 자는 이리 살피고 저리 따지며 시샘하기 마련이다.

◆ 인간은 무지에서 태어나 양심에 선을 머금고 악을 배우며 살아간다.

◆ 함께 일하다 보면 선임자의 위치에서 후임으로부터 개선에 대한 요구 사항을 받을 때 좋은 게 좋은 것이라며 사소한 것 하나라도 말을 만들기 싫어하는 이들이 있다. 그들은 우유부단함으로 점철된 자들이다. 되도록 기존 있는 그대로를 좋다고 말하며 오히려 개선을 요구하는 사람만 눈 밖으로 내어 몰아버리는 그러한 치졸한 부류의 사람들인 것이다. 이러한 자들 대부분은 상사라는 자체로 나름의 경험을 지니고 있어 되도록이면 실수가 나오지 않고, 말을 만들지 않으니 얼핏 일을 잘하는 사람처럼 보이나, 실제로는 이기심으로 점철된 자들이다. 사람은 자신의 의지와 소신이 아무리 분명해도 더러는 포용할 줄도 알아야 한다. 우리 주변에는 자질이 부족한 아무나들이 머리 위에 군림하는 예가 많다.

◆ 클래식을 공부하는 대부분 학생들은 음악 교육과정 내내 교과목에도 없는 경쟁을 배우며 성장한다. 그러나 음악은 작곡가의 감성을 빌려

자기를 표현하는 예술이다. 자기표현이 배제된다고 해도 작곡가의 감성을 충실히 전달해주는 표현 예술이기도 하다.

감성은 경쟁의 대상이 아니다. 옆 친구의 음악적 표현을 경쟁의 대상으로 삼는 학생이라면, 차라리 큰 연주 홀에 대한 욕심이나, 값비싼 악기를 소유하고자 하는 욕망에 사로잡히는 편이 더 나을지도 모른다. 어찌 보면 음악을 표현하는 천성도 타고나는 것이다. 타고나는 자를 노력하는 자가 따라가기란 언제나 역부족이다. 그러나 타고난 것이 없다면, 좌절하지 말고 그냥 그것을 즐기는 꾸준한 사람이 되면 된다. 그러나 만약 꾸준함마저 없다면, 그는 아무것도 아니다.

◆ 오페라를 종합예술이라고 칭하는 근본적인 이유는 눈에 보이는 시각적인 감흥과 귀로 전달받을 수 있는 소리의 감흥이 조화를 이루기 때문이다. 오페라의 이러한 매력은 무대 예술과 의상, 화려한 세트 구조도 물론 이유가 될 수 있지만, 중요한 것은 연주하는 가수들의 소리와 동작의 뉘앙스를 함께 즐길 수 있다는 점에 더 큰 의미를 두고 있다. 나는 오페라를 다소 지루한 장르라고 생각한다. 성악을 전공한 사람이지만, 오페라를 좋아하지는 않는다. 사실 오페라보다 팝 가수의 라이브나 기악 독주곡을 즐겨 듣는다. 물론 학부 시절에도 오페라 수업이 즐겁지만은 않았다. 나는 오페라보다는 가곡을 좋아하고, 오케스트라 소리를 실연이 아닌 스피커를 통한 음원으로 듣는 것을 소음으로 여기는 사람이다. 예를 들어 스피커를 통해 오케스트라와 협연한 성악곡을 듣는다면, 가수의 딕션(발음

및 가사)과 목소리, 오케스트라의 여러 악기 소리가 혼합되어 사실상 귀에 거슬리는 소리로 들려온다. 하지만 지금까지 나는 많은 오케스트라의 연주를 들어왔다. 지금의 나는 기승전결이 짧은 이태리 가곡과 일반 노래, 피아노와 기타 반주로 노래하는 것과 악기를 연주하는 소품을 항상 내 견해에서 최고의 음악으로 여긴다. 이것이야말로 음악인 누구나 쉽게 접근하고 즐길 수 있는 연주 형태라고 본다.

군 생활 때의 일화이다. 군의관 한 사람이 있었다. 그는 오페라를 좋아한 나머지 오페라 스코어와 가사집을 따로 구매해 저녁마다 그것을 공부했다. 어느 날 그는 나를 불러 자신이 공부하는 스코어를 보여주었다. 놀라는 내 모습에 그는 은근 희열을 느끼는 듯한 표정을 지어보였다. 나는 성악가를 좋아하고 오페라를 즐기는 그 의사를 예술을 사랑하며 세련된 사람으로 여겼다. 고전에 대한 열망은 따질 것 없이 그의 교양을 드러내는 것이다. 하지만 그가 나를 찾을 때면 언제나 나는 지겨운 마음에 몸서리쳤다. 그가 나를 얼마나 좋게 보았는지는 모르겠으나, 전역할 때 즈음 무너진 내 치아를 단돈 십만 원에 교정해주겠노라고 말했다. 하지만 당시 나는 십만 원이 아까워 그 중요한 치아 교정을 하지 않았다. 지금 생각하면 그는 좋은 의사였다.

◆ 눈으로 각인하여 감흥을 받는 것 중, 문자(글)를 통해 얻는 감흥은 원초적이며 완전하다. 대표적 감흥의 원천이다. 하지만 미술 작품의 색과 선을 보면서 느끼는 감흥 또한 이에 못지않은 깊은 매력을 준다. 작품을

관람하면서 작품 배경 속에 나의 상상을 담아보는 맛은 짜릿한 희열과 오랫동안 그 작품을 곁에 소유하고 혼자만 즐기고 싶은 애틋한 충동을 느끼게 해준다. 그것이 미술 작품이 주는 독보적인 감흥이다.

미술 작품은 음악과는 다르게 작품을 소유하고 싶고, 작품 속 세상을 내 관점이 형성되어 있는 나의 자아의 세계로 끌어넣고 싶은 충동을 느끼게 한다는 점에서 매력적이다. 그 때문에 미술은 음악보다는 더 이기적이나, 탐심이라는 근본적인 욕구를 자극할 수 있는 요리의 예술보다는 승하다고 말하고 싶다.

◆ 맛 좋은 별미를 나는 예술로 칭한다. 음식 만드는 것도 어찌 보면 음악과 같이 시간 예술의 범주에 속한다. 시간 예술의 범주에 들어가는 또 다른 예술이 있다면 단연 귀를 자극해 감흥을 주는 음악이겠다.

고상한 사람들은 꼭 음악이 아니더라도 시 낭송이나 잔잔한 귀뚜라미 소리까지 자연의 산물이 빚어낸 예술로 승화해 감상할 수 있을 것이다. 하지만 음악은 인간이 연마한 기술로, 창작가가 의도해 만들어진 영감을 그대로 전달하는 예술 중 가장 큰 감흥의 주역이다.

◆ 건축 구조는 음악에서의 오페라를 보는 것과 같이 변화하지 않는 경이로운 예술을 우리에게 선사한다. 건축가들의 영감은 세밀하고 정밀한 입자의 표면처럼 위대한 것이다.

하나의 건축물 속에 예술성과 상업성, 친환경적 요소, 명확한 입지를 지닌 건축물을 꼽으라면, 단연 파리의 에펠탑을 선택하고 싶다. 건축물 하나만 보아도 금발의 곱슬머리 유럽 여성들의 향수 냄새와 투명하고 애잔한 아코디언 소리를 떠올리게 만든다. 이것 또한 종합예술의 극치를 보여주는 훌륭한 감흥의 산물이다.

◆ 하와이에서 잠시 생활할 때 나는 이모부 회사의 페인트 직공으로 취업해 일했다. 그 시절 나는 매일 하와이 시내 전 지역을 다니며 페인트칠을 해 돈을 벌었다. 비록 마트 주차장 기둥에 페인트칠을 하고 있더라도 색으로 완결되는 그 붓질에 나 자신이 얼마나 대단한 화가처럼 느껴졌는지 모른다. 세계 유명 관광지, 그 시설물에 나의 흔적을 남길 수 있는 기회는 대단한 것이었다.

전문가로서 극치를 달릴수록 인간은 예술에 좀 더 가까이 다가간다. 도자기를 굽는 사람들, 곡을 연주하는 사람들, 글을 창작하는 사람들, 건축 구조물을 세우는 사람들, 요리하는 사람들. 사람들의 정확하고 놀라운 재주 안에 예술은 둥지를 틀고 감흥의 알을 낳는다.

◆ 주변에 아무리 부자가 많아도 이해관계가 성립하지 않는 참다운 도움을 받을 때는 엉뚱한 이에게 도움을 받는 예도 적지 않다. 이것은 발이 넓은 대인관계와도 상관없는 부분이다. 내 형편에 있어 마음이 동하는 이

를 만난다는 것은 언제나 미지수이다. 그것이야말로 하나님께서 주관하시는 사람 도움의 방식이다.

◆ 자식에게 유산을 물려주는 부모가 있고, 빚을 물려주는 부모도 있다. 유산을 물려주고도 자식에게 미안한 마음을 갖는 부모가 있고, 빚을 물려주고도 자식 앞에 떳떳이 할 말 다 하는 부모도 있다. 하지만 이러한 가운데 자식 돈을 털어먹어 얼굴을 못 드는 부모도 있고, 자식 돈을 털어먹고도 큰소리치는 부모가 있다. 낳아주었다는 것은 부모에게 있어 언제나 큰 무기이다.

◆ 남자 중에는 유복한 집안에서 태어나 훌륭한 교육을 받고 자라 성공적인 사회생활을 영위하는 부류가 있다. 가진 것은 없지만 능력을 알아주는 부유한 집인 여자를 만나 크게 성공하는 사람도 있다. 아울러 모든 것을 갖추었지만 세월을 안일하게 보내 망나니로 살아가는 남자도 있고, 부유한 집안 여자를 만났으나 처가 재산까지 털어먹는 남자도 있다.

또한 많은 남자를 보니, 자수성가로 성공해 인색하게 살아가는 남자도 있고, 부유하게 성장해 베풀며 살아가는 남자도 있다. 구전 중에 "젊은 남자를 함부로 업신여기지 말라."라는 말이 있다. 여성도 어떠한 모습의 남자를 만나느냐에 따라 삶이 변하듯, 남자의 성공은 그만큼 예측불허이다. 나는 실제로 이러한 예를 많이 보아왔다. 성공한 남자들 중, 대체적으로 공통된 점은 모두 다 성실한 내조의 아내를 만났다는 점이다. 이것이야말로 하나님이 선사하는 세상에서의 큰 복이다.

◆ 좋은 물건의 가치를 아는 사람은 결국 두 가지로 안목의 방향을 정한다. 하나는 특정 브랜드에 마니아가 되거나, 다른 하나는 빈티지 즉, 저렴한 범용으로 돌아가는 것이다. 안목이 고상하고 호기심이 많은 것은 때로는 주체성을 기를 수 있는 좋은 습관을 만든다. 하나님은 사람에게 가치의 척도를 가늠할 수 있는 능력을 주신다.

◆ 없는 자의 봉사는 신의(信義)의 마음이요, 가진 자의 봉사는 자애(慈愛)의 마음이다. 못된 자의 봉사는 자기 성찰일 뿐이요, 악한 자의 봉사는 자기 자랑일 뿐이다. 세상 모든 이치는 그에 합당한 그것다움을 지녀야만 한다.

봉사는 본래 선심이 깃들어 행하는 것이므로, 봉사한다고 하면 행위자의 마음이 그 선행에 합당한 자라야 그의 발로에 존경과 귀감의 화관이 더하게 되는 것이다. 마음이 사특한 자는 아무리 정금을 쏟아내어도 덕이 없다. 오히려 그가 주는 것은 왜 주는지를 꼼꼼히 따져 물어보고 받아야 할 것이다. 또한 세상에는 많이 소유한 자가 적은 것을 주고도 훗날 더 많은 것을 기대하는 예도 난무한다. 자고로 사람이란, 정도를 아는 자가 현명한 자이다. 무지막지한 자의 최종은 언제나 '바보'의 호칭으로 종결된다.

◆ 가난한 두 모녀만 살아온 집에 장가드는 남자는 봉사 정신이 투철한 자애로운 자이거나, 세상에서 가장 사악한 이들이 사는 소굴로 전쟁하러 들어가는 자이다. 결혼했다고 한들 그가 돈벌이에 있어 두 모녀를 먹여 살릴 만큼의 능력이 없다면, 그는 연약한 두 여자에게 만 가지 수모를 겪고 빈털터리로 쫓겨날 것이다. 하지만 생각이 바른 두 모녀가 사는 소굴이라면 최소한 면박은 면할 것이라고 본다. 나의 이러한 말을 성실하게 인생을 살아온 한 부모 가정의 두 모녀가 듣는다면 분명히 반색할 것이다. 물론 세상에는 위의 생각과 달리 아름다운 마음씨를 지닌 이들이 있을 것으로 믿고 싶지만, 내가 보아온 바로는 드문 일이다. 만약 두 모녀만 사는 여인들이 한 남자의 돈보다 성실함 하나만을 보고 그를 선택한다면, 그 모녀는 특별한 사람들이다. 아울러 이러한 두 모녀가 그리스도인이라면, 나아가 그리할 수만 있다면, 돈의 관념을 좇는 삶이 아닌 하나님이 우리 가정과 함께하신다는 소망의 끈을 굳건히 잡아야만 할 것이다.

◆ 젊은 시절 바른 품행을 갖추고 생활하지 못했던 여자가 시집가면 한 남자만을 바라보며 일반적인 여성들처럼 수고와 노력, 애쓰면서 살아갈 것 같으나, 결혼해 자식이 생기니 자기 몸단속은 스스로 할지언정 지혜롭지 못한 여자는 어떠한 행동을 통해서건 신랑의 피를 마르게 한다. 교육의 부재로 남자의 행실이 바르지 못한 예도 많지만, 여자의 방종은 막을 재간이 없는 것이다. 만약 그리스도인이라면 서로의 배우자를 믿음 안에서 선택하는 것이 참된 선택이나, 혹 그렇지 못한 상황이라면, 내 견해로

는 홀로 사는 것이 합당하다고 본다. 나는 올해로 서른네 살을 맞았다. 내 나이가 마흔이 넘어서면 그만큼 나는 가치관과 이념이 한층 더 성숙해 있을 것이라고 생각하나 현재까지 결혼이라는 부분에 있어 그리스도인이 세상과 타협할 것은 아무것도 없다고 본다.

◆ 권세를 지닌 자가 바른말을 하면 듣는 자들이 수첩을 꺼내들지만, 아무것도 아닌 자의 바른말은 뱉는 즉시 땅으로 떨어진다. 오히려 그 말에 남을 비방하는 요소가 있다면 사람들은 달려들어 그의 입을 치려고 할 것이다. 그러나 세상 모든 권세는 하나님으로부터 부여받는 예정된 결과이다. 현명한 자는 천한 자의 바른 소리도 귀담아들을 것이다.

◆ 선행을 베풀고 뺨 맞는 경우는 우리 주변에서 종종 일어난다. 바라는 것, 더 좋은 것으로 주지 않았다고 불평을 들을 수도 있다. 이렇듯 자의적 행동이 때에 따라서는 타의적 책임이라는 명분으로 끌려가는 예는 사람들의 일상에서 흔하게 벌어진다. 무지한 자들은 타인의 자의적 행동에 책임이라는 덫을 씌어버린다. 세상에는 공짜가 없듯, 줄 의무도 없고, 아무거나 거저 받을 자격 또한 없다. 주는 자가 집요하게 출납부를 따지는 것도 복 없는 행위이지만, 없는 자가 공짜를 바라는 마음은 더 간사한 마음이다.

◆ 최근 교회 내에서는 동성애 합법화 문제로 골머리를 앓는다. 동성애 즉, 남색이나 레즈비언과 같은 행위는 구약시대부터 금기되어 온 하나님이 지명한 인간 규율이다. 동성애자들은 논리적인 표현으로 인권을 앞세운다. 자신들의 모든 행위를 문서상으로 정당화하기 위해 노력한다. 하지만 그들이 아무리 정당하게 결혼하고 아이를 입양해 키운들, 이들이 양성애를 느끼거나 동성애를 느끼는 것에 기인하는 행위는 대부분 성적 쾌락에 기반을 둔 것이다.

입양된 아이 또한 성장하면서 동성 부모에게 입양되었다는 사실을 괴로워할는지도 모른다. 아이 스스로 성인이 되어 사랑하는 사람이 생기면서부터 부정하고 싶은 자의식의 파문을 일으킬 것이다. 더러운 죄악의 유전자들 속에서 혈육을 잃은 일반적 유전자가 어찌 이들과 함께 섞일 수 있겠는가. 나아가 이들은 대부분 어두운 공간에서 밀교를 나누거나 집단 섹스도 자행한다는 점에서 이들이 주장하는 순수한 이성적이고 양성적인 사랑은 인정받기 어려운 것이다.

레즈비언도 마찬가지이다. 또한 남자가 여성화되는 트랜스젠더의 경우 더더욱 인정받기 어려운 부분이 있다. 그 이유는, 남성이 여성화적인 성향 때문에 정신적인 고통을 받아 트랜스젠더 수술을 했다고 하는 정당한 이유는 성립되나, 이들 대부분이 수술 후, 정상적으로 결혼하는 것보다는 몸을 파는 바에서 일한다는 점을 감안할 때 이것 또한 나는 남자들에게 여성 성향을 지니고 자신의 몸을 주는 행위에 있어 느끼는 쾌락을 사랑하는 성적 방종에서 기인된 정신질환으로 보는 것이다. 이것은 마치 연약한 남자와 성교를 하는 여자보다 강한 남자에게 반강제적으로 성교를 당하는 것에 더 큰 쾌감을 느끼는 여성에게 있는 그 어떠한 심리와도 같은 맥락이다. 이와는 반대로 여성에게는 정상적인 남성보다 어딘가 조금은 모자란 듯한 바보에게 자신의 몸을 허락하는 것에 성적 쾌감을 느끼는 심리도 작용한다. 그것은 상대 남자가 자신의 몸을 보고 넋을 잃는 것을 즐기는 관음(觀淫)에 기인한 현상과도 같다.

남자가 여성 두 명과 난교를 자행하는 심리는 품고 싶은 쾌락을 더 즐기려는 본능적인 요소가 있지만, 여성이 남성 여러 명과 난교를 즐기는 행위는 남자의 심리와는 많이 다르다. 이것은 정복되기를 원하는 여성의 본능적 심리로서, 여성들은 자신의 몸을 겁탈하는 남성들에게 저항하면서도 극도의 쾌감을 느낄 수 있다고 정의하는 것이 나의 견해이다. 나는 이 부분에 있어 어느 정도 내 견해에 소신을 지닌다. 단, 모르는 남성들과 생명의 위협을 느끼는 강간의 경우는 상황이 다르다.

여성이 남성과 성행위 시 자행할 수 있는 신음과 같은 소리도 남성의 힘을 받아들이며 여성 본연의 약함을 남성과 합일시키는 성적 쾌락에 의해서만 자행될 수 있는 인위적인 것이라 하겠다. 트랜스젠더와 레즈비언은 이러한 양성적인 모든 변질된 감성을 지닌 정신질환자들이다. 나의 이러한 주장은 오히려 사회 인권 단체에게 역풍을 맞을 수도 있겠지만, 나는 이들이 맞설 만큼 대단한 인물도, 그렇다고 목회자도, 신학자도 아니라는 사실이다. 그렇게 될 일도 없겠지만, 훗날 내가 국회의원 출마를 한다고 가정했을 때 혹, 인권연맹에서 이 부분에 대해 걸고넘어질지라도 나는 내 나이 서른여섯 살 시절에 기록한 이 내용을 결코 번복함이 없을 것이다.

◆ 자신의 몸을 상품화하는 여성들은 세상에 많고, 그들은 하나님으로부터 부여받은 소중한 몸으로 남성들을 유혹한다. 우리는 인권이라는 틀을 꺼내 들고 창녀와 포르노 산업에 종사하는 여성들의 권익에 대해 지극히 많은 동정표를 보낸다. 그렇지만 아름답고 탐스러운 몸매를 지닌 여성들은 자신의 몸을 사랑하고, 자신들의 몸을 그 누구보다도 잘 알기에 그것을 성적 무기로 사용한다. 내 몸이 남자들을 유혹하기에 충분하며, 나의 벗은 몸이 남성들을 유혹하기에 월등한 본질을 지녔다고 느낀다면 그것부터가 이미 성애의 마음에서 비롯된 것이다. 여성들은 마음으로 감추지만, 시각으로 드러낸다. 일방적으로 성적 피해를 겪는 여성은 폭력이 수반되는 강간 외에는 피해 범주로의 인정이 미미하다고 본다.

◆ 자신의 가족과 타인에게 관대한 사람이 있는 반면, 가족에게는 못하면서도 남에게는 호인다운 행동을 보이는 사람이 있다. 물론, 가족에게 잘하면서도 남에게는 불친절한 사람도 있고, 가족과 타인 모두에게 호의적이지 못한 이들도 많다.

남에게는 친절하고, 남의 일에는 적극적으로 나서지만, 가족에게 비정한 사람은 가족을 무시하는 자요, 가족을 남보다 못하게 자신의 하수로 여기는 염치없는 자이다. 이런 자가 악한 이유는, 사랑하는 가족에게는 마음대로 행한들 타인에게는 잘해야겠다는 의식의 구상을 지니고 있다는 점 때문이다. 사실 세상에서 가장 멍청한 사람은 자신으로 말미암아 가족은 괴롭게 하면서도 남에게는 호인으로 여겨지는 사람이다. 심지어 건달이 가족에게는 미친 자의 행동을 하지만, 동네를 다니며 인사를 잘하고 다니기에 모든 사람이 그를 좋은 사람으로 여기는 예는 우리 주변에 흔하다. 진실이라는 것은 생각과 행동이 일치할 때 비로소 그 명분을 다하는 것이다. 진실하다고 여기는 생각에 모사가 깃든다면 그 행동은 거짓이다.

◆ 난봉꾼들은 이 여자 저 여자와 성행위를 하고 다니면서도 순간의 쾌감을 위해 피임을 등한시한다. 심지어 자신과 성행위를 한 상대가 원치 않는 임신을 한들 걱정은 하겠으나, 무책임으로 일관한다. 남자들이 여성과 성행위 시, 피임하지 않는 이유는 성행위 시의 흥분을 극대화하고자 다급한 마음으로 성행위에 임하기 때문이다. 그것은 단지 쾌감만을 위하는 어리석은 육적 본능이다. 나는 이러한 자들을 경멸한다. 비록 몸을 파는 여성이라도 그 낳아준 부모는 있는 법이다. 남자는 여성과 성행위를 가질 때 그녀가 정상적인 가정의 여성이라면 더욱 원치 않는 임신으로 인해 여성과 그녀의 가족이 혼란에 빠질 것에 대해서도 고려해야만 한다. 내가 하는 말은 임신을 두고 하는 말이 아닌, 그만큼 남자들의 무질서한 책임 회피에 대해 비판을 가하고 있는 것이다.

◆ 기록한다는 행위는 모든 거짓과 억울함을 막아낼 수 있는 방패를 만드는 작업과도 같다. 인류 역사는 기록으로 다져졌다. 사람은 기록함으로써 비루한 인간의 굴레에 날개를 달아왔다. 어쩌면 인간은 삶을, 세상을

기록하기 위해 존재하는 것인지도 모른다. 그것은 실로 경이로운 것이다. 얼마나 많은 위대한 역사가 기록 하나로 세상에 드러나게 되었던가. 성경은 바로 이러한 점에서 기록의 위대함을 여실히 증명해주고 있다.

◆ 인간은 사진이 존재하지 않았던, 그 옛날 과거에 대해 사료만으로 추론할 뿐이며, 환경적 현상에 있어서는 무지하다. 그렇기에 옛 유물의 작은 것이라도 발견하면, 그 판단 가치에 따라 해당 물건을 신성시하거나 아니면 다른 가치의 그 무엇으로 치부해버린다. 하지만 지금에 존재하는 모든 것들이 예전 그 어느 때에도 존재했다는 사실을 아는 순간 환상은 깨어질 것이다. 쉬운 예로, 발견되는 공룡시대의 화석 중, 멸종된 공룡만을 제외하곤 현 시대에도 어떠한 진화 과정 없이 그대로 존재하는 동일한 생명체들이 많다. 그러나 인간은 자기 집 주방에서 수많은 바퀴벌레를 보면서도 삼천 년 전에 굳어버린 바퀴벌레 흔적에 막대한 돈을 쓴다.

◆ 대필작가로 일하다 보면 여러 부류의 사람을 만난다. 가진 자나 없는 자나 공통으로 드러내는 속내는 원고 대필 비용을 저렴하게 깎는 것이다. 저렴하게 돈을 받아도 만들어지는 책은 그 모양이 여느 책과 동일하고 바르게 나와야 하는 것이니, 작업 비중은 적은 원고료나 많은 원고료나 언제나 똑같다. 원고를 허술하게 작업했다고 생각하는 의뢰인들은 언제나 항의한다. 그렇지만 돈을 많이 받는다고 더 쓰는 것도 아니고, 돈을 적게

받는다고 덜 쓰는 것, 신중하지 못하게 쓰는 것도 아니다.

　나 또한 때에 따라서는 돈이 필요해 그 돈이라도 받으려 상대가 원하는, 말도 안 되는 가격(삼백만 원)에 책을 써준 일이 여러 번 있다. 신기한 것은 가격을 다운해 원고를 써준 이들은 하나같이 모두 나를 힘들게 했다는 점이다. 그것은 그들 스스로 제대로 된 가격에 작업을 의뢰하지 않았기에 혹, 작업을 소홀히 할까에 대한 염려와 의심으로 말미암아 재차 확인하고, 때에 따라서는 잘 나온 원고도 다시 되물어 나로 하여금 한 번 더 작업하게 만드는 행위를 돈 건넨 갑이라고 자행하는 심보였다. 만약 그들이 내가 작업하는 모습을 옆에서 지켜본다면, 그들은 미안한 마음에 자신의 무지함과 없는 글재주를 깊게 반성하게 될지도 모른다.

　◆ 불행하게도 세상을 속고만 살아온 자들은 인이 박힌 자신의 편협한 경험을 내세우며 그 누구에게도 절대 속지 않음을 스스로 자랑한다. 지혜로운 자는 자신이 자랑하는 경험으로 비록 누구에게나 속음을 당치 않겠지만, 무지한 자는 진실도 의심하며 결국 자기 자신에게 속는다.

　◆ 경험보다는 타고나는 도량이 더 승하다. 부모로부터 받은 보석과도 같은 성품은 한두 번의 실수로도 중한 것을 얻지만, 무지한 자는 충만한 경험을 쌓고도 안목이 깨이지 못해 헛소리를 한다. 끝이 없는 무지함, 이해력 부재의 원천은 그 유전자를 의심해보아야 한다. 나는 이러한 이해력

부재의 원천을 해결하는 가장 좋은 방법으로, 어려서부터 성경을 읽히는 것이라고 생각한다. 성경 속에는 인간사의 모든 가치관이 담겨있기에 사람은 성경을 통해 승한 도량과 성품의 변화, 높은 분별력을 얻을 수 있는 것이다.

◆ 마음을 차분하게 정화하는 것 중에 조용히 앉아 바른 획으로 글씨 쓰는 것만큼 효율적인 것은 없다. 이것을 수행하기 위해서는 손끝에 맞는 펜도 필요할 것이고, 잉크를 잘 수용하는 종이도 필요할 것이다. 옛 선비들의 취미는 현 시대에도 고상함으로 통한다. 이것은 오늘날 나의 취미이기도 하다. 아직까지 이러한 '문방사우(文房四友)'에 마음을 빼앗기고 있는 사람이 많다는 것이 나로서는 반가운 일이다.

◆ 예술을 하는 사람들은 해당 예술 분아에 따라 그 성격들이 서로 엇비슷해진다. 작품이 그들을 그렇게 만드는지, 마음이 비슷한 사람들끼리 모여서인지 참으로 모를 일이다.

◆ 사람 일에 있어 대부분 문제는 말에서부터 기인한다. 성경 말씀처럼 말에 실수가 없다면 온전한 사람이 맞다. 하지만 작가는 세상에서 말이 가장 많은 사람이다.

◆ 자동차와 커피잔은 가벼워야 그 실용성을 인정받는다. 이것은 인도의 격언을 내가 재구성 해 표현한 것이다. 하지만 고급 자동차와 커피잔은 대부분 무겁고 단단하다. 이론과 실체가 다른 분야는 세상에 많다.

◆ 모든 분야에 있어 초년생은 '미운 오리 새끼' 동화에 등장하는 오리의 모습과도 같다. 만약 오리의 모습을 한 초년생이 정말로 해당 분야에 적법한 자인지 알기 원한다면, 가장 확실한 방법으로는 백조가 된 자에게 그를 데리고 가 보이는 것이다. 만약 비양심적인 백조라면 그 오리에게 허황된 꿈을 심어줄 것이며, 양심적인 백조라면 그가 오리인지, 백조인지 바로 구분해 줄 것이다.

◆ 고집 센 남편을 둔 가정의 아내는 그냥 그렇게 자식 바라보고 여자 스스로가 남편의 변화를 포기하고 살아가는 예도 많지만, 고집 센 아내를 둔 가정의 남편은 병을 얻거나 일찍 단명하는 예도 적지 않다. "저 여자가 신랑 잡았어!"라는 사람들 입으로 전해지는 구전은 바로, 아내의 꺾이지 않는 고집에서 기인된 말이다. 나는 여자가 모든 대화나 행동에 있어 사생결단의 정신으로 일관하는 것을 여성다움에 위배되는 심각한 문제로 본다. 한 사람의 아내에게 있어 남자 즉, 신랑이라는 존재는 시대를 초월해 불변하는 정의가 분명히 존재한다.

◆ 난 사람들 틈에서는 얻는 것이 많다. 배우고 학문하는 자들 속에서 자신의 자아를 성장시킬 수 있거나, 경험이 많은 사람들 속에서 삶의 소소한 의미의 자양분을 취할 수 있다.

자기 발전은 스스로 하는 것이다. 무엇인가를 성취하기 위해 노력하는 중이라면 그것이 가치 있게 쓰일 수 있는 곳에 그 사람이 존재해야만 한다. 나는 지적 욕심도 지니고 있다. 지금까지 세상을 살아오면서 올바른 자아 정립을 위해 애써왔다. 물론 뜻대로 되지는 않았다. 그러나 생각이 그렇지 못한 자들과 어울리는 시간이 잦아진다면, 목표로 하는 가치관의 정립은 나에게서 점점 더 멀어져만 갈 것이다.

◆ 사람은 누구나 본연의 소명과 가치를 지니고 태어난다. 그것은 노력으로 승화되기도 하지만, 어찌 보면 자기 자신을 바로 아는 올바른 인식에서부터 출발한다. 자신의 가치를 높게 평가하는가? 비록 거지 왕자일지라도 스스로를 진정한 왕사로 여기고 있는가? 그렇다면 자신의 신념을 놓지 않는 삶을 살아가야만 한다. 현대인들은 이념을 지녀야만 한다. 그렇지만 할 수만 있다면 성경적 가치관을 지녀야만 한다. 이것은 아무리 강조해도 결코 지나침이 없다. 이것이야말로 이 시대를 아름답게 재창조하는 지상의 원리이다.

◆ 미국 성직자인 찰스 에드워드 풀러(Charles Edward Fuller, 1887~1968)

는 그의 저서에서 "모세의 온유함이 삼손의 힘보다 낫다."라고 말했다. 또한 프랑스 격언에는 "식초보다는 꿀로 더 많은 파리를 잡는다."라는 말이 있다.

선거철이 되면 다수의 후보자 중, 쌓인 분노와 울분을 보상 받기 위해 수장이 되려고 하는 이들이 한두 명씩은 등장한다. 나 또한 개인적으로 이러한 이를 여러 번 만난 적이 있다. 우리는 리더십이 강하고 나름대로 성격도 있는 그러한 자를 남자답고 영웅다운 자라 칭하지만, 실제로 시민들, 나아가 국민들이 마음을 기울이며 표를 주는 자는 우리 어머니를 길러주시고 나를 예뻐해주신 할아버지와 같이 온유한 성품을 지닌 자이다. 거기에 사람의 관상은 그의 성공에 큰 기여를 한다.

◆ 세상 모든 아이들은 행복해야만 한다. 아이들은 언제나 행복을 상상하고, 기분 좋고 유쾌하고 즐거운 일을 먼저 계획하기 때문이다. 만약 아이가 스스로 불행하다고 느낀다면, 그 아이를 책임지고 있는 어른의 세계는 암흑천지일지도 모른다. 하지만 나는 '루소'를 이해한다. 그도 분명히 남들이 모르는 사유(事由)가 있었을 것이다.

◆ 사람이 타인을 향해 품을 수 있는 악한 감정 서너 가지를 나열하라고 한다면 나는 미움, 시기, 질투를 선택하겠다. 이러한 감정들을 큰 틀로 놓고, 이 감정들에 의해 파생되는 또 다른 악한 마음을 나열하라면 두려움,

분노, 불안, 불만 등으로 규정하겠다. 아울러 나에게 이 모든 감정들을 아우를 수 있는 가장 악한 감정을 꼽으라고 한다면 주저 없이 '열등감'이라는 감정을 선택할 것이다. 열등감이라는 감정은 총체적인 부정의 감정을 아우르면서도 미움, 시기, 질투에 자생하며 이 감정들의 개성을 촉발시키는 아주 무서운 사람의 마음이다.

미움, 시기, 질투는 성경에도 많이 등장하는 기본적인 부정의 단어이다. 또한 열등감이라는 단어는 성경 인물들의 행위 속에서도 뚜렷하게 나타나지만, 단어로 정의된 것은 없다. 하나님은 성경을 통해 열등감이 불러오는 비뚤어진 정의에 대해서도 우리를 교육하신다. 하지만 "그가 열등감에 사무쳤더니!"라고 언급하는 구절은 성경 어디에도 없다. 그 때문에 우리는 그들 속에서 가엽고도 미련한 열등 의지를 발견하지 못하는 것이다.

나는 성경 속에서 누가 열등감을 더 많이 발산했는지를 논하고자 하는 것이 아니다. 그만큼 열등감이라는 감정은 미움, 시기, 질투, 분노 따위의 감정들처럼 겉으로 드러나는 범주가 적어 다루기 어려운 인간의 마음이라는 것을 언급하고 싶은 것이다. 이러한 감정들은 모두 원색적인 이성적 감정이기에 신경·정신과 의사의 도움으로 수치 하향은 가능하게 될는지는 모르나, 열등감은 개인의 자존심을 덧입어 파생되는 감정이기에 언제나 그 속내가 감추어져 있기 마련이다. 마치 암세포처럼 우리의 정신에 깃들어버린다.

미움과 시기, 질투와 분노는 현대 의학의 도움으로 어느 정도까지는 개선이 가능하나 열등감은 모든 부정적인 감정들을 일차적으로 표현하며 잠식해 있는 감정이기에 우리는 얼핏 열등감이 강한 사람을 보며 미움이 많은 자로 오해한다. 또한 시기심이 충만한 자로 오판할 때가 많다. 열등감은 그만큼 사람과 사람 사이에 수많은 변수를 야기한다. 열등감이 많은 자를 치료하는 데에 있어 가장 필요한 명약은 바로 사랑과 친밀함이라고 생각한다. 다소 못난 자와 잘난 자가 친밀하면 못난 자가 상대적으로 잘난 자에게 더 많은 열등감을 느끼게 될 것으로 생각한다. 그러나 우리 집 강아지가 나와 다름을 두고 열등감을 느끼고 있다고는 생각하지 않는다.

◆ 사랑과 인연이라는 것에 대해 잠시 생각했다. 부재가 많은 사람은 찾아온 인연을 사랑이라는 터울 속에 가두고 자신의 이기심을 관철시킨다. 내가 사랑하는 사람이 괴로움을 당할 때 나는 어떠한 행동을 취해야만 하는 것인가? 혹, 나로 말미암아 사랑의 명분을 지닌 상대가 괴로움을 당한다면 내가 바로 취해야만 될 태도는 무엇일까?

우리는 배려라는 것에 대해 어떠한 정의를 지니는가? 나는 그 답을 알고 있다. 그것은 상대 앞에서 나의 망령된 행위를 멈추는 것이다. 바로 그 만두는 작심이다. 하지만 많은 사람들이 멈출 줄 모르는 데서 심각한 손실을 경험한다. 이것이야말로 애처로운 것이다.

◆ 우리는 쉽게 감동을 받거나, 쉽게 슬픔을 느끼거나, 아니면 남들보다 모가 난 성격을 지닌 이들을 긍정의 표현으로 감수성이 예민하다고 일컫는다. 감수성이 예민하다는 말을 풀어 설명하자면, 원색적인 감성을 다른

이들보다 머리와 가슴으로 더 쉽게 캐치한다는 말로 해석할 수도 있다. 더 쉬운 표현을 예로 든다면 미각이 남들보다 뛰어나 단맛, 짠맛, 매운맛을 더 잘 느낀다는 표현으로 바꾸어 이해할 수도 있다.

같은 영화를 보는데 누구는 울고, 누구는 감정에 아무런 감흥이 일지 않는 것도 이러한 차이가 있기 때문이다. 감정에 동요가 없는 사람을 두고 험한 세월을 살아왔기에 마음이 돌처럼 단단하게 굳어진, 간담이 대범한 사람이라고 말할 수도 없는 것이다. 결코 그러한 것과는 거리가 먼 부분이다.

나는 타인의 글을 대필하는 작가이자 나의 잡문으로 책을 집필하는 사람이지만, 음악을 하는 사람이라는 점에 있어 '예술적인 소양이란 무엇인가?'에 대해 종종 고찰한다. 흔히 예술가라고 하면 우리는 어떠한 이미지를 연상하는가? 머리를 덥수룩하게 기르고, 턱수염을 기른 상남자적인 이미지를 떠올리는가? 아니면 심각한 표정으로 은둔하며 베일에 가려진 비범한 인물을 상상하는가? 사실 이 부분에 있어 답은 없다. 개인적으로 나는 글을 쓰는 작가들이 미리를 기르고 외인과 같은 몰골로 은둔해 생활하는 것에 대해 그의 작품이 그를 그렇게, 그의 예술혼이라는 기운이 그를 그렇게 만들었다고는 생각지 않는다. 모든 것은 사람 스스로 마음먹기에 달렸기 때문이다. 그러나 예술에 있어 그 행위자는 자신의 예술 표현에 앞서 적법한 소양을 갖추어야 한다. 글을 쓰는 사람이 도박, 술, 여자를 좋아한다고 치자, 대중들이 상상하는 작가의 이미지와는 어울림이 없을 것이다. 다 본연의 모습에 어울림이 따르는 법이다. 그렇다면 내가 언급하고자 하는 예술가의 소양이란 무엇인가?

예술가가 지녀야 할 소양에 있어 가장 기본이 되는 것은 진실함이다. 마음을 표현하는 것에 있어 진실한 생각과 굳은 의지이다. 다음으로는 착한 심성이다. 마지막으로는 주변에 대한 관심과 섬세함이다. 그리고 많은 감동과 눈물을 담을 수 있는 마음의 그릇이다. 대부분 예술가들은 예술의 소양적 원천을 예술 행위 자체에서 발견하려고 애쓴다. 그러나 내가 생각하는 예술의 근원은 오직 하나님께로부터 나는 것이다. 이렇듯 예술은 하나님께로부터 나오는 것이기에 세상에서 인간이 만들어내는 예술 영감의 근원보다 앞서는 예술가 또한 없다. 아이러니한 표현이다. 만들어내는 자가 그 결과물보다 원천적으로 부족하다는 말이 말이다. 그만큼 예술 영감은 고유한 것이며, 표현하고자 하는 예술가의 이성을 두루 돌고 도는 신의 영감이라는 뜻이다.

◆ 오래전부터 나는 물질적 가치를 우선시하는 자본주의 본연의 모습과 그것을 찬양하는 사람들의 타락한 풍토에 동화되지 아니하고, 비록 소유가 많지 않더라도 나름의 신념을 고수하며 살아왔다. 여기서 말하는 신념의 고수란, 없는 형편을 자각하고 욕심 없이 살아가는 것만을 의미하지는 않는다. 사람은 물질의 많고 적음에 인격의 사다리를 들이댄다. 그것으로 존경과 무시가 나뉜다.

물질적 잣대를 지니는 것은 인간의 기본 성향이다. 이러한 것은 성직자에게도 반영될 수 있다. 그러나 내적 자아의 풍요로움은 올바른 양심의 능력으로 다져지는 것이다. 내 주변 가난한 사람의 생활을 바로 볼 줄 알며, 있다고 하는 자 누구나 다 그런 것은 아니지만, 혹 있는 자의 만용을 분명히 가려낼 줄 아는 사람이야말로 진실을 고하는 자리에서 당찬 외침을 할 줄 아는 자일 것이다.

◆ 세상이 변해 여성 상위시대를 외치는 시대가 왔다고 해도 현모양처는 어디서나 존재한다. 그리고 여성 상위의 정점에서 독립적이고 멋진 삶을 살아가는 여성을 세상은 부러운 시선으로 바라보거나 무엇인가 닮아가야 할 모티브를 제공하는 자로 칭송한다. 그러나 결과적으로 존경받는 여성은 현모양처이다. 나는 여성에 대해서 불안전하고 어찌 보면 외로운 삶을 살아가지만, 그래도 모든 남성의 이상과 같이 언제나 현모양처를 동경한다.

◆ 사람은 경이로운 그 단생과 디불어 일생을 사회와 가족이라는 공동체의 틀 속에서 누군가의 도움을 받으며 성장한다. 강포에 싸인 아기 또한 곧은 자세를 유지하기 위해 간호사의 도움을 받으며 싸인 강포를 마다할 수는 없는 것이다. 이것이야말로 인간의 숙명이자, 나아가 일상이다.

내가 태어날 당시에는 어머니의 산고가 있었으며, 나름 훌륭하다고 생각하는 한 산부인과 의사의 마음 씀이 있었을 것이다. 실로 고마운 것이다. 나는 이들의 도움으로 병원에서 사랑하는 부모님의 품으로 온전히 돌아올 수 있었다.

성장하면서 내가 부모에게 받은 것은 말로 다 나열하기 어려울 정도로 많다. 하지만 청년기를 지나 사회인이 되고부터는 부모로부터의 진정한 도움은 먹여주고 입혀주는 것에서 나아가 자녀가 이루고자 하는 이상을 실현할 수 있도록 근본적인 도움을 주는 것이라고 생각하게 되었다.

소싯적 직장 생활을 할 때 평소 나보다도 못하다고 여겨왔던 동료가 집안에 큰 유산이 있다는 말을 할 때면 나는 그중에서 가장 못난 사람이라고 자책하곤 했다. 그러나 물질이라는 것이 나에게 있어서는 결코 이성을 아우를 수 없는 것이기에 나는 부모를 원망하지 않으며 오히려 자연과 벗할 수 있는 이상적인 삶을 상상하며 의연하게 서른다섯의 생을 살아왔다. 그렇다. 물질의 있고 없고를 논하기에 앞서 나는 얼마나 많은 사람들의 관심과 사랑을 받으며 성장해왔던가. 나는 홀로된 것이 아무것도 없는 사람이다. 그렇다고 무엇이 되었다고 생각지는 않지만 분명한 것 하나가 있다면 하나님께서는 적절한 때에 나에게 돕는 자를 보내신다는 것이다. 사랑하는 가족, 직장 동료, 사회에서의 여럿 지인들, 이 모든 이들이 오늘도 나를 돕는 고마운 이들이다.

◆ 새벽녘까지 자서전 대필 작업을 하다가 문득 '장 자크 루소'가 떠올랐다. 루소가 『고백록』을 집필할 무렵 그의 형편은 그리 온전치 못했다. 1750년 『학문예술론』으로 유럽 지성계에 화려한 등장을 알린 루소는 1755년 유럽 문명을 비판한 『인간 불평등 기원론』을 출판함과 동시에 볼테르를 위시한 당대 계몽철학자들과 마찰을 빚기도 했다. 결국 그는 1762

년『사회 계약론』과『에밀』의 출판으로 도피 생활과 피해망상증에 시달리게 되었다. 그 후, 악보 필사로 생계를 이어가며 방랑생활 속에서 완성한 책이 바로『고백록』이다.

고백록은 사실 루소의 책 중에서 그리 중요한 작품은 아니다. 진부하리만큼 자신을 변호하는 내용과 마치 도피 은둔자가 적들에게 자신의 진실을 납득시키고자 하는 식으로 대부분의 내용이 전개되고 있다. 매우 인간적인 내용의 책이다. 개인적인 견해이지만, 루소가 생존해 있을 당시에 이런 식의 글은 아마도 그를 미워하는 자들에게는 원천적인 공격의 모티브를 제공했을 법하다. 그러나 그의 글은 진실하다. 비교 대상이 될 수는 없지만, 나는 루소와 닮은 구석이 더러 있다는 점에서 오늘을 안위한다. 물론 가정부와의 사이에서 다섯 명의 아이를 출산하고, 그 아이들을 모두 고아원에서 양육하게 한 것은 나와는 다르지만 말이다.

『에밀』을 통해 아이들을 좋은 환경에서 자연과 더불어 교육시킬 것을 강조한 루소에게 있어 자식들을 모두 고아원으로 보낸 것은 훗날 그의 명예에 큰 오점이 되었다. 루소가 생존했을 때는 그의 사상에 적이 많았지만, 사후 가정적인 부분에 있어서는 도무지 납득이 안 가는 사람으로 후대에게 인식되곤 한다.

◆ 내가 스물여섯 살 되던 해에 어머니와 이모의 권유로 하와이로 반이민을 떠나게 되었다. 물론 다시금 한국으로 돌아왔지만, 떠날 당시에는 명분상 이민이었다. 이모부와 이모를 만나 생활하면서 '비빌 언덕'이라

는 말을 이모부를 통해 여러 번 듣게 되었다. 이모부와 나는 하와이의 야경이 보이는 곳에 올라 종종 대화를 나누었다. 이모부는 당시 성공적으로 회사 운영을 하고 있었다. 그러나 소싯적 비빌 언덕이 없어 이 언덕에 올라 신세를 한탄하곤 했었단다. 당시 나는 비빌 언덕이라는 말을 이모부를 통해 처음 들었다. 그날 밤은 아름다웠고, 산들 불어오는 바람은 내 이마를 시원하게 해주었지만, 나는 무엇인가 모를 것을 고심했던 기억이 있다. 그 이후 한국으로 돌아와 비빌 언덕의 필요성을 절실히 실감하며 살아왔다.

신문기자를 거쳐 전업으로 글을 쓰는 것으로 먹고 사는 작가인 나에게 비빌 언덕이란 과연 무엇을 의미할까? 나는 이십 대부터 지금까지 중간에 다른 일을 일 년 정도 한 것 외에는 계속 글 밥을 먹고 살아온 사람이다. 나에게 있어 비빌 언덕이라는 것은 나를 지탱하게 만들어 주는 신앙의 유산이 아닐까 싶다. 그것은 곧 나를 구동하게 만드는 하나님 말씀이다.

◆ 인연이라는 것에 대해 생각했다. 어찌 보면 직업적인 특성상 대인관계에 있어 나는 일반적인 사람들에 비해 우위에 존재하는 사람임에는 분명하다. 성공한 사람들을 쉽게 만날 수 있고, 그 사람들에게 어느 한 시점에서는 가장 중요한 사람이 될 수 있다는 것, 유명한 사람을 만나 친분을 쌓을 수 있다는 것, 이것이 내 직업의 장점이라고 생각한다. 내가 아는 어느 부류의 부자들은 자신의 돈을 들여 연예인들을 후원하고 그들과 형님/동생, 누나/언니 사이로 지내는 것을 자랑으로 여긴다. 그들이 많은 유명

인들과 편지를 주고받고 서로 만나 감격의 포옹을 하는 것을 지켜보며 그 자리가 불편해지는 것을 느꼈던 적이 있다. 한 부자는 나에게 자신이 주최한 이런 파티 자리에서 영화배우 누구, 국회의원 누구를 사귀라고 권유했지만, 나와는 정서적으로 맞지 않음을 느꼈다. 그들에게는 친분의 탑을 쌓는 것만이 인생의 단순함을 탈피할 수 있는 유일한 유희이며, 삶의 목적일 것이다. 위에서 내가 언급하고 있는 나의 직업상 유명인들을 만난다는 것은 이러한 의미는 아니다.

책을 만들다가 보면 열 사람 중 한두 사람은 일명 내 원고 작업에 '진상'을 부린다. 상대가 진상을 부리기 시작하면 나에게 돌아오는 것은 결국 소송이다. 물론 나는 도급으로 일을 한 사람이기에 법원은 모든 소송에서 내 손을 들어주었다. 그러나 작품을 하는 과정 속에서 돈이 오가기 때문에 이러한 일이 발생한다는 것은 불미스러운 일이다. 주로 출판사에서 최종 작업이 진행될 때 발생되곤 한다. 그러한 사람들만 주의한다면 나는 정말 훌륭한 대인관계를 인연이라는 터울 아래서 영위할 수 있는 좋은 밭을 지닌 사람은 아닌가 생각한다. 감사한 일이다.

◆ 바쁜 일과와 수많은 생각들, 그리고 밀려오는 고민들, 급변하는 문명화 속에서 적응하며 전쟁을 벌이고 있는 우리 현대인들의 모습. 바쁘다는 것, 많은 생각과 고민, 이러한 말들은 생동의 반증이요, 현실의 그림자이다. 사람들은 복잡한 일상을 탈피하기 위해 여행하며 힐링을 찾는다. 주변 어떤 이들은 여행이야말로 인간이 누릴 수 있는 가장 이성적이고 완벽

한 힐링이라고 말한다. 여행의 치유 효과는 고전적 진리이다.

언제나 꿈꿔왔던 미지의 땅을 부푼 즐거움을 안고 밟아볼 수 있다는 것은 사람을 유쾌하게 만든다. 하지만 꼭 멀리 떠나는 여행은 아닐지라도 은연중 내 생활 반경에서 유쾌함을 발견할 때도 있다.

영국의 소설가 겸 극작가 서머셋 모옴(William Somerset Maugham, 1874~1965, 대표작 『인간의 굴레』)은 대륙적인 구성 작품을 남긴 작가들에 대해 거만한 어투로 "그들은 자신들의 작품 속에 등장하는 인물들을 통해 많은 세상을 여행하고 있지만 정작 자신들은 집 주변 밖 단 1㎞ 반경도 나가본 적이 없는 은둔형 사람들"이었다며 비아냥거리기도 했다. 하지만 그들은 소소한 자신들의 일상과 깊은 유대감을 형성하고 있었기에 훌륭한 작품들을 탄생시킬 수 있었던 것은 아니었나 생각해본다. 많은 여자를 알면 진정 한 여자에 대해 알지 못하고, 한 여자를 완벽히 이해하면 세상 모든 여자를 아는 것과도 같은 원리라고 할 수 있겠다. 여자에 대한 이 말은 소설가 박범신 교수의 말이다. 그는 젊은 시절 쓴 그의 연애소설에 많은 여성들이 등장하는 것에 대한 기자의 물음에 "한 여자를 깊게 사랑했기에 많은 여자의 마음을 다룰 수 있었다."라고 말한 바 있다. 이 표현이야말로 가장 이상적인 응용의 총체라고 생각한다.

나는 미국에서 짧게 지낸 것 외에 제주도를 네 번, 중국을 네 번 여행한 바 있다. 당시에는 몰랐지만, 지나고 나면 여행에서 배울 점은 분명 있다고 느낀다. 사람은 많이 듣고 많이 보는 것이 반드시 필요하다. 우리와 성정이 같은, 아니 비슷한 세계인들을 보는 것만으로도 어느 면에서는 의지를 가지고 세상을 헤쳐나가고픈 도약의 마음이 일곤 한다.

◆ 가지에 잎이 무성한 나무에는 많은 새가 몰리지만, 앙상한 나무에는 아무런 짐승들이 쉼을 얻으려고 오지 않는다. 사람도 그렇다. 있는 자에게는 사람이 몰리지만, 없는 자에게는 동정도 요즘은 인색하다. 가진 자에게 다가오는 좋은 말은 세 길에서 오지만, 없는 자에게 다가오는 창은 열두 길에서 오게 마련이다.

가진 자가 주는 것은 감사함에 받아 좋고, 심지어 거절해도 가진 자의 마음에 흡족함을 주니 양쪽 모두에게 이득이지만, 없는 자가 주는 것은 받아 거절해도 무시한 것처럼 보이고, 받아도 미안한 마음이 들기 마련이다. 그것을 상대방이 알면 기분이 그리 유쾌하지는 않을 것이다. 주는 기쁨도 있다. 그러나 받는 사람이 미안해하면 주는 사람도 썩 기분 좋은 것은 못 되기 때문이다. 하지만 있고 없고는 사람의 운일 수도 있고, 타고난 복일 수도 있고, 노력의 산물일 수도 있다. 주변에 부자가 많으면 혹, 그 부자들로 말미암아 마음이 다칠까 염려가 될 수도 있다. 또한 주변에 가난한 이들이 많으면 혹, 내 말로 인해 저들에게 마음 다침이 일어나면 어떨까 생각도 해야만 될 것이다. 그래서 삶은 녹록지가 않다. 하지만 무신경이 가장 좋은 해결책이 될 수도 있을 것이다.

가난해도 잘 쓰고 사는 사람이 있고, 부자여도 궁색(窮塞)하게 사는 사람이 있다. 또, 가난해도 마음이 부자인 자가 있고, 부자여도 마음이 가난한 자가 있다. 그렇지만 부자여서 마음이 부자인 자들이 많다면, 세상은 조금 더 밝아질 것이 분명하리라 믿는다.

◆ 내가 사는 곳 뒤편으로는 곧은 등산로가 하나 있다. 오늘은 그 길을 걸었다. 아무런 상념도 지니지 않은 채 마냥 걸어 올랐다. 길을 걸으며 나는 깻잎을 따는 노인을 만났고 그 옆으로 즐비한 벌통(양봉)들을 보았다. 시야에 들어오는 해바라기들은 저마다 길 저편을 향해 고개를 숙이고, 늦은 가을을 기다리며 퇴색되어가는 굵은 밤나무들은 결실의 조각들을 땅으로 떨구랴 분주했다. 하늘은 청명하고 태양의 역광은 잔잔하게 가을을 맞아 흐릿해지는 푸름 속으로 투영되고 있었다. 한참을 더 오르니 마치 자급자족으로 생활하는 듯한 어떠한 사람이 일궈놓은 작은 축사도 보였다. 닭, 오리, 거위를 키우며 생활하는 한 사람만을 위한 공간 같았다. 그곳 주인이 어떠한 계획을 지니고 살아가는지는 몰라도 욕심 없는 삶으로 세상과 반대로 나아갈 수 있는 용기는 실로 정당화될 수 있는 특권이라고 생각했다.

명품은 아니지만 나름 멋을 낸 원색의 원피스를 입은 여인과도 같이 수수한 꽃을 보고 이름을 모를 때 버트런드 러셀(Bertrand Russell, 1872~1970, 영국 수학자, 철학자, 사회평론가)의 말이 떠올랐다.

"지성인이라면 자신이 수시로 거닐고 있는 들녘에 핀 야생화 이름 정도는 익히 알아야만 한다. 함께 거닐고 있는 지인에게 그 꽃의 이름을 알려줄 수 있는 상식은 지녀야만 가히 참다운 지성인이라고 말할 수 있다."

러셀의 말은 사고력이 깊은 지성인이라면 주변 소소한 것에 대해 올바른 관심과 아울러 그것에 대해 분명한 식견을 지니고 있어야만 더 큰 것을 아우를 수 있다는 말을 역설적으로 표현한 것이다.

오래전 일이다. 시인이셨던 은사님 부부를 만나 이런저런 대화를 나눌일이 있었다. 그러고 보면 공부를 못했던 나였지만, 훗날 나는 사회생활을 하면서 여러분의 은사님들을 만나 대화를 나누고 그분들과 친구처럼지낼 수 있는 일상들을 많이 경험했다. 은사님들에 대해 이야기를 한다면, 오히려 학창 시절보다 훗날 내가 성인이 되어 보는 그분들의 모습에서 더 큰 존경의 마음을 느끼곤 했다.

시인인 은사님은 국어 선생님이었다. 당시 이십 대였던 젊은 나는 앞서 걸었고, 두 분은 손을 맞잡고 조심히 주변을 관조하며 그 길을 따라오셨다. 노란 야생화 사이로 손을 맞잡고 걸어오는 노부부의 모습은 꽃보다 아름다웠다. 그때 은사님께서 사모님께 길가에 핀 야생화 이름을 줄줄이 설명하시는 광경을 목격했다. 나는 은사님의 모습에서 소소한 아름다움을 발견할 줄 알며 그것을 누릴 수 있는 사람만이 참다운 지성인이라는사실을 새삼 인식했다.

길을 걸으며 주변을 더 깊게 관찰하면 나를 향해 미소 짓고 있는 많은피조물들을 발견할 수 있다. 누군가 파 놓은 도랑에 물고기라도 헤엄치고있지는 않을까 하고 바라보는 모습, 시야에 들어오는 넝쿨 사이로 늙은호박이라도 보이지 않을까 기대하는 마음, 지나는 길목에 붉게 화장한 듯자연이 주는 옷을 입은 과일나무를 마주할 수 있는 기쁨, 이렇게 흐르는시간 속에서 나는 오늘을 살았다.

일본의 국민가수 미소라 히바리(みそらひばり, 加藤和枝, Misora Hibari, 한국계 가수)가 부른 〈흐르는 강물처럼〉의 가사가 떠오른다.

흐르는 강물처럼

모르게 모르게 걸어온 가늘고 긴 이 길

뒤돌아보면 저 멀리 고향이 보이네

울퉁불퉁한 길, 고불고불 구부러진 길

지도조차 없는 그것 또한 인생이지

아! 흐르는 강물처럼 느긋하게 몇 세대의 시대가 흘러

아! 흐르는 강물처럼 하염없이 하늘은 하늘에 물들어갈 뿐이지

살아가는 것은 길을 떠나는 것

끝없는 이 길을 사랑하는 사람을 곁에 데리고 꿈을 찾아가면서

비에 맞아 질퍽이는 길이라도 언젠가는 다시 맑은 날이 올 테니까

아! 흐르는 강물처럼 잔잔하게 이 몸을 맡기고 싶어

아! 흐르는 강물처럼 변해가는 계절 눈이 녹는 날을 기다리며

아! 흐르는 강물처럼 잔잔하게 이 몸을 맡기고 싶어

아! 흐르는 강물처럼 언제까지라도 푸르게 흘러가는 소리를 들으면서

◆ 노인의 백발은 그 사람의 영화(榮華)이다. 노인의 경험은 참다운 인생의 증언이다. 노년의 아름다움이란 무엇을 말하는가? 노년의 아름다움에 대해 나는 미숙함으로 돌아가는 여유라고 말하고 싶다.

나는 서른여덟 살의 삶을 살아오면서 평생의 스승들을 두었다. 청년 때

부터 그들을 존경하고 흠모하며 마음에 품어 왔다. 그들은 음악가일 수도, 사상가일 수도, 성직자일 수도 있다. 스승인 그들이 젊은 시절 어린 나에게 보여준 모든 것들은 기적의 보따리였다. 이십 년의 세월이 흐르니 나는 그때 그들의 모습처럼 왕성한 중년의 문턱에 다다라 있고, 내가 마음에 흠모하던 그들은 옛날 그 시절 나의 모습과 같이 변해만 가고 있었다. 되돌아가는 삶의 모습이었다. 사람의 인생이란, 세월을 역행할 수 없는 것이기에 쇠하여 간다는 것은 서글픈 일이다.

◆ 사회는 높은 계단을 추진기를 달고 날아오르는 이에게 박수를 보낸다. 왜냐하면, 추진기라는 대단한 도구를 개발했거나, 남이 못하는 것을 용기 있게 시도했기 때문이다. 그러나 한 계단 한 계단씩 고통스러운 가련한 두 다리로 평생을 올라 정상에서 쓰러지는 노년의 인생에게는 아무도 관심을 두지 않는다. 젊은 시절 한 계단 한 계단 뛰어올랐을 위대한 노년들에 대해 말이다.

이 시대 젊은이들은 수용하고 그 동기를 바로 볼 줄 아는 안목을 길러야만 한다. 현상의 평가가 아닌, 배후에 대해 진실한 논거를 둘 수 있는 안목이야말로 우리 사회가 교육해야 할 중요한 덕목이다.

◆ 사람들은 파손되어가는 내적 요인들을 보수하기 위해 저마다 다양한 방식으로 노력한다. 그 애씀에는 금전적인 부분도 따른다. 이들은 어

딘가에서 내담자인 객자가 되어 자신들의 고민을 실토한다. 누군가에게 자신의 이야기를 실토하고 나면 어두운 기분은 해소되고, 또 자신의 이야기를 경청해준 사람은 어려운 시간을 할애해준 고마운 사람이 된다. 이렇게 말하고 듣고, 들은 것에 대해 도움을 주고 하는 말의 행위들을 넓은 범위의 전문용어로 규정한다면 '상담'이라고 말할 수 있겠다.

상담의 범주는 가장 건전한 부류로, 신경정신과 의사를 통해 도움을 받는 부분이 있을 수 있고, 이와는 반대로 가장 퇴색적인 것으로는 무당을 찾아가는 경우라 하겠다. 이러한 중간에는 목회자에게 받는 상담과 아니면, 상담 전문가들에게 받는 상담이 있을 것이다. 말하는 사람과 듣는 사람이 명확히 구분되는 모든 대화는 상담의 요소를 지닌다. 이것은 '상의'와는 다른 개념이다. 하지만 대화에서도 갑을 관계는 형성된다.

요즘은 많은 이들이 힐링을 외친다. 어떠한 사람이 방송에 나와 그 말에 논리를 가지고 설파한다면, 그 사람의 말은 어느덧 일정 부류의 추종자를 형성하게 될 것이다. 나는 이러한 상담을 빙자한 강의를 하는 이들을 신 블루오션을 창출한 사람들이라고 말한다. 상처받은 사람들의 내면을 어루만지고 지극한 논리로 아픈 가슴을 쓸어내리는 이 아름다운 일이야말로 얼마나 멋스러운 일인가 말이다. 그것은 내면의 아스피린과도 같다. 그러나 자신의 경험과 말로 상대를 치유한다는 것은 자연스러운 대화에서 선행되는 것이 가장 안전하고 이상적이라고 본다. 그것을 직업으로 돈을 벌기 위해 뛰어 들어가는 것은 그만큼 위험 요소를 감수해야만 하는 어려운 부분이다. 나는 정신분석학 또는 심리학을 기준으로 응용해 사람들에게 도움을 줄 수 있는 부류의 사람은 정신과 의사나 목사 외에는 없다고 본다. 물론 심리학 이론이 성경 속 다양한 인물 사고의 과정을 파악하는 데 연구된다면 참 좋은 자료가 될 것임에는 분명하다.

◆ 나는 상담학이라는 잣대로 심리치료를 하는 이들에 대해 다소 부정적인 견해를 지녀왔다. 오래전 일이다. 한 사람의 상담사와 다툰 일이 있다. 어찌 보면 그것은 나의 무지에서 비롯된 것이었다. 신경정신과 의사가 아닌, 상담심리학을 전공한 이들이 학습하는 상담학이라는 범주에 위배되는 논리를 제시하는 나였기 때문이다. 나는 현대 상담가들이 자행하고 있는 상담 방식에 대해 근본적인 불만을 품어 결국 그와 자연스럽게 대화를 이어가던 중 마찰을 빚고 말았다.

상담가들이 말하는 상담의 기본 요소는 내담자가 올바른 방향을 찾을 수 있도록 언제나 여러 가지의 방향성을 제시해주는 것에서 그 상담의 시작과 끝이 구성된다고 말한다. 하지만 나는 진정한 상담이란, 내 앞에 있는 내담자가 내 여동생이라 생각하고 상담에 임해야 한다고 생각한다. 그 결과 추론에 있어서의 방향이라는 것도 두 가지의 제시가 아닌, 분명한 한 가지의 해결책을 제시해야만 한다고 본다. 하지만 그것이 너무나 주관적이면 책임이 따른다고 하니 상담하는 사람은 주관성을 제시해도 그것이 적법한 결과를 추론할 수 있을 정도의 깊은 식견과 안목을 지녀야 한다고 생각한다. 그만큼 경험과 많은 공부를 한 사람만이 상담가로 자처해야만 한다는 말이다. 실력이 겸비되어 있지 않으면 어찌 이 일로 밥 벌어먹고 살 수 있겠는가? 나는 이러한 논리로 그에게 따져 물었다. 물론 그도 나에게 심하게 따져들기 시작했다. 결국 나는 그에게 "상담가로서 일은 하며 살겠으나, 당신은 훌륭한 상담가는 못 되겠군요."라고 말하며 더 이상 그와 대화를 이어나가지 않았다. 한동안 나는 그를 신뢰하지 않았으나, 우리는 이내 가까운 사이, 서로를 보면 반가워 기쁨을 감추지 못하는 그러한 관계가 되었다.

전문가는 어떠한 상황에서건 최상의 결과를 만들어내는 자를 말한다. 그러한 실력의 형성은 경험이 만든다. 학습하는 책을 통해 세상 모든 더러운 이야기들을 해결할 수 있다고 생각한다면 그것은 큰 오산이다. 상담하는 자는 시궁창에서 빛을 발견해야만 한다는 사실을 결코 잊어서는 안 된다.

◆ 한 여자가 강간을 당해 아이를 출산했다고 가정하자. 여자는 강간범과 살다가 다른 남자와 재혼해 딸아이를 낳았다. 딸아이를 낳고 살다가 신랑(강간을 한 자)이 교통사고로 사망하고, 다시 아이가 있는 남자와 재혼했다. 재혼한 남자는 매일 같이 술만 마시며 아내를 구타하는 남자였다. 결국 이 여자는 괴로운 자신의 현실을 견디지 못해 상담사를 찾았다. 자, 그렇다면 이 여자에게 상담사는 어떠한 상담을 해야만 하는가? 조심스럽게 접근해 하나하나 이야기를 풀어나가며 신랑을 알코올 상담센터로 데리고 가 재활할 수 있는 방향을 제시하고, 부친이 동일하지 않은 아이들을 부부가 합심해 잘 키울 수 있는 아름다운 방향을 제시할 것인가? 아니면 더러운 여자라고 대화조차 섞지 않을 것인가?

내가 상담사라면 나는 그 여자에게 더도 덜도 듣지 않고 바로 이혼하라고 적극적으로 이혼의 방법을 제시할 것이다. 내가 이러한 이야기를 하면 수많은 상담사들은 나를 가차 없이 비판할 것이다. 그들이 가장 금기시하는 일을 자행하는 자로 여길 법도 하다. 하지만 경험은 사실을 머금은 결과이다. 여자도 물론 억울한 과거와 그것에 대한 결과로 삶을 방치한 탓도 있다. 그래도 아이를 키우며 살기 위해서는 남자가 필요했을 것이다. 그러니 재혼도 했을 것이다. 하지만 다른 남자의 아이를 데리고 좋은 남자 만나 새로운 삶을 살기에는 현실적인 형편이 조금은 어려웠을 수도 있다. 그러나 남자 입장에서는 다른 사람의 아이라도 사랑으로 품고 혹, 신앙으로 양육한다면 그 가정에는 희망의 끈이 있지만, 술 마시고 폭력을 휘두르는 사람이라면 아이들에 대한 불만도 화합을 이룰 수 없고, 건강하게 자신의 길을 걸어가야 할 아이들의 정서와 정신적인 부분에 있어서도 큰 손해가 될 것은 분명한 일이라고 본다. 여자 입장에서는 남자 그만큼 경험하고 살았으니 아이들 귀하게 생각하고 사랑하면 자신의 남은 인생 아이들 바라보며 혼자 지내라고 방향을 제시해주는 것이 내 생각으로는 가장 올바른 제안이라고 생각한다. 이것에는 변수도 존재할 수 없다. 마음을 쓴다는 것, 상대를 나처럼 인식하고 최선을 다한다는 것에는 지체함이 있을 수 없는 것이다. 시간을 초연함도 있을 수 없다. 모든 제시는 분명해야만 한다. 결코 모호해서는 안 된다. 그러하기에 마치 의사가 암 덩어리를 도려내듯 어떠한 해결을 원한다면 심성이 연약한 사람에게 두 가지의 당근을 주고 이것에서 하나를 선택하라고 선택권을 주어서는 결코 책임감 있는 상담을 했다고 볼 수 없다. 상담한다는 것은 어려운 일이다. 아무나 자격증이라는 명분으로 쉽게 나서는 일이 되어서도 안 된다.

아픈 영혼을 치유하고 상담하는 일에 종사하고 싶은가? 그렇다면 때로는 상대의 답답함을 보고 가슴을 칠 줄 아는, 타협하지 않는 적극적인 성격도 필요하다고 본다. 눈물을 흘리는 내담자를 앞에 두고 두 개의 당근만 들고 있는 소심한 가짜가 되어서는 아니 될 것이다.

◆ 부부가 온전히 같은 곳을 바라보며 함께 미래를 설계해나간다는 것은 그리 대단한 일은 아니다. 당연한 것이다. 예를 들어, 집을 마련하는 것이나, 어느 선까지의 예산을 모으는 것, 여행을 계획하는 것, 아이 계획을 갖는 것 등 부부가 서로 마음을 일치해 세상을 살아나가는 것은 자연스럽고 아름다운 일이다.

서로가 동일한 목적의식을 지니고 살아가는 것, 그것은 서로가 서로에게 하나님께서 주신 은혜의 선물 역할을 충실히 감당해내고 있다는 증거이다.

나는 개인적으로 이러한 경험은 없다. 그 때문에 부부가 하나 되어 애쓰고 노력한다는 것이 구체적으로 서로에게 어떠한 역할로 기여하는지는 그 기준과 느낌의 개념이 없다. 그저 주변인들을 보며 희미하게 인식할 뿐이다. 그러나 주변인들을 통해 느끼는 분명한 것은 부부의 이러한 합일이 이루는 역사가 크다는 것이다.

◆ 어떻게 사는 것이 행복하게 사는 것이냐는 연세대학교 행정학 교수의 물음에 나는 "자신이 가장 공들여 할 수 있는 일 중에서 잘할 수 있는 일을 하면서 사는 것이 행복한 삶을 사는 것"이라고 대답했다. 그는 내 말을 납득하지 못하는 눈치였다. 가장 편한 일을 하면서, 아니 가장 편하게 놀면서, 인생을 즐기면서 살아갈까 하는 것이 사람의 바람일지도 모른다. 하지만 가장 하기 어려운 일을 하면서 살아가는 것이 행복한 삶을 영위하는 것이라고 하니 납득이 가지 않았을 것이다.

나는 설명했다. "사람이 편한 일을 하면서 살면 쉬운 일을 하며 생활한다는 뜻과도 상통합니다. 그것은 누구나 할 수 있는 일 아니면 돈으로 하는 일이니 열정과 애착은 금방 식을 것입니다. 갈등하게 되고, 결국 새로운 것을 찾기 위해 애쓰지요. 일에 있어 나름의 철학이 형성되지 않았기 때문입니다. 자신이 어렵다고 생각하는, 결코 만만치 않은 일을 잘할 수 있다면 그것은 전문 분야의 일이 되는 것입니다. 전문 분야에 있어 어려운 그 일을 실력 있게 잘하고 살 수 있다면, 그것에서 일단 기본적인 행복은 발견할 수 있는 것"이라고 말했다. 교수는 "그럼 내가 행복하게 할 수 있는 일이 무엇이 있겠느냐?"라고 반문했다. 그 물음은 내가 답할 수 있는 범주의 것은 아니었다. 그것은 본인이 알아서 찾아야 할 일이었다.

나는 순간 학자의 입지에 대해 생각했다. 학자가 유희를 누릴 수 있는 것이 무엇이겠는가? 여자와 도박은 분명 아닐 것이다. 학자는 자신의 사상을 완성해나가며 세상 속에서 충만을 얻는다. 하지만 일반학(예능학부 교수가 아닌) 교수들에게 있어 그러한 일이 어디 쉬운 것인가. 일반학 교수들은 자신의 연구 결과를 이상화하여 그에 상응하는 사상을 정립하고, 이론화시켜야만 한다. 하지만 대부분의 교수는 연구 결과에서 그친다. 그냥 교수와 훌륭한 교수의 차이는 이러한 부분에서 갈림이 생기는 것이다. 나는 앞에 앉아 나를 바라보는 교수에게 "꿈이 무엇이냐?"라고 물었다. 그러자 그는 "종군기자가 되고 싶었다."라며 대답했다. 막연했다. 교수이지만 허탄한 대화를 이어가는 듯 보였다. 나는 그에게 종군기자를 꿈꾸었다면, 방학을 이용해 스페인이나 터키 등지를 여행하며 기행문을 작성해 사진과 함께 책을 만들어 볼 것을 권했다. 그는 나에게 "어떻게 하면 좋은 기행문을 만들 수 있겠느냐?"라며 자문했다. 나는 "스페인 바르셀로나와 같은 곳을 여행한다면, 우선 카메라를 통해 사진을 담고, 성당이나 식당가 등의 주제를 정해 그곳에 대한 정확한 사전적 텍스트를 기록하고, 그 뒤로 교수님의 개인적인 견해를 담아 완성하면 좋은 책이 될 것"이라고 설명했다. 이어 다산 정약용의 초서법에 대해 언급했다. "기행문을 여섯 권 정도 구입해 다른 작가들이 쓴 기록을 살피고, 그것에서 좋은 아이템을 발췌해 교수님의 책에 적용, 새로운 책을 만들면 교수님은 기행작가로 새롭게 인정받을 것이며, 그 유희가 상당할 것"이라고도 설명했다. 아울러 "행정학교수가 어떻게 기행문을 쓸 수 있겠습니까?"라는 반문에 루소를 비유로, 사회 사상가이지만 악보 필사를 통해 얻은 악상을 그려내는 능력으로 오페라 작곡 및 '음악학 사전'을 편찬했고, 혼자 칩거할 때 산책하며 주변 식물들을 채집하고 연구하던 노력으로 훗날 '식물도감'을 편찬한 옛 사상가에 대해서도 언급했다. 그는 유머감각이 있는 이라 "루소는 자식을 다섯이나 낳아 모두 고아원으로 보냈는데, 나는 루소처럼은 살기는 싫어요."라고 말했다. 그러자 나는 "루소는 학자다운 모습을 보여준 것인지도 모룹니다. 자신의 아이들을 낳은 여자가 후견인의 식모였으니, 그 자식들까지도 천박하다 여겨 보기 싫었는지도 모를 일"이라며 농담으로 그의 말을 웃어넘겼다. 우리의 대화는 이렇게 끝났다. 교수는 나와의 헤어짐을 아쉬워하며 다음 만남을 기약했다. 훗날 우연히 마트에서 그를 만났다. 그는 나를 신기한 사람 보듯 정겨운 표정으로 바라보며 반갑게 다가와 인사를 건넸다. 그와 나는 친구의 틀을 형성할 수 있었지만, 나는 그에 반해 나이가 너무 어렸다. 그는 술이라도 한잔하자면 응할 기세였다.

사람은 모두가 행복을 원한다. 그 기준은 저마다 다르고, 행복이 이뤄지는 범위도 모두 제각각이다. 그러나 사람으로 태어난 이상 우리는 가족의 범주 안에서 애쓰고 책임을 지닌 인생을 살아가야만 한다. 물론 다양한 취미도 공유한다. 모든 것이 행복을 위함이겠다.

학자는 저서를 통해 자신의 견해를 세상에 알리는 것으로 만족을 얻고, 가수는 대중들 앞에서 노래를 부름으로써 희열을 경험할 것이다. 미술 작품을 만드는 예술가는 완성된 자신의 분신과도 같은 노력의 결과, 창작물을 보며 가슴 벅차오름을 느낄 것이다. 결혼하는 연인들은 내 눈앞에서의 상대의 아름다운 모습을 보며 이것이 세상이 주는 가장 축복된 행복이라고 생각할 것이다. 무엇이든지 그것에 어울리는 그것다움이 형성될 때 우리는 행복한 삶을 살아가고 있다고 용기 있게 말할 수 있을 것이다. 오늘 내가 있는 그곳이 바로 행복을 만들어낼 수 있는 용광로는 아닐까 생각해 본다.

◆ 사람의 직업 유형을 크게 두 가지로 분류해 살펴본다면, 육신이 고달 픈 일과 정신이 고달픈 일로 나눌 수 있다. 더 세부적으로 들어간다면, 육 신과 정신이 모두 괴로운 일, 정신은 조금 괴롭지만 육신은 그나마 견딜 만한 일, 육신은 조금 괴롭지만 정신적으로는 스트레스가 없는 일로 구분 지을 수 있겠다.

대부분 사람들이 선호하는 직업이라면, 자기가 하고 싶은 일에 보람과 즐거움을 가지고, 그것을 숙명으로 여기며 할 수 있는 일로 구분할 수 있 다. 하지만 자기가 좋아하는 일을 하는 것도 때로는 육체적으로, 정신적 으로 피곤한 일이 될 수 있다. 옛적 개념으로 볼 때 우리 시대 어른들이 선 호했던 펜대 잡는 일이라는 것은 화이트칼라 즉, 정신노동자들을 일컫는 대표적인 비유였다. 이 일이 육체적으로 고달픈 일은 아니다. 하지만 정 신을 아울러 육신 전체를 병들게 하는 일이 되는 예도 우리 주변에는 허 다하다.

사람은 자족하기 어려운 존재이다. 육체적으로 고달픈 노동을 하는 사 람들은 정신노동을 하는 자를 부러워한다. 이와는 반대로 정신노동으로 인해 심한 스트레스를 받는 이들은 단순 육체노동자들을 부러워할 수도 있다. 그러나 어느 부류의 노동이든 받는 스트레스가 극도에 다다르게 되 면, 돈이건 뭐건 다 필요 없게 된다.

새벽에 일어나 물류센터로 일을 나가 하역하는 사람의 처지에서는 조 용히 책상에 앉아 결재 서류에 서명만 하는 이들이 부러울 수도 있다. 그 러나 부모의 영광스러운 덕으로 말미암아 하루아침에 경영 일선에서 자 기의 의사와는 상관없이 직원 관리 일을 하는 사람은 매 순간 정체성이라는 명분하에 자기 스스로 무엇인가 새로운 것을 찾아 나서고 싶어 매일을 번뇌할 수도 있을 것이다.

본래 소유가 많고 하는 일이 단순하면 사람은 번뇌한다. 생각은 많아지고, 홀로 있는 시간은 무의미하다고 느낄 것이다. 물론 사람에 따라, 견문(보고 배운 것이 많으면 하고 싶은 것이 많다)에 따라 그것은 다르게 나타난다. 정도의 차이는 결국 환경의 차이로 결론 난다. 그래도 만족이라는 것에는 분명 생각 나름의 정도 차가 존재한다.

◆ 나는 사람의 기본 소양을 가늠하는 데에 있어 나름의 기준을 하나 둔다. 물론 나의 어리석은 잣대로 누구를 판단하겠는가 싶다. 하지만 그나마 내 기준으로 쉽게 관찰되는 상대의 모습이 있다면, 그것은 바로 나와 대화하는 이가 상대방(내가 될 수도 있고)의 생각을 읽어내는 이해도의 수준이다. 이것은 그가 지닌 상식과도 무관하다. 그러나 내 생각을 부정하는 견해의 다름, 동소하시 않는 다른 노선을 두고 말하는 것은 결코 아니다.

인간사에 있어서는 예로부터 변하지 않는 기본 관념들이 무수히 존재해왔다. 이것은 현재까지 변하지 않는 이데올로기이다. 그러나 이것을 모르고, 또는 무시하고 상식의 잣대, 개인의 식견만을 피력함으로써 인간사의 고정관념을 역행하는 자들을 두고 우리는 헛똑똑이라고 일컫는다.

사람은 빠른 이해력을 소유해야만 한다. 이것은 수학 문제를 산출하고 그 원리를 이해하는 어려운 개념과는 다른 부분이다. 그것은 사람의 말을 들을 때 그 말이 진실인지 거짓인지, 신빙성이 있는지, 아니면 사실과 무관한지를 분명하게 가려낼 줄 아는 지혜이다. 이러한 부분이 한 개인에게 잘 선행될 경우 얻어질 수 있는 좋은 것은 허탄한 사람이 되지 않는다는 것이다. 그렇다면 어떻게 해야만 이러한 능숙함을 숙달할 수 있을까? 그것은 성경을 통해 성경적 가치관을 깨달아 아는 원리이다. 그러한 것은 결국 하나님께 은혜로 받는 선물이다. 간구하는 자에게는 열린다는 말씀에 대해 나는 확신한다.

◆ 특정 개인을 지칭해 약삭빠른 사람이라고 표현하는 것은 받아들이는 사람의 입장에 따라 좋은 표현이 될 수도, 부정적인 단정이 될 수도 있다. 그러나 약삭빠른 다람쥐나 원숭이를 보고 그 약삭빠름에 대해 비판을 가하는 사람은 없다.

사람에게 약았다고, 약삭빠르다고 지칭하는 것은 대부분 상대를 폄하하는 호칭으로 사용된다. 그 이유는, 남이 보기에 진실함의 부재를 드러내기 때문이다. 하지만 약다고, 약삭빠르다고 일컬어지는 이가 타인에게 진실함을 보인다면, 대부분 사람들이 그를 귀엽게 여기거나 심지어 그의 약음을 세상 살아가는 데에 있어 남다른 재주로 여기며 어떠한 일에도 결코 손해 보지 않는 그를 닮아가려고 노력할지도 모른다.

나는 그간 사회생활을 해오며 이기심으로 점철된 주변 사람들로부터 약삭빠르다는 소리를 듣는 사람들을 누누이 대면해왔다. 이러한 사람들을 대할 때마다 나는 상대가 그러한 성격 유형의 사람으로 성장한 원인에 대해 살아오면서 고생을 많이 해 형성된, 학습된 결과로 여기곤 했다. 긍정의 시선을 던졌던 것이다. 그러나 최근 들어 느끼는 것 중 하나는, 사람의 약삭빠름도 타고나는 천성은 아닌가 생각한다. 그것은 누군가 가르쳐주는 것도 아니다. 또한 후천적으로 형성된 것으로 보기에는 너무나도 광범위한 부분이다. 나는 이것 또한 유전적인 형질의 것은 아닌가 다소 확신한다.

◆ 최근 많은 이슈가 되고 있는 대형 교회 목회자들에 대해 상고해본다. 횡령, 투기로 얼룩져 한순간에 세인들의 입방아에 오르내리는, 처참한 나락으로 떨어져 버린 대형교회 목회자들……. 젊은 신학도들은 퇴색되어 가는 교계를 비판하고, 미미하지만 나름의 명분을 앞세워 기득권 세력에 정의라는 신념으로 역행하는 것이 젊은 날 아름다운 본연의 모습이라 여길지도 모른다. 그러나 기득권 세력의 수장들이 젊은 시절 행했던 천재적인 행위들은 눈물 없이는 보기 힘들 만큼 사람들의 뇌리에 강한 각인을 주었던 예도 세상에는 아직까지 많이 남아 있다.

뿌리 없는 나무가 없고, 기초 없는 빌딩이 없듯이, 철학 없는 위인은 없다. 우리는 이 세상을 살아가면서 부정해진 그늘을 평가하기에 앞서, 그 넓은 그늘이 생동하며 밝은 빛으로 꽉 차 있었을 당시의 정확한 중심을 바로 볼 줄 아는 다각적인 안목을 함께 지녀야만 한다. 나는 이것을 수용의 미덕이라 말한다.

◆ 세상 사람들은 역사의 잣대로 한 인물을 평가할 때 그 사람의 말로(末路)를 한 사람을 평가하는 거울로 삼는다. 대단했던 자가 노년에 들어 젊은 소녀의 '힙'을 만져 언론에 공개되면 그는 하룻밤 사이 수많은 지탄과 함께 쓰레기로 전락해버린다.

인간사에 있어 사람을 평가하는 기준은 결과론적 평가가 우선이다. 그러나 동기의 과정 속에서 여러 개의 결과를 유추해 나열하면 세상 유명하거나 큰 업적을 남긴 이들 중에 욕먹어야 할 사람은 아무도 존재하지 않는다.

◆ 나는 종종 한 직장에서 30~40년을 근무하고 정년을 맞이하는 이들을 보면서 무한한 존경과 경외감을 느낀다. 이러한 개념으로 생각할 때 사람이 어떠한 일이든 지속적으로 해나간다는 것이 얼마나 중요한 일인가를 수시로 통감할 때가 많다. 어떠한 자는 일하다 정년을 하고, 어떠한 자는 정년을 위해 일한다. 그러나 정년은 또 다른 인생의 시작인 것 같다. 처절하고 치열한 나의 여로에도 정년의 안식은 다가올 것이다.

◆ 책상에 앉아 글을 쓸 때 나는 보통 하루 열 시간 이상을 작업한다. 작가는 작업 시, 직장인과 같은 자신만의 시간적 규칙을 정하고 일해야만 나태해지지 않는다. 지속적인 습관 행위는 악습이 아닌 이상 완전한 행위를 고착하는 데에 있어 중요한 덕이 된다. 사실 이것은 좋아서 하는 내 직

업이다. 내 나이 스물다섯 살 시절부터 글을 쓰며 먹고 살았으니, 십오 년 가까운 세월 동안 손가락에 펜을 끼고 살아온 셈이 된다. 더구나 이 고된 작업을 지속하는 데에 있어서는 마음을 다잡고, 흐트러짐 없이 글을 써 내려가야 제대로 일한 것 같은 마음이 들곤 한다. 그렇게 작업하고 나면 목과 어깨가 뻐근하고, 혈압이 오르는 것 같아 펜을 내려놓고 잠자리에 들곤 한다. 절대적으로 운동의 필요성을 느끼는 것이다.

성악을 공부하던 시절에도 나의 꿈, 기도의 제목은 언제나 글로 돈을 버는 것이었다. 하지만 러시아의 문호 도스토옙스키처럼 내 글과 원고료에 집요할 정도로 민감한 생각을 지닌 나는 아니었다. 도스토옙스키는 대문호이기에 앞서 출판사에 원고를 넘기기 전 작업 노트 쪽수를 세며 요즘 말로 전자계산기부터 두드리고 앉았던 작가였다. 최근 들어 느끼는 것 중 하나는, 바라는 것을 일찍 이루어주신 하나님께는 감사하나, 어쩌다 내가 이 힘든 세계에 발을 들여놓게 되었는지 가끔 회의감이 들 때도 있다. 하지만 세상에서 감사하게 생각하는 것은, 나와 같은 성악 전공자를 기자로 채용해 글 나누는 법을 가르치고, 대표 기자로 일하게 해주었던 신문사에 감사의 마음을 전하는 바이다.

여담이다. 나는 기자로 일할 당시, 취재거리가 없으면 종종 문화예술 공연 기사로 신문 지면을 채우곤 했다. 하루는 저녁 취재 일정을 잡았다. 어느 시립합창단 정기연주회를 취재하러 가기 위함이었다. 공연 전 무대 뒤로 향했다. 타 신문기자들도 미리 와 사진 컷을 준비하고 있었다. 그 합창단에는 내 대학 동기들이 여럿 있었다. 여자 동기들이었다. 그들은 내 이름을 부르며 반갑게 나를 맞아주었다. 지휘를 하는 교수가 나와 안면이 있는 이였다. 학부 시절 합창 수업을 지도했던 교수였다. 그가 나에게 물었다. "자네는 지금 무슨 일을 하고 있는가?", 나는 "신문기자이니 취재를 하는 중이고 연주 비평을 쓰려 한다."라고 말했다. 그는 나를 반가운 표정으로 물끄러미 바라보며 "이 친구는 가장 어려운 일을 하는 사람이 되었네!" 라고 말하는 것이었다. 돌아 나오면서 그때 처음으로 노래할 수 있는 내 동기들에게 부러움을 느꼈다. 하지만 나는 처한 지금의 현실에 만족할 수 있다.

◆ 작가라는 업은 고달픈 직업이다. 더구나 대필작가라는 직업은 말이다. 성악으로 유학을 떠나지 않고, 어린 시절의 꿈이었던 글 쓰는 직업을 갖고 싶어 기도하며 다짐했던 나였다. 글을 다루는 일은 어떠한 곳에서건 자신이 있었다. 신문사로 취직한 나는 고통스러운 생산품의 증거로 무려 수천 편의 기사를 신문 지면에 게재하고 장사가 하고 싶어 퇴사했다. 물론 장사는 일 년 만에 문을 닫고 말았다.

음악대학 성악과를 나와 기자로 오랫동안 일하며 글쓰기 훈련을 했다고 생각한다. 현역 기자로 일할 때 나는 한시도 다리 뻗고 잠을 청하기 힘들 정도로 긴장 속에서 생활했다. 매일 신문 지면에 무엇을 게재해야 할지 근심했기 때문이다. 다시는 글 쓰는 일을 안 하겠다고 다짐했던 내가 일 년에 다섯 권의 책을 써야만 하는 고된 삶을 사는 사람이 되었다는 것은 어찌 보면 불행한 일임에는 분명하다. 몸이 망가지며 힘들어하는 그것을 옆에서 보는 가족들이 오히려 일 년에 두 권만 쓰라고 종용하는 처지가 되어버렸다. 나는 이 계속함이라는 원리를 진부하게도, 따분하게도, 때로는 지랄 맞게도 너무나도 성실히 수행해나가고 있는 것은 아닌가 하는 생각이 든다. 별다른 욕심도 없는 나에게 하나님은 많은 것을 요구하시는 것 같다. 나는 속박 속에서 웃는다.

◆ 사람은 누구나 행복이라는 이름의 그 듣기만 해도 기분 좋아지는 단어로 자신의 멋진 슈트를 만들어 입고 싶어 한다. 그것이 비단 세속적인, 또는 속물적인 이상향이 수반된 결과로의 행복이든, 지극히 자기만족적인 객관적 인식의 행복이든, 사람 누구나 "행복해지려고요. 행복해지고 싶어요. 행복해요."라는 말을 표현하고 산다. 불행한 결혼생활을 겪은 이혼한 사람이 새로운 가정을 꾸리고 결혼 생활을 시작할 때 "행복해지려고요. 행복합니다."라는 말을 한다. 행복이란, 이렇게 자기애의 완성이며 타인을 통해 충족되는 가장 현실적으로 정의되는 이상향이다.

재혼해 새로운 가정을 꾸리고 거기에 신학대학원을 졸업하고, 목회자 활동을 하는 유명인 부부의 간증을 현장에서 보았다. 부부가 서로 사랑하며, 남편의 그늘 아래, 아내의 사랑 안에서 행복하다고 표현할 수 있는 것, 이것 또한 모든 부부라는 이름의 옷을 입은 이들에게는 진정으로 원하며, 지향하고 있는 꿈이 아닌가 싶다. 이러한 모든 행복, 하나님께서 내려주시는 그 많은 선물 중의 하나인 가장 절실한 선물인 행복……

우리가 하나님을 간절히 사모하며 바로 그분께서 짝지어주신 신랑은 아내를, 아내는 신랑을 위해 살아간다면 행복은 바로 그 순간부터 부부의 식탁 위에, 부부의 자동차 안에, 부부의 침실 속에, 부부의 모든 생활 속에 사뿐히 내려앉을 것이다. 소소하며 욕심 없는 일상을 살아가면서도 행복하다고 할 수 있고, 특급 호텔의 멋진 라운지에서 정갈한 접시에 담긴 스테이크를 자를 때 행복하다고 말할 수도 있다. 이렇듯 행복은 사람과 사람 사이에서는 지극히 상대적인 요소로 통한다. 하지만 진정한 행복이란, 하나님을 통한 개인의 내적 갈등이 모두 치유된 상태에서 오는 것이다. 그러기 위해서는 하나님과 인간 개개인 간의 관계 회복이 무엇보다도 우선시되어야만 한다.

◆ 인간을 평가하는 기준점에는 다양한 견해들이 있다. 사람 됨됨이가 어떠한가? 집안이 어떠한 명문가의 역사성을 지니고 있는가? 어느 정도의 학력을 갖추었는가? 그밖에도 소유하고 있는 물질적인 부분은 어느 정도인가? 등 실로 그 판단의 척도(尺度)가 되는 기준은 많다. 또한 물질적 측면 이외에 한 사람을 하나의 기준적인 틀로 묶어버리는 데에 있어 유식과 무식이라는 기준점은 인간 사회에서 가장 보편화된 평가 기준, 가장 많이 쓰이는 판단의 틀이 아닌가 싶다.

배움의 시작과 그 최고의 결과를 1%에서부터 시작한다고 보았을 때 학문에 있어 배움의 끝은 없다고 본다. 그럼 우리는 50%를 배운 사람을 무식하다고 말하고, 150%를 배운 사람을 상대적으로 유식하다고 말해야 하는가? 그 판단 기준은 30%를 배운 사람이 내리는 것이 바람직한가? 아니면 200%를 배운 사람 즉, 더 많이 배운 자가 밝히는 설이 확실한 정설인가? 이 부분에서는 형이상학적이고 주관적인 판단이 앞서기에 우리는 기본적으로 가방끈이 짧으면 무식하다 일컬으며, 무슨 교수라도 된다면 학식 있고 유식한 사람이라고 평가해버린다. 하지만 인간은 예를 통해 성장하고, 한 사람의 사회 구성원으로서 자신의 입지를 굳히며, 그 사람의 행동에서 수반(首班)되는 모든 특성을 종합해 유식과 무식의 유무(有無)를 가릴 수 있다.

행동이 나긋나긋하고 말수가 적은 사람들이 혹, 학벌이 없다고 해도 지적으로 평가받는 경우도 있다. 이런 점을 본다면 말이란, 사람의 내적인 소양을 가장 적나라하게 표현시키는 때로는 무서운, 때로는 참 좋은 도구이며, 이에 따른 행동 양상은 마치 전사의 갑옷처럼 유용한 도구가 된다.

모든 사람은 사회 구성원으로서 하나님이 창조한 신의 성품에 참여하는 존재이다. 그러하기에 사람은 인격을 수양해야 할 의무가 있다. 또한 이것과 더불어 유식이라는 무기를 지니고 자신 있게 살아가야 할 목적도 있다. 유식과 무식은 학력과 관련된 서류를 통해서도 드러나며, 사람이 뱉어내는 말에 의해서도, 행동거지를 통해서도 드러난다. 말이라는 것은 가장 진솔한 것이기에 사람이 말을 즉, 그 혀를 조심히 쓴다면 유식의 반차(班次)로 들어가는 열쇠를 얻은 것이나 다름없다.

◆『도덕경(道德經)』 41장에는 이러한 말이 쓰여 있다. "뛰어난 자들은 도를 들으면 애써 행하려 하고, 중치(中)들은 도를 들으면 긴가민가하고, 하치들은 도(道)를 들으면 크게 웃는다. 그런데 하치들이 웃지 않으면 도

라고 할 수 없다."

상대적으로 우리 일상 주변에는 중치와 하치들이 많다. 우리는 하치들이 웃는 것에 대해 돼지 목에 진주로 표현한다. 하치들이 크게 웃지 않으면 왜 도가 성립되지 않는가? 사람은 중치 건, 하치 건 좋은 말을 들으면 정말 뇌가 잘못된 환자가 아닌 이상, 가슴으로는 이해 못 해도 모든 인간의 양심이 먼저 그것을 알아챈다. 뛰어난 자들은 머리로 들어 느낀 것을 바로 가슴으로 받아들여 행동으로 옮기고, 중치들은 받아는 들이는데 분명한 식견(識見)이 모자란 중치라, 머리에 의심이 생겨 자기 기준을 더 신뢰하기에 도를 행치 못한다. 아울러 하치들은 아는 것이 모자라 마음과 머리가 깨끗하게 비어 있어 도가 들어갈 공간은 많지만, 양심은 받으라고 해도 자기 스스로 그것을 인정하기에 있어 자아에게 부끄러움을 느끼기에 크게 웃고 마는 것이다.

◆ 내가 뱉은 비판이 부메랑처럼 나에게 돌아온다는 원리는 구체적으로 인식하자면 섬뜩한 개념이다. 현대 사회가 개인주의로 치달으면서 사람들은 저마다 자기 일하기 바쁜 시대를 살아간다. 그래도 대다수 사람들은 상대를 비판하는 것에 익숙하다. 나는 이러한 비판에 대해 그간의 개념을 깨어버리고자 한다. 세상이 그렇게 정의로운지, 아니면 많은 사람들이 윤리를 구현하는 삶을 살아가고 있는지는 모르겠으나, 대부분 사람들은 남을 비판하는 사람을 부정적으로 여긴다. 자신은 이러한 비판에 가담하지 않겠다고 말하며 자기 앞에서 남을 비판하는 자를 그보다 더 비판하

며 자리를 피하는 모순된 이들도 많다. 이것은 윤리적으로 남을 비판한다는 행위가 바르지 못하다는 소싯적부터의 교육에 의해 형성된 인식을 양심이 감지해 사람 이성을 통제하기 때문이다.

비판은 크게 두 가지 형태로 구분할 수 있다. 하나는 주관적 비판과 다른 하나는 사실적 비판이다. 주관적 비판은 개인의 취향과 관점, 이념에 따라 판단의 결과가 형성된다. 아울러 사실적 비판은 판단자의 이념과 사상과는 다르게 공공의 도덕적 관습이나 윤리에 근거해 지탄성이 내포되는 것, 또한 공적 사상의 다름을 판단하는 기준이 좀 더 지대하게 내포된 비판이라고 하겠다. 개인적인 판단에 의하면 많은 이들이 비판이라는 것에 있어 유치한 안목을 지니고 있다는 것이다. 그것은 다시 말해 남을 비판하는 자를 무조건적으로 비방하는 습성이다.

우리는 어떠한 자리에서 팩트가 분명한 비판이 난무할 때 어설픈 도덕적 관습이나 성경 말씀에 의거해 침묵이 미덕이라고 외칠 것이 아닌, 자신에게 점철된 이념이나 지혜를 과감히 피력할 줄 아는 이성이 되어야만 한다. 그러나 아무리 원수인 사람이라도 그의 아픔과 비밀을 누설하며 상대의 약점을 들추어내는 행위는 온당치 못한 양심이라고 본다. 나는 비판에 대해 조금 다른 견해를 지니고 있지만, 가장 이상적인 것은 나와 다른 이념을 지닌 자를 비판하는 것보다 한 사람의 나와 다른 이를 품는 것이라고 안다.

◆ 어리석은 사람은 진실을 의심하는 사람이다. 그렇다면, 진실을 의심

하는 것이 왜 어리석은 것인가? 사실 위의 말에는 다소 어폐가 있다. 세상 모든 진실의 판단은 그 주체가 사람의 생각에서 나고, 그것은 곧 개개인의 마음이기 때문이다. 아무리 진실성이 강조되었다고 한들 상대가 진실을 부정하면 그것은 어느 자아에게 있어서는 거짓이 되고 만다. 그래서 사람의 판단은 조심스러워야 한다. 그만큼 이중성을 지닌다. 하지만 사람이라는 하나님의 모양을 닮은 이성들은 도통 아둔하지만 않는다면 본성의 영악스러움으로 말미암아 진실과 거짓을 금방 구분 짓는다. 이것이야말로 사람의 이성이 하는 일이 아닌, 양심이 하는 일이다.

양심은 진실을 알아 이미 그것을 판단하였는데, 사특한 이성으로 말미암아 사람의 판단은 흐려지는 것이다. 이것의 승화가 바로 분별이다.

◆ 우연히 뉴스를 통해 알게 된 사실 중, 이 사회에 아직까지도 권위적인 심성을 지니고 갑질이라는 행위를 자행하는 이들이 많다는 것을 알았다. 돌이켜보면, 나는 지금까지 을로 살아온 세월이 많았다. 하지만 대부분의 갑들과 친구가 되었고, 서로를 그리워하는 연민과 애증의 관계로 발전하곤 했다. 그것은 나의 내면의 성찰이 승해서도 아닌, 선한 이들을 만날 수 있었던 나만의 복이 아니었는가 싶다.

나는 이 시대를 살아가는 많은 사람들이 충동적이고 즉흥적인 행동을 하기 전에 자신의 양심이 말하는 소리에 확신을 가지고, 그 양심이 이끄는 대로 행동에 옮기는 소신을 지녔으면 하는 바람이 있다. 그것이야말로 한 사람 개인에게는 자존심을 지키는 것이 되고, 바른 사람으로 나아가는 곧은길이 된다고 생각한다. 그렇다면 양심의 소리는 어떻게 들을 수 있는 것일까? 나는 그 방법을 아주 쉽게 풀어 설명하고자 한다.

길을 가다 한 노인이 시비를 걸었다. 화가 나서 그를 한 대 때리고 싶어지는 것이다. 주먹을 올리는 순간 이성은 저 노인을 치라고 말하지만, 양심은 노인을 때리면 안 된다며 이성과 양심은 대립선상에 놓인다. 사람은 갈등이라고 이것을 정의한다. 이때 이성과 대립 선상에서 외치는 양심의 소리가 바로 내면의 소리이다. 내면의 소리를 듣는 방법은 지속적인 훈련에 의해 자연스럽게 형성된다. 자신을 사랑하는 마음을 가지고 연습해나가면 좋은 결과를 얻을 수 있다. 그러나 어떠한 상황에서도 이 이성과 양심의 대립이 성립되지 않는 사람은 무법한 자로, 이는 무자비한 자이기에 그 부모의 죄를 논하며 세상에 태어난 것을 부끄럽게 여겨야만 한다. 사실 내가 한 이 말들을 역으로 생각하면 엄중하고 무서운 말이 된다. 그러나 이것은 우리의 삶에 반드시 필요한 부분이다. 내 견해에서 이 말은 아주 쉽게 풀어 쓴 논리이다. 알 법한 자는 알 것이요, 깨달음이 아둔한 자는 아무리 읽어도 도무지 무슨 말인지 이해하지 못할 것이다.

◆ 어느 주일이었다. 예배 후 '사랑의 편지 쓰기' 봉사단을 모집한다는 내용의 광고를 듣게 되었다. 내용인즉슨, 권면이 필요한 신자에게 정성을 담은 손글씨로 위로의 편지를 보내자는 취지의 봉사였다. 순간 이러한 봉사는 현 유행에도 맞고, 많은 장점을 지닌 봉사이자 훌륭한 이벤트라고 생각했다. 물론 나와도 적성에 맞는 것만 같았다. 저런 봉사라면 나도 잘

할 수 있겠다 싶었다. 하지만 수신자에 대해 어느 정도 알아야만 편지를 보낸다는 것에 그 취지를 아울러 배가되는 효력을 낼 수 있을 것이라고 판단했다. 적어도 나의 하루 글쓰기 분량으로 볼 때 시간적 여유가 없다는 판단에 잠시 들썩했던 나의 바람은 그만 접어버렸다.

바울은 성도들을 권면하고, 이들이 아픈 일을 당치 않게 하기 위해, 이들이 그리스도를 올바로 알게 하고자 편지를 보냈다. 그는 이것을 기쁨으로 여기며 성도들의 기쁨이 곧 자신의 기쁨이라고 고백했다. 더구나 그는 편지를 통해 성도들이 자신의 글을 읽고 이들에게로 향한 자신의 사랑을 온전히 이해해주기를 원했다. 그러한 심정으로 바울은 괴로워하며, 가슴이 찢어지는 심정으로 많은 눈물을 흘리며 편지, 즉 서신 하나하나를 완성해나갔다. 사람을 향한 마음, 성도를 향한 마음의 정의가 어떠한 것인가를 여실히 엿볼 수 있는 구문이 그의 편지에는 고스란히 담겨 있다.

나는 교회에서 손글씨로 사랑의 편지를 보낼 때 그것에 어떠한 내용이 담기는지는 모른다. 그러나 이렇게 중한 내용이 담긴 편지가 전달되면 받는 이나 또는 쓰는 이에게 큰 은혜가 있지 않을까 가끔 생각한다. 교회 내에는 나를 비롯해 나보다 더 많은 아픔을 지닌 이들이 존재한다. 그들에게 정성이 담긴, 그들의 마음을 충분히 이해하는 그러한 편지가 전달된다면, 어느 누군들 감동하지 않겠는가 말이다. 모든 진실은 정성에서 나오며, 정성을 논할 수 있는 부분은 모두 진실하다. 결국 그것은 사랑하는 마음으로 승화된다.

◆ 사람은 망각과 확신의 부재로 말미암아 판단이 흐려지면 자연스러운 의지의 발로로 누군가에게 자문을 구한다. 하지만 자문이라는 아스피린과 같은 진통제는 때로는 극심한 진통을 야기한다. 사실 자문이라는 것을 자기와 생각이 같은 사람에게만 구한다면 그건 자문이 아니라 동조 세력만 늘려 그나마도 확실성이 미비해 구하는 자문에 부정확한 자신감만 부추기는 꼴이 되고 말 것이다. 그러나 여기서 위의 상황보다 더 위험한 것은 자기와 반대되는 유형의 사람, 자기에게 선입견을 지닌 사람에게 구하는 자문이다. 이럴 경우 발생되는 문제는 말도 안 되는 엉뚱한 대답만을 들을 수 있다는 것이다. 다시 말해 상대가 진실을 감추고 틀린 조언만을 역설한다는 것이다.

고로 자문이란, 어른들이나 지성인들에게 구하는 것이 실로 옳으나, 이왕이면 그들 중에 나를 충분히 이해하고 있으며, 나에게 사심이 없는 사람을 특별히 선택해 그의 말을 받아야만 신중하고 올바른 길을 제시받는 자문이라고 본다. 대통령이 나라 경제가 어려운 상황에서 거지들한테 자문한다면, 그 거지들은 "있는 나랏돈 다 거둬서 우리 거지들부터 살리고 봐야 나라꼴이 되는 것"이라고 말하지 않겠는가? 모든 사람은 이기적 습성을 지니고 있다. 그것에 획일적 군중심리, 몰이데올로기적 반대 사고가 결부될 때 선한 모사는 망하고 마는 것이다.

◆ 사람의 관계 형성은 만남에 의해 이뤄진다. 자주 만나면 그만큼 더욱 편하게 다가갈 수 있고, 결국 나중에는 서로를 대함에 있어 거리낌이 없

어진다. 대부분 사람들은 바쁜 생활 속에서 만나고 헤어지는 모든 관계를 자연스러운 가시적 현상으로 여긴다. 때문에 오늘 보고, 내일 보는 사람에 대해 별다른 관점을 부여하지는 않는다.

나는 사람이 만나 그들만의 공유가 형성되고, 심지어 어제 처음 본 사람과 오늘 가벼운 인사를 나누는 것이 육체적인 안목의 각인으로 말미암아 이뤄지는 행동이라고만 보지 않는다. 물론 이것은 단순한 행위이다. 그렇지만 영을 지닌 우리 사람은 육체가 인지하지 못하는 자아, 더 나아가 영적 교감이 육체보다 먼저 이뤄진 것이라는 사실을 인식해야 할 필요가 있다. 사실 자아는 이성이 아우를 수 있는 육체와 밀접한 구조에 놓인다. 사람은 단순히 머리 씀에 대해 생각이라 말하고, 그 생각이 마음과 동하면 자아를, 나아가 이성을 운운한다. 하지만 영은 모든 자아와 이성을, 심지어 종교적 개념으로는 육체까지도 통솔한다. 나는 이것을 쉽게 풀어 설명하고자 하지만, 사실 고차원적이며 어려운 원리이다.

우리는 마음 씀, 즉 마음을 쓴다는 말을 종종 듣거나 뱉는다. 마음을 쓴다는 말은 생각을 향하겠다는 의미와 상통한다. 상대를 나의 생각에 담겠다는 표현이다. 자, 그렇다면 이쯤에서 내가 말하고자 하는 논리를 전개하고자 한다.

앞서 언급했듯이 어제 보고, 오늘 보는 것으로도 우리는 서로 인사하며 때때로 가까운 사이가 된다. 사람 사귐의 기본이겠다. 그렇다면 상대를 이해한다는 것은 사람의 어디에서 파생되는 것인가. 생각일까? 자아일까? 아니면 이성일까? 나는 영이 하는 일이라고 본다. 사랑을 발동해야만 결과가 나오는 모든 마음은 영이 일하는 부분이다. 그렇기에 영이 먼저 아는 상대를 깊이 이해하기 위해서는 우선적으로 사랑이 발동해야 하며, 그만큼 상대를 향해 마음으로 정성을 쏟아야만 하는 것이다.

우리의 생각이 상대를 향해 열심히 일하는 것, 우리의 이성이 상대를 향해 열심히 일하는 것, 우리의 자아가 상대를 향해 열심히 일하는 것, 우리의 마음이 상대를 향해 열심히 일하는 것, 이 모든 것은 우리의 영혼이 사랑을 만들어내기 위해 사용하는 도구들이다. 그 때문에 역설적으로 이해할 때 내가 사랑하는 사람이라면 그의 말과 행동에 정성으로 응대해야만 한다.

◆ 사람이 저지르는 실수 가운데 말로 인한 실수를 논문으로 정립한다면 실수의 여왕쯤은 될 정도로 방대한 분량의 텍스트가 나올 것이다. 그만큼 사람은 말에 실수가 잦다. 말을 잘못해서, 비밀을 누설해서, 거짓을 이야기해서, 남을 비방해서, 하지만 이해력이 부족해 세련되지 못한 말을 해, 그 의미가 전혀 다른 엉뚱한 방향으로 전달되어 실수하는 예도 있다. 이렇게 실수가 많은 사람은 하나님께 눈물로 지혜의 간구를 올려야만 할 것이다.

몰라서 관계가 틀어지고, 몰라서 돈 나가고, 몰라서 싸움 나고, 몰라서 볼 줄 모르는 것, 이것이야말로 사람이 살아가는 데에 있어 가장 가슴 아픈 슬픈 일이자 오히려 동정을 받아야 할 만큼 비참한 일이다. 모르는 것은 죄가 된다. 우리는 모두 알자, 안다, 이해하는 것의 사람이 되어가야만 한다.

◆ 가난 속에서는 모든 선의 요소가 힘겹게 그 목표하는 정점을 이룰 수밖에 없다. 없다는 것은 실로 불편한 것이다. 무엇인가를 이루고 싶어도 없어서 못 이루는 경우는 주변에서 종종 보아오는 현상이다. 그러나 내가 책을 집필해준 교수나 정치인, 학자들은 대부분 심각한 가난을 경험하고 성장했다. 이러한 가난 속에서도 오늘날 이들을 고상한 인물들로 성장시킨 것은 바로 인성교육의 힘이었다. 내가 안타까워하는 것은 오늘날의 젊은이들은 옛 시대의 이들보다 더욱 풍족한 삶을 영위하면서도 인성교육에 있어서는 무관심한 학습을 지도받고 있다는 점이다.

소유가 넉넉해도 사과하고 감사할 줄 아는 것, 가난해도 자존심을 먼저 내세우지 않는 것이야말로 이 시대에 있어서는 진정한 인성교육이다.

◆ 남을 배려하고, 술을 절재하고, 운전을 과격하게 하지 않고, 사람들에게 친절한 국민성은 오래된 관습적인 교육에 의해서 만들어지는 것이다. 어찌하여 한국 사회의 부모들은 자녀들에게 이러한 덕목들을 가르치지 않는가? 이타적이고, 공공에 대한 예가 없는 모순적인 국가상을 이 시대의 청년들은 방종이라는 틀 속에서 무분별하게 발산하고 있다.

◆ 부모라는 존재에 대해 생각했다. 평생을, 오랫동안 함께 해왔지만 부모가 떠나가고 나면 많은 세월을 그분들 못 보고 살아가야만 하는 것이 나이 터울에 걸리는 부모와 자식의 인생이다. 인생은 슬픔을 머금고 가는

마라톤과 같다. 종착지에 다다라서는 그 슬픔 보따리를 터뜨려놔야만 하니 말이다.

사랑하는 사람들은 모두 떠나갈 것이고, 내가 먼저 떠난다면 나를 사랑했던 사람들은 그들의 삶이 다하는 순간까지 나를 못 보고 그리워하며 살게 될 것이다.

나는 아직 죽음을 경험해보지 못했지만, 죽음 앞에서 먼저 간 사랑하는 사람들을 만날 수 있으리라는 기대감에 행복할 수 있을 것도 같다.

내가 백 살을 산다고 가정했을 때 부모가 내 나이 쉰 살에 세상 떠난다면, 내가 살아온 세월만큼 그 억척스럽게 보아온 분들을 못 보는 삶을 살아야만 하는 것 아닌가? 뒤엉켜 살았던 그들은 까마득한 옛 사람들이 되고 말 것이다. 이것은 실로 그리움 중의 그리움일 것이다. 사람의 인생이다.

나는 기쁜 삶, 사랑하는 삶, 행복을 가슴에 품는 삶을 살고 싶다. 그리고 내 마음에 많은 호리병을 만들어 놓고도 싶다. 훗날 쏟아야 할 눈물들을 가득 담아야 할지도 모르기 때문이다.

◆ 기자 일을 할 당시 나는 사건 취재보다 사람들의 소소한 일상을 취재하는 그러한 기자였다. 당시 많은 사람을 만나 취재하며 그들의 다양한 마음을 보았다. 때로는 그들을 위로했다. 그것도 그런 것이, 취재 기자가 취재하러 다니면서 사람들을 위로하고 다니는 예는 극히 드물다. 행사장 취재를 할 때면 그들에게 노래도 불러주곤 했다. 그러니 나는 참된 기자는 아니었다. 참으로 별별 사람 다 있다는 말이 맞는 표현 같다. 급박한 사

람 앞에 기자가 오면 그들은 기자를 붙들고 통곡한다. 마치 구세주를 만난 것처럼 말이다.

대필하기 위해 일반 가정집을 방문하면 괴로움을 받을 때가 있다. 의뢰인이 나를 붙들고 울 때가 그렇다. 대부분 의뢰인의 나이는 예순이 넘은 이들이다. 이들은 부모에 대한 그리움으로 젊은 나를 붙들고, 처음 보는 나를 붙들고 통곡하며 눈물 흘린다. 결국에는 나도 함께 울다가 그곳을 나온다. 이러한 이들의 삶을 한 권의 책으로 만들어 주어야 하는 나 자신의 일에 대해 보람을 느끼지만, 생계를 위해 하는 일치고는 심적으로 고된 일임에는 분명하다.

◆ 인간은 선심(善心)을 지니고 태어날까? 아니면 악심(惡心)을 지니고 태어날까? 맹자는 사람의 본성은 본래 선하다고 주장했다. 이것은 중국 철학의 전통적 주제인 성설(性說)이다. 현재까지 철학적 범주를 구실로 양분화된 논리를 만들고 있다. 여기서 내가 철학적이라는 말을 쓴 이유는, 일반인들은 사람이 선하게 태어난다, 악하게 태어난다는 것에 대해 논하지 않는다는 의미를 포괄하고 있다. 그것은 쓸데없는 논쟁만 일으킬 뿐, 바쁜 현대 사회를 살아가는 사람들에게는 관심 밖의 주제이기 때문이다. 그래서 맹자가 말했건, 누가 말했건 철학의 범주를 벗어날 수 없다는 말이다. 쉽게 말해 사람 밥 먹여 주는 이론은 아니라는 뜻이다.

맹자는 사람의 본성은 의지적인 확충(擴充) 작용에 의해 덕성(德性)으로 승화할 수 있다고 했다. 측은(惻隱) · 수오(羞惡) · 사양(辭讓) · 시비(是非) 등의 마음이 사단(四端)의 마음이다. 그것은 각각 인(仁)·의(義)·예(禮)·지(智)의 근원을 이룬다는 것이다. 맹자의 이론만 봐도 성선설이 도달해야 할 목표는 참으로 멀다. 그럼, 맹자와는 반대로 사람은 본래 태어날 때부터 악하다고 주장한 순자(荀子)의 이론에 대해 살펴보자.

순자는 맹자(孟子)의 성선설(性善說)에 반대하고 나섰으나, 그 목적은 맹자와 마찬가지로 사람들에게 수양을 권하여 도덕적 완성을 이루고자 함이었다. 이러한 순자의 사상은 전국시대의 혼란한 사회상에 바탕을 두고 있다.

성악설은 사람이 태어나면서부터 가지고 있는 감성적(感性的)인 욕망에 주목하고, 그것을 방임해두면 사회적인 혼란이 일어나기 때문에 악이라는 것이다. 따라서 수양은 사람에게 잠재해 있는 것을 기르는 것이 아니라 외부의 가르침이나 예의에 의해 후천적으로 쌓아올려야 한다고 주장했다. 결국 이들은 인간이 착하게 태어나고, 악하게 태어나는 것을 사상적 이론을 완성함에 있어 기초 논제로 삼았던 것이다. 그러나 현 시대에 들어서 이 이론들은 닭이 먼저냐? 달걀이 먼저냐? 하는 식의 가벼운 말장난과 함께 학교에서도 교사들로 하여금 인간은 태어날 때 착하게 날까? 악하게 날까? 하는 도덕적 관점으로만 해석되고 있다.

나는 서재에 앉아 아이들의 습성에 대해 잠시 생각했다. 아이들은 순수하고 귀엽다. 하지만 아이에 따라 배타적이고 이기적인 행동을 취하는 경우를 종종 본다. 그것은 부모가 가르친 것은 분명 아닐 것이다. 어느 부모건 자기 자식에게 남이 먹는 것을 빼앗아 너 혼자 먹으라고 가르치지는 않는다. 물론 나는 노안이 와 앞을 못 보는 상태에서 어떤 음식에 대해 타인을 주지 않고 내 순주들만 먹었느냐고 물으며 자신의 손주들만 배불리 먹은 것에 크게 기뻐하는 노인을 본 적이 있다. 하지만 모르는 일이다. 아이에게 아이스크림을 한 번도 먹이지 않아 아이가 아이스크림만 보면 환장하고 혼자만 많이 먹으려고 하는 것이 이기적이고 배타적인 행동으로 치부될 수 있는 것인지 말이다.

아이는 구강기와 항문기를 거치며 이기심을 배운다. 덩달아 소유의 욕구를 자아에 확립한다. 그래서 취하고자 하는 것에 대해 분명한 인식을 지닌다. 그것이 성취되지 못할 때 부모에게 울고 불며 투정부린다. 아이가 이러한 성격을 고수하며 성장해 초등학생이 되어 배타적이며, 자신이 취하고자 하는 부분에 있어 손해 보려 하지 않고 쉽게 말해 머리를 굴린다면, 그 아이를 두고 어른들은 영악스럽다고 말한다. 만약 주변에 영악스러운 아이가 있다면, 그 아이는 위에서 설명한 바와 같이 배타적인 성격 형성 과정을 거친 아이임에는 분명하다. 물론 그것에는 환경적 요인도 따른다. 이것은 학습된 것이다. 형성되어 만들어진 부분이라고 본다. 이러한 모든 것이 성악설의 근본 원리에 입각한다면 악의 모양이다. 그렇지만 이 아이가 더 성장해 청년이 되어 배려할 줄 아는 사람으로 성장한다면 그것은 양심의 승화이다.

나는 위대한 선인들이 주장한 성선설과 성악설에 대해 나름의 견해를 제시하고 싶었다. 기독교에서는 인간이 악하게 태어나는 것보다 더 악한 죄인으로 태어난다고 단정한다. 가련한 아담과 하와가 에덴동산에서 아무것도 모르는 천진한 벌거숭이로 살다가 선악과를 먹고 악을 알았는지, 아니면 자신들의 선한 본성을 직시하게 되었는지, 그들이 무엇인가를 알아서 그때부터 진짜 죄인으로 낙인 찍혀 영원한 악인들의 조상이 되었다는 것은 실로 억울한 일이다. 그럼, 이 대책 없는 태곳적 부부가 선악과를 먹기 전까지는 선한 사람들이었을까? 먹지 말라고 한 선악과를 먹어보겠다고 다짐했다면, 이들은 마음에 선과 악을 모두 지니고 있었다는 말도 될 것이다.

나는 그리 오랜 시간을 생각지 않아도 성선설, 성악설에 대해 나름의 결론에 도달할 수 있었다. 인간은 무지에서 태어나 양심에 선을 머금고, 악을 배우며 살아간다는 것이다. 갓난아이가 선을 알 수 없고, 엄마의 젖을 더 먹기 위해 입을 크게 벌리고, 고개를 이리저리 돌리는 소유 욕구를 보인다고 해서 그 아기가 악하다고 말할 수는 없다. 하지만 인간은 아무것도 모르는 무지의 상태에서 태어나 보호받으며 성장한다. 또한 성장하면서 배고픔을 느끼며 그것을 해소하기 위해 자기 입에 무엇인가를 넣는 것부터 배운다. 그리고 자기가 원하는 것을 취하고자 자기 안목에 따라 생각하고 판단한다. 하지만 초등학교와 같은 기초 사회 생활에 접어들어 공동체 생활을 시작하면서 누군가에게 배우지 않아도 남들 청소하는데 혼자 집으로 간다면 이것이 잘못된 것이라는 것은 양심을 통해 알게 된다.

생의 처음으로 친구를 때려, 어린 친구가 우는 모습을 본다면 누군가가 가르치지 않아도 미안한 마음이 들기도 하고, 심지어 그 친구가 가엽다는 연민의 마음을 양심을 통해 느끼기도 한다. 그렇기에 양심은 본래 선하다. 그것은 하나님께서 인간에게 준 자유의지를 방종으로의 탈선으로부터 막기 위한 제어장치와도 같은 것이다.

인간에게만 있고 타 동물에게 없는 것이 바로 양심이다. 동정, 연민, 미움, 질투 모든 것을 양심은 아우른다. 하지만 인간은 성장하면서 경험을 통해 머리를 쓰고, 실수를 만들며, 부조리한 만사와 결부한다. 결국 악을 학습하는 것이다.

◆ 여자들의 모성애라는 것은 결혼 전 사랑하는 애인에게서도 발현될 수 있겠지만, 남자들에게 있어 부성애는 자신의 자식이 만들어지기 전까지는 결코 느낄 수 없는, 여성과 다른 호르몬 작용이라고 생각한다.

아이들은 모두 사랑스럽다. 아이의 시선, 아이의 생각, 아이의 관점으로 이해되는 모든 것은 내가 경험했던 지난 과정이기에 소중하다. 참으로 신기한 것이다. 누군가가 가르치지 않아도 마음에 들어올 수 있는 이러한 인식이 말이다.

나는 독신의 근성을 지닌 사람이지만, 하나님께서 허락하신다면 참다운 사랑의 가정을 이루고 싶은 의지 또한 지니고 있다. 이러한 생각은 홀로 거리를 걸으며 부부들의 아름다운 모습을 보며 느끼는 부분이다. 한 여성이 아이 손을 잡고 남편과 오붓하게 걸어오는 모습을 보면 남편 된 입장으로서 자신의 아내와 아이에 대한 관점을 간접적으로나마 이해해보고 싶어 그 모습을 넌지시 바라볼 때가 있다. 그래도 그것은 가정을 이루기 전에는 이해하기 어려운 부분인 것만 같다. 남들이 이룬 것은 쉽게 보이지만 나에게는 한없이 어려운 부분이다.

◆ 매체를 통해 "내 탓이오!"라는 표현을 처음 들었을 때 이 문구를 모든 현상에 적용해보았다. 그러한 과정으로 생각하니 결국 모든 것은 정말 내 탓으로 인해 파생되는 결과처럼 느껴졌다. "내가 그렇게 하지 않았으면 이러한 상황은 발생하지 않았을 텐데"와 같이 모든 문제는 하나같이 나로 인해 발생되는 것만 같았다. 더구나 모든 부분에 있어 미숙한 어린 시절에는 매사에 실수가 뒤따르니 내 탓이라는 그 자책은 더할 나위 없었을 것이다.

'내 탓'은 자책의 의미가 있지만, 사회에서 이슈를 낳았던 내 탓은 상대의 모든 잘못까지도 내 부재로 돌린다는 포용과 이해의 의미가 내포된 것이다.

살아가면서 나이를 먹고 대부분의 일에 있어 노하우를 터득한 시기에 이르러서는 내 탓을 하는 빈도가 현저히 줄어들었다. 그만큼 대부분의 일에 노련함과 원숙미를 갖추게 되었다. 그러나 나는 이러한 인생의 과도기를 거치며 여러 부분에서 내 탓이 아닌, 네 탓으로 말미암아 잘못되는 사람들을 종종 보는 것 같다.

정말 모든 부분에 있어 부재는 내 탓에서만 생기는 것일까? 의구심을 갖게 되었다. 남의 잘못으로 손해 보는 일들이 발생하기 때문이다. 내가 안전 운전을 해도 옆으로 밀고 들어와 접촉 사고를 내는 사람들, 후임의 실수로 선임인 내가 책임져야만 하는 상황, 아무리 열심히 성과를 내려고 해도 남이 따라와주지 못해 수포로 돌아가는 일 등 우리 주변에는 네 탓으로 말미암아 손해 보는 일들이 상당수 일어난다. 그러나 나이 들어 내 탓이라고 시인하는 것은 사람의 인격을 한 차원 승화시키는 고매한 성찰과도 같다.

이 사회는 불안전하다. 세상은 흔들리고, 각박하게 돌아가기에 많은 이들은 주의력 결핍을 경험하며 살아간다고 해도 과언이 아니다. 정작 나 자신부터도 실수가 많은 생활을 지속한다. 그러나 오늘날 이 사회에 내 탓이라고 말하는 사회적으로 의인화된 사람들이 더욱 많아진다면, 이 사회가 좀 더 밝은 집단 구도로 흘러가지는 않을까 생각해본다. 물론 이상적인 세상은 나 자신도, 남도 탓할 필요가 없는 완전한 행위가 지향되는 세상일 것이다.

◆ 대학생 시절 나는 성악도였던 내 목소리에 깊이와 변화를 더하고자 다양한 고전을 탐독했다. 물론 그 거창한 학습 이론에 버금가는 실력을 겸비한 사람이 되지는 못했지만 말이다. 이러한 생각을 하게 된 것은 규칙적으로 습관화된 육체의 형태는 종이 한 장 차이만큼의 정신의 변화로 쉽게 바꿈을 이룰 수 있다고 믿었기 때문이었다. 참고로 나는 테너 파트의 성악인이면서 내가 내는 높은 고음은 어느 날 우연히 음악 잡지를 보다가 터득하게 된 것이었다. 육체의 습관화된 고착(固着)을 육체의 훈련으로 변화하려고 덤벼든다면 그것만큼 어리석은 행동은 없다고 본다. 참고로 테너가 고음을 내기 위해서는 몸을 이완시키고, 목에 힘을 뺀 상태에서 진성을 팔세토(Falsetto, 이론화된 가성)의 길로 통과시켜 소리에 힘을 붙이는 연습을 하면 자연스럽게 자신의 고음을 만들 수 있다. 그 이후부터가 소리를 잡는 것에 있어 훈련의 시작이다.

내가 고전을 다시금 읽기 시작한 이유는, 내면의 부재와 외면의 변화를 깊이 있는 낭만이라는 틀로 바로 잡아보고 싶었기 때문이었다. 이것은 어렵고 고차원적인 원리이다. 다름으로 역행해 정답을 도출하고자 하는 것이 말이다. 하지만 학문하는 자라면 누구나 나와 같은 이러한 삶의 모습을 지향하리라고 확신한다. 표현이 어렵지 않은 말로 '낭만'이라는 단어를 사용했지만, 사실은 문서에 담긴 지혜를 통해 호흡이 변화되고, 생활이 달라지고, 삶이 바뀌어버리는 전인격적 변화를 경험하는 것이 진정 학문하는 사람이 지향해야 할 덕목일 것이다. 나는 이러한 변화를 맛보고자 했다. 그렇지만 사람의 본질이라는 것에 있어 이미 고착된 성품은 아무리 좋은 것으로 교육된다고 해도 그리 쉽게 바뀔 수 있는 부분은 아니라는 것을 실감한다.

◆ 나는 종종 가지 말아야 할 곳을 가게 되거나, 보지 말아야 할 것을 보게 되거나, 듣지 말아야 할 것을 듣게 되는 그러한 인생을 경험한다. 어디까지나 이것은 개인적인 생활의 문제에 의해 만들어지는 현상이다. 이러한 '일', 이러한 '삶'이 되어야 할 부분을 '인생'으로 표현한 것에는 그만한 이유가 있다. 아직까지 내 삶이 일률적이지 못하고, 가게 되는 것, 보게 되는 것, 듣게 되는 모든 것들이 오랫동안 지속되기 때문이다.

가령, 아주 가난한 사람들이 모여 사는 동네로 들어가 그들과 뒤엉켜 살아간다거나, 추하고 더러운 것들을 볼 수밖에 없는 현실로 기어들어가 공존하고 있다거나, 사특함이 난무하는 곳에서 화친해야만 하는 그러한 형편 말이다. 더욱 참담하고 속상한 것은, 그 속에서도 나 같은 사람에게 높으신 하나님은 아름다운 것들을 보여주신다는 것이다. 차라리 그 가운데 배우는 것이 없다면, 내 형편을 저주하고 내가 갖춘 모든 선한 것들을 비웃고 말 것이다.

척박한 골목 귀퉁이를 거닐어도 날아드는 참새와 노을을 보고 노래할 수 있는 나 자신이 가끔은 미워진다.

◆ 사람은 사람과의 유대 관계 속에서 사회적 기여를 한다. 사회적이지 못한 인간은 사람 취급을 받지 못할 수도 있다. 타인에게 사랑받고, 나아가 존중받는 것은 모든 인간의 이상적인 바람이다. 그래서 사람은 소유할수록, 많이 배울수록, 나아가 자신의 모습이 상향될수록 더욱 품격 있고 가치 있는 삶으로 나아가고자 애쓰는 것인지도 모른다.

사람이 지닌 성격과 모든 습성이 우호적이든, 그렇지 못하든 인간의 육신은 인격을 드러내는 고귀한 통로로 쓰여야 할 것이다. 고상함은 인격의 옷과도 같다.

나는 직업적(신문기자, 보안원)으로 볼 때 지금까지 그리 좋은 성품을 수양할 만한 환경에서 일해오지는 못했다. 하지만 오늘은 고전을 읽는 고상함으로 나 자신의 성품을 되돌아보고도 싶다. 내 몸에 맞는 옷을 입듯, 나에게 어울리는 생활을 영위하고 싶을 따름이다.

식탁 위에 멋지게 차려진 스테이크를 썰고, 와인을 마시며 거칠게 식사하는 사람이 없듯, 나 자신부터 마음을 다스리고 온유해질 수 있는, 주변 사람들에게 선한 영향력을 행사할 수 있는 사람이 되고 싶다. 그러나 나이 서른일곱에 선한 영향력이라는 것은 실로 어려운 부분이다. 그만큼 철저한 자기 성찰이 수반되어야만 할 것이다.

◆ "사람이 무엇으로 세상을 살아가는가?"라고 누군가 나에게 묻는다면, 나는 주저 없이 '감동'으로 살아가는 것이라고 말하고 싶다. 물론 그리스도인으로서 신앙으로 살아간다, 주의 말씀으로 살아간다는 원론적인 말을 할 수도 있겠으나, 이러한 부분은 삶 그 자체이니 굳이 언급하지 않아도 무방하리라고 본다. 그러나 내가 그리스도를 전한다면, 그분을 모르는 사람에게는 당당하게 하나님의 말씀으로 살아가는 것이라고 말할 것이다.

그럼, 왜 감동으로 살아가는 삶이 내가 생각하는 가장 이상적인 삶이 되는가에 대해 기록하고자 한다. 사람이 살아가는 데에 있어 중요도가 높은 것을 큰 틀로 구분 짓는다면, 돈과 음식으로 분류할 수 있을 것 같다. 세상을 돈으로 살아간다고 해도 틀린 말이 아니요, 세상을 음식 먹음으로 인해 살아간다고 해도 잘못된 표현은 아니다. 하지만 우리는 하나님께서 천지를 창조하시고, 세상을 보시며 감동하신 부분에 대해 상고할 필요가 있다. 이것은 내가 하나님의 심성이 되어 내 주변 환경에 감동해 감히 자잘한 감성을 논하는 말이 결코 아니다. 사람이 살아가는 데에 있어 그 생각에 원동력을 주는 의지는 음식이나 돈에서 나오는 것이 아니라는 말이다.

우리는 흔히 상대의 어떠한 승화된 모습을 볼 때면 마음에 감동을 받고

도전받았다는 말을 사용한다. 이 도전이라는 표현은 사실상 원동력의 구심점을 일컫는 말이다. 그렇다면 도전이라는 것의 결과는 무엇에 대한 바람인가? 그것은 나에게서 파생되는 결과를 가지고 타인에게 감동을 주고, 기쁨을 주고, 나아가 세상을 축복하겠다는 자의지의 개념이 담긴 것이라고 정의하겠다. 사람은 칭찬을 듣고, 남을 칭찬해 기쁨을 얻고, 사람에게 마음을 사고, 존경을 받고, 덕을 주고, 신뢰를 얻고, 행복을 얻고, 기쁨을 주며 살아갈 때 그것이 삶을 영위하는 존재 이유가 된다. 물질이라는 것은 있다가도 없고, 없다가도 있다. 물론 이러한 부분을 내 나이에 관철한다는 것에는 다소 어폐가 따를 것이다.

만약에 평생을 살면서 타인에게 감동을 준 적이 없는 사람이 있다고 가정하자. 자신이 남에게 감동 한 번 준 적이 없는 사람으로 생각한다면, 감동을 받는, 감동을 느끼는 사람으로 살아가면 된다. 감동은 마치 감기처럼 전염성이 있어 그 받은 그대로, 그의 자아는 남에게 같은 방식으로 감동을 전하고자 할 것이다. 그러나 감동을 주지도, 받아보지도 못한 사람이 있다면 그는 애석하게도 세상을 헛되이 살아가고 있는 존재라 말하고 싶다. 감동을 만들어내는 행위는 결코 어려운 것이 아니라고 본다. 말끔하게 정리해 놓은 탁자에서도 사람은 감동은 느낄 수 있고, 소소한 대화 속에서도 상대에게 감동을 줄 수도 있다. 무뚝뚝한 사람이 어려운 환경 속에서 공부해 합격의 영광을 얻는 것도 공부의 이상을 실현하고자 하는 이들에게는 감동을 주는 것이다. 이처럼 세상의 모든 보기 좋은 것들과 승화된 것들은 감동에 의해 탄생한 것이라는 사실을 결코 잊어서는 안 된다. 그래서 나는 "사람이 무엇으로 세상을 살아가는가?"라고 묻는다면, 감동으로 살아간다고 자신 있게 말하는 것이다.

얼마 전, 모 대학 노교수가 부인과 함께 내가 근무하는 댐을 방문했다. 이들은 이곳 풍경을 감상할 계획이었다. 마침 해설사가 휴가를 떠나 보안원인 내가 그 부부를 안내해야만 하는 상황이었다. 나는 이곳에서 일하면서 언제나 내가 유배를 온 것이라고 삶을 자책하며 글을 써나갔다. 그러나 원고를 마감해 돈을 벌어야 했고, 마감 전까지는 이렇게 시간이 많이 남는 댐 관리원 일이 그나마 제격이었기 때문에 굳이 일에 대해 비관적인 것만은 아니었다. 그 노교수는 정년 이후, 이곳에 들러 단풍 구경을 하는 것이라고 자신을 소개하며 나와 대화 후, 이 시대가 진정으로 원하는, 인문학을 승화하는 청년을 이곳에서 만나게 된 것을 영광으로 생각하며 돌아간다고 나를 칭찬했다. 나는 그에게 별다른 이야기를 한 것은 없다. 단, 해설가가 출근하지 않아 대신 이곳의 역사에 관해 설명해준 것뿐이고, 이곳에서 일하는 이유가 무엇이냐고 묻는 그의 말에 책을 쓰기 위해 일한다는 대답이 전부였다.

나는 현재 정년과 출마를 앞둔 모 검사 회고록 집필과 출판사 사장의 자서전, 어느 수집가의 이야기를 집필 중에 있다. 내 기억에 노교수에게 나는 위에서 언급한 것과 같은 삶의 가치와 기준에 대해 이야기한 것 같다. 그는 나에게 돈을 주거나, 그가 감동한 만큼 나는 그에게 어떠한 대가를 요구한 것도 아니었다. 나 또한 한 시간 정도 그와 함께 보는 경관에 대해 대화를 나눈 것이 전부였다. 그렇지만 한 사람의 젊은 청년이 석학과 대화를 나누다 그에게 칭찬을 듣거나 감동을 주었다는 것, 그리고 나 또한 감동을 받았다는 것, 나는 이것으로 또 일주일을 살았다. 사람은 이러한 자기만족으로 살아간다. 이것은 자아도취와는 다른 개념이다. 나는 다른 책에서 자아도취의 개념을 인간 이성의 발달과 심리학에 준해 논할 계획에 있다.

음악가가 돈은 없어도 밤새도록 사람들과 음악 이야기를 나누거나 연주할 수 있는 것, 목회자가 교회에 성도는 없어도 뜨겁게 기도하고, 하나님 이야기만 나오면 눈이 초롱초롱 빛나는 것, 화가가 그림 한 점 못 팔아도 그림 이야기만 나오면 아무것도 안 먹고도 온종일 그림에 대해 논하는 것을 즐기는 그러한 것, 그렇다고 거지로 살면서 자기 좋아하는 것만 하면서 지내라는 말은 아니지만, 내가 전하고자 하는 말에는 깊은 나의 의도가 담겨 있는 것이다. 지혜로운 자는 내가 무슨 말을 하는지 금방 알아차릴 것이요, 미련한 자는 나를 넝마주이로 여길 것이다.

나의 이념은 상대적으로 많은 돈을 벌기 위해 애쓰는 이들이 속한 조직에서는 다분히 비난받기 좋은 소재이다. 하지만 역으로 내 이념 또한 그들의 발목을 잡을 것이다. 그러나 모르는 일이다. 내가 마흔 살이 넘으면 어떠한 이념을 지니고 살아가게 되는지 말이다. 분명한 것은 난 어린 시절을 제외한 이성이 발화한 지난 모든 세월을 이 정의 하나로 살아왔다. 한 사람의 노교수가 댐 관리원으로 근무하는 젊은 나를 좋게 보고 칭찬했다. 그리고 젊은 나는 그 칭찬으로 내 이념을 다시 한번 확인했다. 그렇다. 이것은 사람 인생에 있어 꼭 필요한 부분이다.

◆ 나는 여름이 되어서야 이르는 장맛비를 좋아한다. 온종일 내리는 비

와 사투를 벌인다는 것은 다소 불편한 제약을 주지만, 하늘에 두둥실 떠 있는 물 먹은 먹구름 덩어리는 사람의 마음을 드넓게 만든다.

비 오는 날이면 으레 떠오르는 기억 하나가 있다. 학창 시절 교정 화단에서 맡았던 흙 내음이다. 비 오는 날에는 모든 향기가 천 리를 가는 것 같고, 눈앞에 펼쳐지는 시야가 또렷해진다. 나는 이런 것을 의식하는 것이야말로 비를 통해 그날 하루를 소소하게 즐기는 일상의 여유라고 생각한다. 물론 비로 인해 피해를 보는 이들에게는 미안한 사치의 마음이다.

사람이라면, 적어도 남성보다 감수성이 예민한 여성이라면 누구나 나와 같은 의미를 부여해 볼 수 있을 것으로 여긴다. 이렇게도 6월은 지나간다.

◆ 젊은 사람이 나이 많은 이들 앞에서 세상물정 더 많이 아는 것처럼 행동하는 것은 결코 올바른 처신이 못 된다. 예를 들어, 할아버지보다 휴대폰 기능을 더 많이 알고, 컴퓨터를 더 잘한다고 해서 젊은 사람이 무엇이 더 낫다고 자랑할 수 있겠는가? 그것은 아무것도, 아무런 의미도 없는 것이다.

대부분 나이가 많은 어른들은 이치에 밝다. 그래서 지혜로운 것이다. 비록 학력에 따라 지식의 내용은 달라도 식견은 언제나 승하다. 그러나 나이가 듦에 따라 반드시 필요한 것이 있다면, 되도록 바른 말을 해야만 한다는 것과 설령 사사로운 지혜를 논하는 부분에 있어서는 젊은이 누구나 들어서 "맞다."라고 할 만큼 정확한 견해를 제시해야만 한다는 점이다.

◆ 어느 날, 우연히 두 사람이 나누는 대화를 듣게 되었다. 한참을 듣다 보니 이 두 사람 중 한 사람이 은연중 상대에게 말실수를 하고 있다는 것을 알 수 있었다. 그러나 실수하는 사람은 고의가 아닌 말재간의 부재였다. 상대는 다소 난처한 표정을 애써 감추려고 하는 낯빛이 역력했다. 나는 이 두 사람의 대화를 들으며 여러 가지를 생각했다. 그중 가장 크게 다가온 정의는, 사람이 본의 아니게 저렇게 실수가 나오는 법이니 나도 어디 가서 말조심, 심사숙고하게 사람들과 대화를 나누어야겠다는 다소 거창한 다짐을 하게 된 것이다.

우리는 바쁜 일상 속에서 다양한 저마다의 사고를 지닌 사람들을 만난다. 그들과 가벼운 농담부터 속에 있는 깊은 고심까지 얼마나 많은 대화를 나누며 살아가고 있는가. 그렇다면 이러한 대화들 중, 진정으로 온전한, 실수 없는 대화는 내가 뱉는 말 중에 과연 몇 %를 차지할까? 사람이 너무 조심스러워도 말실수가 나오는 법이다. 말이란, 어떠한 상황 속에서도 항상 어려운 것이다.

◆ 사람의 말을 듣다 보면 사랑의 말을 하는 자, 배려의 말을 하는 자, 선한 말을 하는 자, 이해의 말을 하는 자, 악한 말을 하는 자, 아첨의 말을 하는 자, 못된 말을 하는 자로 나뉘는 것 같다. 나는 이 중에서 가장 어려운 말을 하는 자를 못된 말하는 자라고 생각한다. 그럼 못된 말하는 자가 왜 가장 어려운 말을 하는 자인가? 그는 상대를 배척하는 이해심이 결여된 마음에 한시적으로 머리를 써 상대가 상처받을 수 있는 말로 정곡

을 찌르기 때문이다. 하지만 더 어려운 것은 사랑과 배려, 이해의 말은 내가 상대를 위하는 만큼 진솔하고 점잖은 마음에 알알이 박혀 행복이 깃들고 여유가 찾아와 그 선한 대화를 기억해나가지만, 못된 마음을 품은 자는 오로지 상대를 향한 기만만 있을 뿐, 그 초급한 전투적 성향으로 인해 정작 자신이 지껄인 말조차 기억하지 못하는 것이다. 그래서 세상에는 마음이 깊은 사람이 "나는 그리 좋은 사람이 아니다."라고 말하는 예는 있어도 "나는 못된 사람"이라고 말하는 자는 없는 것이다. 할 수만 있다면 사람은 단정한 언행을 일삼아야 한다. 나는 승화되지 못한 자의 단정을, 벗어나는 모든 행위를 만용으로 본다.

◆ 두 돌 지난 여자아이를 하루 시간 내어 돌볼 기회가 있었다. 기회? 그렇다. 나에게는 기회라는 말이 맞는 표현일지도 모른다. 아이는 '놀이터'라는 말을 시종 되뇌었다. 아이의 의식에는 오로지 놀이터가 모든 세상이었다.

아이를 데리고 놀이터로 향했다. 아이는 놀이 기물들을 보자마자 달려들어 그 기물에 몸을 맡겼다. 아이의 얼굴은 행복해 보였다. 잠시 후, 아이는 '친구'라는 말을 되뇌며 주변 아이들을 찾기 시작했다. 친구라는 단어를 알고 있었다. 한 살 정도 많아 보이는 한 아이가 다가섰다. 이내 마주보며 무엇인가 말하기 시작했다. 아이가 손가락을 치켜세우는 것을 보니자기들끼리 나이를 주고받는가 싶었다. 그 어린 것들끼리도 사람이라고 서로 어눌한 발음으로 묻고 답하는 모습에서 나는 학습과 교육의 위대함,

인간의 고도(高度)를 실감했다.

사랑스럽고 귀여운 아이들이었다. 주먹만 한 아이를 차에 태우고 안전 띠를 채워주니 띠가 아이 얼굴에 걸렸다. 참으로 작은 아이였다. 내 기억에 멋진 놀이터가 있어 아이를 데리고 그곳으로 향했다. 아이들 시선에서 이곳은 더 근사하고 훌륭한 놀이터였다. 야외 수영장이 있는 놀이터였다. 역시 아이는 놀이 기물의 색상만 보고도 이곳이 놀이터인지 금방 분간했다. 아이는 충분히 놀았다고 생각했다. 어두워지고 시간이 늦어 아이를 안고 차로 향했다. 내 팔에 들려 더 놀고 싶다며 울고불고 난리치는 아이.

이렇게 한 가지 놀이 기물에 탐닉하는 아이가 성장해 이성을 논하고, 사회적 인격체로 형성되어가는 과정을 생각하며 잠시 나의 어린 시절을 떠올렸다. 어머니를 생각했다. 나를 사랑해준 많은 어른들을 생각했다. 그리고 한 가지 큰 의미를 발견했다. 남자는 자식을 낳고 키워봐야 완성될 수 있다는 사실을 말이다. 완성되지 못한 미성숙한 나의 자아는 오늘 하루 아이를 통해 행복을 경험했다.

◆ 주변 사람들의 이야기를 들으면 이혼을 생각하는 여성들이 의외로 많다는 사실을 알 수 있다. 남편을 존중하지도, 사랑하지도 않는, 그러면서도 아내에 대한 기본적인 도리도 못 하고 사는 여성들.

이혼의 시기를 초연하는 여성들 대부분이 남편과의 사이에서 낳은 자식의 문제를 거론한다. 나머지는 경제권이다. 여기서 또 다른 한 가지 이유를 언급하자면, 드물게도 남편으로 하여금 이혼의 명분을 발견하지 못한 경우이다. 회사와 집만 아는 남편이 어설프게 바람이라도 피워준다면, 이혼을 학수고대하는 여성에게 이보다 더 환호할 만한 일은 또 없을 것이다. 그리곤 구상에 들어간다. 어떻게 돈을 받아 낼까? 하고 말이다. 그러나 이런 여성들의 가장 큰 실수는 어떠한 사건 앞에 돈 이야기부터 꺼내든다는 점이다. 이것은 마음 들킴의 첫 번째 구실이다.

◆ 가족으로 인해 고통받는 사람이 많다는 것을 알았다. 이것은 가족 구성원 중 누군가가 유명을 달리한 것, 집안에 환자가 있어 받는 근원적인 고통이 아닌, 서로에 대한 이해도의 결여에서부터 생겨나는 불신과 무례함이다. 진정 가족이라고 함은, 가족 구성원 서로의 처지를 정확하게 이해하고 있어야만 한다. 모든 이해는 듣고 느끼는 것에서부터 비롯된다. 그러나 들어도 모르는 자는 그냥 바보이거나 얼간이다. 사랑의 틀로 융합된 집단은 그 끝도 사랑이요, 그 원점도 사랑이다. 나는 진술서 상담을 진행하면서 가정의 부재를 안고 사는 이들을 많이 경험한다. 나도 문제이기에 나에게 호소하는 이들이 많다는 점도 납득하기 어려운 부분이다. 그러나 그들이 나에게 깊은 감사함을 표한다는 것은 더욱 아이러니한 현상이다.

◆ 사람이 어떠한 일을 계획하고 진행해나갈 때 애씀과 열정이 수반되

어 일을 처리한다면 주변 사람들에게 긍정의 찬사를 받게 될 것이다. 건실한 노력, 성실함, 자신감 등 이 모든 단어들 앞에 부정의 시선을 보낼 사람은 아무도 없다. 그러나 애씀과 열정도 방향을 잘못 정한다면 판단의 부재로 말미암아 그 노고가 수포가 되고 만다. 사람은 어떠한 일을 행하는 데에 있어 그 일의 타당성을 분명히 따져보고 덤벼들어야만 한다.

◆ 아무리 명분이 분명한 일이라 할지라도 남을 돕는 데에서는 신중할 필요가 있다. 내가 도움의 손길을 펼치는데 그 속에 돕는 대상과의 소통이 없는 것도 문제이지만, 그 대상 반대편에 있는 배경에 나도는 여러 모사도 충분히 헤아려야만 할 것이다.

길을 가던 사람이 돌부리에 걸려 넘어졌다. 그가 실수로 넘어졌는지, 고의로 넘어졌는지, 그 누군가에 의해 놓인 돌부리에 걸려 넘어진 것인지 당사자가 아닌 이상 그 누구도 알 길이 없기 때문이다.

◆ 이해관계가 성립되지 않고, 상대가 나에게 해악을 저지르지 않은 상황에서의 시기와 미움은 의외로 열등의식과 연관된 사례가 많다. 더구나 상대가 느끼는 이러한 감정은 나에 대한 그 어느 부분에 기여한 것인지 알 길 또한 없다. 이러한 감정이야말로 각박한 정서에 대한 반증이다. 신기하게도 이것은 소유의 많고 적음과 아무런 연관이 없다.

재산이 많은 멍청이가 가난한 천재에게 열등의식을 느끼는 것은 인간사에 무수히 존재해온 역사이지만, 부자가 하등의 의식 없이 사람을 귀하게 여겨 위대함으로 남는 예는 인간사에 더 많이 기록되어 있다. 하지만 자만심, 열등의식은 안 좋은 모든 정서를 아우르는 파국으로 가는 지름길이다.

◆ 국회의원 아들이 초등학교에 다니고 있었다. 학교에서 친구 물건을 훔치다 싸움이 나게 된 것이다. 결국 그 아이는 친구에게 한 대 얻어맞고 집으로 돌아오게 되었다. 물론 담임에게 혼도 났다. 얼굴에 싸운 흔적, 맞은 흔적을 본 아버지는 자초지종을 물었다. 의원인 아버지는 화가 났다. 결국 학교로 찾아가 담임의 따귀를 때리고, 심지어 아들을 때린 친구까지 멱살을 잡고 흔들고 넘어뜨리는 행동을 하게 되었다. 교실에서 난리가 난 것을 보고받은 교장은 성급히 달려와 국회의원인 학부모에게 정중히 인사한 후, 이유를 물었다. 그러자 의원은 당당하게 "아들로 인해 저의 명예가 실추되었기에 그 화를 참을 수 없어 이렇게 달려오게 된 것"이라고 설명했다. 물론 아들 또한 집으로 돌아가 의원인 아버지에게 종아리를 맞았다.

나는 이러한 생각을 한다. 의원 아버지의 가슴에 아들이 먼저 들어왔다면 과연 아버지는 어떻게 처신했을까? 화는 같은 화이나, 그 행위에 있어 근본 이유는 전혀 다른 것이었다. 나는 오늘 마음이 괴롭고 아프다. 이러한 일을 직접 목격했기 때문이다. 바르게 알지 못함, 성급함, 그 행하는 이유에 해당 아들이 없는 자의적인 행동이 얼마나 큰 피해를 주는가 말이다. 나아가 친구 물건을 훔친 아들보다 아버지는 그것을 명분으로 더 추잡한 행위를 저지르고 말았다. 아들은 친구의 물건을 훔치다 걸렸지만, 아버지는 아들의 학교생활을 죽인 것이고, 친구와의 관계를 죽인 것이고, 교사의 일 년을 죽인 것이다.

◆ 겨울의 길목에서 봉사자 몇몇이 모여 어려운 이웃에게 배추김치를 전달하는 손길, 자신들의 고사리 같은 손으로 돌아가신 부모님을 생각하며 독거노인의 머릿결을 다듬는 정성 어린 손길, 목욕탕 차라고 1톤 트럭에 1인용 욕조를 싣고 다니며 힘없는 노인의 등을 사랑으로 씻겨내는 손길, 부모가 없는 아이에게 온정 어린 장학금을 전달하는 손길, 헌 옷과 비누를 팔아 수익금을 전달하는 손길(가톨릭 종합사회복지관), 가난한 지역에 점포를 설치, 기업으로부터 제품 후원을 받아 등록된 어려운 이웃에게 모든 상품을 100원에 판매(사회복지센터)하는 선한 손길, 등에 욕창이 나 고생하는 노인을 간호하는 나이팅게일과도 같은 손길 등 우리 주변에는 다양한 사회적 봉사활동이 전개되고 있다.

봉사하는 이들 대부분은 돌아가신 자신들의 어머니를 떠올린다. 그리움과 연민이 오기 전, 떠난 이들에게 잘해 드리지 못한 것을 가슴에 담고 살아가는 이들이다. 어떠한 모양으로든 우리 사회가 아직 이렇게 합심해 선한 영역에서 수고하는 이들로 인해 아름다울 수 있다는 것은 큰 생동감을 준다.

◆ 인간은 세상에 태어나는 것과 동시에 사회라는 집단 환경 속으로 결속되며, 부모라는 존재로부터 보호된다. 이것은 모든 동물 세계에 있어 상식적인 현상이다. 이러한 현상 없이는 지구상의 모든 생명체들이 태어나 마주하는 낯선 환경을 극복하기 힘들 것이다. 일종의 개체(個體)보호 본능이 그 모계(母系)로부터 발현되는 숭고한 현상이다. 하지만 인간은 알에서 깨어나 스스로 바다를 찾아 달려나가는 거북이보다도 못한 나약한 존재일지도 모른다. 적어도 태어나는 순간에는 말이다.

세상에 태어나는 생명체 중, 가장 나약하게 태어나는 인간은 성장하면서 가장 강한 영장(靈長)으로 형성되어간다.

갓난아기의 모습을 거쳐 유치원에 입학할 시기부터 사람은 사회 활동을 시작한다. 이러한 시기 때 비로소 대부분의 아이들은 '싫다'와 '좋다'에 대한 분명한 개념을 학습한다. 그리고 실천한다.

아이들이 싫다고 하는 것과 좋다고 하는 것에 대한 분명한 주장을 하는 시기가 되면 부모는 이 아이에게 남을 배려할 수 있는 마음을 심어주어야만 한다. 아이에게 있어 배려란, 아이 스스로가 영악스러운 아이로 성장하지 못하도록 혼신의 힘으로 교육해 아이에게 사회성을 입혀주는 것이다.

◆ 책을 위해 펜을 들면 학자가 되고, 나라를 위해 펜을 들면 애국자가 된다. 나라가 싫어 펜을 들면 혁명가가 되고, 체제가 싫어 펜을 들면 개혁가가 된다. 시대의 정신이 싫어 펜을 들면 사상가가 되고, 예술을 위해 펜

을 들면 비평가가 된다. 자신을 위해 펜을 들면 시인이 되고, 남을 위해 펜을 들면 계몽가가 된다. 그러나 멋을 부리기 위해 펜을 든다면 그 순간 그는 사기꾼이 된다. 펜이라는 것은 모든 것을 아울러 황금으로 만들어 주는 힘을, 마치 마법사의 지팡이와도 같은 힘을 지녔지만, 사용하면 할수록 성찰과 깊은 수양이 겸비되지 않은 분야에 있어서는 언제나 그렇고 그런 독이 되는 것이다.

◆ 부자가 가난한 자의 마음을 알기 어렵고, 가난한 자가 부자의 마음을 알기 어렵다. 그것은 단순하게 생각해 볼 수 있다. 서로 경험해보지 못했으니 모르는 것이다. 그런데 만약 부자가 가난한 자의 마음을 안다면, 그는 큰 대인배가 되거나 더 큰 부자가 되거나 국민을 보살피는 지도자가 되어야 마땅할 것이다. 이와는 다르게 가난한 자가 부자의 마음을 안다면, 이것 또한 진귀한 일로써 이와 같은 이는 불의와 유혹이 그를 삼키지 않는 한 반드시 큰 자가 되어야 함이 마땅하다. 이렇듯 자신과 다름의 본질을 스스로든 그 어떠한 과정을 통해서든 안다는 것은 삶이 주는 것이 아닌, 하나님께서 깨닫게 하는 아우름의 축복이다.

◆ 만물의 영장인 사람도 결국에는 동물로 분류된다. 하지만 사람이 일반적인 가축들과 구분되는 가장 큰 요인 중 감성이라는 부분을 들추어 살펴본다면, 오로지 사람만이 그 지고한 감성으로 말미암아 감흥이라는 것

을 느끼며 살아가고 있는 것이다. 하지만 그것은 모르는 일일 수도 있다. 우리가 짐승의 입장이 되어보지 않고서야 사람 좋아서 모여드는 동물들의 가련한 마음을 어찌 본능이라고만 말할 수 있겠는가. 강아지가 주인에게 먹음직스러운 고깃덩어리를 던져 받았을 때 그 감정 상태가 어느 정도 수위를 차지하는지 정확하게 알기 위해서는 가축의 심박도 측정을 통해 밝혀야만 분명하고 과학적인 데이터를 찾아낼 수 있을 것이다. 짐승들은 오로지 배를 부르게 만들어주는 포만감에 대한 감흥만을 느끼는지는 모르겠으나, 사람은 마음에 받은 감흥으로 말미암아 새로운 판타지를 구상한다. 인간은 전달자가 느끼게 해준 감흥을 대리만족하고, 공감하며, 나아가 모방을 일삼을 수 있는 구체적인 이성을 지녔다는 점에서 위대하다.

사람이 느낄 수 있는 감흥은 귀로 듣는 것, 눈으로 보는 것, 손으로 만지는 것, 혀끝으로 맛보는 것, 이 네 가지를 통해 얻을 수 있다. 이러한 감각적인 부분들은 감흥을 통과시키는 하나의 통로와도 같은 역할을 한다. 워낙 귀로 감흥을 주는 자들, 눈으로 감흥을 주는 대가들이 세상에 만연하기에 사실 나는 미각을 자극해 감흥을 주는 이들에 대해 예술적인 인식을 부여하는 개념을 지니고 있지는 않았다. 그리 맛있는 음식만을 고집하며 살아오지도 않았지만, 요즘 나는 다양한 음식들을 맛보며 감동한다. 또한 이 음식들을 만드는 요리사들에 대해 예술가라고 호칭한다. 세상 어디에나 노력 없이 만들어지는 감흥은 없다.

◆ 소리 예술은 크게 세 부류로 나눌 수 있다. 우선은 사람이 신으로부

터 받고 태어난 영감을 육성을 통해 있는 그대로 표현할 수 있는 성음 예술이요, 다른 하나는 인간이 고안해 발명한 악기를 통해 영감을 표현하는 기악 예술이다. 마지막으로는 종이와 펜, 또는 컴퓨터 프로그램으로 예술 행위를 하는 작곡가이다. 이 부류에는 지휘자와 같은 역할도 포함될 수 있다. 성음으로 영감을 표현하는 가수들은 타고남 + 1%의 노력으로도 성공의 문을 두드릴 수 있다고 생각한다. 그럼 악기를 연주하는 기악 주자들은 어떠한가? 기악은 99%의 노력이 수반된 기술과 1%의 악기를 사랑하는 애착의 마음이 선행되어야 한다고 본다. 그러나 작곡가는 위와는 또 다르다. 100%의 타고남과 100%의 환경적 요인에 의해 만들어지는 것이다. 따라서 창작의 절정에 있는 작곡가는 고생스럽더라도 그 총체적인 노력을 200% 달성해야만 할 것이다.

◆ 노래는 타고난 목소리가 미성이면 멋들어지게 부르지 못해도 듣는 이의 이상에 따라 음악으로 들어줄 수 있는 충분한 사유를 지닌다. 이것은 새들이 곡조 없이 노래하며 서로 화답하는 것과 같은 원리이다. 원칙적으로 모든 창조물은 하나님을 찬양할 수 있게끔 지음 받았다. 그 때문에 생명 있는 피조물은 당연히 소리인 노래를 발할 수 있다고 인정되는 것이다. 그러나 이것이 누군가의 지도로 말미암아 실현될 수 있다는 것은 원칙적으로는 말도 안 되는 소리라고 오래전부터 나는 생각해왔다. 노래는 올바른 발성법을 숙달하는 과정에 있어 그 스승의 역할이 절대적으로 필요하지만, 역설적으로는 누군가의 지도 없이 가장 자연스럽게 실행할

수 있는 원천적인 감성 표현이다.

◆ 음악가는 선천성과 기술로 융합된 절대 표현의 발로를 정신과 몸을 도구로 이행하는 자들이다. 음악의 천사는 음악가로 만들고자 하는 이에게 처음으로 산과 달, 별, 냇물, 바다 등의 대자연을 선물한다. 선물을 받는 이가 이러한 원초적인 축복의 산물을 관조하는 법을 익히면, 다음으로는 귀여운 강아지나 짐승들을 주변에 있게 해 그것들을 돌보게도 한다. 마지막으로는 먼저 이 과정을 성실히 이수한 기술자를 붙여준다. 음악의 천사가 주는 세 가지 선물은 인생이라는 요소와 결부된다.

음악가는 자연을 통해 소리가 파생된다는 것을 알아야 하며, 자연을 통해 만물에 내재된 감성을 응시하는 열린 안목이 있어야 한다. 아울러 자신과 같은 신의 소생들을 측은히 여길 수 있는 사랑의 방법도 배워야만 한다. 그러고 나서 이러한 조건을 모두 갖춘 훌륭하고 참된 스승을 만나 닮아가면 된다.

◆ 인성은 음악가들에 있어 아무리 강조해도 결코 다함이 없는 중요한 덕목이다. 가르쳐서 배울 수 없는, 본인 스스로 함양하지 않으면 안 되는 것이다. 모든 음악은 인간의 자아 속에 내재된 참된 인성을 자극하고, 형성된 인성을 그대로 쏟아낸다. 그것은 물론 창작자 자아의 표현이겠지만, 그 곡을 공감한다면 이것은 사람과 사람 사이의 인성에 대한 교류요,

그 결과로는 사랑을 싹 틔우게 하는 것이다. 인성이 담긴 음악으로 사랑을 싹 틔울 때 그것은 열정을 창조한다. 이것이 음악가의 역할이다. 음악을 통해 열정을 낳은 사람은 결국 음악의 힘을 통해 그 마음을 다시 자연으로 환원시킨다. 그 때문에 음악을 사랑하는 이들은 삶을 즐기고 자연을 영위할 줄 안다. 이것은 음악의 굴레이다. 음악가들이 만들 수 있는 이념이다.

◆ 악기는 고안된 기물로 감정을 전하는 것이기에 노래보다는 감성의 결과를 내는 과정이 좀 더 복잡하다. 훌륭한 기술자 밑에서 합리적이고 진보적인 기술을 습득해야 하며, 자신의 악기를 자신의 몸처럼 사랑해야만 한다. 그럼 작곡가는 어떠한가? 감정을 원색으로 표현했을 때 노란색 감정의 선율, 흰색 감정의 선율을 소리로 담아내야만 한다. 그렇다면 에메랄드 녹색은 어떻게 음악으로 표현할 것인가? 창작의 세계에서 현재의 마음을 마치 복사기처럼 있는 그대로 표현할 수 있는 것은 창작자 최고의 기술이자 실력의 완성이다.

◆ 인상이란 무엇인가? 내면에 형성되는 개인의 모든 성격을 표정으로 옮기는 데 있어 도움을 주거나 심지어 피해를 주는 선천적 지님이라고 나는 정의한다. 이것은 어디까지나 개인적인 견해이다. 사람은 누구나 어떠한 대상을 마주할 때 시각적인 안목을 일차적인 기준으로 대상의 인상을

착상 또는 각인시킨다. 마주함과 대함에서 각인된 착상은 결국 인상으로 매듭짓는다. 그 매듭은 인상이 좋거나 나쁘다는 것으로 평가의 단서가 되기도 한다. 인상이 좋다는 말은 '잘생겼다'는 개념과는 얼추 비슷해도 미남, 미녀의 개념과는 다른 부분이다. 나는 사람과 사람이 마주함에 있어 안목으로 느끼는 인상이라는 일차적인 개념을 선천적인 것으로 규정한다. 하지만 선천적인 요소에는 나름의 불공평성이 존재한다. 타고난 인상은 부모의 유전적 형질을 그대로 반영 받았다는 말도 된다. 만약 험악하게 생긴 아버지 밑에서 태어난 자녀가 곱상한 어머니의 유전 형질을 닮아 귀공자 같은 인상으로 태어난다는 보장은 50 대 50일 것이다. 좋은 인상은 돈으로 살 수 없는 가장 값진 무기이자 성공과 직결되는 유용한 수단이다.

인상은 그 사람의 직업을 반영하는 거울과도 같은 구실을 한다. 학자는 학자의 인상을 지녔고, 사업가는 사업가의 인상을 지닌다. 그러나 험한 인상을 지닌 이들은 부지런히 자신의 내면에서 꿈틀되는 양심의 선을 인식하고, 그것을 고취해 인성으로 승화시켜 자신의 인상을 후천적으로 개선해 나아가야만 할 것이다.

오늘날 수많은 젊은 여성들이 부모로 하여금 받지 못하는 교육 중 하나가 바로 인상 좋은 남자에 대한 선택일 것이다. 이것은 교육의 부재로 말미암은 안목의 어둠과도 같은 무지이다. 사회가 물질만능주의로 치닫고, 부모의 기대는 능력 있는 사위를 원하며, 딸들은 자신들의 무지한 안목을 가지고 겉멋만을 지닌 남성들에게 마음을 주는 예가 우리 주변에는 흔하게 일어난다. 드라마나 영화를 통해 여성들이 나쁜 남자에게 이상적인 호감도를 보인다고 한다. 그 때문에 불량배 적이고, 자신에게 과분한 차를 타고 다니며, 단정치 못한 행동과 덕이라고는 찾아보기 어려운 험한 인상을 지닌 남자들을 나쁜 남자로 알고 결국 악한 남자를 선택하고 마는 안타까운 경우를 주변에서 종종 접한다. 그러나 올해 서른다섯인 내가 짧은 견문으로 인상에 대해 논한다는 것은 이치에 맞지 않는 견해일 수 있다. 더구나 내가 관상을 보는 사람은 아니기 때문이다.

◆ 강진으로 유배되었던 다산 정약용(1762~1836, 실학자) 선생은 필사의 개념을 독서 행위에 따른 가장 이상적인 방법으로 보고, 책 속에서 중요 문구만 가려 필사하는 '초서법'을 강조했다. 이것은 그가 유배지에서 자녀들에게 보낸 편지에서도 잘 드러난다. 책을 속독하는 것과 필사는, 140㎞로 달리는 차 안에서 창문 너머로 보이는 숲을 관조하며 빠르게 지나쳐버리는 것과 자전거나 도보를 통해 숲 가로 즐비한 나무 사이 오솔길을 여유 있게 감상하며 자연의 향기를 음미하는 것의 차이로 비유할 수 있겠다. 이것은 관찰력에 따라 상이한 결과를 보인다.

우리는 산길을 조용히 걸을 때 숲을 보며 나무들 사이로 유수와 같은 숭고한 세월의 소산물인 자연에 덧없음을 느낀다. 향기로운 들풀의 내음을 내 비강에 담을 때 그것은 나의 뇌를 시원하게 자극한다. 벌레들의 터전, 새들의 고향, 모든 것들은 분명하게 인식된다. 관찰자의 목적과 도출되는 결과에 따라 차이는 있겠지만, 완전한 앎, 다시 말해 사물 본연을 탐구해 나가는 것에는 느리게 적용되는 오감의 인지가 무엇보다도 우위에 있다는 것을 우리로 하여금 깨닫게 해준다.

◆ 최근 필사로 문학작품을 읽고 있는 이들이 늘고 있다는 기사를 보았다. 지적 욕구를 생활 속의 어떠한 행위로써 향유(享有)하고 승화하려는 모습들이 해당 사람들의 모습에서 느껴졌다.

인문학에 대한 선호도가 줄어들고, 고전을 탐닉하는 지적 욕구를 지닌 이들이 마니아층에서만 형성될 만큼 고전 답습 문제는 학계를 아울러 사회 전반에 걸친 시급한 과제이다. 하지만 사색을 요하는 작품 탐독의 과정을 필사로 진행하는 젊은이들이 늘고 있다는 말은 반가운 소식이 아닐 수 없다. 그러나 젊은 사람들이 필사를 선호한다는 이 말이 크게 납득 가지는 않지만, 손글씨를 쓸 때의 도취와 매력을 인정한다면 그리 못 믿을 법한 말은 아닌 것 같다.

필사는 중세 시대 인쇄술 발명 이전 유럽의 수도원 필사실(scriptorium)에서 성서 필사를 기반으로 전문화되었다. 이 당시의 필사본들은 오타 없이 미려(美麗)한 글씨와 삽화로 이뤄진 것이 대부분이다. 채색(彩色)에서도 그 예술성은 높게 평가된다. 평가 기준은 어디까지나 필경사들의 실력 문제로만 치부된다. 서체 구사에 있어 뛰어난 실력을 지닌 필경사들은 그만큼 작품성에도 대단한 가치를 부여할 줄 아는 이들이었다. 물론 중세 사본을 보면 형편없는 필사본들도 많다.

동양에서는 불가의 공덕 중 하나로 사경을 중시했다. 불가에서 사경에 대해 높은 공덕을 부여하는 것만으로도 필사하는 행위는 가치로 따질 수 없는 진귀한 행위로 인정된다. 동서를 막론하고 고전 필사 중, 경전 필사는 종교적 거룩성에 귀의한 경전 전승에 큰 획을 그었다. 티베트에서는 마니차(摩尼車)를 돌리며 어린 승려들이 필사본으로 된 계율을 암송하는 모습이 쉽게 목격된다. 경전 필사본 조각 하나가 무엇이라고 그것을 그렇게 자신의 몸보다 소중히 여기며 보존에 온 힘을 기울이는 것이란 말인가. 그리스도인인 내 입장에서 종교적 개념과 구원을 떠나 텍스트의 승화됨은 실로 위대한 것이다.

평생을 거쳐 아름다운 서체와 삽화로 성서를 네 번 필사한 토마스 아 켐피스(Thomas a Kempis, 1380~1471, 독일의 수도자)는 젊은 시절부터 죽는 순간까지 골방에서 필사의 영성을 불태웠던 사람이다.

◆ 사람이 화를 내는 것이 행위자의 정신과 육신 모든 것을 통틀어 그 자신에게 어떠한 도움을 되겠는가. 세상에서는 남자가 호통 칠 줄도 알고, 바보가 아닌 이상, 필요할 때 화도 낼 수 있는 것이라고 말한다. 오히려 이러한 자를 매사에 분명하고 정확한 사람으로 일컫는다. 하지만 담배가 백해무익인 것처럼, 화 또한 내면 낼수록 행위자에게 있어서는 손해 보는 행동이라는 것을 나는 안다. 나는 온유한 사람이 되고 싶다. 그것은 어디까지나 이상적인 바람이다. 하지만 종종 화를 참지 못하는 불안전한 인간으로 성장하고 말았다. 이것이야말로 참으로 안타깝고 어리석은 모습이다. 화가 나고 다툼이 생길 때면 이러한 생각을 한다. 차라리 내가 벙어리였다면, 귀가 안 들리는 사람이었다면 하고 말이다.

사람에게서 일어나는 모든 화와 다툼은 나의 말에서 나오며, 듣지 말아야 할 것을 듣는 데에서 비롯된다. 착한 사람이 되고, 온유한 사람이 되면 무엇인가 손해 볼 것이라는 판단이야말로 세상에서 가장 어리석은 생각이다.

◆ 사람은 다양한 부류의 이들과 인연을 엮어 간다. 그러나 때때로 불편한 관계, 심지어 다시는 얼굴을 보지 않을 것 같은 사이로 전락해버리고 마는 그런 인연의 결과를 초래할 때도 있다. 이러한 점에 있어 나 역시 예외는 아니다. 내 주변에는 나에게 깊은 관심과 호의를 두는 이들이 많은 반면, 나를 적대시하고 인생길에서 넘어지기를 바라는 이들도 더러 있을 것이다. 사람 욕심이라는 것이 모든 이들을 아우르고 있지만, 뜻대로 되지는 않는다.

사람 문제로 어려움을 겪을 때면 나는 예수 그리스도를 생각한다. 다소 거창하지만 사실이 그렇다. 그분은 세상에 속한 자들에게는 현인이요, 믿는 자들에게 있어서는 주관자, 살아계신 하나님의 아들이시다. 예수 그리스도 또한 생애에 여러 적을 몰고 다녔다. 죄 없는 그분을 십자가에 못 박기 위해 많은 모사와 계략이 있었다. 사실 이것은 정치적인 것이다. 이러한 부분으로 본다면 바울과 같은 사도는 더 처절한 모습이었다. 주변에 산재한 적들, 바울을 죽이자고 이를 가는 자들이 담합할 정도였으니 하나님의 아들이 아닌 사람이 감당하기에 그 현실이 오죽했겠는가.

나는 감히 나의 인간관계에서의 모습을 예수 그리스도 당신께서 겪었던 사람들과의 관계에 빗대고 있는 것은 아니다. 그리스도의 고통을 생각하며 내가 처한 입장을 초월하고픈 바람이 있기 때문이다. 나를 비방하고 후욕하는 자들은 예수 그리스도를 빗대어 나를 정당화시키는 모습을 비웃거나, 나를 그들의 잣대에 교만이라는 굴레를 씌워 조롱거리로 만들려고 할지도 모른다. 그러나 분명한 것은 그들이 나보다 나은 것이 아무것도 없다는 점이다. 나는 인생의 말들에게 속박됨이 없는 사람이다. 홀연히 내 정도를 걸어갈 뿐이다.

◆ 인생이란 안개와 같은 것, 들에 핀 꽃과 같은 것이라고 했다. 안개는 삽시간에 증발하고, 들녘의 꽃은 그 아름다움을 오랫동안 지속하지 못한다. 우리네 인생을 이러한 안개와 꽃에 비유한 정의에는 빠르게 지나감이라는 시간적 개념이 다분히 내포되어 있다. 그렇다면 이렇게 빠른 인생 속에서 사람은 무엇을 성취하고 살아가는가? 세월의 흐름 속에서 사람은 많은 업적을 이루고 만들어간다. 그리고 노년에 이르러서는 인생의 도화지 앞에 자신의 그림을 그리기를 원한다.

개인적으로 나에게 사람이 할 수 있는 일 중, 가장 고결한 일을 꼽으라고 한다면 단연코 책을 쓰는 일이라고 말하고 싶다. 더군다나 나는 자신의 인생을 성실히 기록으로 남길 줄 아는 이들을 존경한다. 이것이야말로 세상 모든 일의 총체적인 것은 아닌가도 나름 확신한다.

그동안 나는 사람들의 회고록을 집필해오면서 이들이 느끼는 것과는 다르게 사람들의 용기라는 부분에 대해 깊게 생각해왔다. 때로는 부끄러울 법도 한 자신의 이야기를 지인들, 나아가 세상에 고할 수 있다는 용기야말로 사람다움의 진실함이라고 느껴왔다. 그들이 말년의 생을 기쁨으로 살아가기를 소망한다.

◆ 어릴 적 나의 어머니는 주말이면 종종 우리 삼 남매를 데리고 외식을 했다. 내가 초등학생 시절에는 피자를 전문으로 판매하는 곳이 원주에 없었다. 내 기억에 레스토랑 한 곳에서는 피자를 판매했다. 먹어본 기억이 있다. 당시 피자는 마치 정통의 그 무엇과도 같은, 치즈가 풍성히 얹어진 피망이 많이 들어간 그러한 피자였다. 피자도 은은한 촛불을 앞에 두고 점잖게 격식을 갖추어 나이프와 포크로 썰어 먹는 양식의 개념이었던 것 같다.

경양식집에 도착하면 고풍스러운 소파와 테이블이 엄숙한 식사 분위기를 선사했다. 잔잔한 음악도 흘렀다. 그렇게 착석해 주문하는 요리는 대부분이 돈가스(Pork Cutlet) 아니면 햄버그스테이크였다. 이 부분은 정확히 기억나지 않지만, 햄버그스테이크는 당시에 비싼 음식이었다. 아니면 돈가스보다는 상대적으로 양이 적었기에 나와 동생들은 햄버그스테이크를 주문하려고 하지 않았다. 그러나 어머니께서는 메뉴 선택에 있어 늘 우리에게 자유를 주셨다.

돈가스를 주문하면 처음 나오는 것이 맛좋은 수프(Soup)였다. 그리고 접시에 포근하게 누워 있는 고깃덩어리 하나가 소스(Sauce)라는 고급스러운 슈트를 입고 우리를 맞이했다. 내가 돈가스를 마주할 때면, 내 손에 들려 있는 포크와 나이프는 나를 마치 외국 영화 속 그 어느 주인공으로 만들어 주는 듯 했다. 나는 돈가스를 먹는 그 순간만큼은 내 자신이 멋스럽고 교양 있는 사람이 된 양 착각했다. 소소한 만족과 즐거움도 표했다. 그렇게 레스토랑은 소싯적 나에게 서구인들과 같이 격식 있게 식사하는 것을 연출해 볼 수 있는 남다른 추억을 선사했다.

요즘 한국 사람들은 쇠고기 스테이크를 먹는 시대를 살아가고 있기에 일본 문화인 레스토랑(본래는 프랑스에서 시작) 돈가스는 주변에서 찾아보기 힘들다. 지금의 나는 배가 고픈데 빠르게 무엇을 먹기 위함이 아니고는 굳이 돈가스를 먹지 않는다. 하지만 종종 원주에 있는 자유시장 돈가스 가게를 찾을 때면 옛 시절의 어머니와 동생들의 모습이 아련히 떠오른다.

◆ 대부분 부모는 자식을 선대한다. 그 말은 자식 형제 여럿을 두어도 부모가 다 균등히 챙기고 가야 할 소생들이니, 모든 손가락 깨물어 안 아픈 손가락 없다는 뜻이다. 자식들을 골고루 굽어 살피게 된다는 말이다. 하지만 인격에 부재가 많은 부모들 중, 어떤 이들은 자식까지도 있는 자식, 없는 자식을 가려 판단한다. 그래서 없는 자식은 없다는 서러움을 부모로부터 가장 먼저 받게 되는 예도 우리 주변에는 적지 않다. 부모에게 자식은 연금보험이 되기도 하고, 딸은 종신보험이 되기도 한다. 하지만 이 모든 것들이 온전히 부모의 뜻대로 되는 예는 그리 많지 않다.

세상 사람들은 대부분 안목의 욕심과 이생의 자랑을 중시한다. 그러나 진실한 마음과 야심을 품지 않은 순전한 마음으로 하나님을 깊게 생각하는 그러한 삶을 살아가야 하는 것이 참된 그리스도인의 자세라고 나는 배워 알고 있다.

◆ 조용히 책상에 앉아 나의 과거를 더듬어본다. 인생에 있어 나는 사람들에게 비난 받기에 충분한 치명적인 상처를 지닌 사람이다. 어찌 보면 그것은 파란만장한 나의 지난 시간들의 증거, 부족함, 넉넉지 못함에 대한 결과였다고 본다.

내가 겪은 고통의 시간들이 비록 자의에 의한 것은 아니었지만, 이것이 하나님께서 인 박은 내 육신의 가시가 아닐까 생각이 드는 이유는 무엇일까? 물음을 던져보지만, 어느 정도 확신도 하는 바이다. 내가 이러한 가시를 지니지 못했다면, 나는 남들보다 잘나고 온전한 사람이라며 자만했을 것이 분명하다. 더구나 나는 대부분의 재주에 능한 사람이라고 말 듣는 사람이니 주변 사람들 앞에서도 목이 곧았을 것임에 분명하다.

하나님은 공의로우시다. 하나님께서 지난 세월 나를 뒤흔든 것을 생각하면 내가 얼마나 완악한 마음을 지닌 사람인지, 그 증거는 명백히 드러난다.

◆ 사람을 가장 행복하게 만드는 것이 무엇이냐고 묻는다면, 나는 사랑하는 사람을 만나 현재와 미래를 축복하고 개척해 나아가는 것이라 말하고 싶다. 그리하여 함께 가족 공동체를 형성해 나아가는 것, 이것이야말

로 충만한 깊이가 내재된 큰 비밀이라고 하겠다. 나는 이러한 부분에 있어서는 어찌 보면 외인과도 같은 존재이다. 그래도 사랑하는 사람과 함께 한다는 것은 행복한 일이라 말하고 싶다.

지금까지 나는 진정으로 나를 사랑하고 마음을 다해주는 사람을 만난 적이 없다. 하지만 나이가 들어가면서 더욱 깊어갈 수 있는 외로움이 신기하게도 나와 멀어져가는 것을 느낄 때가 많다. 내가 하나님을 향해 온전한 마음을 품을 수만 있다면, 인생을 홀로 걸어간다고 해도 충분히 행복할 것으로 여긴다. 2012년 5월 7일 오늘, 하늘은 유난히도 맑고 깊다. 언제나 그랬듯이 넓고 크다.

◆ 사람이 서로 사랑하면 배우지 않아도 사랑에 의한 행동들이 나온다. 가령, 사랑하는 사람이 무엇을 원하고 있으면 좋은 것으로 주고 싶고, 주는 것도 상대가 기억에 남게 멋지게 주고 싶은 그러한 마음 말이다. 이와는 반대로 사랑하지 않는데 형식적, 계약 관계에 있는 이들은 가르치지 않아도 하지 말아야 할 행동들이 자연스럽게 나오기 마련이다. 가령, 무관심과 마음 씀이 없는 그러한 모든 것들이겠다.

나는 알고 있다. 어떤 이가 나를 사랑하는지, 어떤 이가 나를 사랑하지 않는지 말이다. 바울은 "사랑은 허다한 허물을 덮는다."라고 말했다. 나는 말한다. "사랑은 모든 것을 진실하게 드러낸다."라고 말이다.

◆ 글로써 자신의 마음을 전할 수 있다는 것은 합리적이며, 표현하며 쓰는 당사자에게도 유리한 일이다. 말로 지껄이는 거친 음성이 배제되고, 음절의 뉘앙스에 묻어나는 감정이 감춰지고, 당사자 면전이라는 부담감이 사라지기 때문이다. 결국 상대에게 전달되는 것은 진실한 마음, 전하고자 하는 생각뿐이다.

글의 힘은 때로는 예상치도 못한 큰 능력을 발휘한다. 이래서 검보다 펜의 힘이 강하다고 말하는 것 같다. 최근에는 손글씨로 마음을 표현하는 것이 사람들에게 다시금 인기를 얻고 있다. 저명한 사람이 꼭꼭 눌러 쓴 손글씨를 자신의 지인들에게 보내는 것이 세인들에게 화제가 되는 예도 종종 있다. 물론 글씨를 논하고자 하는 것은 아니다.

글은 쓰는 자의 마음이며, 말이다. 그래서 한 사람의 글을 옆에 두면 그가 나와 동행하는 것과 다름이 없다. 많이 쓰고, 어떠한 이의 글을 옆에 두어 두고두고 읽는 것은 사람이 삶을 영위하는 데에 있어 꼭 필요한 부분이다.

◆ 나는 생각한다. 사람이 무엇인가에 미쳐 있는 것의 좋은 이유를 말이다. 미침으로 얻을 수 있는 것이 얼마나 많던가. 진정으로 미친 것은 주변 사람들까지도 나의 미침으로 인해 미쳐버려 환장하게끔 만들어버리는 것이다. 만약 누군가가 미쳐 있는 나에게 '저런 미친놈'이라고 한다면, 일단 그 칭함은 영광된 것임에는 분명하다고 본다.

오늘 나는 진정으로 미친 사람을 보았다. 완벽하게 미치니 그는 한 분야에서 훌륭한 사람이 되었다. 나에게 호의적인 그는 진정 미친 자였다.

◆ 사람은 사회생활 속에서, 가정 내에서 대인들과의 수많은 마찰을 빚고 살아간다. 마찰의 개념은 다수의 정의 실현, 공공의 이익을 위해 빚어질 수도, 개인의 사욕을 위해 자행될 수도 있다. 그러나 이러한 거창한 마찰의 개념을 떠나 우리는 타인들과의 소소한 다툼에 대해 어떻게 응대하고 있는가? 또한 다툼 이후 사후 처리는 어떠한 과정으로 풀어나가는가? 나는 이러한 부분에 대해 다소 깊은 나름의 고찰을 소명하고자 한다.

개인적인 경험으로 나는 주변 사람들과 다양한 이유로 크고 작은 마찰을 겪어왔다. 다행히도 금전과 관련된 희비(喜悲)는 없었다. 그렇다고 원수 짓고 지내는 사람 또한 현재까지는 없다. 하지만 나 자신이 부족한 소인배라 이러한 생각을 하는지는 모르겠지만, 나는 그렇게 많은 마찰을 경험해오면서 상대로 하여금 미안하다는 사과의 표현을 들어본 기억이 없다. 그 많은 마찰들이 모두 나의 잘못이었다고는 생각지 않는다. 하지만 언제나 나는 먼저 사과하는 사람이었다. 그것이 나의 모습이었다. 더 자세히 언급하자면, 사과해서 상대가 덩달아 미안하다고 말하는 이 또한 내 주변에는 한두 사람을 제하곤 없었던 것 같다.

나는 사과의 표현을 자존심과 직결된 부분으로 생각지 않는다. 그것은 유동적(流動的)인 것이며, 상대와의 마찰 이면에 그만큼 그가 나에게는 소중한 사람이라는 것에 대한 나의 필연적 반증이었던 것이었다. 그러나 일반적으로 나와 마찰을 빚는 주변인들이 나와 같은 마음을 지니지 못한다는 것은 서글픈 일이다. 그것이야말로 한 사람의 수준이 된다. 나는 안 그런 척 하면서도 많은 부분을 판단하는 사람이다. 이것은 지극히 자연스러운 것이다.

◆ 남자들의 일상에 있어 정치적 성향이 다르다는 것이 때로는 서로 간 어울림의 부재를 만들어 낸다. 그만큼 세상 사람들에게 있어 정치적 노선은 종교와도 같이 일률적이며, 이기적 양상을 드러낸다. 나는 어떠한 부류의 사람들이 그들의 정치적 노선을 명분으로 사람 관계를 논하는 모습을 보며 잠시 생각에 잠겨보았다.

"이 말은 이 세상의 음행하는 자들이나 탐하는 자들과 토색하는 자들이나 우상숭배 하는 자들을 도무지 사귀지 말라 하는 것이 아니니, 만일 그리하려면 세상 밖으로 나가야 할 것이라."

그렇다. 사도 바울은 세상 밖이라는 개념에 대해 분명한 인식의 틀을 지니고 있는 사람이었다. 하지만 그의 결론은 그리스도를 위해 세상 속에서의 인간관계에 대해 다소 긍정적 개념을 피력하고 있다. 그가 말하는 사귐은 온전히 그리스도만을 위한 의무요, 희생이자 충성이었다. 그러나 바울의 일생 전반을 살펴볼 때 그가 믿는 자들 외에 세상에 속한 사람 그 누구에게 환영을 받았는지는 성경 어디에도 명시된 바가 없다. 훗날 상대가 회심해 그를 온전히 볼 수 있었던 은혜의 이적은 있었어도 "바울이시여,

그리스도를 설파하는 당신이여, 이리 와서 이야기를 해주시오."라고 말하는 로마인이나 철학자는 없었다는 말이다. 오히려 세상은 그를 죽이려고 모사를 자행했을 뿐이다.

세상에 속한 많은 사람들은 그의 십자가였다. 결코 그는 세상에서 환대받지 못했다. 이것은 다른 제자들도 마찬가지였다. 내가 위의 구절을 인용하며 설명하고자 하는 것은 바로 '어울림'이라는 것을 말하고자 함이다. 사실상 그리스도인은 본질적으로 볼 때 세상 사람들과는 어울림이 형성될 수 없다. 이것은 위에서 언급한 정치적 신념보다 더욱 거대한 이데올로기가 수반되기 때문이다. 그리스도인의 신앙을 이데올로기로 표현한다는 것에는 다소 어폐가 있다. 그러나 구원 즉, 생명과 사망을 아우르는 진리와 정치적 신념은 감히 비할 바가 못 되는 것이다.

주변에 대기업 이사로 근무하다가 직장을 그만두고 ○○○이단 종파에 헌신하는 한 사람을 알고 있다. 이 사람에게 있어 나라는 사람은 전도해야만 될 불쌍한 영혼이지만, 또 한편으로는 상종할 수 없는 저주받은 더러운 인간도 될 것이다. 나를 선대하는 그의 행동 속에 섞일 수 없는 비아냥거림이 내포되어 있다는 사실을 나는 익히 알고 있다. 그도 나를 대함에 있어 어떠한 영적인 싸움의 대상이라는 것을 분명하게 인지하고 있을지도 모른다. 왜냐하면, 내가 믿는 사람이기 때문이다. 여기서 입장을 바꾸어 내 기준으로만 세상을 빗대어본다면, 같은 신앙의 푯대를 향하는 그리스도인들 외에 세상 누가 나와 뜻이 통하고, 온전한 대화를 이룰 수 있겠는가? 성경적 가치관이 이성에 깊숙이 형성되어 있는 것과 아무것도 모르는 것의 차이는 사실상 갓난아기가 환갑이 지난 자와 대화하는 것처럼 많은 차원에서 불일치가 형성된다. 내 말은 신앙이 없는 사람들에게 빈축을 사기에 가히 충분하다. 그러나 선민사상을 옹호하는 뜻은 결코 아니다.

하나님을 믿는다고 그리스도 예수 이야기만 하며 세상을 살아갈 수는 없다. 그러나 만약 복음을 모르는 자에게 복음을 들려주어 그에게 복음의 역사가 열린다면 모를까, 그가 복음과 상관없는 자라면 모든 역사는 성령의 뜻에 맡겨야만 할 것이다. 이러한 상황 속에서 그와 내가 근본적으로 무슨 어울림을 형성하겠는가. 이것이야말로 고뇌하는 이 시대의 현실이다.

믿는 자는 세상을 축복하고, 그 유순한 발걸음으로 복음 들고 산을 넘어야만 하는 절대적인 의무가 있다. 그 근본은 세상 속에서의 외인의 모습이다. 믿는 자는 배척의 대상이요, 외로운 자요, 그 누구도 옳다고 그의 말을 반갑게 들어주는 그러한 소리의 사람도 아니요, 사람들과 말이 쉽게 통하는 자도 아닌 것이다.

◆ 쌀밥만 먹는다고 라면의 맛을 모른다고 한다면, 승용차만 탄다고 버스나 지하철을 모른다고 한다면, 갈비를 좋아한다고 불고기의 맛을 모른다고 한다면, 만년필을 잡는다고 붓의 매력을 모른다고 한다면, 가곡만 듣는다고 국민가요의 애절함을 모른다고 한다면, 여자의 마음만 본다고 미인에게 끌림을 모른다고 한다면, 소유가 많다지만 없는 자의 형편을 모른다고 한다면, 즐거운 날이 많은들 슬픈 날을 모른다고 한다면······.

사람은 가난하게 성장했어도 좋은 음식과 좋은 물건을 알아보는 안목을 지니고 있다. 어찌 가난하다고 맛있고 비싼 물질의 가치를 인정하지 못하겠는가 말이다. 사람이란, 가만히 경험해도 대상의 양면을 알아가는 법이다. 하나를 알고도 둘을 알지 못함은 자신의 고집에 기인함이다.

◆ 사람은 태어나는 동시에 가족이라는 틀 속으로 귀속된다. 그 속에서 사랑이라는 미명 하에 결속하며 성장한다. 인간이 이러한 과정을 온전히 이루면 성장해 독립하고, 또 다른 가정을 이룬다. 가정은 이처럼 파생적이면서도 아름답게 보인다. 하지만 부모·형제나, 심지어 남편이나, 아내나 그 어느 누구와 관계가 틀어져 버린다면, 세상 모든 불행의 원천이 가정에서 나온다고 해도 과언이 아닐 만큼 한 사람 개인에게 돌아가는 부정적인 영향은 다양하게 형성된다.

세상을 살아가다 보면 많은 가정불화 대부분이 부부 문제나 형제간의 싸움이다. 하지만 이러한 문제의 중심에 부모가 서 있는 예를 우리 주변에서 흔하게 볼 수 있다. 사실, 자식 한 번 낳아 본 일이 없는 사람인 내가 부모에 대해 또는 가정 부재에 대해 논한다는 것은 다소 무리가 따르고, 이치에 합당치 않을 것이다. 그러나 할 수만 있다면, 부모는 자식들에게 형제 우애를 가르쳐야만 한다. 자식들 어린 시절에 막내 한 번 더 안아주듯, 성인이 된 자식들을 물질로도 편애해서는 결코 안 되는 법이다.

자식들의 잘살고 못사는 것은 부모가 가르쳐서 되는 것이 아니지만, 형제간 우애는 우리 몸에 비타민을 공급하듯 앉혀놓고 가르치지 않으면 알리 전무한 것이다.

◆ 성경에 이르기를 "형제는 훗날 어려울 때를 위해 존재하는 것"이라고 했다. 이 말은 형제라는 선택권 없는 만남이 꼭 다른 형제를 도와주기 위해 존재한다는 의미가 아니다. 그만큼 형제의 개념을 남과 다른 성실한 책임으로 서로를 묶어버리는 역설적인 표현이겠다.

나의 어머니께서는 내가 청년 시절 종종 "물질이 있는 곳에 사람의 마음도 있다."라는 말씀을 하셨다. 어머니 나름의 격언이었다. 사람이 남에게 마음을 사려면, 마음과 말만으로는 어렵다는 뜻이었다. 어떤 이들은 형제 간 사과 반쪽 나눠 먹는 것으로도 형제 우애를 자랑한다. 그러나 진정한 우애의 가치는 형제의 어려움을 정확히 아는 안목과 관심이요, 그것을 물질로 충족해 줄 수 있는 넓은 도량에 있는 것이다.

◆ 목사님께서 주일 저녁 예배를 마치고 원주에서 울산까지 4시간을 달려 임종 예배를 다녀오신단다. 그리고 오는 새벽에는 새벽 기도회를 인도하신다. 이것이야말로 현대판 사도행전이다. 믿는 성도의 소명 중, 말씀 순종과 기도 외에 한 가지가 더 있다면, 그것은 자신의 성경을 만들어가는 것이다. 인생은 덧없이 애쓰며 걸어가는 노고의 나날이다.

◆ 성직자의 순례 여행은 사도 바울의 모든 신앙 여정에 기인한다. 중세 성직자들에게 있어 순례 여행은 세상을 축복하고, 하나님의 사랑을 만민에게 전하는 중요한 구심점 역할을 했다. 나는 성직자가 아니지만, 때때로 세상을 향해 순례 여행(선교)을 내디디고 싶은 욕망이 차오를 때가 있다. 목숨을 담보로 하는 이 여행이야말로 실로 아름다운 것이다.

◆ 사람이 저지르는 실수의 1% 요인은 신중하지 못한 주의력 결핍에 의해 일어나며, 나머지 99%는 자세히 알지 못하는 부족함에서 나온다. 이것을 원리로 인간관계에 적용한다면, 우리는 어떠한 사람을 비판하기에 앞서, 그 사람에 대해 어느 한 부분이라도 과연 분명한 앎을 지니고 있는가를 신중히 고려해 볼 필요가 있다. 간사한 자는 자신이 지닌 비판의 소지에 대해 정확히 통찰해 혹, 그러한 치부가 남에게 이해되는 것을 두려워할 수도 있다. 그러나 사람은 자신의 마음 변화, 판단의 변화를 결코 두려워해서는 안 된다.

◆ C라는 사람이 화를 내고 있다. 두 사람이 말리고 타이른다. 말리고 타이르는 두 사람을 A와 B로 정하겠다. A는 화를 냄으로 혹, C가 건강을 해치거나, 사고라도 칠까봐 C를 말리고 있다. 그러나 B는 화가 존재하는 그 공간에 자신이 함께 한다는 것에 대한 수치심과 자존감으로 행여 피해라도 볼까 싶어 C를 말린다. 사람이란, 행동의 결과는 같아도 그 마음 깊

이는 아무도 측량할 수 없다.

◆ 형제간의 싸움 속에 부모가 들어가 있는 것은 결코 바람직하지 못한 일이다. 여기서 들어가 있다는 말은 형제들이 부모를 두고 싸운다는 것이 아닌, 부모가 형제들의 싸움에 개입하거나, 마찰의 정황을 모두 판단하고 있으면서 방관하는 것을 말한다. 마찰의 정황을 알면서도 방관하는 것은 그 내면을 들여다보면 자식 어느 한 사람의 편을 들고 있기 때문인 예가 많다. 적극적인 화목과 우애가 강요되지 않는 집안은 결국 그 부모의 수준을 드러낸다.

큰 자식은 큰 자식 나름의 부모와 살아온 세월이 깊어 교통(交通)의 비밀이 있고, 작은 자식은 작은 자식 나름대로의 부모와의 세월이 있다. 이것이 무너지는 순간에야말로 진정한 콩가루 집안의 탄생이 시작되는 것이다.

◆ 품행이 단정치 못하면서 사회활동에 열심을 다하는 사람이 있다. 성경에 이르기를 "천사의 말을 한다고 해도 네 마음에 사랑이 없으면 울리는 꽹과리가 된다."라고 했다. 아무리 좋은 것으로 가난한 아이들에게 줄지언정 불손한 자의 손길은 부정한 손이다. 그 손은 속이는 손이요, 사특한 마음은 이미 높을 대로 높아 있기 때문이다. 선한 자가 하는 봉사가 아닌 사특한 자의 모든 봉사는 쓰레기 자선이다. 나는 예전 어느 시절, 지역

건달이 자신의 명분을 내세우기 위해 현수막까지 걸고 가여운 아이들을 위해 짜장면 전달 봉사를 하는 것을 보고 그 건달을 더 우스운 놈으로 여기며 집으로 돌아온 일이 있다. 그렇다고 아이들의 수가 많은 것도 아니었다. 그것은 아무것도 모르는 아이들을 농락하는 행위였다.

◆ 한 학생이 음악가의 연주에 감동을 받거나, 음반을 통해 감흥이 일었거나, 어떠한 계기로 음악가가 되기로 마음먹었다고 하자. 음악 공부를 시작한다. 만약 그 학생이 음악 공부를 시작하는 그 순간 얼마 지나지 않아 음악가의 모습으로 보인다면, 그는 결단코 전문 연주인은커녕 음악학원 교사도 될 수 없을 것이다. 세상에 연주해서 남에게 감동을 주며 먹고사는 사람 치고 실력보다 겉멋이 앞서는 연주인은 없다. 음악가 즉, 예술가의 멋은 오래 묵은 술과 같아 그 품행에서 일차적인 멋이 나오고, 다가가 바라볼 때 그 눈빛에서 기운이 느껴지며, 대화를 나누었을 때 남과 다름에서 완성의 종이 울린다. 그렇다고 음악가가 이상적인 심미안을 지녔거나, 걸어 다니는 철학책이 될 필요는 없다. 여하간 모든 품위의 완성은 그 직업의 전문성과 비례한다.

◆ 대가들의 작품을 그대로 답습하며 학습해나가다 보면 유독 느끼는 부분이 하나 있다. 첫째는 답습하는 자의 숙련도, 노련함, 꾸준함에 따라 적절하게, 때로는 완벽하게 모방할 수 있다는 점이고, 둘째는 그들이 자신

들의 작품에 많은 공을 쏟았기에 답습하는 내내 나의 체력이 고갈된다는 점이다. 아마도 그들 또한 실 창작자이기에 극심한 고통을 겪었을 것이다. 세계적인 사람들은 대충이 없다. 경종을 울리는 작품은 지름길을 찾으려는 순간 완성과 멀어지는 법이다.

◆ 가진 자가 없는 척하는 것과 없는 자가 있는 척하는 것 중, 그나마 봐줄 만한 것을 고르라면 가진 자가 없는 척하는 것을 선택하겠다. 겸손이라는 부분으로 치부될 수 있기 때문이다. 어디서건 부유한 척은 그만큼의 비난이 따르기 마련이다. 하지만 없는 자가 있는 척해야만 하는 경우도 있다. 없는 사람이 진정으로 가진 사람처럼 보여 손해 볼 것 또한 없다.

가진 자는 없는 척해도 그 지님이 어느 순간, 무엇을 통해서건 드러나며, 없는 자는 아무리 가진 척해도 없는 냄새를 사방으로 풍기고 다니기 때문이다. 우리 주변에는 사람의 지님과 없음을 금방 구분해 내는 사람들이 있음을 알아야 한다. 돈 냄새 잘 맡는 사람도 이러한 경우라고 하겠다. 사람은 자고로 진실하게 살아야 한다.

◆ 자기반성은 이 시대를 살아가는 현대인들에게 있어 중요한 덕목이다. 대부분 사람들은 자기반성이라는 범위를 '인정'이라는 사유로 결속해 버린다. 그 때문에 이러한 자기반성의 매개가 타인에 의해 형성된 것이라고 여길 때 그 인정 자체를 수치스러움으로 여겨 또 다른 아집을 탄생시

키고 마는 것이다.

세네카는 "고집쟁이를 꺾을 수는 있으나 굽히게 만들 수는 없다."라고 말했다. 이렇듯 자기반성은 철저하게 만용으로 점철된 고집을 꺾는 하나의 결과일 수도 있다.

자기반성은 사람 자신의 마음에 애정을 싹트게 하고 나아가 용서를 낳는다. 우리는 자기반성을 통해 자신은 물론이거니와 사랑하는 배우자, 자녀들, 주변 사람에게 선한 영향력을 행사할 수 있을 것이다. 그렇다면 지금부터 해야 할 일이 주어졌다. 그것은 바로 무엇을 반성할 것인가에 대해 고심하는 것이다.

우리는 이것을 알아야만 한다. 하나님께서는 고집 센 자를 죽음으로 이끄신다는 사실을 말이다.

◆ 미련한 자, 가진 것이 없는 자에게 남모르게 행한 선은 아름다운 것이다. 그러나 때에 따라서는, 상대에 따라서는 그 도움의 손길이 어디에서부터 온 것인지, 누구를 통해 전해지는 것인지, 선한 그 손길을 도움받는 자에게 분명히 인식시켜야 할 필요가 있다. 사람 인격의 부재로 인해 받는 도움을 경이 여기거나 당연한 것으로 여긴다면, 굳이 보이지 않는 손으로 일관할 필요가 없다는 말이다. 그것은 아무런 덕이 되지 않으며 오히려 자신의 우물만 퍼 올려 바닥에 버리는 꼴이 되고 만다.

◆ 지난 1977년 2월 4일 나는 강원도 원주에서 태어났다. 어린 시절을 잠시 회상하자면, 주변은 분지로써 치악산의 푸름이 병풍처럼 둘러있었다. 봉천내라는 냇가는 깊음과 잔잔함이 조화를 이루며 맑고 투명하게 흘렀다. 어린 시절 대부분을 나는 이곳 봉천내에서 고기를 잡거나 지금은 사라지고 없는 빨래터 옆 언덕에 올라 물안개가 피어오르는 모습을 관조(觀照)하며 상상의 나래를 폈다. 기억나는 것 중, 즐거웠던 추억 하나가 있다. 동네 형들은 막걸리 통을 반으로 쪼개어 돌을 이용해 물고기를 몰았다. 된장을 미끼삼아 넓은 돌 위에 잡아놓은 물고기를 크기 순번으로 늘어뜨려 말리는 모습은 진귀한 광경이었다. 지금도 그때의 기억은 생생하다. 당시 이름 모를 형들이 고기를 몰고 잡던 그 방식은 아직까지 이해가 가지 않는다. 어떻게 돌 몇 번 던짐으로써 고기 떼가 결코 투명하지도 않은 막걸리 통 안으로 모조리 들어갈 수 있단 말인가. 하지만 맨손으로 잉어를 잡는 기인이 존재하는 것을 보면 기물(棄物)을 이용해 고기를 잡는다는 것이 그리 대단한 일은 아닐지 싶다. 사람은 나면서부터 자연과 벗한다. 자연은 사람을 향해 항상 새로운 것을 보여준다. 그 모양은 계절을 따라 돌고 돈다.

싱그러운 봄에는 눈이 녹고 태양이 눈부시다. 무더운 여름은 모든 대기(大氣) 속에서 조화로운 공기를 통해 향기를 발한다. 태양빛은 뜨겁다. 가을은 우리에게 사색을 준다. 하나하나 모든 자연의 징조가 의미 있게 다가온다. 사람은 자연에 살포시 기댈 수 있다. 나는 하나님이 창조한 이러한 자연의 모습을 좋아한다.

가을은 사색할 수 있다. 관조하는 사물 하나하나에 의미를 부여해 긍정의 힘을 유발할 수 있는 계절이다. 가을은 자연의 왕이라 표현하고 싶다.

겨울은 또 다른 매력이 있다. 계절은 차가운 개성을 품고 있다. 하얀 눈을 넘어 회색의 대기, 시야에 들어오는 눈 덮인 산 너머로 느껴지는 미지의 세계에 대한 이상은 오히려 포근함을 준다. 자연은 계절마다 아름다운 여인의 원피스와도 같이, 관능적인 여인의 겨울 부스와도 같이 오색의 꽃을 선사한다.

십여 년 전부터 사람들은 들꽃의 매력에 빠져 야생화를 수집했다. 주부들은 야생화를 이용한 압화 기술을 배우기 위해 너도나도 야생화 수집에 열을 올렸다. 어떤 이들은 야생화를 이용해 작품 만드는 것에 상당한 실력을 보이며 만족해했다. 들풀로 태어나 이슬과 함께 사라져버릴 한 송이의 미물(微物)들이 본연의 색채 그대로를 간직한 채 액자 속으로 들어가 잠들었다. 채집하러 다닐 시간적 여유가 나에게는 없었다. 압화를 보는 순간 매력을 느껴 마음속으로나마 이 순수 자연 자원을 활용한 미술에 깊은 관심을 지녀보던 때도 있었다.

비오기 전, 물 먹은 구름을 나는 좋아했다. 흐린 날 낮게 내린 구름은 산 중턱에 걸렸다. 풍경은 장관이었다. 흐린 날의 짙은 회색 구름은 사랑스러웠다. 아무리 보아도 그 입체감은 새롭고, 자연이 만들어낸 숭고한 작품이 따로 없었다. 물 먹은 어두운 구름은 사람을 느낌 있고 멋스럽게 만들어주었다. 내가 보는 모든 색은 흐린 날로 말미암아 조화롭고 선명하게 다가왔다. 맑은 날에는 뭉게구름이 산 중턱에 그림자를 만들며 흘러갔다. 나는 구름의 흐름을 엿보며 유럽의 어린 목동을 상상했다. 해 질 녘 황혼빛은 미지의 세계, 신의 세계를 맛볼 수 있는 이상을 심어주었다.

누구나 황혼(黃昏)을 경험한다. 황혼은 강렬하다. 모든 빛을 지닌다. 모든 빛은 추억과 경험이다. 인간은 들음에서도 많은 유희(遊戱)를 경험한다. 보면서 느끼는 희락(喜樂)도 일차적인 욕구를 충족해준다. 그러나 예전 대학 시절 작곡과 교수였던 은사님은 들으면서 경험하는 즐거움이 보면서 느끼는 즐거움보다 더 고차원적인 행위라고 표현했다.

사람은 자연과 벗한다. 자연을 즐기고 관조함으로써 내면에 참다운 멋스러움을 인지할 수 있는 능력을 형성할 수 있다. 자연에서의 좋은 것을 발견하고 자연의 변화를 바로 볼 줄 아는 안목은 사람이 지녀야만 하는 이상적인 행위이다.

동물들은 숭고한 자연의 질서에 동화되어 살아간다. 그들에게는 변형이라는 것이 없다. 있는 그대로를 활용하다가 세상을 하직한다. 인간은 자연을 파괴하고 변형한다. 고안된 아름다움을 형상화한다. 그리고 만족해한다. 인간은 스스로가 취한 그것을 문서화해 소유하고 만다.

현재 살고 있는 고향 원주는 많은 것이 변했다. 그러나 높은 치악산과 흐르는 냇가는 변한 것이 없다. 살아 있는 것이다. 나는 자연 앞에서 말없는 동물이고 싶다. 오롯이 그들처럼 자연 속에 동화되어 살아가고 싶다. 인생의 희비 박함 속에 나도 나이를 먹어간다. 예전 그 시절의 어른들처럼 말이다. 내가 감사할 수 있는 건, 오롯한 그 시절의 추억이 아직까지 뇌리에 각인되어 있다는 것이다.

◆ '초심'이라는 말은 살아가면서 누구나 한 번쯤은 들어보았을 법한 말

이다. 사람은 망각의 동물이기에 처음 지녔던 초심을 끝까지 유지하기 어렵다. 사람의 마음이란, 하룻밤 사이 열두 번도 더 바뀔 수 있는 것이다.

옛 초심이 기억의 저편으로 사라졌을 때 사람은 당시의 환경과 상황들을 더듬어 잠재의식 속에 각인된 모든 감정들을 끌어낼 수 있다.

◆ 결혼이라는 것은 헌신을 요하는 서로가 함께 하는 삶이다. 어느 한 사람만 인고의 노력을 해서도 안 된다. 나의 자아가 원대해 그것으로 말미암아 상대가 내 의지에 치이게 된다면, 이것 또한 서글픈 일이다. 고집, 나쁜 습관, 비방하는 언어는 파탄으로 치닫는 악의 국면이다.

◆ 건달이나 깡패, 태도가 불량한 사람은 결혼할 수 있는 기회를 박탈해야만 한다. 여성들에 있어서는 소중한 몸을 함부로 굴리는 자들이겠다. 사랑한다고 하는 사람 즉, 갖추어지지 않은 인격을 통해 상대에게 피해를 주는 모든 행위는 근본 된 죄악이다. 그래서 결혼도 인증 교육기관을 통한 자격증을 취득한 자에 한해 허락되어야만 한다고 나는 생각한다.

◆ 이혼은, 사랑했던 사람들이 서로 원수가 되었다고 낙인찍는 서글픈 약속이다. 사랑해서 몸을 섞은 사람들이 원수가 되어 헤어지는 것은 가슴 아픈 일이다. 사람의 마음은 이렇게 극과 극을 달리며, 어제와 오늘이 다

르다.

◆ 어머니가 자녀들에게 가르치고 보여주는 일상의 모든 모습은 그 어떠한 훌륭한 교육 이론보다 더 방대하며 명확하다. 그러나 애석하게도 현대 사회는 어머니의 자녀 교육 부재로 말미암은 탓에 아이들은 아이다운 면모와 순수함에서 점차 이탈되어만 간다. 물론 모든 어머니가 다 그런 것은 아닐 것이다.

현대 사회의 일부 무책임한 어머니들에게 있어 자녀 교육이란, 그저 야단맞은 아이가 성장하면서 비뚤어진 성격 형성을 지닐까 싶어 스스로 방임하는 것이 전부이다.

◆ 자녀를 교육한다는 것에는 돈을 들여 선생을 붙인다는 개념만이 아닌, 부모가 마음을 다해 행동과 인격의 모든 부분을 아우르는 전반적인 부분에 있어 롤모델이 되어야 한다는 가정도 성립한다. 아울러 마음을 다한다는 것에는 상전을 모시듯 자녀를 받드는 것이 아닌, 책망과 훈계도 항시 포함되는 것이다.

◆ 하나님께서 창조하신 만물은 방대하다. 그 안에서 인간이 고안해 낸 세계 또한 복잡하고 다양하다. 그 때문에 인간이 세상 이치를 모두 깨우

치기란 어려운 문제이다. 보통의 사람들은 이러한 부분에 있어서는 아무런 관심조차 두지 않을 것이다. 그렇다고 나 또한 별다른 사람이 아니기에 철학가들처럼 세상 이치를 이해하기 위해 애쓰지 않는다.

오래전에 한 스님의 책을 정리해준 일이 있다. 기독교인이라 불교에 대한 교리를 정리한다는 것에 다소 거부감이 있었다. 그러나 꼭 공부해야만 한다는 생각에 덥석 그분의 원고를 받아 작업한 일이 있다.

석가모니는 자기 해탈을 위해 평생을 고행한 자이다. 쉽게 말해 세상 이치를 깨닫기 위해 일생을 바치고, 무엇인가 얻었다고 확신할 무렵 입적했다. 이것은 불가의 역사이다. 석가모니가 경전을 완성하고 죽지 못했으니, 그 경전의 마지막은 선지식이라는 명분으로 오늘날까지도 많은 불자에게 큰 화두로 남아 있다. 명분이 분명한 결과로 정립되어야 할 주재(主宰, 절대자)가 세대를 초월하는 화두를 남기게 되면 그것은 수많은 선지식을 교란시키는 결과만 초래하게 될 것이 분명하다. 더구나 자기 수행하기에 바쁜 이가 남에게 해탈의 찬란함을 설파하기란 도무지 납득이 어려운 부분이다. 이것은 텍스트상으로 완성을 이룬 기독교와는 다른 부분이다.

성경은 의심의 여지없이 생명의 근원을 제시한다. 처음과 끝, 그리고 구원이다. 만물의 생성부터 그 이치를 분명한 목적을 지니고 언급한다는 점에서 사실 기독교도들은 세상 이치를 자연스럽게 모두 이해하고 있는 것이나 다름없다. 그것은 성악 공부를 몽골에서 시작하느냐, 이탈리아에서 시작하느냐와 같은 맥락으로 이해할 수 있을 것이다. 제시되어 있는 말씀을 그대로 이해하고 받아들임으로써 세상을 바르게 볼 수 있는 안목, 평생의 고행을 통해 자기만족에 기인한 승화된 절제의 결과, 나는 이러한 부분을 어렵지만 쉬운 이치로 이해한다. 적어도 그리스도인인 우리는 알기 때문이다.

◆ 만남이 있으면 헤어짐이 있다. 그러나 사람이 경험하는 대부분의 만남과 헤어짐 다음에는 한 번 더 만날 수 있는 인연이 존재한다. 세월이 얼마만큼 흐르던, 한 번 만나 헤어진 사람은 길을 가다가도 우연히 스칠 수 있다는 말이다. 헤어짐의 시간들이 길고, 세월이 많이도 흘렀지만, 나를 잊지 않고 기억해주는 이들을 대할 때면, 현재 나의 모습은 그들의 기대치에 미치는 사람이 되어 있는가? 아니면 전혀 다른 모습의 사람이 되어 있는가를 고민해 볼 때도 있다. 그러나 중요한 것은 내가 어떠한 모습으로 포장되어 있느냐가 우선이 아닌, 있는 그대로의 모습, 추억 속의 나의 모습을 오랜 세월 동안 가슴속에 담고 지내와 준 고마운 그들의 마음이다.

◆ 남녀 간의 사랑, 부모와 자식 간의 사랑, 형제와의 사랑 등 사람의 인생에 있어 행하는 모든 사랑은 그냥 사랑하는 것과 많이 사랑하는 것으로 나뉜다고 생각해왔다. 그냥 사랑하는 것은 좋아하는 애증의 발로가 될 수도 있고, 많이 사랑하는 것은 열정이 승화된 사랑일 수도 있다.

누군가를 사랑한다면, 많이 사랑해 볼 수 있는 그러한 사람이 되어보는 것, 내가 누군가에게 사랑을 받는 존재라면, 많은 사랑을 받아 볼 수 있는 그러한 사람이 되어보는 것, 나는 이러한 사랑을 하고 받을 수 있는 그러한 사람의 인생을 좋아한다. 그리고 꿈꾼다.

사랑의 많은 추억은 인생의 굴레 속에 알알이 박혀 나의 삶에 커다란 미소를 선사해 줄 것이라고 말이다.

◆ 대부분 청소년들은 사춘기를 경험한다. 사춘기라는 시기와 맞물린 청소년들의 행태는 많은 부분 이론화되어 인간 삶에 있어 성장 과정의 한 부분으로 당연시되어 왔다. 그러나 분명한 점은 모든 청소년들이 사춘기를 겪는 것이 아니라는 사실이다. 사회 절반의 청소년들이 사춘기를 겪는다면, 나머지 절반의 청소년들은 사춘기를 경험하지 않고 청소년 시기를 보낼 것으로 생각한다. 통계는 아니다. 청소년 시기의 달라지는 행동은 새로운 것을 익힘에 대한 적응방식의 표현이지 아이가 달라진 말을 하고 혹, 반항한다고 해 무조건 사춘기라는 단어를 결부시킨다는 것은 억지라고 본다.

사춘기를 경험한다는 것은 환경에 의한 심리적 요인으로 규정될 수도 있고, 특정 사건에 의한 행동의 변화로 말미암아 진행될 수도 있다. 나아가 사춘기를 경험하지 않는 것 또한 긍정적인 환경의 영향으로 본다. 그러나 반항을 일삼는 청소년에게 있어 부모의 부재, 가정 전반의 영향은 당사자인 청소년의 환경에 있어 크게 기여되고 있다는 사실이다. 이것은 부정적 결과이다. 개인적인 견해가 충분히 있을 수 있고, 통계로 따진다면 내가 바라보는 시각이 잘못된 정보가 될 수도 있겠지만, 사춘기 시절

반항이나 과격한 모습으로 한 시기를 보낸 청소년치고 훗날 사회적으로 완숙한 인격을 갖추게 되는 학생을 찾아보기란 어려운 일인 것 같다. 내 견해로 볼 때 부모가 할 수만 있다면, 소중한 자신의 자녀가 사춘기 시절의 혼란을 경험하지 않고 청소년 시절을 보낼 수 있게 바로 잡아주어야만 한다. 사춘기 시절 방황이나, 특정 행동과 성품의 변화를 겪는 학생들이 제정신을 차리려면, 남성은 대부분 결혼 전, 여성의 경우 자식을 낳고 키워봐야 알게 될 것이다. 어찌 보면 이것은 시간적 낭비이다.

부모가 마땅히 해야 할 일은 사회가 만들어 놓은 사춘기라는 질풍노도의 시기를 아이가 경험하지 못하도록 막아서는 것이다.

우리 사회의 대부분 어머니들은 사춘기라고 확신하는 아이 앞에서 많은 부분 태연하다. 이것은 사춘기라는 것이 모든 아이들에게 균등하게 내리는 예고된 과도기라고 생각하기 때문이다. 하지만 부모는 조금의 노력으로 많은 것을 바꿀 수 있다는 사실이다. 더러는 하나님께서 양육하시는 것이기에 자신은 자녀에 대해 어떠한 간섭도 하지 않는다고 말하는 여성들도 있다. 그래도 내 견해로는, 자녀들에게 교회 출석하는 습관과 성경을 알게 하는 것은 부모의 절대적인 역할이라고 본다. 종교성이라는 것도 그렇다. 어려서부터 받을 근성을 지닌 아이가 받는 것이라고는 생각하나 이왕에 책을 읽히겠다고 마음먹는다면, 부모로서는 일반 흥미 위주의 책보다는 차라리 성경을 읽히는 것이 참 좋은 교육 방식이 될 것이다. 사람의 완숙은 종교성의 옷을 입었느냐 그렇지 않느냐로 평가된다. 적어도 삼십 대 중반의 나는 그렇게 정의한다.

◆ 훌륭한 작품을 탄생시킨 모든 예술가들이 하나님을 섬기는 자들은 아니었다. 그러나 적어도 그리스도인 예술가라면 경이로운 작품을 창조하기 위한 영감을 달라고 간구하기에 앞서 세상의 아름다운 것, 좋은 것을 올바로 분간해 마음에 담을 수 있는 넓은 도량을 달라고 간구하는 것이 선행되어야만 한다. 그리고 차선으로는, 안목이 어두워, 생각이 아둔해 세상에 포장된 많은 거짓을 바로 분간할 수 없는 것에 대해 올바로 식별할 수 있는 분별의 영을 달라고 기도하는 것이다. 이 두 가지만이 진정한 예술가를 만들어 줄 수 있는 기본 조건을 성립시켜 준다.

머리로 보는 것이 아닌, 마음으로 보는 연습은 세상 어느 누구에게나 중요한 훈련이 된다. 보통 사람은 눈으로 보고, 똑똑한 사람은 머리로 보고, 천재는 마음으로 본다는 단순한 진실을 알아야 한다. 물론 이것은 나의 말이다.

눈으로 볼 때는 모든 결과가 불완전하며, 머리로 볼 때는 기만할 수 있으며, 오로지 마음으로 보는 것만이 많은 것들을 담고도 차고 넘칠 것이기 때문이다.

◆ 사람들 대부분은 난처한 상황에 직면했을 때 순간적으로 방어의지를 표출한다. 이것은 잘못을 저지르고 야단치는 부모 앞에서 겁을 먹고 변명하는 아이에게서 나타나는 매우 단순하면서도 일차적인 심리적 행태와도 같다. 나는 가르쳐서 형성되는 것도 아닌, 이러한 타고난 근성에 내재된 방어의지를 이해하는 데에 있어 태초의 인간인 아담과 하와를 가장

적절한 예시에 부합하는 전형적 유형의 모델이라고 생각한다.

하나님께서 벌거벗은 가련한 두 인간을 축복하시고, 그들을 사랑하시어 지상 낙원을 선물하셨다. 그들이 하늘과 만물의 하나님께 거창한 선물을 받고 얼마만큼 감사의 마음을 표했는지는 모른다. 더구나 그들이 태고의 낙원에서 몇 년을 살다가 추방당했는지 또한 알 수 없다. 그들에게는 미래에 대한 계획도, 야망도, 슬픔도, 목적도 없었을 것이다. 이렇게 아무런 근심 없는 이들 앞에 하나님께서는 다소 잔인하면서도 짓궂은 제안을 한다. 동산에 있는 모든 나무의 과일은 너희들이 주인이니 마음껏 먹을 수 있지만, 나무 주위에 화염경이 도는 저 선악과나무의 열매는 절대 먹어서는 안 된다는 조건이었다. 단, 그것을 먹었을 경우 너희는 나처럼 세상을 논하는 명철한 눈을 갖게 될 것이라는 이유를 제시했다. 인간의 입장에서는 먹어서 죽는 것도 아닌, 병이 걸리는 것도 아닌, 더 나은 인간이 된다는 이 금칙은 해서 나쁠 것도 없는 매혹적인 유혹과도 같게 들렸을 것이다. 결국 하와는 뱀에게 유혹당해 선악과를 먹게 되고, 아담은 하와로 인해 선악과를 먹게 된다. 내용상으로 볼 때 화염경은 무엇 하러 두었는지 모를 일이다. 이들이 선악과를 먹고 얼마만큼 위대한 인간이 되었는지는 모르겠지만, 적어도 성경 상으로는 부끄러워 숨어버리는 존재로 전락해버린 것만은 분명하다. 이때 하나님께서 이들의 행위를 아시고 찾아 묻는다. 그때 그들이 하나님께 한 행동은 바로 '변명' 즉, 자기방어였다. 자기방어는 태곳적부터 파생된 인간의 가장 근원적인 심리적 발로라고 할 수 있다. 나는 이 부분을 두고 이 시대를 살아가는 사람들의 다양한 모순된 행위에 대해 논하고자 한다. 그 논함은 바로 '자기방어'이다.

자기방어에서 파생되는 심리적 유형의 모순은 두 가지로 나뉜다. 바로 이중성이다. 이러한 이중성은 모순된 말로도 드러나지만, 이중적 행태를 지닌 거짓된 양심으로 인해 모순적인 행동으로도 나타난다. 가령, 성질이 난폭하고 수시로 폭력을 일삼는 이가 나약한 노인을 노상에서 때렸다고 하자. 행위가 적발되어 공분을 사게 되었다. 그렇다면 대부분 사람은 폭력을 행사한 이를 비난할 것이다. 마땅히 비난받을 소지이다. 어떠한 선한 명분을 제시해도 그 어느 누구도 이해하려 들지 않을 것이다. 그러나 가해자가 평상시 노인정 노인들을 위해 봉사하고 이들에게 적절한 음식으로 대접하는 행위를 자주 하는 사람이었다고 한다면, 노인정 노인들은 폭력을 행사한 자의 소식을 쉽게 믿으려 하지 않을 것이고, 더구나 확실한 증거가 제시되어 믿는다고 해도 부득이한 사정으로 그러한 일을 했을 것이라며 그를 두둔할 것이다. 이것은 그의 이중적인 행동으로 말미암아 자기방어의 인식이 자연스럽게 형성된 유형이다. 그렇다면 또 다른 유형을 제시하고자 한다. 만약 위의 가해자가 스스로 본인의 성격을 잘 아는 자라고 가정한다면 결과는 또 다르게 나타난다. 예를 들어 그는 망나니 행위를 하고 다니지만 자신의 그러한 모습의 단점을 알아 일부러 주변인들에게 호의적인 모습을 하고 다녔다고 하자. 그는 상당히 지능적인 사람이지만 악한 유형의 잠재된 행위를 구상하고 있다는 점에서 범죄자가 맞는 것이다.

모든 공론화가 된 결과에 있어서는 양쪽의 의견이 수렴되어야만 하는 것이 옳지만 이러한 행위 주최자의 내재된 거짓 양심으로 인해 판단을 흐리게 만드는 예가 우리 주변에서는 흔하게 일어난다.

사람들은 단순하기에 자기에게 잘한 사람이면 그 상대가 어떠한 행위를 해도 굳이 살인이 아니면 어느 정도 그를 두둔하려고 든다. 이것은 점철된 이기심, 자기중심성의 증거이다. 나는 분별력이 좋은 사람을 똑똑한 사람으로 여긴다. 그리고 그를 사랑한다.

◆ 착하고 바른 양심을 갖는다는 것은 어떠한 과정의 일이든 마지막 결론에 다다랐을 때 그것을 지닌 자에게 큰 무기가 된다. 거짓과 비뚤어진 양심이 난무하는 이 시대에 착하게 살고 바른 양심을 가지라고 말하는 것은 해석에 따라 남들 뛸 때 너는 걸어가라는 말과도 얼추 비슷한 것처럼 들릴지도 모른다. 그러나 착하고 바른 양심은 결정적일 때에 그에게 매우 중요한 역할을 할 것이다.

◆ 대인 관계에 있어 신경병적으로 발현되는 공격적 과잉행동장애는 행위자에게 있어 다소 과장되게 나타날 수 있다. 행위자 스스로 자신감으로 차올라 겁 없는 모습을 표출할 때에는 자칫, 아니 대부분 자신의 행동에서 기만함을 드러낸다. 불안한 내적 요인에서 파생된 결과로 그는 자신에게는 물론이거니와 상대에게 의도된 무엇인가를 제시할 수 있다고 예측한다. 하지만 이러한 부류의 사람은 자세히 관찰할 때 사용하는 단어나 그의 표현에서 어느 정도 불안감을 드러내고 만다. 더구나 내재된 두려움을 상대 앞에서 감추고자 하는 대신 오히려 빚어지는 마찰을 대범해지는

수단으로 삼고자 의식하기도 한다.

사람은 누구에게나 그러한 면이 있듯 그는 자신의 부드러운 면이 혹여 상대에게 약함으로 비칠까 갈등할 것이다. 하지만 이러한 공격적 과잉행동을 일삼는 이들 대부분이 자신보다 더 강한 존재를 마주하면 의외로 그들에게 쉽게 동화되거나 서로가 서로를 작위적으로 이해하고 인정하는 양상을 보인다. 여기서 그보다 강함은 물질이 될 수도, 명예나 권력이 될 수도 있다. 그러나 이것은 어디까지나 정당한 판단 범위를 두고 그를 응시하는 상대에게는 도토리 키 재기 정도로 보일 수 있는 부분이다.

나는 이러한 부류의 사람이 만들어지는 원인에 대해 가정에서의 애정 결핍과 청소년 시절의 정체성 확립의 부재를 가장 근본적인 원인으로 꼽는다. 이러한 사람에게 필요한 것은 상대에 대한 올바른 이해와 친밀감이다. 더욱 구체적으로 논한다면, 그에게는 자신을 인정해주고 그를 우월하게 대해 줄 수 있는 사람들만이 그의 동료가 되는 것이다.

개인적으로 공격적 과잉행동장애를 지닌 사람은 예수 그리스도를 만나고, 교회 내에서 성도들에게 그의 장점에 대한 부분을 정확히 인정받고, 그가 할 수 있는 역량의 일을 진행함으로써 스스로 성취의 만족을 이뤄나가는 길 외에는 그를 다루는 데에 있어 다소 어려움이 따른다고 본다. 더구나 이런 부류의 사람이 신앙 공동체로 속해 대인 관계를 맺는 예를 본적도 없다.

◆ 공격적 과잉행동장애를 보이는 사람에 대해 나는 좀 더 면밀한 분석

을 하고자 한다.

오래전 음악대학 재학 때의 일이다. 나는 학부 2학년생이었다. 하루는 동기와 함께 음악과 건물 앞에서 커피를 나누고 있었다. 평소 불만에 가득 찬 듯한 인상을 지닌 예비역 선배 하나가 내 동기를 보더니 앞에서 칼을 꺼내 드는 것이 아닌가. 당황한 기색으로 나와 동기는 그를 주목했다. 그는 작곡과 학생이었고, 내 동기 또한 그의 같은 과 후배였다. 물론 나는 성악과 학생이었다. 그 선배는 칼을 꺼내들고 까불면 죽이겠다며 동기를 위협했다. 그 이후 나는 입대를 했기에 학내에서 일어난 일에 대해 아는 바가 없었다.

훗날 듣기로는 칼을 지녔던 그 선배로 인해 음대 교수들이 상당한 고초를 겪었다는 후문이었다. 더구나 입대 면제를 받은 동기는 학부 생활 내내 그에게 모진 괴로움을 당했고, 결국 나무둥치로 머리를 맞아 오랜 시간 의식을 잃기까지 했다는 것이다. 동기는 아직까지 후유증을 앓고 있으며, 현재 중학교 음악 교사로 근무하고 있다. 동기는 몇 년 전 나에게 그 선배의 거처를 알아봐달라고 부탁해 내가 그를 찾아준 적도 있다. 참고로 나는 예전 기자 생활 당시, 이름 하나 주고 사람을 찾아달라는 회사 대표의 청에 일 년 동안 전국을 수소문해 광주에 거주하는 참전용사를 찾아준 적이 있다.

대부분 사람들은 선배와 같은 이러한 이를 두고 무식하거나 인간 이하로 치부하고 만다. 그러나 그는 전형적인 공격적 과잉행동장애의 모습을 보이는 자였다. 만약 공격적 과잉행동장애를 지닌 자가 비관적 성향이 강하다면 그로 말미암아 그와 연결된 모든 관계는 대부분 혼돈으로 치닫고 말 것이다. 그것은 공동체 속에서의 융화와 부재가 그의 관계 형성 대부분을 서툴게 만들어버렸기 때문이다. 그에게서 표출되는 감정이라고는 오로지 적대감 외에는 없다. 그러나 이러한 유형의 사람에게서 발견되는 공통적 특징 중 하나는 자의적인 자기 평가는 의식적으로 높게 기준을 두고 있다는 점이다. 또한 이러한 이들 중, 자만심을 동반하는 수준 높은 언변술을 구사하는 이들도 적지 않다. 그는 마치 사람들 머리 위에 군림하려 드는 침략자처럼 학내에서 행동했으며, 학생들을 선동해 특정 교수를 파문하기 위해 모사를 꾸며 시행에 옮겼다고 한다.

사회는 이러한 특정 행동장애를 지닌 이들에게 결코 관대하지 않다. 남들보다 쉽게 눈에 띄는 돌발적인 사고는 미움을 받기에 충분하다. 자기보다 약한 부류의 사람을 억압하고자 하는 애씀은 오히려 사람 사이에 갈등만 심화시킨다. 또한 약자를 옹호하는 더 강한 세력이 이치에 어긋나는 강자를 겨냥하고 있다는 사실 또한 경험으로 알게 된다. 그의 삶은 사회의 구조적 틀 안에서 언제나 투쟁의 연속이겠지만, 스스로 괴로움을 자처하는 인생에서 개선가를 부르게 될 일도 없게 된다. 결국 예정된 패배 속에 개선의 의지가 없는 한 그는 실패자로, 비루한 인생으로 전락하고 말 것이다.

◆ 공격적 과잉행동장애를 지닌 사람에게 역으로 공격받는, 그들 인격에 있어 자존심에 상처를 받는 사람들 대부분은 일반적으로 나약한 습성을 지닌다. 그것 또한 육체적인 힘과 직결될 수 있지만, 이 사회에서의 힘

의 지배는 주로 가진 자와 못 가진 자로 구분되는 것이 통념이다.

공격받는 이들 대부분은 극도의 조심성으로 일관하는 특성을 보인다. 그러나 이러한 행동 이면에는 두려움과 겁먹은 마음이 복합적으로 내재되어 있는 것이다. 일반적으로 이 사회에서의 약자로 자처하는 이가 두려운 대상과 마찰을 빚을 때 보이는 주된 특징은 애처로운 그의 모순적 경험으로 인해 지극히 방어적인 행태를 취한다는 점이다. 그리곤 그 상황에서 벗어나려 회피의 길을 택한다. 하지만 이것은 스스로에게 있어 파국을 자처하는 꼴이 된다.

또한 이들은 겁먹은 도주를 합리화해 가장 현명한 처신, "똥이 더러워 피한 것이지 무서워 피한 것이 아니다."라며 스스로를 정당화한다. 이러한 위장형 정당화는 때로는 명분 있게 이해되고 받아들여진다. 이 중에 어떤 이들은 자신을 공격하는 이에게 완전한 주도권을 상실하지 않았으므로 때론 상황을 반전시키는 경험을 할 수도 있다. 그 이유는 공격적 과잉행동장애를 지닌 이들의 잠재된 본심이야말로 모든 것을 두려움의 대상, 즉 자기방어 의식에 있어 공격의 대상으로 인식하기 때문이다.

오래전 일이다. 시내버스를 탔다. 정차 후, 초록색 등을 보고 버스가 출발했다. 옆에서 달려오는 검은색 고급 승용차가 신호위반을 하고 버스 옆쪽을 들이박은 것이다. 놀란 버스 기사는 급정차했다. 그 정차로 인해 버스에 탔던 할머니 한 분의 팔이 부러지는 사고가 발생했다. 나도 몸이 가벼워 크게 다칠 뻔했다. 버스 안에는 나 외에 서너 사람이 더 있었다. 할머니는 앉아 울기 시작했다. 순간 마음이 동했다. 안타까운 마음이 더했다. 승용차에서 내리는 운전자를 보니 금목걸이에 어디 술집 사장 같은 건달이었다. 체격이 좋은 고수머리를 한 난봉꾼의 모습이었다. 그 옆에는 살결이 하얀 미모의 마담처럼 보이는 미니스커트를 입은 여성이 앉아 있었고, 그녀는 조심스럽게 차에서 내려 주변을 둘러보기 시작했다. 경찰이 오고 사건을 정리하려 했다. 버스 기사는 본인이 정확한 신호에 출발해 놓고서도 겁먹어 말을 이어가지 못했다. 경찰이 아무리 물어도 기사는 대답을 하지 않아 결국 경찰이 짜증을 내는 사태까지 이르고 말았다. 참으로 얼룩이가 따로 없었다. 건달은 신호를 정확히 지켰다고 말하기 시작했다. 순간 오늘 저놈은 나로 인해 큰 고초를 겪게 될 것이라고 확신했다. 나는 중간에 나서 버스는 신호 위반을 하지 않았다고 말했다. 경찰은 어린 나의 말을 신뢰했다. 경찰이 증인 출석을 요구하자 기꺼이 응했다. 경찰서로 가 모든 것을 진술했다. 내가 그렇게 진술한 이유는 팔이 부러진 할머니 때문이었다. 나는 그때 나를 바라보는 그 마담의 눈빛을 기억한다. 마치 당돌한 꼬마를 죽이고 싶어 하는 눈빛이었다. 하지만 건달은 어린아이를 상대로 여자 앞에서 화를 내기 민망하니 주먹으로 책상만 후려쳤다. 여담이지만, 마담과 같은 여자는 대부분 남자를 유혹하기에 충분한 미모를 지녔음에도 짜증을 낼 때는 여지없는 잡부의 모습이 표출되었다. 어린 나를 상대로 대적하는 모든 이들은 그 순간만큼은 나에게 적이었다. 그녀는 나를 대적하는 눈초리로 바라보았다. 나는 그녀를 잡부라고 여겼고 모습 또한 그랬다.

조사를 마치고 경찰이 귀가하라고 하자 경찰에게 나는 증인을 무방비로 그냥 돌려보내는 것은 경우가 아니고, 오히려 또 다른 위험을 낳을 수 있는 일이니 나를 경찰차로 집까지 태워다 달라고 청했다. 경찰의 처신도 우스웠다. 상대가 건달인데 혹, 바로 조사가 끝나고 나와 나를 뒤에서 해할 수도 있으니 경찰에서 차후 처신에 대해서는 보장해주어야 하는 것이 옳고, 내가 경찰에 협조했으니 나를 대우함이 당연하다고 설명했다. 그때 나는 중학생이었다. 경찰은 차에서 내리는 나에게 아이스크림을 사 먹으라며 돈 삼천 원을 건넸다. 나는 그 돈을 받고 정말 아이스크림을 사 먹었다. 당시 나는 버스 기사를 애처롭게 여겼다. 얼마나 두려웠으면 자신의 정당성도 입증하지 못할까 싶었다. 이것은 아이스크림을 먹으며 생각한 바이다.

적절한 예가 되었는지는 모르겠으나 바로 이러한 모습, 건달은 그 기운으로 이미 공격적 과잉행동장애의 모습을 버스 기사에게 보인 것이며, 기사는 공격받는 이의 실질적인 모습을 보였던 것이다. 사람의 마음에 대해 논하는 기준에 있어 이러한 부분은 아주 초급적인 논제이다. 그러나 일상에서 쉽게 파생되고 소멸되는 심리적 양상이기에 나는 이 부분을 매우 중요하게 글로 언급하는 것이다.

◆ 예술가들에게 있어 쉽게 드러나는 성격 구조는 일반인들의 관점으로 볼 때 다소 복잡하게 이해된다. 하지만 그와는 반대로 단순한 결과로 정의될 때도 많다. 이것은 예술가들의 성격 형성에 있어 해당 예술 분야에 따라 이들에게서 드러나는 자연스러운 성격이 몰개성화되어가는 점을 직시하는 것과 같은 개념이다.

현대 사회에 들어서는 예술 행위에 의한 그들 결과물의 판로 범위가 수

요면에서 부족한 시대적 양상(순수 예술)을 보이니 대다수 예술인의 경우 예술 활동을 위해 다른 직업을 택할 수밖에 없는 필연에 놓이게 되었다. 이것은 전 세계적인 현상이며 순수 문화 예술이 융성했던 르네상스 시절에도 마찬가지였다. 언제나 성공적인 예술가는 상위 1%에서 머문다. 그러나 예술가로서 손색없는 실력을 갖췄음에도 회계사로, 사업가로, 아르바이트인으로 근무하는 시대적 양상은 전업 예술가들에게 종종 나타나는, 보완되어야만 할 성격적 부재들을 과감하게 뛰어넘을 수 있는 좋은 요소가 된다. 여기서 예술 행위자가 신앙심을 갖는 것은 자칫 모순된 성품을 바로잡아주는 데에 있어 기여도가 크다. 나는 예술가에게 있어 가장 중요한 부분을 꼽으라면 언제나 그의 창작물 이전에 한 예술가로서의 인간다운 성품을 중요하게 여긴다. 그 이유는, 예술가의 결과물은 인간의 심오한 내면을 어루만진다는 점 때문이다. 어디까지나 상대의 내면 중심에 관여하게 되는 유동적인 부분은 인간다워야 하며 다급함이나 악함이 존재해서는 결코 안 된다는 것이다.

◆ 예술 지망생들에게서 드러나는 특징 중, 다소 현실성이 떨어지는 내면의 인식을 꼽으라면, 이들 대부분이 현실에서 아무런 장벽이 없는 이상관을 꿈꾼다는 점이다. 그 이상관은 지금 당장의 현실적인 문제와는 다소 거리가 있다. 하지만 이것은 예술가의 숭고한 자리를 갈망하는 행위자의 기질로 치부된다. 그러나 이들에게 있어 쉽게 표출되는 장애물은 시행착오적이고 반복되는 실패 속에서 사람들에 대한 두려움과 적대감을 드러

낸다는 점이다. 이러한 성격 형성으로 파생되는 모습은 극심한 비판력과 대부분의 모순된 오류를 있는 그대로 수용치 못하는 결여된 성품을 지니게도 만든다.

우리는 예술이라는 범위가 한 개인에게 뿌리내려 그 결과물을 창조해 낼 때 그것이야말로 시간과의 인내를 아우르는 사투라는 점을 깊게 생각해야만 한다. 만약 예술 부문 수습생이 서두르지 않고 매일의 일정한 시간을 두고 꾸준히 목표하는 작업에 임한다면, 그는 그 분야에서 분명 좋은 결실을 맺게 될 것이다. 실력은 언제나 시간과 비례한다. 그러나 노는 시간이 많을수록 푸념 또한 많아질 것이다.

◆ 예술가에게 종종 나타나는 허세적인 기질은 결국 주변인들로부터 그들에 대한 신뢰도를 떨어뜨리는 결정적인 역할을 한다. 이것은 때론 그의 작품에도 어느 정도의 관점을 투영한다. 이러한 이들에게서 두드러지는 심적 유형은, 주변 예술가들에게로 향한 질투와 인색함으로 나타난다. 이들은 스스로 아웃사이더를 자처하며 결국에는 고립적인 행동 패턴을 보인다. 이들은 주변 사람들의 어떠한 기쁨에도 동참하지 않는다. 정작 자신은 고상하다고 느끼면서도 타인의 기쁨과 성공을 함께 축하해 줄 마음의 여유가 없는 것이다. 적어도 나는 주변 예술가들을 보며 허세로 점철된 그들의 예술 행위가 어떻게 사람들의 눈과 마음으로부터 멀어져 가는지 누구보다도 잘 알고 있다. 그것이야말로 그냥 보이고 느껴지는 부분이다.

◆ 우리는 직설적인 사람에 대해 성질이 유순하지 못한 모가 난 인격체로 단정한다. 이것은 일반적인 인식이다. 그러나 직설적이라는 말은 복합적인 인간상의 총체이다. 이들은 단순하면서도 때로는 섬세한 모습을 보인다. 타인의 성공에 적극적으로 기쁨을 표현하고, 슬플 때는 충분히 슬퍼할 줄 아는 것, 그렇다고 기쁨과 슬픔의 표현에 있어 지나칠 정도로 과하지 않는 것이다. 더구나 이들에게는 상대를 칭찬하는 것에 인색함이 없으며 그 칭찬도 진심 어린 마음에서 우러나오는 참다운 말이다.

직설적 유형의 사람들, 그들이야말로 매우 건강한 사람들이다. 그들은 직장 내에서는 좋은 동료가 될 수 있다. 타인에 대해 어떠한 열등감에 시달리지도 않는 이상적 기질을 지닌 인간으로 보이기도 한다. 그간 사회생활을 하면서 나는 여럿 직설적인 사람들을 경험해왔다. 내가 아는 직설적 유형의 사람으로 가장 이상적인 사람은 기자 시절 신문사의 장용암 대표였다. 그는 나에게 참으로 고마운 분이었다. 그의 직설적 기질이 나라는 사람을 가슴으로 느끼는 분명한 시선으로 평가해주었다. 나 또한 그의 모습을 좋아했다.

◆ 개인 생활에서도 큰 악영향을 끼치는 우울증은 현대인들에게 있어 가장 위험한 신경병적 질환이다. 우울증을 앓는 사람은 병원에서 특단의 진단이 내려지기 전까지는 자신에게는 물론 주변 사람들에게까지 모호한 문제성을 지속적으로 표출한다. 우울증이라는 증세는 지극히 정신적인 문제로 인식되지만, 앓는 사람에게는 그 고통과 증상이 육체적 증상으로

까지 나타난다는 점이다.

의학자들은 우울증을 앓는 사람에게서 나타나는 걱정, 죄의식, 수치심, 사고력의 상실, 우유부단함, 부정적 사고, 의욕의 저하, 자살 충동 등의 원인을 뇌 질환으로 규명한다. 굳이 의학적인 설명을 덧붙인다면 뇌 신경전달물질의 불균형, 뇌 유래신경영양인자의 문제 등으로 여러 학설을 제시한다. 우울증을 앓는 모든 사람들은 이들이 제시하는 바에 정확히 부합될 것이다. 그러나 현대 의학은 우울증이라는 증상이 사람에 따라 약 70%를 치료 가능한 질환으로 보고 환자라고 여기는 자에게 약물을 투여하지만, 우울증 자체를 특정 질병으로 규정하지는 않는다. 이것은 과거 라이너스 폴링(Linus Pauling, 미국 화학자이자 노벨 화학상·평화상 수상, 1901~1994)이 주장한 비타민C 적정 용량의 기준 제시가 의사들마다 다른 것과 같이 견해의 차가 있을 것으로 판단한다. 사실 폴링의 경우는 그의 훌륭한 이론의 적립 이후 많은 건강보조식품 회사의 광고 모델로 나섰기에 그의 신뢰도를 떨어뜨린 것이다. 그러나 그는 분자교정의학의 창시자(원론적으로는 독일에서 먼저 시행)라고 생각한다.

우울증을 앓는 사람들 대부분은 자각하는 죄책감을 떨쳐버리지 못하며 다시금 원점으로 돌아가 깊은 번뇌의 수렁으로 들어가 버린다. 더구나 모든 일상에서 주저함을 표출하는 이들의 행동 또한 극도의 조심성으로 일관된다. 우울증을 앓는 이들에게 나타나는 또 다른 특징은 '자기애'가 강해진다는 점이다. 나는 우울증을 앓는 이들을 두고 자살하고자 하는 마음을 지닌 충동형 질환자로 보지 않는다. 자신에 대한 생각에 골몰하는 이들은 적어도 자신에게서 인식되는 내면의 문제에 있어서는 매우 논리적이고 분명한 논제를 제시하기 때문이다. 이것은 우울증을 앓고 있는 사람에게 말을 걸어보면 금방 알 수 있는 부분이다. 그들은 자신에게 우울증이라고 여겨지는 고통의 원천을 분명하게 자각하고 있다. 이것은 사람이 많이 배우고 못 배우고(젊고 늙고의 차이도 해당)의 차이로 구분될 수 있는 차원이 아니다. 많이 배운 자는 그만큼 더욱 깊은 자기애의 사고로, 못 배운 자 또한 자신의 내면으로는 비록 충만하지만 겉으로 표현의 부재를 지닌 바로 그것으로 나름의 표현을 다 하고 있기 때문이다.

주변을 돌아보면 마음의 괴로움으로 고통을 호소하는 이들이 많다. 나는 이들에게 신앙의 힘으로 힘든 삶을 이겨내라고 감히 말할 수 있는 입장의 사람은 아니다. 내 모습도 우울함의 문턱에서 문고리를 잡았다 놓았다 하는 온전치 못한 자아이기 때문이다. 이러한 부분에 있어 치료의 정의는 의사들의 몫이라고 본다. 그러나 적어도 내가 아는 우울증의 해결, 정신적 무기력함의 치료는 바쁜 일상 속에서 이뤄지고 나아가 성경 속 선인들의 삶을 통해 위안받고자 하는 우리의 의지가 그들과의 동질성을 회복해 나아감으로써 우리의 정신을 교정할 것이라고 믿는다.

맺음말

　이 책을 통해 전하는 모든 말에 대해 나는 '소견'이라고 일컫고 싶다. 단지 보고, 느끼고, 생각한 부분을 사색이라는 옷을 입혀 나름 진술했다. 신앙에서의 사색에서는 복음서 전반에 대해 지난 삼십 대 시절 기록한 글들을 정리해 담았다. 또한 바울 서신과 야고보서, 베드로 서신 전반에 대해 묵상한 부분을 정의했다. 그러나 이것은 신학자들이 평생에 걸쳐 집필한 위대한 주석의 개념과는 다른 부분이며, 기록하는 내내 어떠한 주석이나 서적을 참고하지 않았다는 점을 말하고 싶다. 그 이유는, 모든 글에 있어 오로지 나 자신이 느끼고 정의하는 것, 나의 말에 충실하고 싶었던 것이다. 성경으로 시작해 성경으로만 이해하는 것, 나에게 부여되는 수준으로만 결과를 만들어내는 것이 올곧은 묵상자의 자세라고 생각했다.

　일상에서의 사색은 인간의 기본 된 마음을 심리학적으로 풀어보려고 기록된 나의 지난 일기를 추려냈지만, 이 부분은 뜻하는 대로 정의하지 못한 것 같다는 아쉬움이 남는다. 또한 지금의 마흔두 살의 나이에 이르러 삼십 대 중반까지 기록한 글들을 놓고 정리하는 부분에 있어 개인적으로 많은 부분 사고하는 바가 달라졌기 때문이다. 마지막으로 일상으로의 사색에서는 예술 분야에 대해 느끼고 생각한 견해를 다소 언급했으며, 마지막으로 는 알프레드 아들러의 심리학을 응용해 개인적 사고를 추론했다.

나는 『사색으로의 초대』를 통해 차후 세 권의 '사색' 시리즈를 계획 중에 있다. 『사색으로의 초대』 2권은 구약의 신명기와 레위기를 비롯한 히브리서 전반, 사도행전, 외경 서신 몇 권에 대해 다룰 생각이다.

책을 읽는 고마운 독자들을 위해 개인적인 소망 하나를 이야기하고자 한다. 나는 기록하고 필사하는 것이 오래전부터 습관화된 사람이지만, 이 책을 기록할 모든 상황을 돌이켜본다면 환경적으로 어려움이 많았던 시절이었다. 고통의 하루를 보내고 새벽에 홀로 앉아 쓴 글, 바쁜 회사에서의 일상을 마치고 시간을 내어 쓴 글, 이러한 조합으로 이뤄진 책이 바로 『사색으로의 초대』 1권이다.

사람은 어떠한 형편에 처하든지 언제나 분명한 심지를 지녀야 함이 옳다고 생각한다. 그것은 하나님을 향한 마음이다. 세상에서의 가장 큰 힘인 것이다. 적어도 나의 견해로는 그렇다. 상황은 다르겠지만 혹, 어려움에 처한 이들에게 이 책이 힘이 되기를 희망한다. 지속하는 것, 멈추지 않고 나아가는 것, 태풍이 불어도 항해를 중단하지 않는 것. 이것만이 사람에게서 나올 수 있는 가장 강력한 무기인 것이다.

사색으로의 초대 1

ⓒ 김창신, 2019

초판 1쇄 발행 2019년 3월 15일

지은이   김창신
펴낸이   이기봉
편집   좋은땅 편집팀
펴낸곳   도서출판 좋은땅
주소   경기도 고양시 덕양구 통일로 140 B동 442호(동산동, 삼송테크노밸리)
전화   02)374-8616~7
팩스   02)374-8614
이메일   so20s@naver.com
홈페이지   www.g-world.co.kr

ISBN   979-11-6435-100-8 (03810)

이 도서의 국립중앙도서관 출판예정도서목록(CIP)은 서지정보유통지원시스템 홈페이지(http://seoji.nl.go.kr)와 국가자료공동목록시스템(http://www.nl.go.kr/kolisnet)에서 이용하실 수 있습니다. (CIP제어번호 : CIP2019007277)